Benoite Groult

Leben heißt frei sein

Benoîte Groult
unter Mitwirkung von Josyane Savigneau

Leben heißt frei sein

Aus dem Französischen übersetzt
von Irène Kuhn

Droemer

Titel der Originalausgabe: »*Histoire d'une évasion*«
Originalverlag: Bernard Grasset, Paris

Dieses Werk ist auch als Hörkassette im Verlag und Studio
für Hörbuch Produktionen, Beltershausen erschienen.

Die Folie des Schutzumschlages sowie die Einschweißfolie sind
PE-Folien und biologisch abbaubar.
Dieses Buch wurde auf chlor- und säurefreiem Papier gedruckt.

Umschlaggestaltung: Agentur Zero, München
Satz: Ventura Publisher im Verlag
Druck und Bindung: Ueberreuter Print, Korneuburg
Printed in Austria
ISBN 3-426-19446-5

Für meine Enkelinnen
Violette, Clémentine und Pauline:
Sie sind ungewollt die Komplizinnen meiner
Flucht in die Freiheit

Ein Wort zuvor

Dieses Buch ist weder eine Autobiographie im üblichen Sinne noch besteht es ausschließlich aus einer Reihe von Gesprächen, noch will es ein feministischer Essay sein: Es ist eine Mischung und allen drei Genres verpflichtet; der Grund ist, daß ich verschiedene Annäherungen an das Thema suchte, um einen Fall zu verstehen, der nicht nur mein eigener ist.

Auch fünfzig Jahre nachdem ich zur Staatsbürgerin geworden bin – das Wahlrecht habe ich erst mit vierundzwanzig Jahren erhalten –, hege ich noch immer Zweifel an meiner Rechtmäßigkeit auf Erden. Häufig fühle ich mich, als wäre ich gerade erst eingebürgert worden und nähme in einer Welt, die seit jeher den Männern gehört, einen nur geduldeten, mir gnädigst von oben herab gewährten Platz ein. Schlimmer noch, ich fühle mich keineswegs dazu ermutigt, meinen jahrtausendealten Rückstand aufzuholen. Muß man doch bereits darum kämpfen, das Erreichte zu bewahren in einer Gesellschaft, in der die euphorische Zeit nach 1968 lange vorbei ist und statt dessen immer mehr Versuche zu registrieren sind, den weiblichen Viehbestand wieder in den Pferch zurückzutreiben.

Es gibt keine Fernsehsendungen mehr, die den Frauen, ih-

rer so wenig bekannten Geschichte und ihren beruflichen Schwierigkeiten in einer nicht für sie geschaffenen Welt gewidmet sind. Es gibt in Frankreich keine feministischen Zeitschriften mehr, seit *F Magazine* – ihre Geschichte war ein großartiges Abenteuer – untergegangen ist. Inzwischen sind wir wieder auf die althergebrachten Weiden zurückverbannt: Mode, Schönheit, Verführungskunst, Schlankheitswahn, Busenumfang und Hinterngröße, je nach momentaner Konjunktur, nicht zu vergessen das Privatleben der Film- und Fernsehstars und der Prinzessinnen, jene sich bis zum Ekel wiederholenden Themen, mit denen uns unsere Zeitschriften abspeisen. Genausowenig wie in meiner Jugend sehe ich in den Illustrierten nachahmenswerte weibliche Figuren auftauchen, starke, originelle, kreative Persönlichkeiten, mit denen sich die jungen Mädchen von heute spontan identifizieren könnten. Anstelle von »Modellen« bietet man ihnen »Models«, jene Flachskizzen der Weiblichkeit, Scheinfrauen, die eine gewisse Vollkommenheit im Nichtsein erreichen, dafür aber die männlichen Phantasien bestätigen und durch den unausbleiblichen Vergleich die Frauen noch mehr verunsichern. In unseren unschlüssigen Zeiten, in denen die männliche Identität angeblich in einer Krise steckt, ist eben alles, was die Frauen aus dem Gleichgewicht bringt, ein gefundenes Fressen.
Was empfinden angesichts dieser traurigen Wende die jungen Mädchen von heute, die alle Rechte bereits in die Wiege gelegt bekommen haben und jene Frauen leicht vergessen, die diese Rechte Stück für Stück erobern mußten? Natürlich zähle ich mich nicht selbst zu den Pio-

nierinnen, das wäre lächerlich. Ich denke an die echten Vorkämpferinnen, jene, die zu ihren Lebzeiten nichts erreicht haben. Nun, Fortschritte macht man nicht, ohne die Vergangenheit zu kennen. Die französischen Sozialisten vergessen nicht, Condorcet, Proudhon (leider!) oder Jean Jaurès zu ehren; die Kommunisten berufen sich auf Marx, Engels, Duclos, was weiß ich, und die Christen auf ihre Kirchenväter. Nur die Frauen haben ihre »Gründermütter« in Vergessenheit geraten lassen und müssen ohne ihr tröstendes Vorbild auskommen. Schlimmer noch: Wir haben sie nicht nur vergessen, wir verleugnen sie sogar. Vor allem in Frankreich gilt der Feminismus als ein Kampf, der sich überlebt hat, oder bedenklicher noch: der nicht mehr »in« ist. Nicht »in« zu sein ist bei uns viel schlimmer, als exkommuniziert zu werden. Aus diesem Grund stellen jene Frauen, die es zu etwas gebracht haben, schleunigst klar: »Nein, ich bin keine Feministin!«, selbst dann, wenn man sie gar nicht danach gefragt hat. Wichtig ist nur, daß wir die armen, von unseren Fortschritten arg gebeutelten Männer nicht noch mehr verschrecken, was bedeutet, daß wir notfalls auch unsere eindeutigsten, nämlich die weiblichen Verbündeten verraten.

Antifeministin zu sein macht sich sehr gut bei einer Frau, damit verzeiht man ihr den Erfolg wesentlich leichter. Das Heruntermachen der Feministinnen kommt sowohl in den Salons wie bei den Medien nach wie vor gut an. Wenn Sie so altmodisch sind, an dem Thema Frauenrechte festzuhalten, werden Sie gnadenlos in die Emanzenschublade gepackt. Sie tragen dann die Uniform der

Feministischen Befreiungsfront (Anm. d. Ü.: Die MLF [*Mouvement de libération des femmes*] war in Frankreich die extremste Gruppierung innerhalb der Frauenbewegung), und das ist dasselbe, als würden Sie den Tschador tragen: Ihre Person interessiert nicht mehr, nur noch Ihre Zugehörigkeit, und alles was Sie sagen ist mit dem Makel dieser Zugehörigkeit behaftet.

Wenn ich verkünde, als schreibende Frau sei ich nun einmal *écrivaine,* mag das noch hingehen. (A. d. Ü.: *Écrivaine*, die weibliche Form von *écrivain*, ist bis heute in der französischen Sprache unüblich, trotz der Pionierarbeit, die ab 1982 von der Kommission zur Feminisierung der Berufsbezeichnungen in der französischen Sprache geleistet wurde.) Dadurch kann man mich von vornherein ins Abseits drängen, weit weg von den Schriftstellern und den Frauen, die sich *écrivain* nennen – von der Mehrheit also. Brav hänge ich mir mein Schildchen um den Hals. Ich oute mich. Ich mache es ihnen leicht, ich baue ihnen eine Brücke. Aber ich weiß, daß dieses Etikett genügt, um mich auszugrenzen aus aller Normalität. Nicht umsonst werden feministische Romanschreiberinnen von Presse, Funk und Fernsehen meist über den gleichen Kamm geschoren und in Spezialabteilungen für Außenseiter geparkt.

Diese Schwierigkeit, akzeptiert zu werden, in die Geschichte einzutreten und vor allem in ihr Spuren zu hinterlassen, führt bei uns allen zum Gefühl der Ohnmacht. Es gelingt mir bis heute nicht, mich eines diffusen Schuldbewußtseins zu erwehren, wenn ich mich zum Feminismus bekenne, und dies schlägt sich sogar nieder in der

Wahl meiner Lektüre. Wenn ich an einem öffentlichen Ort, im Zug oder im Flugzeug zum Beispiel, sogenannte feministische Bücher lese, habe ich, auch wenn es sich um hervorragende Bücher handelt, das Gefühl, ich sei so etwas wie eine Nonne, die sich mit ihrer Berufslektüre befaßt, ihren Gebetbüchern oder der *Erbaulichen Lebensgeschichte des heiligen Pfarrers von Ars.* Auf keinen Fall werden meine Mitreisenden und selbst die meisten meiner Freunde der Meinung sein, ich läse ein normales Buch, das Leser aller Geistesrichtungen interessieren könnte oder müßte.

Das Buch, das ich hier geschrieben habe, ist ebenfalls kein »normales« Buch, auch wenn es mir selbst so vorkommen mag. Man wird in ihm auf jeder Etappe meiner Kindheit und meiner Jugend das Gegenbild des Feminismus, sozusagen dessen negative Hohlprägung finden. Und dieser Mangel während der entscheidenden Jahre der Persönlichkeitsbildung bis hinein in die Anfänge des Erwachsenenlebens zeigt, ohne daß dafür große Diskurse nötig sind, welch nährende, aufbauende Rolle der Feminismus eigentlich hätte spielen sollen und müssen. Der Feminismus war nicht vorhanden, ich war allem ausgeliefert, was das Leben der Frauen einengte, und auf die Entscheidungen, die Schritte, die Verweigerungen, die mir geholfen hätten, meinen Zustand zu überwinden, bin ich selbst nicht gekommen. Als hätte ich ohne den Feminismus an Calciummangel gelitten: Was die mentalen Strukturen betraf, das heißt das Knochengerüst eines Charakters, blieb ich rachitisch.

Dabei brachten mich jede meiner verlorenen Illusionen,

jede meiner Ängste, auch jeder meiner Irrtümer einer entscheidenden Entdeckung näher: Ich mußte mich vom Halseisen der Traditionen befreien, von all den angeblich notwendigen Fesseln, die mich so kunstvoll umwickelten, daß ich sie nicht einmal von meinem Fleisch unterscheiden konnte. Und dazu brauchte ich keine Bücher, keine Wissenschaft und auch keinen religiösen Glauben, den schon gar nicht. Und die Männer brauchte ich dazu auch nicht. Gewiß konnten sie mir wunderbare Dinge beibringen, aber nicht das, was zutiefst notwendig war. Für diese Dinge brauchte ich die Frauen. Schließlich hatten sie für mich vorgearbeitet, Christine, Olympe, George, Flora, Pauline, Jeanne, Hubertine, Marguerite, Séverine und alle anderen, damit ich mir jenseits meiner Weiblichkeit bewußt wurde, daß ich ein Mensch bin. (A. d. Ü.: Christine de Pisan [1364–1430], Olympe de Gouges [1755–1793], George Sand [1804–1876], Flora Tristan [1803–1844], Pauline Roland [1805–1852], Jeanne Deroin [1805–1888], Hubertine Auclair [1848–1914], Marguerite Durand [1864–1936], Séverine, Pseudonym einer Journalistin [1855–1929].) Ich mußte ihren Lebensweg kennenlernen, ihre Probleme, die heldenhaften Entscheidungen, die einige von ihnen getroffen hatten, immer allein gegen ihre nächsten Mitmenschen und gegen die Gesellschaft, allem Bedürfnis nach Liebe und Anerkennung zum Trotz, das ihnen genauso innewohnte wie allen anderen. Ich mußte ihre Geschichte entdecken, ihren Mut, ihre Auflehnung, ihre hochgemute Gesinnung ermessen.

Was ist Feminismus letztlich, wenn nicht eine Art Transfusion, die Seelenübertragung auf all jene Frauen, die die von anderen verfügten Regeln akzeptieren, die nichts in Frage stellen, die gut oder schlecht, immer aber auf den vorgezeichneten Wegen leben, ohne die schöne und schmerzhafte Lehre der Unabhängigkeit durchzumachen. Nach sechs oder sieben Romanen, in denen ich Dichtung und Wahrheit miteinander verwoben hatte, wollte ich mich nicht mit einer bloßen Autobiographie begnügen. Die Kindheit von Rosie Groult, die Jugend von Benoîte Groult, die Ehen der Madame Heuyer und späteren Madame de Caunes waren in meinen Augen nur im Zusammenhang mit der Lage der Frauen interessant. Mit dem Abstand der Jahre stellte ich in der Tat fest, daß die Gesamtsituation der Frauen mich viel mehr geprägt hatte als meine individuellen Anlagen. Ähnlich wie Simone de Beauvoir es in *Der Lauf der Dinge* beschrieben hatte: »Als ich über mich schreiben wollte, wurde mir klar, daß ich die Lage der Frauen beschreiben mußte.« Aus diesem Grund wollte ich mich nicht mit einem linearen Bericht begnügen, sondern den Leserinnen und Lesern mancherlei Persönliches anvertrauen, was aber von Dialogen und kontroversen Stellungnahmen unterbrochen werden sollte. Außerdem wollte ich einen Abschnitt meines Lebens noch einmal neu beleuchten, der mir immer negativ vorgekommen war, von dem ich aber inzwischen entdeckt habe, daß er nicht nur Nachteile gehabt hatte. Dieser Lebensabschnitt hatte mir gewissermaßen eine Chance geboten, die Chance, ganz allmählich meine Freiheiten zu erringen, eine nach der andern, und zu erkennen, wie sehr mir jede einzelne gefehlt hat und wie kostbar, aber auch zerbrechlich jede einzelne ist.

Alle Fragen, die sich heute den Frauen im Zusammenhang mit einer neuen Identität stellen, wollte ich mit einer von ihnen erörtern. Nicht mit einer erklärten Feministin – ich wollte alles Komplizenhafte vermeiden –, auch nicht mit einer Gleichaltrigen, sondern mit einer Frau von heute, die bereits die Vorteile, über die ihre Generation verfügt, zu nutzen gewußt hat, einer Frau, für die ihre Rechte nicht einen Eroberungskampf darstellen, sondern das, was ihr gebührt, einer Frau, die ihren Beruf ausübt – oder auszuüben hofft –, ohne sich mit allzu vielen sexistischen Vorurteilen herumschlagen zu müssen.
Josyane Savigneau kannte ich lediglich von ihren Büchern her, Biographien von außergewöhnlichen Frauen (*Marguerite Yourcenar,* 1990, und *Carson McCullers,* 1995), was mir natürlich gefiel, sowie durch ihre in *Le Monde* veröffentlichten Kritiken. Auch ihre Einstellung zu Simone de Beauvoir – es gehört heute zum guten Ton, ihre Bedeutung zu leugnen und ihr Talent herabzuwürdigen – rührte mich sehr an. Mir schien, daß ein Dialog, der mit meiner Darstellung alterniert, die Gefahren der Selbstgefälligkeit, die eine Autobiographie birgt, verringert, daß ein solcher Dialog mich zu mehr Ehrlichkeit zwingt und ich auch Auffassungen verteidigen muß, die für mich vielleicht zu selbstverständlich sind. Auch Josyane würde Probleme frontal angehen müssen, die sie in ihrem Beruf tagtäglich antrifft, ohne sie immer mit Namen zu benennen. Des weiteren wollte ich über zwei, drei Fragen mit ihr diskutieren, die mir am Herzen liegen und die mein feministisches Engagement stark geprägt haben.
Kindheit und Jugend habe ich nicht geschildert, um mich

in Rührung über diese alles in allem glücklichen Jahre zu ergehen. Vielmehr hatte ich die Hoffnung, die Last der Traditionen, der Gewohnheiten und aller Arten von Konformismus aufzuzeigen, dazu die zermürbenden Schwierigkeiten, denen wir Frauen heutzutage alle begegnen, wenn wir bestimmte Grundentscheidungen in Einklang miteinander bringen wollen. Ich wollte aussprechen, was ich spät, aber nicht zu spät entdeckt habe: daß es wichtiger ist als alles andere, sich selbst zu verwirklichen. (A. d. Ü.: Vgl. Simone de Beauvoir, *Der Lauf der Dinge:* »[Es geht] eher um die Verwirklichung als um die Formung meines Charakters.«)

Mehr als die Geschichte meines Lebens ist dieses Buch die Geschichte einer Bewußtwerdung und die Chronik einer Flucht aus der Gefangenschaft, einer Flucht, die es mir ermöglicht hat, die langen Lehrjahre der Freiheit anzutreten.

Kapitel I

Rosie

Die meisten Schriftsteller von heute, ob Mann oder Frau, kommen unentwegt auf ihre Kindheit zurück, als wäre diese eine Höhle des Ali Baba, voller geheimer Schätze oder schrecklicher Greuel, voller rührender Ereignisse oder unsühnbaren Grolls, je nachdem.

Wie dem auch sei, sie behaupten, darin die Gründe ihrer Erfolge und vor allem ihrer Mißerfolge zu finden; dazu analysieren sie endlos die Aussprüche von Papa und Maman, machen ihren Erzeugern den Prozeß, sei es wegen ihres Autoritätsanspruchs oder ihrer unverzeihlichen Großzügigkeit, ja, sie stellen sich sogar Fragen über die Qualität des Beischlafs, der zu ihrer hochbedeutenden Existenz geführt hat. Mit unterschiedsloser Verbitterung verurteilen sie das Desinteresse der Eltern an dem ach so vielversprechenden Produkt, das sie gezeugt haben, oder aber den unerträglichen Leistungsdruck, den diese Eltern von früh an ausgeübt haben.

Mich persönlich langweilen Kindheiten, und die gegen die Eltern gerichteten Anklageschriften widern mich inzwischen an, egal, ob es sich um die biologischen oder um Adoptiveltern handelt, um anwesende oder entschwundene, um liebevolle oder gleichgültige. Es sei denn, der Schreiber hat wirklich außergewöhnlich viel Talent.

Mir war lange Zeit nicht aufgefallen, daß das Erholsame bei den alten Griechen und Römern oder auch bei unseren Klassikern und Romantikern nicht zuletzt daher rührt, daß sie uns mit ihrer Kindheit verschont haben. War Corneille ein mißhandeltes Kind? Hat Platon im zarten Alter von zehn Jahren onaniert? Hat Musset viele Tränen vergossen, weil ihm seine Mutter abends im Bett keinen Gutenachtkuß gab?

Es wäre möglicherweise nicht uninteressant darüber etwas zu erfahren, und für Psychoanalytiker ist dies sogar unentbehrlich, wenn sie Patienten auf der Couch liegen haben, die an ihrer Kindheit wie an einer offenen Wunde leiden. Und vermutlich ist aus solchen Analysen durchaus das eine oder andere Meisterwerk erwachsen. Aber früher kam man ganz gut aus, ohne von der Kindheit zu erzählen. Sie nahm nicht den entscheidenden Platz ein im Leben.

Auch in diesem Buch wird die Kindheit keinen entscheidenden Platz einnehmen. Denn ich habe keinen Grund, meinen Eltern den Prozeß zu machen. Ich hege keinen nachhaltigen Groll und suche keine Entschuldigung dafür, daß ich weder ein überbegabtes Kind noch ein hoffnungsloser Schulversager war – was so viele Schriftsteller von sich behaupten. Dennoch muß ich meiner Kindheit ein paar Seiten widmen, um zu verstehen, wie ich zu dem ängstlich-biederen jungen Mädchen wurde, das unfähig war, seine Begabung zu nutzen, obwohl sich so zahlreiche gute Feen über seine Wiege geneigt hatten.

Um ehrlich zu sein, ich hatte mich nie besonders für meine Kindheit interessiert. Ich mache aus ihr keinen Kult und trauere ihr nicht nach, obwohl sie glücklich gewesen ist. Die Erziehung jedoch, die ich genossen habe, die Menschen, die sie mir zuteil werden ließen, werfen auf das Verständnis des ewigen jungen Mädchens, das mir heute so unendlich fremd geworden ist, ein unentbehrliches Licht. Das Kind, das ich war, enttäuscht mich. Rosie Groult (ich wurde zwar Benoîte getauft, aber meine Eltern nannten mich immer Rosie) war ein konventionelles, gehorsames Kind, oder um die Comtesse de Ségur zu bemühen: Ich hatte sehr viel mehr Ähnlichkeit mit Camille und Madeleine de Fleurville, den beiden einfalls- und problemlosen Musterkindern, als mit der rotzfrechen Sophie. (A. d. Ü.: Sophie Rostopchine, Comtesse de Ségur [1799–1874], erfolgreiche Kinderbuchautorin, deren Romane auch heute noch von allen französischen Mädchen gelesen werden. Benoîte Groult spielt hier auf die beiden berühmtesten Bücher an: *Les Petites Filles modèles* [1858] und *Les Malheurs de Sophie* [1864].) Meine Eltern waren wesentlich besser in der Elternrolle als ich in der Kindrolle. Hervorragende Eltern, deren einziger Fehler es war, daß sie sie selbst geblieben sind; nicht im Traum haben sie daran gedacht, ihre starke Persönlichkeit zu korrigieren oder gar zu opfern, nur um für meine Schwester und mich bessere Erzieher abzugeben. Sie haben ihr Leben geführt, wir beide waren einfach da, und damit basta. Damals gab es keine Therapeuten, die sich um verspätetes Bettnässen kümmerten oder um Legasthenie (die man damals Unaufmerksamkeit oder

Unwille zu nennen wagte) und um unzureichende schulische Ergebnisse (die man damals schlichtweg der Faulheit zuschrieb, ohne zu befürchten, man könnte damit dem Schuldigen ein lebenslanges Trauma verpassen). Noch gab es keine Theoretiker der geringstmöglichen Anstrengung, noch wurden Schulfächer nicht mit spielerischen, irreführenden Benennungen getarnt, die Schülern und Eltern vorgaukeln, man könne sich alle Arbeit sparen und trotzdem lernen. Auch keinen »Intelligenzweckenden« Sonderheckmeck – womit vorausgesetzt wird, daß alle anderen schulischen Aktivitäten einschläfernd sind, und keine Schulpsychologen, um jegliche Strafe zu verbieten und die Unverschämtheit gegenüber den Lehrern oder sogar die Gewalt zu erklären, also zu rechtfertigen. Lehrer haben keine Rechte mehr, schon gar nicht das Recht, als Lehrer, egal ob als guter oder schlechter, respektiert zu werden. Den Lehrer ohrfeigen, verprügeln oder seinen 2 CV zu zerstören bedeutet nicht einfach die Ablehnung jeglichen Zwangs, das Zurückweisen jeglicher Disziplin (letztere gilt als Übel an sich) und insgesamt die Verachtung des erwachsenen Menschen, sondern hat als Zeichen der Angst, als Hilferuf der jungen Leute interpretiert zu werden, die es nicht zu bestrafen gilt (»Es ist verboten zu verbieten!« hieß es 1968), dafür aber zu therapieren, indem man die Lehrer, das Unterrichtswesen und die Gesellschaft insgesamt in Frage stellt.

Wir Vorkriegskinder waren Kinder im wörtlichen, im etymologischen Sinne: solche, »die nicht sprechen«, die keine Meinung abgeben, und unsere Eltern waren tatsäch-

lich »Eltern«, eine Spezies, über die man nicht urteilt und die man nicht in Frage stellt.
Ich war ein hübsches kleines Mädchen mit sehr großen, etwas starren blauen Augen, mit schnurgeraden dunkelblonden Haaren und einem für die damalige Zeit etwas zu üppigen Mund, der mir häufig offen stand, was meine Mutter sehr betrübte, weil ich dadurch leicht schwachsinnig wirkte. Da sie aber keine Frau des Trübsinns und des Jammerns war, sondern stets den Stier bei den Hörnern packte, mahnte sie mich flüsternd in aller Öffentlichkeit: »zuckersüßes Mäusemäulchen!« was hieß, daß ich dem Schönheitskanon der dreißiger Jahre gerecht werden sollte. Natürlich klang ihr Flüstern für mich wie Donnerhall.
Nie habe ich ihr geantwortet: »Ach, laß mich doch in Ruhe!« Wahrscheinlich war ich tatsächlich leicht debil. Brav spitzte ich meine Lippen, damit sie genauso aussähen wie die meiner Schwester, die makellos waren. Wie übrigens ihr ganzes Wesen, nach dem Befinden meiner Mutter. Aha! denkt da der Psychomensch. Das bekannte Lied der Eifersucht!
Pech gehabt. Nicht einmal das! Ich liebte meine vier Jahre jüngere kleine Schwester, auf jeden Fall habe ich sie nie gehaßt. Ich habe sie sogar kaum gequält, von unschuldigen, plumpen Schikanen abgesehen. Anders als sie habe ich nie kundgetan, daß ich meine Mutter anbete. Also war es doch normal, daß Maman den Typ Schönheit bevorzugte, den Flora darstellte, mitsamt der leidenschaftlichen Zuneigung, welche die jüngere Tochter ihr entgegenbrachte – zeitlebens im übrigen.

Heute noch, zwanzig Jahre nach Mamans Tod, sagt Flora manchmal zu mir: »Heute nacht habe ich Maman im Traum gesehen. Es ging ihr gut.«
Ich träume selten von ihr. Wahrscheinlich, weil ich ihr allmählich ähnlich geworden bin.
Der Spruch »zuckersüßes Mäusemäulchen« hat gewirkt: Meine Unterlippe hängt nicht herab. Auch ist trotz meines Alters und meines Berufes mein Rücken noch ziemlich gerade, und das habe ich dem Folterinstrument zu verdanken, das sie für mich in einem Geschäft für Behindertenausstattung bestellt hatte: einen schweren Stuhl aus massivem Holz, hart wie die Gerechtigkeit in Person; von der Mitte der Sitzfläche aus ragte ein Brett empor, das so breit war wie mein Rücken und mich zwang, ganz gerade zu sitzen; die beiden seitlich angebrachten Gurte, durch die ich meine Arme stecken mußte, verliehen mir die preußische Haltung eines Erich von Stroheim. Meine Ellbogen waren so weit nach hinten gezwängt, daß ich es kaum schaffte, die Gabel zum Mund zu führen. (Mit fünfzig Jahren Vorsprung schrieb mir meine Mutter einen jener »ergonomischen Sitze« vor, die heute in besonders fortschrittlichen Schulen empfohlen werden.)
»Du sollst kauen, Rosie, kauen, hörst du? Schau dir doch das mal an, André!« sagte sie zu ihrem Mann. »Sie tut so, als würde sie schlucken, und dabei sammelt sie alles in den Backen wie ein Hamster.«
Rosie ist nie auf die Idee gekommen, das Ganze wieder auszuspucken ... Irgendwo muß sie ganz bestimmt leicht debil gewesen sein ...
Da ich mich weigerte zu essen – zum Glück nannte man

solche Äußerungen des kindlichen Oppositionsgeistes noch nicht Anorexie –, bekam ich Bemax, konfettigroße, staubtrockene Weizenkeimtabletten, und angeblich geruchlosen Lebertran (die Dorsche, die sich auf der Verpackung tummelten, genügten schon, um den Kindern den Magen umzudrehen); dazu noch Phytin gegen Rachitis, Apfelsirup für die Bronchien und Hämoglobin fürs Blut.
Ich hatte eine wunderbare Mutter.
Sei es nun, daß ich unfähig war, meinerseits eine wunderbare Mutter zu sein, oder die Vorlage zur Erziehung von Musterkindern war inzwischen verlorengegangen: Bei keiner meiner drei Töchter habe ich eine solche Unterwerfung erreicht, keine hat dieses larvenhafte Stadium durchgemacht. Ich entwickelte leider keinerlei aufrührerische Gelüste, zumindest nicht, bevor ich ein ziemlich fortgeschrittenes Alter erreichte.
Unerschütterlich war meine Mutter auf mein Wohl bedacht. Und warum sollte man das Wohl auch ablehnen. Sie konnte nur recht haben. Sie war schön mit ihren großen blauen, wie die meinen etwas starren Augen. »Die typischen Kuhaugen der Poirets«, sagte mein Vater, der winzige Knopfaugen hatte. Sie war makellos gekleidet, wenn auch etwas zu stark geschminkt wie viele der »hübschen Frauen« der damaligen Zeit, vor allem wenn sie in der Modebranche arbeiteten. Sie war niemals krank und verließ jeden Morgen das Haus, um von neuem die Welt zu erobern: mit roten Nägeln, großen Ringen an den Fingern und einer kurzen, welligen Frisur, die täglich mit der Brennschere zurechtgemacht wurde. Ich hörte das Klap-

pern, wenn sie sie im Bad von dem Gestell nahm, in dem eine Spiritustablette der Marke Meta brannte.
Sie mochte nur die Stadt, vorausgesetzt, es handelte sich um die Hauptstadt. Sie haßte die Bretagne, Landhäuser und Sportschuhe. Sie ging nicht schwimmen und konnte nicht Auto fahren. Glücklich war sie nur, wenn sie für ihr Modehaus Modelle entwarf oder wenn sie umgeben war von Künstlern und Schriftstellern, die unser Haus frequentierten, um Nicoles Unverschämtheiten und Andrés Lammkeule in Brotteig zu genießen. Nachts ertappte ich sie häufig dabei, wie sie ihren zahlreichen Verehrern schrieb: mit ihrer schönen, girlandenförmigen, erstaunlich kraftvollen und regelmäßigen Schrift – sie, die das Schreiben doch bei den Nonnen gelernt hatte, steif und in spitzem Zickzack. Die 1887 geborene Marie Poiret hatte 1907 bei ihrer Hochzeit beschlossen, Nicole Groult zu werden. Und mit dem Namen wollte sie auch die Schrift, den Stil und ihre Ambitionen wechseln.
Ich wußte damals noch nicht, daß ich mit zwanzig Jahren das gleiche tun würde, mit Ausnahme der Schrift (ich hatte schon immer die gleiche wie meine Mutter) und der Ambitionen – die ihren verstellten mir den Horizont. Übrig blieb also der Vorname, das war immerhin ein erster Schritt. Vorerst mußte ich ihr entweder ähnlich sein oder gar nicht sein. Also war ich nicht ... Wem sonst hätte ich auch nacheifern können? In Nicoles Salon beobachtete ich alle möglichen Künstler- und Schriftstellerfrauen. Sie kamen mir alle erschreckend vor. Alle hatten sie, wie etwa Elise Jouhandeau (A. d. Ü.: Die Frau des Romanciers Marcel Jouhandeau [1888–1979]), Züge von einer

Hexe. Alle trugen sie weite, grellbunte Kleider, kurzes Haar und Pony, alle redeten sie laut und wichen keinen Schritt von der Seite ihrer großen Männer; auch Marie Laurencin (A. d. Ü.: Französische Malerin und Lyrikerin [1885–1956], von 1907 bis 1912 Muse und Gefährtin von Apollinaire, vgl. Flora Groult, *Marie Laurencin* [Biographie, 1987]), meine Patin, die mich ein-, zweimal im Jahr mit ihren schönen Kurzsichtigenaugen und durch ihre Lorgnette betrachtete, als wäre ich ein unbekanntes und leicht widerwärtiges Insekt.

In der weiteren Umgebung gab es dann noch die normalen Damen, die Mütter meiner Schulfreundinnen. Sie hatten die Haare zu einem Knoten zusammengebunden, trugen Schnürschuhe mit Blockabsätzen, strickten mit fünf Nadeln die Socken für ihre zahlreiche Brut und holten dieselbe von der Schule ab, in Persianermänteln im Winter und klassischen Kostümen im Sommer. Meine Mutter trug lange Zeit, viel zu lange nach meinem Empfinden, einen haarsträubenden, struwweligen schwarzen Mantel aus Affenfell. Die Vorstellung, daß sie damit eines schönen Tages vor der Privatschule Sainte-Clotilde im 7. Arrondissement auftauchen könnte, mit indezent auf dem Trottoir klappernden Stöckelschuhen, ihren extravaganten Hüten und ihrer Königinnen-Statur, war ein Alptraum.

Sie kam aber nie, zum Glück, und die Schule blieb für mich eine Zuflucht vor ihrem exzentrischen Wesen und bot mir die Gelegenheit, eine echte Neigung für das Lernen zu entwickeln, was dadurch unterstützt wurde, daß ich ein braves, strebsames Schaf war. Später, an der Sorbonne, machte ich unzählige Scheine: Griechisch, Sprachgeschichte, Englisch, Biologie ... Alles, um möglichst lange Studentin zu bleiben und den Moment hinauszuzögern, wo ich mich in die Arena wagen und mich den jungen Männern gegenüber einer »ausgeklügelten Hinhaltetaktik« (noch so ein Ausdruck meiner Mutter) befleißigen mußte – wobei besagte junge Männer in meinen Augen einen schreckenerregenden, den Mädchen gegenüber prinzipiell feindlich gesonnenen Stamm darstellten, mit geheimnisvollen, mir unverständlichen Sitten. Trotzdem mußte ich mir in absehbarer Zeit unter ihnen einen Ehemann »ergattern« (immer der gleiche, leistungsorientierte Wortschatz), wofür ich mir hoffnungslos ungerüstet vorkam. Mein Vater erinnerte mich immer wieder an ein Zitat von Barrès: »Ich liebe junge Männer, die ins Leben treten mit einer frechen Unbotmäßigkeit auf den Lippen« – und war total neben der Spur. *Mich* erinnerte er daran, die ich noch nie ein »Rutscht mir den Buckel runter!« geschafft hatte.

Mit meinen Komplexen war ich für die Herde der weiblichen Lämmer Gottes wie maßgeschneidert. War es nicht in der Tat viel einfacher, ins Kloster zu gehen, wo mich dann ein himmlischer Gatte erwarten würde? Dort konnte ich der ewigen pflichtgemäßen Weiblichkeitsdressur entrinnen, brauchte ich nicht mehr um den Erfolg zu kämpfen.

»Du wirst doch nicht im Ernst eine kleine Volksschullehrerin bleiben wollen?« rief Maman mit geringschätzigem Lachen. Schuhe mit hohen Absätzen, Lippenstift, Rouge, danebengeratene Dauerwellen, scheußliche Lockenwickler, all das hätte ich dann an den Nagel hängen können. Die Kerle mochten ohnehin nur die engelhaften Blondinen und die oberflächlichen Koketten. Diesen klösterlichen Plan jedenfalls habe ich nicht ernsthaft, aber immerhin fast ein Jahr lang verfolgt, vermutlich um meinen Eltern zu trotzen.

Von meinen Freundinnen bereiteten sich mehrere darauf vor, einem Orden beizutreten. Schon als kleine Mädchen waren sie bei den »Kindern Mariens«, was dazu führte, daß sie frühzeitig jene etwas traurige, leicht vorwurfsvolle würdige Haltung einnahmen, die man bei den Frauen feststellen konnte, die von der Kommunionbank zurückkamen. Einige unter ihnen, die den Tod eines Verwandten beklagten, waren traditionellerweise zu Blau und Weiß verdammt. Mir hätte das gut gefallen ... Schließlich hatte auch ich eine kleine Schwester verloren, die drei Jahre jünger war als ich. Aber meine Mutter mochte die leuchtenden Farben viel zu sehr und die Mutter Gottes viel zu wenig, um diesen Kleiderzwang zu akzeptieren. Und auch das Leben liebte sie viel zu sehr, auch mein Leben, um meiner Entsagung zuzustimmen. Schon das Wort allein verabscheute sie.

Ich hatte so sehr Angst, die freie, unbestimmte Welt der Kindheit zu verlassen, daß ich mich lange an den »Entwicklungsjahren« festklammerte, ein Syndrom, das heute so gut wie verschwunden ist. Das Jungmädchenalter kam mir in der Tat wie ein Noviziat vor, das unausweichlich zur Ehe, das heißt zum Frauendasein führte. Bei dieser Vorstellung bekam ich Pickel. Und da ich trotz Ozonbehandlung, Hautritzung und Schwefeltinktur keinerlei

Ausweg sah, gelang es mir, meine Akne zwei Jahre lang zu bewahren, die dann von Herpes abgelöst wurde, der jedesmal, wenn ich zum Ball oder zu einer Abendgesellschaft eingeladen wurde, auf meinen Lippen erblühte.
Eines Tages mußte ich dann aber doch, trotz aller Verzögerungsmanöver, mein Frauenschicksal und die damit verbundenen Regeln des Marktes hinnehmen.
Die erste lautete: ein »hübsches Gesichtchen« haben. Das haben sie gern, die Männer, hieß es. Ich hatte ein Gesicht. Das war schon mal ein Minuspunkt.
Des weiteren sollte man tunlichst vermeiden, allzu lange zu studieren. Das mache die Mädchen häßlich (nur die Mädchen), und man wurde als Blaustrumpf abgestempelt.
Und schließlich sollte man möglichst keine ungemütlichen Ideen haben. Am besten hatte man gar keine, vor allem keine politischen. Denn sie, die Männer, ließen weibliche Schlauköpfchen schnell links liegen, und im Nu wurde man zur alten Jungfer, einem armen Ding also, das nichts als Mitleid oder Hohn erntete. Eine Alternative gab es nicht. Da konnte ich Kopfstände machen und Purzelbäume schlagen, am Ende waren es die Jungens und sie allein, die den Schlüssel meiner Zukunft verwahrten. Allmählich erschien mir jeder dieser Kerle als eine mögliche Ausprägung meines Schicksals.
Ich hielt mich zwar nicht für eine absolute Niete, nein. Im Grunde empfand ich sogar durchaus Achtung und Zärtlichkeit für mich selbst. Aber ich sah keinerlei Möglichkeit, einen Mann von meinem Wert zu überzeugen. Wenn sie unfähig waren, mich zu erkennen, mich von der

großen Schar der heiratsfähigen jungen Mädchen zu unterscheiden, dann waren sie eben Idioten. Mein Vater, der für jede Lebenslage ein lateinisches Zitat parat hatte, war völlig meiner Meinung: »*Margaritas ante porcos*, Perlen vor die Säue«, verkündete er, um mich zu trösten. Ein erbaulicher Spruch, fürwahr!
Meine Mittelmäßigkeit wurde endgültig besiegelt, als ich Marc Allégret auffiel (A. d. Ü.: französischer Filmemacher [1900–1973], den eine enge Freundschaft mit André Gide verband), den ich bei gemeinsamen Freunden auf dem Land kennenlernte. Auf dem Land oder am Meer wirkte ich immer etwas weniger verstockt. Er suchte junge Mädchen für einen Film, den er vorbereitete, und schlug Maman vor, Probeaufnahmen mit mir zu machen. Sie war begeistert. Ich verging vor Schreck.
Am Vorabend des Studiotermins erklärte ich ihr, daß ich mich unfähig fühle, vor eine Kamera zu treten.
»Lieber geh' ich putzen«, sagte ich mit finsterer Miene. Man hielt mich für schwachsinnig. Meine Erziehung war eindeutig ein Mißerfolg.
Dreißig Jahre später, nach dem Tod meiner Mutter, ging das große, in rotes Leder gebundene Heft an mich über, in das sie ihre Gedanken und ihre Gedichte notierte und ihre schönsten Briefe an Marie Laurencin, Jean Cocteau, Pierre Benoît, an ihren Bruder Paul Poiret und an so viele andere abschrieb. Irgendwo auf den vielen Seiten entdeckte ich ein paar wenige Zeilen, in denen sie ihre ganze Enttäuschung über ihre älteste Tochter, die damals erst sechzehn war, zum Ausdruck brachte: »Rosie ist von eher empfänglichem als kreativem Naturell. Ich weiß nun, daß

sie keine herausragende Begabung besitzt. Sie zweifelt an sich selbst, an allem, was sie in sich trägt, sie ist viel zu büchergläubig. Sie ist verstockt, aber nicht energisch und lebt in einer Lethargie, die sie für Weisheit hält. Ihre Kraft, wenn sie denn überhaupt welche hat, ist völlig eingekapselt. Allmählich habe ich kaum mehr Hoffnung, daß sie eines Tages zum Vorschein kommt.«

Wie hätte ich auch jene Frau beeindrucken können, die ein paar Seiten weiter schrieb: »Ich bin über die Zeiten hinweggesprungen, eine Amazone ohne Rüstung. Meine einzige Waffe war mein kühnes Herz, und in diesem Herzen habe ich wie eine Blume zwischen den Lippen meine übernatürliche Liebe zum Leben getragen ... Kampflustig, im gestreckten Galopp, habe ich mein Leben lang jeden Bogen überspannt. Frivol und ernst, rein und profan, tugendhaft und ruchlos: Ich wollte mir nichts entgehen lassen. Denn wie sollte ich wissen, was hoch über allem steht, wenn es nicht alles gegeben hat? Liebe: Du allein bist kein Betrug! Edle Ekstase, schlimmste Schandtat, ich rühme euch, ich preise euch, ich gedenke feierlich euer auf allen Altären.«

Arme Maman, lange noch habe ich dich enttäuscht, Jahre hat es gedauert, bis ich aus meiner Lethargie erwachte.

Viel später erst habe ich begriffen, was mich so lange gelähmt hatte: die Unmöglichkeit, meiner Mutter ähnlich zu sein, und der Mangel an anderen Vorbildern. Nicole Groult war eine der wenigen Frauen in meinem Gesichtskreis, die ihren Erfolg nur ihrer Arbeit zu verdanken hatte und nicht der schützenden Hilfe eines Mannes. Sie verdiente gut – für uns alle. Sie wurde ihr Leben lang von ihrem Mann geliebt, und es fehlte ihr weder an Verehrern noch an Liebhaberinnen. Bis in ein fortgeschrittenes Alter war sie schlank und schön geblieben. Sie hatte ein achtzehn Monate altes kleines Mädchen verloren, aber anstatt in Depression zu versinken, hat sie zehn Monate später ein neues Kind in die Welt gesetzt. Damals – und heute übrigens auch – kam es selten vor, daß eine Frau auf allen Ebenen einen solchen Erfolg hatte. Das verzieh man ihr in unseren bürgerlichen Kreisen nicht. Gern hätte man sie bestraft gesehen – irgendwie. »Sie ist eine exzentrische Person!« sagten meine Tanten und verzogen mißbilligend das Gesicht. »Ihr solltet lieber nicht so werden wie eure Mutter!« warnte uns unsere Großmutter in regelmäßigen Abständen; sie wog hundert Kilo und trug Schwarz seit dem Tag, an dem ihr ältester Sohn in Verdun gefallen war.

Ich hatte nicht den Mut, exzentrisch zu sein. Auch nicht die Fähigkeit.

Und Hilfe hatte ich von keiner Seite zu erwarten, schon gar nicht von meinen Büchern. Im Gegenteil: Je mehr ich las, desto klarer wurde mir, daß Unabhängigkeit für Mädchen nicht vorgesehen war. Ich ahnte nicht im entferntesten, daß es eine Virgina Woolf gab. *Ein Zimmer für sich allein* war zwar 1929 geschrieben worden, wurde aber erst 1951 von Clara Malraux ins Französische übersetzt. (A. d. Ü.: Die deutsche Übersetzung ließ noch länger auf sich warten: Sie wurde von R. Gerhardt und W. Teichmann besorgt und erschien erst 1978.) Und natürlich wußte ich nichts von Marie Wollstonecraft, von Olympe de Gouges, Flora Tristan oder Louise Weiss. Simone de Beauvoir fing erst fünf oder sechs Jahre später an zu schreiben, und das Wort »Feminismus« kam mir vermutlich nicht über die Lippen, bevor ich fünfundzwanzig oder dreißig Jahre alt war. Und wie soll man eine Vorstellung von etwas entwickeln, wenn man kein Wort hat, um es auszudrücken? Meiner Mutter waren das Wahlrecht und die Politik im allgemeinen völlig schnuppe. Sie hatte keine Theorien gebraucht, um ihre Persönlichkeit durchzusetzen. Nun war es an mir, es ihr gleichzutun.

Im Grunde lebte ich in einer Art Unschuld – nur leider war ich eine »Unschuld vom Lande«. Wir Vorkriegsmädchen, die wir 1939 achtzehn geworden waren, stellten fast alle eine Unschuld vom Lande, um nicht zu sagen einen weiblichen Dorftrottel dar; wobei das Dorf die ganze Welt umfaßte. Immerhin war es anderswo schlimmer. Zumindest war ich nicht eine jener Negerinnen mit Lippenpflock, die bei der großen Kolonialausstellung von 1936 wie Affen zur Schau gestellt worden waren. Ich war sechzehn Jahre alt gewesen, als ich sie sah, aber der Gedanke hatte mich nicht einmal gestreift, daß auch diese Frauen Frauen waren, der Bedingung unterworfen, den Männern zu gefallen: Und diese Männer legten die Kriterien fest, egal wie grausam sie waren, und heirateten nur, wenn ihren Vorstellungen entsprochen wurde.

Mit zwanzig Jahren hatte ich also noch immer nichts Anomales am Funktionieren unserer Gesellschaft entdeckt. Ich hatte einen Hochschulabschluß in Literatur, ich unterrichtete Latein und Englisch an einer Privatschule, warum aber durfte ich nicht zur Wahl gehen wie die Ta-

xifahrer oder die Straßenkehrer? Warum durfte ich kein Bankkonto eröffnen ohne die Zustimmung eines Ehegatten oder abtreiben, ohne Gefahr zu laufen, verfolgt und von der Gesellschaft verurteilt zu werden oder vielleicht sogar zu sterben?
Die Frage wurde nicht gestellt.
Und warum hatten während der deutschen Besetzung nur die Männer ein Anrecht auf Tabakmarken, warum wurden die Frauen einmal mehr als Minderjährige behandelt?
Die Frage wurde nicht gestellt.
(Die Antwort hingegen wurde gefunden: Keine von uns rauchte, aber wir haben die Tabakmarken meines Vaters konfisziert, um sie bretonischen Bauern zu schicken, die uns im Gegenzug Butter und Kaninchen zukommen ließen.)
Und warum, schließlich, habe ich es bei der *licence* bewenden lassen, warum habe ich es nicht einmal versucht, die *agrégation* zu machen oder mich für die *École normale supérieure* zu bewerben wie viele junge Männer in meinem Umkreis? (A. d. Ü.: Das gesamte französische Ausbildungssystem beruht auf dem Wettbewerbsprinzip. Die *licence* ist der universitätsinterne Studienabschluß. Danach unterziehen sich die Studenten staatlichen Wettbewerben wie etwa der *agrégation,* oder sie versuchen, ebenfalls im Wettbewerbsverfahren, sich den Eintritt in eine Eliteschule zu erkämpfen. Bis Mitte der siebziger Jahre waren diese Wettbewerbe nach Geschlechtern getrennt, was zur Folge hatte, daß in den geisteswissenschaftlichen Fächern die Frauen prozentual sehr viel ge-

ringere Chancen hatten als die Männer; in den Naturwissenschaften war die Lage allerdings dementsprechend umgekehrt.) Ich habe zugesehen, wie sie zu einer Karriere ansetzten. Ich trat auf der Stelle. Woran lag dieser Defätismus, warum gab ich frühzeitig auf, obwohl ich über Zeit, Geld, eine solide Gesundheit und Lust am Lernen verfügte?

Auch hier wurde die Frage nicht gestellt.

Aber auch hierzu habe ich die Antwort gefunden, als ich Jahre später einen Abschnitt aus *Das andere Geschlecht* von Simone de Beauvoir entdeckte, der für mich geschrieben schien: »Schon in der Phase des Lernens befindet sich die Frau in einem Zustand der Minderwertigkeit ...«

Eine grausame Analyse, die sich mit der meiner Mutter traf. Endlich hatte ich eine Erklärung für meine im Verhältnis zur investierten Arbeit kärglichen Erfolge, für meinen nicht vorhandenen kritischen Geist, für den Dämmerzustand meiner Intelligenz. Was Simone de Beauvoir da beschrieb, war so haargenau mein Porträt, daß ich dieses junge Mädchen, das ich so gut kannte, am liebsten kurz und klein geschlagen und anschließend heulend geküßt hätte.

Wie hatten denn das die anderen gemacht, die paar wenigen, die – im 20. Jahrhundert und früher – ihren Weg gesucht und gefunden hatten, und denen es gelungen war, sich einen Namen zu machen? Ich bewunderte sie, begriff aber nichts. Conchita Cintron, die erste Torera im Jahre 1937. Maria Bashkirsteff – mein Vater betete sie an –, die, berühmt durch ihr *Tagebuch* und ihre Malerei, 1884 an Tuberkulose gestorben war. Selbstverständlich auch

Marie Laurencin, meine Patin, die aber mit meiner Mutter eng befreundet, also suspekt war. Und die skandalumwitterte Colette, und Elsa Triolet, die 1945 den Prix Goncourt bekam, den ersten seit vierzig Jahren, der einer Frau verliehen wurde. Aber was wäre Elsa ohne Aragon gewesen? Bei dieser Frage werden wissende Blicke getauscht … Wenn von Elsa Triolet die Rede ist, taucht immer gleich der Name Aragon auf, und man nickt bedächtig. Und dann gab es da noch Maryse Bastié und Hélène Boucher, zwei Größen der französischen Luftfahrt, die es aber trotz ihrer internationalen Rekorde und ihres Heldentums nie schafften, als Pilotinnen auf Linienflügen eingesetzt zu werden.

Ja doch, ein paar wenigen Frauen gelang es, die Hürden der Vorurteile zu überwinden, das Tabu des Schweigens zu brechen, aber die Gesellschaft brachte sie schleunigst in Verruf oder bemühte sich, sie aus unserer Erinnerung zu löschen. Sie traten nicht wirklich in die Männerwelt ein, eroberten keine Stellung und keine Macht. Mit Ausnahme der Künstlerinnen und der Schauspielerinnen, aber deren Status blieb prekär, abhängig von der Mode, ihrem Alter, der Gunst des Publikums. Auch das war immer noch nicht die Welt der Männer. Und selbst in diesem Bereich Erfolg zu haben erforderte von vornherein ein Talent, das ich nicht hatte.

Allerdings hatte ich die meiste Zeit meines Lebens in katholischen Schulen verbracht, wo man sich tunlichst hütete, den jungen Mädchen Flügel wachsen zu lassen. Allein schon die hierarchische Struktur unserer Religion genügte, uns unsere Bedeutungslosigkeit vor Augen zu

führen. Keine Göttin der Fruchtbarkeit und der Ernte wie Demeter bei meinen geliebten alten Griechen. Keine Spur einer Göttin-Mutter wie bei den Ägyptern, nicht einmal einer indischen Kali, der Verkörperung des Todes, aber auch des Lebens. Unsere Götter trugen alle Bärte.
Zu Füßen unserer männlichen Dreifaltigkeit gab es wohl eine demutgebeugte Gestalt, die Jungfrau Maria. Aber durch die unbefleckte Empfängnis und durch ihre Jungfräulichkeit stellte sie eine doppelte Herausforderung der Natur dar und war somit ein nicht nachzuvollziehendes Vorbild für die Frauen. Das traurige Schicksal dieser Mater dolorosa, die vor Gott und ihrem göttlichen Sohn in die Knie geht, war nicht besonders dazu geeignet, uns auf dem Weg der Emanzipation Mut zu machen.
Zwar gab es ein paar Heilige, meist Märtyrerinnen, die gefeiert wurden, weil sie ihre Brüste oder den Kopf verloren hatten, doch diese hatten nicht das geringste Evangelium, nicht die geringste Epistel geschrieben. An keinem einzigen fundamentalen Text hatten sie Anteil. Nicht einmal Prophezeiungen wie die delphische Pythia hatten sie hinterlassen.
Daß ich im Alter von etwa zwanzig Jahren den Glauben verloren habe, hat sicherlich damit zu tun, daß es in der katholischen Kirche weit und breit keine Frauen gibt: Weder gibt es sie in der Botschaft der Evangelien noch in der Hierarchie, noch in der Liturgie. Der rituelle Spruch, den ich jeden Sonntag von der Kanzel herab vernahm, »liebe Brüder«, schloß mich aus dem Kirchendiskurs von vornherein aus. Ich fühlte mich durch diesen Ausschluß irgendwie entwürdigt, auch ohne das Faktum in femini-

stischer Sprache analysieren zu können. Jeden Morgen kam ein Priester in die Schule und las die Messe für uns, aber er ließ sich von seinen Meßdienern begleiten, als ob keines von den zahllosen kleinen Mädchen, die vor ihm knieten, würdig gewesen wäre, das Weihrauchfäßchen zu schwingen. Die Anwesenheit dieser rotgekleideten Knilche, die im Angesicht all dieser »Pißnelken«, die wir in ihren Augen waren, zu Aufgaben berufen wurden, die uns ruhmreich vorkamen, hat mich möglicherweise wirksamer auf den Feminismus vorbereitet als zahlreiche scharfsinnige Diskurse.

Soweit mein katholischer Bildungshintergrund.

Auf seiten der humanistischen Bildung gab es trotz des fröhlichen Durcheinanders im Olymp auch nicht viel Aufmunterndes für mein Ego. Aristoteles und Platon hatten mich schon vor zweitausend Jahren gewarnt, daß ich nichts als ein verfehlter, mißratener Mann sei, ein Irrtum der Natur. Das Machtwort solcher unwiderlegbarer Autoritäten ließ den Mißratenen der Menschheit nichts anderes übrig, als sich in Anbetung vor den Wohlgeratenen zu neigen: den Männern. An dieser Front gab es Helden noch und noch. Aber wir bewunderten sie ohne jede Hoffnung. Der schlaue Ulysses, der leichtfüßige Achilles, der schöne Hektor, alle beflügelten sie unsere Phantasie, allerdings auf eine ähnliche Weise, wie ein Marathonläufer einen Krüppel ohne Beine faszinieren mag.

Für weibliche Helden konnte es offenbar nur ein pathetisches Schicksal geben, das von Gott, von ihrem Vater oder von einem Orakel abgebrochen wurde.

Jede von uns mochte davon geträumt haben, Antigone

nachzueifern, die so zahlreiche Schriftsteller inspiriert hat, aber nur einen kurzen Augenblick lang, bis nämlich die Gesetze des Stadtstaats sie wegen Ungehorsams dazu verurteilten, mit zwanzig Jahren lebendig eingemauert zu werden.

Blieb also Helena, deren Schönheit den Trojanischen Krieg auslöste, in dem die besten unter den Griechen ihr Leben ließen. Und Iokaste, die ungewollt die Gattin ihres Sohnes Ödipus wurde und sich vor Verzweiflung erhängte, als sie es erfuhr. Und Iphigenie, die sechzehnjährig aus lächerlichen meteorologischen Gründen geopfert wurde. Oder Ariadne, auf einer einsamen Insel von Theseus verführt und verlassen. Und die Kindsmörderin Medea, wie ihre Schwester Kirke Magierin – was keine von beiden davor bewahrte, ebenfalls verlassen zu werden. Und natürlich auch die brave Andromache. Als Leitfiguren lauter Besiegte, lauter Opfer. Übrigens haben Äschylos, Sophokles und die anderen diese Lebensgeschichten in ebenso wunderbaren wie schrecklichen Tragödien festgehalten, deren feierliche Schönheit nur ein weiteres Argument gegen die Frauen lieferte.

Soweit meine humanistische Bildung.

Ob christlich oder heidnisch, im Grunde war und blieb die Frau die schlechtere Hälfte auf Erden – und mit weniger Talent und mehr Fanatismus als die Dichter und Denker der Antike bestätigten die Kirchenväter die traurige Wahrheit: Platon, Aristoteles, Paulus, Tertullian – alle gaben sie die gleiche Losung aus.

Also blieb noch die klassische französische Bildung.

Aber ach! Von Anbeginn verkündete auch die französi-

sche Geschichte unseren Ausschluß. Nicht erst durch das Salische Gesetz, jene typisch französische Erfindung, die uns um große Herrscherinnen vom Typus einer Elisabeth von England oder einer Katharina der Großen von Rußland gebracht hat. Maria di Medici war die letzte unserer gekrönten Königinnen. Bei Katharina di Medici und allen, die danach kamen, handelte es sich nur noch um Regentinnen oder Königsgattinnen.
Für uns Mädchen, die wir doch genauso gierig waren nach schönen Träumen wie unsere Brüder, gab es keine jener archetypischen Helden, von denen so viele Jungen ihre Berufung, ihre Inspiration, oder sei es auch nur ihre Selbstsicherheit bezogen: die Gewißheit, dem Geschlecht anzugehören, das so viele glorreiche Exemplare hervorgebracht hat, und das Gefühl, daß vom Prestige der Helden ein ganz klein wenig auf einen selbst abfärbt. Wo waren denn unsere legendären Figuren, weibliche drei Musketiere, Ritterinnen ohne Furcht und Tadel, weibliche Gegenstücke zum ruhmreichen Napoleon, dem kein zwölfjähriges Mädchen widerstehen kann? Bei Victor Hugos Waterloo-Ballade schossen mir immer die Tränen in die Augen. Selbst nach der Niederlage, selbst im Exil blieb er ein unerreichbarer Gigant. Ich habe seine Büsten gesammelt: aus Gips, aus Bronze, aus Steingut. Ich besaß sogar einen Napoleon als Kerzenhalter, die Kerze ragte mitten aus dem Zweispitz empor. Er thronte lange auf meinem Nachttisch, mein geliebter Napoleon. Aber was für ein Vorbild konnte er für mich sein? Von meinem großen Mann mußte ich mich trennen. Von der Größe überhaupt mußte ich mich trennen.

Für uns Mädchen gab es auch keine gleichgeschlechtlichen Autoren, die auf den Lehrplänen gestanden hätten. Nicht ein einziges Mal in meiner Schülerinnen- und Studentinnenlaufbahn war einer der hochheiligen Autoren, die wir lesen mußten, eine Frau.
Erica Jong erzählt, daß am Barnard College, einer Hochschule, die von amerikanischen Feministinnen gegründet worden war und wo lediglich Mädchen studieren durften, niemals Autorinnen, weder Romanschriftstellerinnen noch Lyrikerinnen, auf dem Lehrplan standen. In der College-Bibliothek waren weder die (angeblich vergriffenen) Romane der Colette noch die Bücher von Simone de Beauvoir greifbar. Und das im Jahre 1960! Im Lande des Feminismus! Man kann sich vorstellen, daß im Jahre 1941 die Sorbonne in dieser Hinsicht einer Wüste glich. Unser Pantheon war schlichtweg leer. Bis auf eine einzige Ausnahme: Da gab es die grandiose Heroine Jeanne d'Arc, die Jungfrau von Orléans. Aha, eine Jungfrau also. Die einzige Nachfolgerin der mythischen Amazonen, die einzige Frau, die den Mut hatte, sich gegen ihr Frauenschicksal und gegen die Traditionen zu erheben. Sie mußte es büßen, wie man weiß, und wie Antigone, Iokaste oder Iphigenie ereilte sie ein frühzeitiger, tragischer Tod.
Ein abschreckendes Beispiel also, unbestreitbar.
Die anderen erschienen höchstens als Statistinnen. Im steten Bestreben, das Vorhandensein von Frauen in der Geschichte auszublenden, setzten unsere Historiker ihre Wirkung herab auf das aufrührerische Treiben einiger winziger Grüppchen, die sie außerdem mit lächerlichen

Namen bedachten, um sie besser als Außenseiterinnen abstempeln zu können. Etwa die *»Tricoteuses«*, die »Strickerinnen« der Französischen Revolution (würdige Erbinnen von *Lysistrate* und der *Weibervolksversammlung*, von deren Heldinnen Aristophanes erzählt, daß sie zwischen zwei politischen Reden Wolle strichen), oder die *»Pétroleuses«*, die wackeren Heldinnen der Pariser Kommune, deren Leistung auf diese Weise bagatellisiert oder lächerlich gemacht wurde. Der Spitzname *»Pétroleuse«* blieb auch an Louise Michel haften – ihr zweiter lautete »Rote Jungfrau« – (schon wieder eine!) – und verschattete den politischen Willen, der ihr ganzes Leben beherrschte, alles, wofür sie gekämpft hatte und zur Zwangsarbeit verurteilt worden war.

Ebenso taufte im 20. Jahrhundert die Presse die Verfechterinnen des Frauenwahlrechts »Suffragetten«, als wollte sie damit deren Forderungen um so leichter ins Abseits drängen. Und so wurden sie der Nachwelt in der Gestalt von aufgeregten Funkenmariechen überliefert. In Wahrheit kämpften sie in England erbittert, ketteten sich an die Gitter von Westminster, warfen sich beim Derby von Epsom vor die Beine der Pferde oder traten in den Hungerstreik – mit dem Erfolg, daß sie das Wahlrecht zwanzig Jahre früher als die französischen Frauen erlangten.

In der Literatur war die Strategie die gleiche. Indem man sich über die »lächerlichen Preziösen« oder »die gelehrten Frauen« lustig machte (A. d. Ü.: Molière: *Les précieuses ridicules,* 1659. Molière: *Les femmes savantes,* 1672), lästerte man über eine Neigung, die bei Männern als durchaus ehrbar galt: den Wunsch, sich Bildung anzueig-

nen und eine schöne Sprache zu sprechen. Solche aggressiven Formulierungen, die Molière in Umlauf brachte, zeitigten ihre Wirkung: Für Jahrhunderte brachten sie den schöpferischen Ehrgeiz der Frauen in Mißkredit.
Man kann sich kaum vorstellen, wie wirksam eine solche Formel sein kann, wenn sie historisch zum richtigen Zeitpunkt aufkommt. Die Verbindung zwischen »weiblich«, »gelehrt« und »lächerlich« war damit geschaffen, und der Ton, in dem darüber gesprochen wurde, festgelegt: Spott war angesagt.
Molières Bêlise (A. d. Ü.: Vermutlich hat Molière diese Figur aus den *Gelehrten Frauen* nicht von ungefähr Bêlise [und nicht Élise] genannt: der Name erinnert an *»bêler«*, also »blöken wie ein Schaf«) samt Schwägerin Philaminthe und Nichte Armande dienen dazu, nicht nur die wegen nicht vorhandener Liebhaber hysterisch werdenden Betschwestern zu disqualifizieren, sondern auch die dummen Frauenzimmer, die sich einbilden, sie müßten schreiben anstatt Wämse zu bügeln.
Eine um so betrüblichere Zurechtweisung der Frauen, als nicht wenige unter ihnen im Mittelalter und in der Renaissance sich eine beachtliche Bildung aneignen und sich der Literatur und der Kunst widmen konnten. Christine de Pisan wurde »die gelehrte Dame« genannt – im späten 16. Jahrhundert war das ein Kompliment. Héloïse hatte Latein, Griechisch, Hebräisch und Theologie studiert, und nicht die Wissenschaft, sondern die Liebe war Grund für ihr – und Abélards – Unglück. Louise Labé sprach vier Sprachen und Margarete von Navarras Wirkung überstrahlte das gesamte 16. Jahrhundert.

Auch die einfachen Frauen des Volkes lebten nicht zurückgezogen im trauten Heim. Die germanischen Traditionen hatten sich gegen das grausame römische Recht durchgesetzt: Sie konnten Weberinnen, Teppichwirkerinnen (die berühmte *Dame mit dem Einhorn* vom Musée de Cluny in Paris wurde von Frauen gefertigt), Heilerinnen oder Rechtsbeistände in den Zünften sein.
Das patriarchalische 17. Jahrhundert räumte auf mit diesen Mißständen und brachte wieder Ordnung in die Familien! Und trotz des kurzfristigen Wandels im Zeitalter der Aufklärung, trotz des wohlwollenden Kopfnickens der Theoretiker der Revolution (der hehre Wortlaut der großen, angeblich »universalen« Menschenrechtsprinzipien hatte sie vorübergehend berauscht, dennoch waren sie wild entschlossen, die Gültigkeit dieser Prinzipien nicht auf Frauen auszudehnen) gab es über Jahrhunderte keinerlei intellektuelle Frauen mehr, die nicht ausgegrenzt und der Möglichkeit beraubt wurden, ihren Einfluß auf den Zeitgeist auszuüben.
Gesetze waren notwendig, um die Mädchen und die Ehefrauen zu ihren heiligen Pflichten zurückzupfeifen. Zu Recht war der Jakobiner Sylvain Maréchal davon überzeugt, daß die Bildung der erste Schritt hin zur Emanzipation sei, und so brachte er denn 1801 seinen berühmten Gesetzesvorschlag ein »über das Verbot für Frauen, das Lesen zu erlernen«. Der Code Napoléon ging in diesem Punkt noch deutlich weiter, um die »ewige und notwendige Unterwerfung der Frauen« (*la perpétuelle et obligatoire résignation des femmes*) zu etablieren und sie zu lebenslangen Mündeln zu machen.

Als der Ausdruck »gelehrte Frau« verbraucht war, mußte ein neuer geprägt werden, und so tauchte im 19. Jahrhundert der aus England importierte Begriff »Blaustrumpf« auf. Ein Blaustrumpf, erklärt uns das Wörterbuch, sei eine einseitig ihre Gelehrsamkeit hervorkehrende Frau, die von literarischem Ehrgeiz besessen sei. Einer Frau, die schreibt, geht es natürlich nicht um Literatur, sondern um Ehrgeiz, das ist doch klar!
»Ich dulde keinen Blaustrumpf in unserem Haus«, erklärte Madame Dudevant ihrer Schwiegertochter Aurore Dupin, der späteren George Sand.
»Ich werde es nicht dulden, daß meine Tochter ein Blaustrumpf wird«, verkündete die Mutter einer der berühmten *Damen mit grünem Hut.* (A. d. Ü.: *Ces Dames aux chapeaux verts,* Roman von Germaine Acremant, 1922, wurde zum französischen Bestseller der zwanziger Jahre.)
»Keine Unterröcke in unserem Kreis!« beteuerten die Mitglieder der Académie Goncourt im Jahre 1906 und weigerten sich, *Marie-Claire,* den sehr schönen Roman von Marguerite Audoux, mit dem Preis zu krönen. Begründung: Autor trägt Unterrock!
Ebenso wie früher »gelehrte Frau« machte der Begriff »Blaustrumpf« Furore und beeinträchtigte den Ruf jener Fahnenflüchtigen erheblich, die das Heim verließen, um Karriere zu machen. Manchmal können Worte töten, auf jeden Fall können sie Schlimmeres anrichten als lange Schmähreden. Barbey d'Aurevilly, neben J. K. Huysmans ein Autor, den mein Vater in den Himmel hob, nannte einen seiner gehässigsten Romane *Die Blaustrümpfe,* und

zehn Jahre später tat Albert Cim das gleiche. Seltsamerweise wurde der Begriff niemals auf Männer angewendet, nicht einmal auf die pathetischsten Dampfplauderer.
Ich will nicht behaupten, kein Philosoph, Wissenschaftler, Dichter oder Politiker hätte jemals verkündet, daß die Menschenwürde gleichermaßen für beide Geschlechter gelte. Aber es waren nur einzelne (während der Französischen Revolution war Condorcet neben Guyomar der einzige ernstzunehmende Verteidiger der Frauen), und sie wurden als sanfte Spinner oder als gefährliche Utopisten betrachtet (der geniale Fourier verbrachte sein ganzes Leben im Elend). In unseren Schulbüchern wurden sie nie wegen ihrer Einstellung zu den Frauenrechten zitiert. Der Feminismus war eine schrullige Idee, eine Nebensächlichkeit, ein Ungedanke.
Wie allen meinen Zeitgenossinnen wurde mir also jeglicher Anhaltspunkt verdeckt, jegliche Analyse meiner Lage unmöglich gemacht, damit also auch jeglicher Ausweg aus dem Patriarchat versperrt.
»Wenn ich mit der Tradition hätte brechen wollen, hätte ich heldenhaften Mut gebraucht, aber ich bin kein Held!« schreibt Virginia Woolf.
Auch ich war es nicht. Also weidete ich mich weiterhin an Büchern, die mich zerstörten. Da es noch kein Fernsehen gab, war es in der Tat die Literatur, die aus vergangener und die aus gegenwärtiger Zeit, die den jungen Leuten die Leitbilder und die Phantasien lieferte, welche sich in der Gesellschaft durchsetzten. Neben Malraux und Martin du Gard wurden während des Krieges Gide und Montherlant meine Lehrmeister. Vor lauter Begeiste-

rung für *Uns nährt die Erde* merkte ich kaum, daß Gides Romanheldinnen alle unter Lust- und Mutterschaftsverbot standen und wie ihre antiken Schwestern einem finsteren Tod entgegenstrebten. Marceline aus *Der Immoralist,* aber auch Alissa aus *Die enge Pforte,* Gertrude, die schöne Blinde aus der *Pastoral-Symphonie,* die sich das Leben nimmt, als sie ihr Sehvermögen wiedererlangt, Eveline aus *Die Schule der Frauen,* Ariadne aus *Theseus,* sie alle sind Besiegte, alle werden sie erbarmungslos dem männlichen Egoismus geopfert. Aber da gab es eben auch Nathanael (A. d. Ü.: Figur aus *Uns nährt die Erde*), der nicht merkte, daß ich ein Mädchen war, und mir sagte: »Genieße ... Sieh dich um ... Erobere die Welt!«

Wie aber sollte man genießen, wenn man sich in der pathetischen Andrée Hacquebaut wiedererkannte? (A. d. Ü.: Figur aus Henry de Montherlants *Die jungen Mädchen,* Teil 1 der Romantetralogie *Erbarmen mit den Frauen.*) Jener Andrée Hacquebaut, die auf dem Fußabtreter des geliebten Schriftstellers Costals schmachtete, die sich vor ihm in die Knie wirft, wenn er sich dazu herabläßt, ihr die Tür zu öffnen ... um sie alsdann zu beschimpfen und sich zu weigern, mit ihr zu schlafen. Denn sie hat den großen Fehler, daß sie intelligent ist. Das macht sie häßlich und verhindert, daß Costals Begehren geweckt wird. Dieses Begehren spart er sich für Solange Dandillot auf, die ihn mit ihrer hinreißenden Dümmlichkeit und Frivolität richtiggehend aufgeilt.

Die jungen Männer, denen ich begegnete, zitierten mit Vorliebe Montherlant: Sie hofften, an der Größe dieses Autors zu partizipieren, indem sie seinen Männlichkeitswahn teilten. Die meisten von ihnen pflegten jene sehr französische »Salonfrauenfeindlichkeit« und hielten sich für besonders geistreich, wenn sie die plattesten Witze über die Weiber vom Stapel ließen. (In seinem berühmten Aufsatz *Réflexions sur la question juive,* 1946 [*Gedanken zur Judenfrage*], sprach Sartre von einem vergleichbaren Phänomen: dem »Salonantisemitismus«.) Nicht mit ihnen darüber zu lachen wäre als mangelnder Humor aufgefaßt worden: typisch weiblich! Also lachte ich mit ... schließlich ist man nicht unbestraft ein dummes Huhn. Und es dauert seine Zeit, bis man versteht, daß man einen Beitrag zur Frauenfeindlichkeit leistet, wenn man sie stillschweigend hinnimmt.

Das häusliche Nest, wo ein fröhliches Matriarchat herrschte, sowie die vorbehaltlose Achtung meines Vaters für seine Frau, seine Töchter und die weibliche Welt im allgemeinen hatten mich schlecht vorbereitet auf die unbekümmert praktizierte, ungeheuerliche Frauenfeindlichkeit, die ich in der Welt draußen entdeckte. Sie war mehr als nur eine solide untermauerte Überzeugung, sie war eine Lebensart, so etwas wie eine mondäne Pflicht oder ein Nationalsport. Ein junger Mann mußte wirklich intelligent sein oder irgendwie schwachsinnig, oder aber überaus originell, wenn er normal über die Frauen sprach. Und mit den Frauen.

Ich war um so weniger abgehärtet, als ich nie, nicht einmal im Abiturjahr am Lycée Victor-Duruy, gemischte Klassen erlebt, nie die instinktive Bosheit und Brutalität der kleinen Jungen erfahren hatte. Ich trat frisch und unverbraucht, ohne Waffen und ohne Rüstung an, in einem

Alter, in dem die Verletzungen ernsthaft weh tun. Zum Glück heilten die Wunden leicht bei mir, ja, es bildete sich sogar eine solide Hornhaut an den besonders beanspruchten Stellen. Und irgendwann sollte mir auch der Mut zuwachsen, meinerseits zu verletzen.

Es ist ja nicht verboten zu träumen: Die aufkommende Psychoanalyse hätte auf neuen Kriterien fußen und uns davor retten können, unser subalternes Schicksal resigniert zu akzeptieren. Aber Freud und seine Jünger zogen es vor, unser Schicksal endgültig zu besiegeln, indem sie von der Frau eine Definition lieferten, die erschreckend der inzwischen etwas abgenutzten ähnelte, die Platon, Aristoteles und Tertullian aufgestellt hatten. Der gleiche Fluch traf uns, nur daß er in neuer Verkleidung daherkam und eine beeindruckende Gesamttheorie miteinschloß. Erneut wurden wir zu danebengeratenen, kastrierten Männern, zu an Körper und Seele behinderten Menschen. Das ideale Menschheitsmodell war und blieb männlich. Das Spiel konnte für ein weiteres Jahrhundert fortgesetzt werden.

Freud war der Vater der Psychoanalyse, aber man vergißt immer, daß sie keine Mutter hatte. Nach dem Vorbild der Christenheit, die von einer langen Reihe von Päpsten geführt und gemaßregelt worden war, wurde diese neue Wissenschaft von einer langen Reihe von weltlichen Päpsten definiert, unter denen ein paar wenige Frauen die Rolle der ehrerbietigen Töchter – um nicht zu sagen der unterwürfigen Mädchen – spielten: Anna Freud, die Antigone ihres Vaters, Helene Deutsch, Marie Bonaparte, um die wichtigsten zu nennen.

Es ist hart, keine Gründermütter zu haben, vor allem dann, wenn es von Gründervätern nur so wimmelt: angefangen vom ewigen Vater, dann dem *pater familias* der Römer, schließlich unserem Heiligen Vater, dem Papst, mitsamt seinen Kirchenvätern, nicht zu vergessen die ehrwürdigen Patres unserer katholischen Privatschulen, die Beichtväter, denen wir die Tiefe unserer kindlichen Seele öffneten, ehe wir uns vor Gottvater in die Knie warfen und Gottsohn verspeisten, den uns lediglich der Pater unserer Schule an die Lippen zu führen berechtigt war.
Sogar auf den Polizeiwachen können sich die Frauen mittlerweile an Polizistinnen wenden. Die Kirche ist dem Beispiel nicht gefolgt: Keine Nonne, nicht einmal die Mutter Oberin hat das Recht, die Beichte eines kleinen Mädchens entgegenzunehmen.
So tauchen immer wieder genau im passenden Augenblick wie durch eine wunderbare Fügung Männer auf (natürlich ist die Fügung nur für die Männer wunderbar), um die männliche Übermacht zu legitimieren. Im 19. Jahrhundert hatten, zumindest in unseren entwickelten Gesellschaften, gerade ein paar Frauen begonnen nachzudenken und sich zu emanzipieren. Freud zerbrach sich den Kopf, wie er sie geschickt auf den geraden Weg zurückbringen könne. Jeglicher Versuch, aus den traditionellen Rollenmustern auszubrechen, wurde von vornherein verdammt: Die Lust auf Erfolg bei einer Frau sei eine Neurose, das Ergebnis eines Kastrationskomplexes, von dem sie nur geheilt werden könne, wenn sie ihr passives Schicksal voll und ganz akzeptiere. So wurde die »ewige

Ergebenheit«, von Napoleon per Gesetz gefordert, bei Freud psychosozial verankert.

Ich hatte Freud damals nicht gelesen, zum Glück. Sonst hätte ich den Feminismus möglicherweise für eine Neurose gehalten, oder ich wäre selbst neurotisch geworden. Obwohl ich eigentlich keine Neurotikerin bin (von meinem Wesen her neige ich nicht dazu), war ich von dieser Lehre dennoch angesteckt. Denn die Ungleichheit lernt man von Kindesbeinen an. Ich hatte sie, ohne mich zu wehren, in homöopathischen Dosen zwanzig Jahre lang täglich eingenommen und voll und ganz verarbeitet. Ich sprach niemals von jenem »namenlosen Problem«, das später Betty Friedan beschrieb. *(Der Weiblichkeitswahn oder die Mystifizierung der Frau,* 1966.) Ich nahm die Spielregeln hin und gab mich sogar als gute Verliererin.

Nur daß ich einen leichten Geschmack von Demütigung im Mund hatte, aber ich wußte nicht, warum.

Es brauchte nochmals zwanzig Jahre, bis ich merkte, daß andere von vornherein mit besseren Karten ins Leben traten. Daß ich in eine Falle geraten war, daß ich in einem unerbittlichen Netz von Gesetzen, Verboten, religiösen Traditionen und moralischen Imperativen gefangen war. Mich daraus zu befreien würde schwierig, schmerzhaft, ja vielleicht sogar gefährlich sein.

Und ich merkte, daß ich hundertmal von vorn würde anfangen müssen, und daß jede Frau sich selbst »zur Welt bringen« muß, ohne auf die besänftigenden, demotivierenden Reden, auf die verlogen beschönigende Sprache der Männer und auch vieler sie unterstützender Frauen zu hören, jene Reden, die nach jeder kleinen Zuckung, jedem Flohsprung auf dem Weg zur Freiheit verkünden, daß der Feminismus keine Daseinsberechtigung mehr habe, da die Gleichheit ja inzwischen anerkannt worden sei.

Der einzige Vorteil des leichtsinnigen, unbewußten Lebens besteht darin, daß man so gut wie alles durchmachen kann, ohne schlimme Spuren davonzutragen. Gewisse Ereignisse meines Lebens als junge Frau, die ich im nachhinein als grauenhaft oder völlig inakzeptabel empfunden habe, durchlebte ich zwar ungern, aber ohne dramatische Folgen, ohne große Empörung oder echtes Leiden.

So seltsam das auch in der damaligen, scheinbar modernen Umgebung erscheinen mag: Ich war ein junges Mädchen des 19. Jahrhunderts geblieben. In vielerlei Hinsicht hat das 20. Jahrhundert erst nach dem Zweiten Weltkrieg begonnen.

Ganz allmählich, als sich die verlorenen Spiele, die fröhlich akzeptierten Irrtümer, die immer unerträglicher werdenden Selbstverleugnungen mehrten, habe ich mich aus der dicken Schicht der Konventionen herausgeschält, um ein Mensch zu werden, den ich mir zuvor nicht hätte vorstellen können.

Der mich aber nie mehr verlassen hat.

Kapitel II

Mancherlei Glück

André Groult, Raumausstatter
25, Faubourg Saint-Honoré, Paris 8e
Tél. Anjou 26–28
16. November 1939

Meine liebe Rosie,
ich glaube nicht, daß Du Dich hauptsächlich auf die Übersetzung ins Französische konzentrieren solltest. So begabt Du auch sein magst, die Klausur kann schiefgehen. Sag mir, ob Du einen versierten Lehrer ausfindig machen kannst, der Dir das Übersetzen ins Griechische und ins Lateinische beibringt. Wenn nicht, versuche ich, in Paris einen solchen komischen Vogel für Dich zu finden.
Ich finde, Du solltest jeden Tag eine Übersetzung ins Französische oder aus dem Französischen machen und Dich nicht damit begnügen, die Autoren zu übersetzen, die auf dem Lehrplan stehen, sondern Dir Dein eigenes, erweitertes Programm machen. Du bereitest Deine licence *vor, als wäre sie ein Abitur! Dabei mußt Du doch die griechische und die römische Geschichte und Literatur aus dem Effeff kennen. Arbeite nicht, um Deine* licence *zu machen, arbeite, um eine Altphilologin zu wer-*

den. Du wirst sehen, dann machst Du die Prüfung mit links.
Wenn Du die beiliegenden Texte übersetzt, werde ich sie Dir korrigieren, doctus cum libro. *Der Seneca ist eher leicht, aber er enthält ein paar kniffelige Stellen. Tatsache bleibt: Übersetzen ist nie leicht.*
Gestern waren wir mit den Galanis im Kino. Gegen zehn dann dinner at home: *gratinierte Zwiefelsupp, Rührei, Spargelspitzen, Sauerkrautplatte, verschiedene Desserts. Heute morgen haben wir uns dafür auf Diät gesetzt – Gemüsebouillon!*
Ich umarme Dich, meine kleine Taube. Umarme Du stellvertretend die kleine Flo! Vale et me ama.
Pater

Der Brief zeigt meinen Vater, wie er leibt und lebt: unsere welt- und zeitfremde Beziehung, die den Alltag glatt ausklammerte, sich auf Zukunftspläne und ein paar eng umrissene, aber unendlich ergiebige Bereiche beschränkte: die alten Griechen und Römer, den Sport, die Botanik, das Meer. All die Dinge im Grunde, zu denen meine Mutter keine Beziehung hatte.
Flora war zu diesem Zeitpunkt nur ein Ableger ihrer Mutter. Auch sie konnte weder Auto fahren noch eine Karte lesen, noch konnte sie Farne unterscheiden, etwa *pteridium aquilinum* und *scolopendrium phyllitis* auseinanderhalten. (A. d. Ü.: Adlerfarn und Hirschfarn.) Dafür schlängelte sie sich elegant durch die Welt der Jungen, zeichnete unglaublich anmutig, bebte beim geringsten Windhauch wie die Mädchengestalten bei Giraudoux

und sorgte fröhlich für Laufmaschen in meinen Seidenstrümpfen, die ich mit meinem ersten mühsam verdienten Geld gekauft hatte.
Damals war es mir nicht klar, aber mit meinem Vater habe ich all jene Beschäftigungen kennen- und liebengelernt, die später das Glück meines Lebens ausmachten.
Er hatte wie ich eine große Hochachtung vor allen Anstrengungen, den sportlichen wie den intellektuellen. Mein Fehler war, daß ich am strebsamen Studieren häufig mehr Vergnügen hatte als am Erfolg. »Autoritätshörig und von der Gelehrsamkeit schier erdrückt«, hatte Simone de Beauvoir geschrieben, »... bin ich eine viel zu gewissenhafte Studentin.« Bei mir hatte mein Vater das gleiche Übel diagnostiziert.
»Lehrplanunabhängige Lektüre, ein Spaziergang, fruchtbare Momente, in denen Studium und Vergnügen ineinander übergehen, können viel nutzbringender sein, selbst für das Übersetzen ins Altgriechische, als das endlos-öde Zusammenstoppeln von schwerfälligen Satzgefügen.«
Man hätte meinen können, Pater habe Beauvoir gelesen! Aber ich war zu nichts anderem fähig, als zum »Zusammenstoppeln von schwerfälligen Satzgefügen«, und so fiel ich denn auch im Altgriechischen gleich zweimal durch, und weder Latein noch Sprachgeschichte schaffte ich im ersten Anlauf. Mit links habe ich nur Literaturgeschichte und Englisch geschafft. Aber diese Verzögerungen paßten möglicherweise zu jenem Herpes, der für meine amourösen Mißerfolge sorgte. Die Mißerfolge im Studium dienten zu einer willkommenen Verlängerung meines Aufenthalts an der Universität.

Ein zügiges, konzentriertes Studium war meine Sache nicht. Auf der einen Seite war da die glanzlose Verbissenheit am Schreibtisch, die immerhin mein Gewissen beruhigte, auf der anderen standen die schönen Ausbrüche aus diesem Alltag.

Die vorprogrammierte Zukunft konnte ich während langer Wanderungen durch den Tiefschnee vergessen: Mein Vater und ich schnallten die Seehundfelle an die riesigen skandinavischen Vorkriegsskier mit den hochragenden Spitzen und den Bindungen, die so primitiv waren wie das Geschirr von Ackergäulen; das Schuhwerk, das zu dieser Ausstattung paßte, waren unbeschreibliche Infanteristenstiefel aus dem Ersten Weltkrieg. Meine Karriere als Skifahrerin begann mit Papas Telemarkschwung, setzte sich fort mit dem uneleganten Schneepflug und endete schließlich beim Kristiania und beim Wedeln; der endlose Modewandel von Ausrüstung und Stil, der dabei hinzunehmen war, erwies sich als reichlich strapaziös, insbesondere für die Füße.

Ja doch, ich trauere ihnen nach, meinen häßlichen Norwegerhosen, an denen der Schnee klebte, und meinen Wickelgamaschen, die dafür sorgten, daß die Skistiefel mit den zu weichen Schäften einigermaßen wasserdicht blieben.

Ich trauere ihm nach, dem langen, eisigen Aufstieg in den engen Ziehwegen, die zum Lac de Tignes und dem heute im Stausee versunkenen Dorf führten; Pater vorneweg mit seiner Polarforschermütze, ich hinter ihm her, brav in der Spur und vollgestopft mit Schoko-Cola, sonst hätte ich sein Tempo kaum mitgehalten.

Ich trauere ihnen nach, meinen alten, schrecklich schweren Skiern aus Eschenholz. Papa hatte welche aus Hickory. Dieser Luxus stand auch mir in Aussicht – nach der Abschlußprüfung.

Und noch mehr trauere ich der Rast oben auf dem endlich erstürmten Gipfel nach, wenn wir die Windjacken über die gekreuzten Skier gehängt, die Seehundfelle verstaut und uns auf den Rucksäcken niedergelassen hatten. Wir waren allein in dieser weißen Weite, da gab es keine markierten Abfahrten, keine eingefahrenen Buckelpisten, keine mit gröhlenden Sportlern überfüllte Hütten. Wir aßen eine Banane und Schokolade der Marke *Meunier*, die nirgendwo sonst so gut schmeckte, wir tranken Orangensaft aus der Feldflasche, der immer nach Aluminium schmeckte. Und wir nahmen diese gedämpfte Stille in uns auf, während unsere Muskeln vor Erschöpfung vibrierten.

Flora behauptet heute, daß es 1936 am Mont Genèvre und anderswo bereits Skilifte und Seilbahnen gab, daß uns unser Vater aber den Aufstieg auferlegte, damit wir die Abfahrt auch wirklich »verdienten«. Ich selbst kann mich nicht erinnern, jemals das Gefühl gehabt zu haben, Pater enthalte uns die Vorzüge des Fortschritts vor, aber das mag damit zu tun haben, daß ich damals und noch lange danach an die Tugend der Strapaze glaubte.

Müßte Flora diese Skiwanderungen beschreiben, würde sie vermutlich von der Qual des Aufstiegs im eisigen Morgengrauen erzählen, vom Rotz, der stalaktitenförmig an der Nase gefror, von den Blasen an den Füßen, die bei jedem Schritt in unseren von der Kälte grausam steifen

Schuhen schlimmer weh taten, von den Seehundfellen, die beharrlich ihren eigenen Weg gehen wollten, vom Fäustling, den man im Tiefschnee verloren hatte, während man versuchte, mit klammen Fingern die Bindung enger zu schnallen, und schließlich vom Ski, der gerade, als man glaubte, man habe alle Pein überwunden, sich löste und höhnisch die Abfahrt ganz alleine antrat, wodurch der unglückliche Besitzer gezwungen wurde, auch den anderen abzuschnallen und den Abstieg als eine Art Kreuzweg durch den Tiefschnee anzutreten, mit dem Ski auf der Schulter wie Christus mit dem Kreuz. Es sei denn, Pater war noch in der Nähe und übernahm das einsame Brett, was ihn keineswegs daran hinderte, mit königlicher Eleganz abzufahren; todtraurig sah die vom Pech Verfolgte ihm nach und fühlte sich plötzlich hundert Kilo schwer.

All das stimmt wahrscheinlich. All das ist mir sicher auch passiert. Aber man weiß ja, daß das Gedächtnis selektiv ist, und daß meine Erzählung nur *meine* Wahrheit wiedergibt.

Und ich sehe mich triumphierend: wie ich meine plumpen Stiefel aneinander schlage, um den Schnee abzuschütteln, wie ich die Bindung wieder auf Abfahrt einstelle – das war der Moment, in dem ein Ski sich selbständig machen konnte – und die ideale Strecke anpeile, bebend vor Aufregung, diese riesige weiße Fläche im nächsten Augenblick mit der Zickzackspur meiner Skier zu entjungfern. Auch bei diesem Vergnügen wie bei jedem Vergnügen: der ganz leise Stachel der Schwermut. Die Flut geht zurück, Schluß mit dem Angeln ... das Fest geht zu Ende, und man wird aufbrechen müssen in die Nacht hinein … das allerletzte Kaviarkügelchen ist aufgegessen … auch die heißeste Liebe darf die letzte Metro nicht verpassen … Dieser Kamm, auf dem man nach anstrengendem Aufstieg steht, er wird gleich im allzu kurzen Jubel der Abfahrt entschwinden. Der Aufstieg ist das getreue Abbild der ersten Lebenshälfte; danach bleibt man einen Augenblick zögernd auf dem Gipfel stehen und ahnt schon, daß man auf der Abfahrt das Tempo nicht mehr ganz im Griff haben wird, und auch nicht das Ziel.

Zum Glück wird die Lebenslust der Gegenwart diesen aufgleißenden Schmerz verdrängen.

Die Rückkehr des Skifahrers ins Tal, die Rückkehr des Anglers an Land, sie gehören zu den Augenblicken, in denen man sich dem »gemeinen Volk« überlegen fühlt. Die Augen strahlen vom Glanz der Einsamkeit, der erhabenen Schönheit des Anderswo. Die Muskeln haben gehorcht, die Technik hat einen nicht verraten, der Körper frohlockt. Hunger und Durst sind intensiver.

Ganz anders als diese Rauscherlebnisse waren die bescheidenen, aber unzähligen Freuden der Gartenarbeit.

Einen eigenen Garten hatten wir nie gehabt. Maman hatte viel zu große Angst davor, Picknicks vorbereiten, Wochenendhäuser immer wieder neu in Betrieb nehmen, Mäusen und Spinnen begegnen und gegen modrige Wände oder zugige Fenster ankämpfen zu müssen. Sie ließ sich lieber einladen oder blieb in ihrem großen schalenförmigen Bett, wo sie Kleider entwarf oder ihre Fingernägel pflegte und dabei Operettenmelodien sang, die mir eine Gänsehaut einjagten.

Mit achtzehn Jahren hatte sie davon geträumt, Sängerin zu werden. In ihren Kreisen eine totgeborene Idee! Kleider zu schneidern war weniger skandalös, hatte es doch Ähnlichkeit mit Sticken oder sonstigen Handarbeiten, die für Frauen eine akzeptable Tätigkeit darstellten – wenngleich Maman nur mit Mühe einen Knopf annähen konnte. Sie hatte sich also für die Mode entschieden, genau wie ihr Bruder Paul Poiret siebzehn Jahre vor ihr. Das Singen hatte sie aber nicht ganz aufgegeben.
Ich kann unmöglich sagen, ob sie gut oder schlecht sang, aber für meine Ohren hatte sie wie viele Frauen der damaligen Zeit eine »unanständige«, entsetzlich weibliche, viel zu hohe Stimme. Wenn sie schon unbedingt singen mußte, dann wenigstens, so hätte ich gewünscht, mit der Stimme von Zarah Leander. Sobald sie loslegte, wollte ich im Erdboden versinken. Wenn sie öffentlich vor Freunden sang, war das für mich schlimmer, als wenn sie sich nackt ausgezogen hätte. Ihr Repertoire, insbesondere die Seemannslieder, erfüllte mich mit Scham. Bei dem großen Festbankett in Saint-Céré, 1934, zu dem Pierre Benoit sie eingeladen hatte, um seine Wahl in die Académie Française zu feiern (A. d. Ü.: Pierre Benoit, berühmter Romanschriftsteller der ersten Hälfte des Jahrhunderts [1886–1962], wurde bereits 1931 und nicht erst 1934 in die Académie Française gewählt.), war sie beim Dessert aufgestanden und hatte vor Dutzenden von Berühmtheiten wie Roland Dorgelès, Francis Carco, Pierre Mac-Orlan, Bérard, Spinelli und vielen anderen »das traurige Leben der Matrosen« besungen. Der absolute Horror!
Die Zuhörer jedoch schienen jedesmal entzückt. Papa

war begeistert. Vermutlich handelte es sich um eine jener unverständlichen Fixierungen auf ein besonderes Verhalten eines Elternteils, die man weder erklären noch überwinden kann, eine jener kindlichen Phobien, deren Ursprung frühestens nach fünf Jahren Psychoanalyse festgemacht werden kann. Da ich mich nie einer Analyse unterzogen habe, hat diese Phobie ein Leben lang angehalten. Genauso wie das Sehnen nach den Gärten, die wir nicht hatten. Um es zu stillen, mußte ich mir später gleich drei Gärten zulegen. Aber wie soll man auch einem so altmodisch-rührenden Ausdruck wie »Lustgarten« widerstehen?

Den ersten, in der Bretagne, habe ich erst erworben, als ich bereits über dreißig war, als ich mich endgültig an Paul Guimard gebunden fühlte. Auch einen Garten hat man fürs Leben. Keiner der drei Gärten ist groß genug, um einen Amberbaum, eine Paulownia oder eine *magnolia grandiflora* zu beherbergen, von denen die Gartenkataloge mir verraten, daß sie mehr als ein Drittel meiner Minigärtchen mit Beschlag belegen würden. Hätte ich aber einen Park gehabt oder das kleine Wäldchen meiner Träume, die passende Umgebung für meine Phantasie, dann hätte ich nie die Zeit gefunden, um zu schreiben. Auch dreihundertachtzig Quadratmeter sind schon eine kleine Welt.

Zum Glück besaß mein Großvater Groult einen weitläufigen, strandnahen Garten in Concarneau, der ein ebenso weitläufiges Haus umgab, in dem Großmutter Groult, auch wenn sie niemanden mochte, sich verpflichtet fühlte, die ganze Familie, Onkel, Tanten und Cousins, während der Schulferien zu beherbergen. Für viele Frauen dieser Generation zählte nichts anderes als die Pflicht. Nach ihren Neigungen fragte sie sowieso niemand – lediglich nach dem Termin, an dem sie uns alle bei sich aufnehmen konnte.

Meine Mutter, die, wie schon gesagt, keinerlei Neigung für die Bretagne, Ferienhäuser und dergleichen hatte, tauchte dort nur sehr sporadisch auf. In den Sommerferien war sie immer mit den Vorbereitungen der Winterkollektion beschäftigt.

Mein Großvater Groult war ein Naturkundler vom alten Schlage und leitete die Firma *Deyrolle* – das war der Name seiner Ehefrau – in der Rue du Bac. (A. d. Ü.: Das Unternehmen gibt es auch heute noch und ist eine der heimlichen Sehenswürdigkeiten von Paris: Die Räumlichkeiten entsprechen bis heute der knappen Beschreibung der Autorin.) *Emile Deyrolle und Söhne* herrschten über vier sanierungsbedürftige, aber faszinierende Etagen voller Muskelmänner Fossilien, geologischer Proben, vorgeschichtlicher Gerippe, Insekten, Schmetterlinge und Myriaden von ausgestopften Tieren. Pater, der Naturwissenschaften studiert hatte und danach für die inzwischen längst eingegangene Naturzeitschrift *L'Acclimatation* arbeitete, hatte vor, sein Leben den Tieren und den Pflanzen zu widmen. Dann aber kam Maman und nutzte die momentane Hilflosigkeit des dreifach mit Orden und Ehrenkreuzen geschmückten Leutnants André Groult, der 1918 ins zivile Leben zurückkehrte, schamlos aus. Sie entriß ihn dieser tierischen Welt und funktionierte ihn zum Antiquitätenhändler und später zum Raumausstat-

ter um, einen Raumausstatter, der in den Jahren 1925–1930 hochberühmt wurde.
Bis zu meinem zwanzigsten Lebensjahr, dem Zeitpunkt, als Niederlage und deutsche Besatzung den Franzosen den Zugang zu ihren eigenen Küsten versperrten, habe ich die schönsten Stunden meiner Jugend im Haus *Ty Bugalé* in Concarneau, Département Finistère, verbracht. (*Ty Bugalé,* bretonisch, bedeutet »Das Haus der Kinder«) Meine besten Freunde dort hießen *Lophius piscatorius* und *Maja verrucosa, Gadus merlangus* und *Gadus morhua, Zeus faber* und *Scomber scomber* beziehungsweise Makrele (Seeteufel, Meerspinne, Merlan, Dorsch, Petersfisch und ... Makrele). Jedesmal, wenn ich einen mit der Angel oder mit dem Netz aus dem Wasser holte, hob mein Großvater, der mit seinen dichten weißen Haaren und seinem Schnurrbart an Victor Hugo erinnerte, den arthrosegekrümmten, von den Maispapierzigaretten der Marke *Gitane* gelb gewordenen Zeigefinger und sagte: »*Gadus merlangus,* ein Vetter des *Gadus morhua.*« Es sei denn, es handelte sich um einen Steinköhler, in dem Fall also *Pollachius pollachius*.
In *Ty Bugalé* spielten wir leidenschaftlich Krocket (wie einfältig! werden die Kinder des elektronischen Zeitalters denken), Boules und Tennis, wobei ich den Aufschlag von unten gelernt hatte, wie alle meine Tanten. Des Busens wegen, sagten sie, und es klang sehr geheimnisvoll. Mein liebster Sport aber war das Fischen im Meer. Abfahrt jeden Morgen um halb sieben auf dem Kutter meines Großvaters. Rückkehr um elf Uhr mit Reffnetzen voller Fische, Fängen, die heute wundersam erscheinen würden.

Flora wurde seekrank, worüber ich mich insgeheim freute, weil mir dadurch auf billige Weise der Ruf eines alten Seehasen zufiel. Außerdem konnte sie den Geruch des Köders nicht ertragen: Sardinenköpfe, die je nach Bedarf durch den Wolf gedreht – einen ganz ordinären Fleischwolf aus Gußeisen, wie es ihn in jeder Küche gibt – und mit Mehl vermengt, auf dem Meer ausgestreut wurden, um den Fisch hochzulocken.

Ich war also mit Männern an Bord: meinem Großvater, nach Gott dem großen Herrn und Meister, manchmal Pater, ein, zwei Onkeln, die gerade auf Stippvisite weilten, Flora, aber nur wenn das Meer spiegelglatt war, und meinem Cousin Roland, der in unserer Kindheit alles mitgemacht und uns nicht zuletzt großmütig die Anatomie des *Phallus miserabilis* vorgeführt hat. Er war damals erst zwölf Jahre alt, und die spöttischen Kommentare seiner beiden Cousinen Rosie und Flora brachten das, was er uns als erschreckend verheißen hatte, auf ganz beruhigende, um nicht zu sagen lächerliche Proportionen zurück.

Bei Springtiden verzichtete ich aufs Boot und ging mit meinen Tanten und Cousinen auf Krabbenfang *(Palaemon serrata)*. Der Krabbenfang war eine Damenbeschäftigung, sämtliche alten Stiche beweisen es. Dieser Sport galt nicht als männlich. Dabei ist das Anheben von Tonnen von Blattang bedeutend anstrengender, als auf dem Deich oder im Boot sitzend eine Angelschnur ins Wasser zu halten. Die akrobatischen Jagden zwischen den Felsen, die hektische Suche nach dem wundersamen Gezeitentümpel, der sich erst ab einem gewissen Tidenhub bildet, es aber erlaubt, mit wenigen Netzstippern einen Riesenfang zu tätigen; die Wanderungen über die Sandbänke, die sich in der Sonne in alle Ewigkeiten hinzuziehen scheinen, obwohl es zwei Stunden später so ist, als hätte es sie nie gegeben ... das leise Geschiebe im Netz, das signalisiert, daß sich eine erfreuliche Menge Garnelen darin verfangen hat ... die Befriedigung, wenn man spürt, wie der Riemen des Korbes in die Schulter einschneidet, ein Zeichen dafür, daß die Beute anwächst ... Noch heute würde ich ans Ende der Welt gehen, um diese Gefühle wiederzufinden.

Und ich gehe ja auch ans Ende der Welt: Seit zwölf Jahren gehe ich fischen ans Ende der westlichen Welt, nämlich nach Irland. Dorthin fahre ich, um die Freuden der Kindheit und der Jugend wiederzufinden, als es an den bretonischen Küsten nur so wimmelte von lebenden Kostbarkeiten, als ich noch Seepferdchen in den Tümpeln, Schlickrutscher an den Felsen und Taschenkrebse unter den Steinen fing. Jener Zeit, als jedes Kind, das mit einem simplen Schmetterlingsnetz bewaffnet an den Strand ging, zurückkam mit einem Eimer voller hochinteressanter Tierchen. Schmetterlinge sieht man so gut wie keine mehr. Insbesondere sind die kleinen blauen verschwunden, die nur so groß sind wie ein Glockenblumenblättchen. Die Chance, einen Taschenkrebs zu finden, wenn man einen Stein hochhebt, ist heutzutage gleich null. Aber in den Touristenläden werden noch immer Kescher und Schmetterlingsnetze verkauft – sie sind inzwischen ungefähr so zeitgemäß wie eine Arkebuse.

Jedesmal wenn ich mich in Irland am Strand postiere und

Ausschau halte, ob das Meer sich so weit zurückgezogen hat, daß ich mit dem Fischen beginnen kann, bin ich das Kind, das junge Mädchen, die Frau aller Gezeiten, die ich gewesen bin. Alterslos, oder für Minuten so alt wie die Welt, bin ich auf der Lauer nach dem magischen Augenblick, in dem das Meer mir seine Wunder offenbaren wird. Gegen Wind und Wetter ausgerüstet, mit Ölzeug und Südwester gegen alles, was vom Himmel fällt, mit Anglerstiefeln gegen alles, was vom Meeresboden droht. Kein Telefon läutet. Keine schlechte Nachricht kann mich erreichen. Die ganze Welt kann mir den Buckel runterrutschen.

Der Geruch nach Tang, das feine, silbrige Plätschern des Wassers, das sich in tausend schmalen Prielen zurückzieht, das Bewußtsein, daß diese Freude den Gezeitentabellen des *Bretonischen Meereskalenders* unterliegt und man keine Minute verlieren darf (der tiefste Wasserstand in der Provinz Kerry ist zur gleichen Stunde erreicht wie in Concarneau – eine freundliche Aufmerksamkeit der Natur), all diese Zutaten vermengen sich und bilden zusammen das Glück.

Alles andere ist dann Anekdote. Die Rückkehr, das Ausbreiten der Garnelen, kiloweise, auf einem Wachstuch, das Wiegen, das Sortieren der Teppichmuscheln, der Samtkrabben und der Seeigel. Später das Glas Wodka zu den lauwarmen Krabben, das Erzählen – immer das gleiche – dieser für die leidenschaftlichen Anhänger des Meeres stets spannenden, ganz neuen Erlebnisse, die Ansichten über das Wetter, das geherrscht hat, das herrschen wird, oder das hätte herrschen sollen ... Und am folgen-

den Tag beginnt alles von neuem, zwei Tage, drei Tage, vier Tage lang, je nach den Gezeiten. Danach läßt einen das Meer im Stich. Wochenlang wird es nichts mehr von seinem Grund herzeigen.
Pater ist nie nach Irland gekommen. Er ist 1967 gestorben und hat Nicole drei Tage später nachgeholt. Damals lief es noch ein wenig mit dem Fischen in der westlichen Bretagne, jedenfalls für Touristen wie mich, und ich dachte, es würde so weitergehen, solange ich lebe. In Wirklichkeit ist es damit noch schneller bergab gegangen als mit mir. Und ähnlich wie Viehherden, die die Alm wechseln, um frisches Gras zu finden, mußte ich neue Meeresalmen suchen. Ich hätte nie geglaubt, daß ich eine so wilde Natur vorfinden würde. Westirland, seit Jahrmillionen von einem Ozean angefallen, dessen Wogen auf dem Weg vom amerikanischen Kontinent her keinerlei Hindernis begegnet sind, eine Küste, die »ununterbrochen von Tiefdruckwirbeln heimgesucht wird« (so steht es im Reiseführer) und nur noch aus zerklüfteten Ufern und zernagten Klippen besteht, die den Zugang zum Land versperren, Westirland zeugt vom ewigen Zweikampf zwischen Festland und Meer. Zwischen zwei Kraftproben kennen die Westprovinzen Donegal, Connemara und Kerry nur kurze, aber um so erhebendere Ruhepausen. Die kleinen Sandbuchten glitzern und Hunderte von Inseln, die der Atlantik nicht zu verschlingen vermochte, tauchen auf: winzige grasbewachsene Hügel, auf denen ein Dutzend Schafe grasen, oder wilde Felsanhäufungen, wo kein Mensch je Fuß fassen konnte, Zuflucht für Austernfischer und Kormorane. Inseln, die uns seit eh und je

träumen lassen, Inseln, derentwegen der Mensch dem Meer vieles verzeiht.

In Irland sind solche kurzen Ruhepausen jedoch Geschenke, die der Himmel ungern gewährt. Das Land kehrt bald zu seinen Dämonen zurück, und Nebel und Dunst hüllen die Küsten in ihren lichtdurchlöcherten Mantel.

Es ist nicht leicht, die sanften Rundungen des bretonischen Granits, seine lieblichen Buchten und die beruhigende Nähe der Häfen einzutauschen gegen diese ungestüme Landschaft, der die Einsamkeit eine beängstigende Dimension verleiht. Niemand fischt zu Fuß in Irland, kein Wesen sammelt irgend etwas in den Felsen, nicht einmal eine Strandschnecke. Auf den endlos weiten Tangflächen ist man mutterseelenallein mit seinem Netz, seiner Harpune, seiner Muschelschaufel, seiner Seeigelschraube, dieser ganzen Ausrüstung, mit der man aussieht wie ein mittelalterlicher Ritter.

Lange Zeit bin ich dem Meer mit wackerem Mut entgegengetreten, aber neuerdings kann ich nicht mehr auf meine Hilfstruppen zählen. Meinem Körper, diesem treuen Knappen, hatte ich nie Beachtung geschenkt, und siehe da, nun muß ich ihn zuweilen zu seinen Pflichten rufen. Plötzlich springe ich nicht mehr von einem Felsen zum andern, ohne darüber nachzudenken: Wie ist das, wenn ich meinen Stiefel auf diesen Stein ansetze, müßte ich doch wohl den nächsten erreichen, ohne in dieses drei Meter tiefe Loch zu fallen, oder? Ist das so sicher? Nein, das ist nicht mehr so sicher. Mit dieser Erkenntnis hat sich die Landschaft verändert. Von nun an muß ich mich arrangieren, meine Kräfte richtig einschätzen, diesen oder jenen Muskel, der keine Überstunden machen mag, nicht überstrapazieren. Mogeln. Langsamer machen. Stolpern. Manchmal sogar kriechen wie meine prähistorische Urahne Lucy. Bisher war ich die Chefin ... Und nun sieht alles so aus, als wären meine Angestellten geschlossen in die Gewerkschaft eingetreten, um ihre Bedingungen zu stellen. Eines Tages werden sie mich womöglich in meinen eigenen Körper einsperren, und ich werde nichts mehr zu sagen haben.

Eines Tages, wer weiß, wird mich ein Hexenschuß niederstrecken, weil ich auf Algen ausrutsche, oder mein Stiefel bleibt in einer Felsspalte hängen. Dann werde ich umsonst um Hilfe schreien, und ich werde in einem tiefen Tümpel sterben, wenn das Wasser ihn exakt zur vorberechneten Stunde überflutet. Wäre das nicht die Krönung für eine Fischerin?

Kapitel III

Das Jahr '43

Wir schreiben das Jahr 1943. Ich bin dreiundzwanzig. Noch immer ist außerhalb der Grenzen Krieg und Besatzung im Innern. Flora, die 1939 fünfzehn geworden war, kennt noch immer keine Jugend in Freiheit. Unsere Jugendjahre zerrinnen uns zwischen den Fingern.

Schon seit längerem sind drei Metrostationen in unserer Nähe geschlossen, die Hauptlinien sind für uns also blockiert. Jetzt werden dreißig weitere dichtgemacht.

Die Truppen der Achse haben Toulon besetzt und die französische Flotte hat sich selbst versenkt. Die Atlantikhäfen Saint-Nazaire und Lorient sind zerbombt, eine »freie Zone« gibt es nicht mehr. »Die bolschewistische Gefahr ist gebannt, die kommunistische Bedrohung Europas endgültig abgewendet«, hat Hitler erklärt. Im übrigen haben die Deutschen soeben Charkow und Belgorod eingenommen. Generaloberst Paulus ist in Stalingrad verwundet worden, aber der Krieg zieht sich in die Länge und Frankreich versinkt im Morast.

In Paris gibt es noch immer keine Kohlen. Vom Dachboden haben wir die Skikleidung heruntergeholt; man geht früh ins Bett und liest mit einer Mütze auf dem Kopf und

Wollhandschuhen. Die zwischen Januar 1912 und Dezember 1921 geborenen französischen Männer (vom Jahrgang her wäre ich mit dran) werden für den S.T.O., den Arbeitsdienst, erfaßt. Studenten stellt man nicht mehr zurück. Und schließlich haben die Deutschen verboten, das traditionelle Weihnachtsgebäck herzustellen. Sahne und Eier gibt es ohnehin nicht mehr ...

Und ich unterrichte derweil an einer von Nonnen in Zivil geführten Mädchenschule. Ich käme nicht über die Runden, wenn ich nicht weiterhin bei meinen Eltern wohnen könnte. Ich liefere ihnen einen Teil meines Gehalts ab. Nicole hält ihre Modefirma über Wasser, indem sie Capes für Krankenschwestern fertigt. Mit den Sonderzuteilungen von Faden und Stoff gelingt es ihr noch, einige Kleider für privilegierte Kundinnen zu nähen. Pater hat mehr und mehr Ähnlichkeit mit Bernard Palissy: Mütze auf dem Kopf, Pelerine über den Schultern, wütende Blicke um sich werfend, denn er hat nur noch Eichenholz zum Schnitzen; er verbringt seine Tage, auch die Sonntage, in seinem Atelier und redet davon, daß er die unverkauften Möbel verbrennen wird, um die Wohnung zu heizen und um andere herzustellen, die er genausowenig verkaufen wird (A. d. Ü.: Bernard Palissy, französischer Keramiker und Wissenschaftler [1510–1589], Protégé von Katharina di Medici wegen seiner Entdeckung des Emails. Auch er mußte die Möbel und Decken seines Hauses verbrennen, um seinen Ofen in Gang zu halten und seine Brände fortzuführen.)

Auch wenn wir unseren Lebensunterhalt verdienen, mit dem Geld kann man, außer auf dem Schwarzmarkt, ohnehin nichts anfangen. Kein Wintersport, keine Reisen mehr. Autofahren kann ich noch immer nicht, es gibt ja weder Benzin noch Autos. *Ty Bugalé,* das Haus der Großeltern, wurde von den Deutschen beschlagnahmt, und außer für die Anrainer ist der Zugang zur gesamten Küste verboten. Die einzige Unterhaltung besteht darin, auf den Trottoirs des 7. Arrondissements Schlange zu stehen: Wir haben Muße, auf die Geschäftsinhaber zu starren, und die schauen zurück, aber jetzt sehr von oben herab. Das Haus verläßt man nur mit einem Einkaufsnetz, einem Klappstuhl und einem Buch, für den Fall einer unverhofften Lebensmittelzuteilung.

Keine langen Abende mehr wegen Ausgangssperre, und keine jungen Männer mehr, also auch keine Liebe.

Natürlich bin ich noch immer nicht verheiratet, und in knapp zwei Jahren werde ich zur Riege der über fünfundzwanzigjährigen alten Jungfern gehören, die ihr Schicksal in die Hände der heiligen Katharina legen. (A. d. Ü.: Ist eine junge Französin mit fünfundzwanzig Jahren noch nicht verheiratet, »setzt sie sich die Haube der heiligen Katharina auf«. Ursprünglich galt der Brauch nur für die unverheirateten Arbeiterinnen der Modebranche, genannt *catherinettes.*) In Modekreisen ist dieses Thema sehr beliebt. In den beiden Schneiderwerkstätten von Nicole Groult am Faubourg Saint-Honoré werden die *catherinettes* jedes Jahr am 25. November gefeiert.

»Laß deine Tochter in Ruhe!« sagt Pater. »Wenn sie nicht heiratet, bleibt sie eben bei uns zu Hause und pflegt uns, das wäre auch sehr nett.«

Dummerweise habe ich gerade eine durchaus lohnen-

de Partie verpaßt, den Sohn eines berühmten Schriftstellers.
B. war groß, vornehm, attr., dennoch zurückh., liebte Musik, Reisen, Kino; aus besten Kr., sehr gebild.
Ich hatte zu verstehen geglaubt, was er suchte: jge. Frau aus gut. Fam., zärtl., sinnl., musiklieb. für ernsthafte Bez. Bei gegenseit. Zuneigung Heirat nicht ausgeschl.
Ich hatte ihn bei Yves Ciampi kennengelernt, einem Freund aus Kindertagen, der wie B. Medizin studierte. Da er in einem Pariser Krankenhaus arbeitete, hatte er eine Sondergenehmigung, sein Studium abzuschließen. Medizin! Mein Traumberuf. Der Beruf, den mir auszusuchen ich nicht gewagt hatte. Zu langes Studium, zu schwierig für eine Frau, ein Beruf, der alle Verehrer in die Flucht schlägt. Altphilologie, das war besser, denn daß man Griechisch und Latein konnte, brauchte man ja in den Salons nicht heraushängen zu lassen. Aber die Verehrer ergriffen trotzdem die Flucht …
Jeden Sonntagmorgen gingen B. und ich in die Konservatoriumskonzerte, oder wir hörten uns das Hewitt-Quartett an. Danach begleitete er mich zu Fuß durch das eisige Paris über die großen Boulevards in die Rue de Bellechasse zurück. Dabei erklärte er mir, welchen Sinn er seinem Leben zu geben gedenke und die Notwendigkeit, eine Ehefrau an seiner Seite zu haben, die ihn verstehe und seine Ideale teile. Nach *meinem* Lebensideal fragte er nicht. Er war eben zurückh., er hatte mich ja gewarnt. Aber vor unserer Toreinfahrt nahm er mich kurz in die Arme, und durch unsere dicken Winterjacken hindurch spürte ich, daß es gefunkt hatte.

Maman lief zu den berühmtesten, teuersten Wahrsagerinnen von Paris. Sie drückten an dem Handschuh herum, den ich B. entwendet hatte, und behaupteten alle in prophetischem Ton: »Für Ihre Tochter sehe ich einen Heiratsantrag, Madame. Sehr bald schon.«
Sie konnten sich doch nicht alle täuschen! Meine Hoffnungen wuchsen von Woche zu Woche, und in der Familie bedachte man mich mit gerührten Blicken. Bislang hatte ich nur Exemplare nach Hause geschleppt, die als völlig unmöglich beurteilt wurden: Zunächst war da ein Bauernsohn, der sich mit Hilfe von allerlei Stipendien den Zugang zur Sorbonne erkämpft hatte, der aber nach wie vor bei seiner Schürze tragenden Mutter in einem Vorstadthäuschen in Vanves wohnte – schon die Adresse war unverzeihlich. Dann hatte es den jungen jüdischen Studenten gegeben, dessen Mutter auf den Märkten Schmates verkaufte. Aber der hatte sich im passenden Augenblick der Résistance angeschlossen und war im Untergrund verschwunden. Nach ein paar weiteren komischen Vögeln der gleichen Kategorie sollte ich nun endlich das große Los ziehen.
Als liebeskrankes Huhn lebte ich auf einer rosa Wolke bis zu dem Tag, an dem B. mir schrieb, daß er sich gerade mit einer anderen verlobt habe, und daß er es für aufrichtiger halte, mich nicht mehr zu treffen. Ein bleierner Deckel legte sich über die ganze Familie.
»Also hör mal, Zazate! Du hast wirklich überhaupt nichts gemerkt? Den ganzen Winter lang schreibst du ihm Liebesbriefe, wartest darauf, daß er dir einen Antrag macht, und er läßt dich auf dem trockenen sitzen? Ich

weiß es doch, daß du Liebesbriefe geschrieben hast: Ich hab' das Licht unter deiner Tür gesehen ... Und dann erfährst du eines schönen Morgens, daß er eine andere liebt? Wenn du etwas weniger Zeit mit den Büchern verbringen würdest, hättest du vielleicht mehr Gespür für die Menschen.«

»Wenn ich bedenke«, fügte Pater hinzu, »daß du ihn mit mehreren Gläsern von meiner Maronenkonfitüre verwöhnt hast, die ich mit eigenen Händen, mit echtem Zucker gemacht habe!« (Nur diejenigen, die die Entbehrungen der Besatzungszeit gekannt haben, können verstehen, wie unverzeihlich mein Verhalten war.)

»Nur mit Speck fängt man Mäuse!« versuchte Flora, meine Missetat zu entschuldigen.

»Aber Zucker hilft offenbar nicht!« unterbrach Maman sie abrupt. »Ach, hättest du doch mich deine Briefe schreiben lassen!«

Cyranos Schatten zog vorbei. Aber ich war nicht Christian, ich war ganz sicher, daß ich nicht meiner Briefe wegen gescheitert war. Das Problem lag darin, daß ich wie versteinert war, sobald er auftauchte. Wenn er mich in der Rue de Bellechasse besuchte und ich, meinen Reizen nicht trauend, im Allerheiligsten der Vorratskammer ein Glas Maronenkonfitüre für ihn entwendete, wenn wir es dann in meinem Zimmer zu den Klängen der *Variations symphoniques* oder der *Dialogues de la Mer et du Vent* verschlangen und er mir sagte: »Liebe ist, wenn beide in die gleiche Richtung schauen ...« (A. d. Ü.: Antoine de Saint-Exupéry: eines der verbrauchtesten, ausgeleiertsten Zitate der französischen Sprache, über das jedes Schulkind einmal einen Aufsatz geschrieben hat), dann wagte ich es nicht, ihm zu antworten, daß für mich Liebe etwas anderes bedeutete, nämlich *ihn* anzuschauen, in seine graugrünen Augen zu schauen und mich darin zu verlieren. Aber er war immer woanders mit seinen Gedanken.

Muß ich erklären, daß ich nie weiter vorgedrungen bin bei ihm als bis in die intime Höhle seines Mundes? Wenn überhaupt! Und das auch nicht jedesmal. In jener Zeit der Einfalt erlebte man die Liebe, ohne daß allzuviel passierte. Ein Streichholz genügte, und ich fing Feuer. Und ich richtete es so ein, daß das Feuer anhielt. Es war B. sicher nicht entgangen, daß ich etwas minderbemittelt war im Geiste. Das paßte ihm vermutlich ganz gut. Seine geheimgehaltene Verlobte war im Ausland gewesen und gerade erst zurückgekehrt. Ich hatte ihm die Langeweile etwas vertrieben, und er hatte auf die süße Gewohnheit, geliebt zu werden, nicht verzichten müssen.

Diesmal hatte sich Pater zurückgehalten und seinen üblichen Spruch nicht zitiert: *»Margaritas ante porcos.«* Ich war es leid, Margarete zu heißen. Lieber wäre mir gewesen: *»Macte animo, generose puer* – Nur Mut, tapferes Kind!« Denn an jenem Abend brauchte ich wirklich Zuspruch. Statt dessen hat mir Flora, die nichts so sehr liebt wie Leiden, zutiefst gerührt in die Augen gesehen, Maman hat mich in die Arme genommen, und nun war eine Heulrunde im Familienkreis fällig.

»Du wirst schon sehen: Glücklich wird er nicht mit seiner dummen Gans.«

»Sie hat noch nicht einmal Abitur«, fügte Pater liebevoll hinzu.

B. hat sich übrigens scheiden lassen, aber viel später.
Ich auch, aber von einem anderen.
Vorerst blieb mir nichts anderes übrig, als auf den einen oder anderen lieben Kerl aus dem Kreise jener zurückzugreifen, die immer zur Verfügung stehen, sich unentwegt vor Liebe verzehren und die sehr nützlich sind, um schwierige Zeiten zu überbrücken, so daß man Kraft sammelt für die nächste große Liebe, die sie nie entfachen werden. Alle jungen Mädchen haben einen Vorrat an solchen Jungens.
Mein eigentliches Problem war, daß ich es beruflich noch immer zu nichts gebracht hatte. Ich hatte noch immer keine Tragödie oder keinen Gedichtzyklus geschrieben, nicht einmal eine kleine Novelle. Wozu war ich denn im häuslichen Salon Leuten wie Paul Morand, Pierre Benoit, André Salmon oder Marcel Jouhandeau begegnet? Flora hatte Boussingault, Segonzac, Zadkine und Van Dongen getroffen ... Nun, Flora zeichnete, Flora war eine Künstlerin. Und ich? Ich hatte den schlimmsten Befürchtungen entsprochen: Ich war eine kleine Volksschullehrerin geworden.
Ich wagte es kaum zuzugeben, daß mir das Unterrichten Spaß machte, daß ich keineswegs unglücklich war, daß Krieg herrschte und daß man danach weitersehen würde, daß ich Tagebuch schrieb und daß einige Freunde dieses Tagebuch schätzten. Daß ich meiner Busenfreundin Hélène Auszüge abschrieb. Und auch für Soldaten. Der eine hatte meine Hefte nach Narvik mitgenommen. Ein anderer, ein Spahi, hatte mir meine Blätter soeben voller Wüstensand zurückgeschickt. Er verglich mich mit Ka-

therine Mansfield! Eines Tages würde ich schreiben, soviel stand fest. Ich war mir dessen sicher ... »Warte damit nicht, bis ich tot bin«, spottete Maman.
Einstweilen war sie erschreckend lebendig und nahm erneut jeden Abend auf dem Sofa im Salon meine Erziehung in die Hand. Wie sollte man sich der Indoktrinierung durch die Familie entziehen, wenn es weder eine Möglichkeit auszugehen noch Fernsehen gab? Eine ganze Generation, bald sind es schon zwei, kann sich überhaupt nicht mehr vorstellen, daß wir vor dem Krieg und während des Krieges und sogar noch nach dem Krieg ohne Fernsehen gelebt haben. Nicht einmal ein Kofferradio hatten wir in unserem Zimmer. Für meine nach 1945 geborene Leserschaft, deren Vorhut heute an die fünfzig sein mag, ist das völlig undenkbar. Da kann man doch gleich von der Zeit Karls des Großen reden!
Weil man keinen Fernseher hatte, mußte man sich sein Kino selber machen. Meine persönliche Dauerserie war »die Troika«, die große Couch im Salon, wo wir drei uns fast jeden Abend unter der Felldecke niederließen, Maman, Flora und ich, wenn Pater schon im Bett lag. Der Showmaster war grundsätzlich meine Mutter. Es gab nur ein Programm: ihr eigenes. Heute haben die Eltern eine schlechte Einschaltquote, die Kinder hören nicht ihnen zu, sondern sehen durchschnittlich drei Stunden fern. Ob die Soziologen den Verlust schon beziffert haben? Wir waren unentwegt der Muttershow ausgesetzt; lediglich in den Ferien konnten wir uns ihr entziehen.
Den Sommer jenes Jahres habe ich mit Flora bei Tante Jeanne verbracht, der achtzehn Jahre älteren Schwester

meiner Mutter, die in der Nähe von Paris in Poissy wohnte – weiter weg konnten wir nicht entweichen.
Die sanfte Langeweile des Vorstadtsommers lockte mich hinauf in einen jener märchenhaften Dachböden, wo die Familiengeschichten wohnten, zu einer Zeit, als die Häuser lange im Familienbesitz blieben und die Hinterlassenschaft der Generationen sich schichtweise anhäufte. Neben den Puppen mit Porzellanköpfen und Naturhaaren samt hochraffinierter Aussteuer – sie war schöner bestickt und genäht als die meisten unserer Kriegskleider –, neben dem großrädrigen Stubenwagen aus Korbgeflecht, in dem fünfzig Jahre zuvor Paul Poiret, Tante Jeanne und ihre Schwestern gelegen hatten, neben den Schiffskoffern und den Hutschachteln, die die Damen der Jahrhundertwende auf ihren Traumkreuzfahrten mit sich führten, gab es einige Truhen und einen alten Schrank, die die komplette Sammlung der Zeitschrift *L'Illustration* und Hunderte von verstaubten Büchern enthielten. Es waren Romane für junge Mädchen, und auf dem jeweiligen Vorblatt las ich, mit verblaßtem Tintenstift geschrieben, die Namen der Poiret-Schwestern, Jeanne, Germaine und Marie, der späteren Nicole, für die diese herzergreifende Literatur bestimmt war.
Die meisten der Romane waren von Frauen geschrieben worden und häufig Riesenerfolge gewesen, vor allem dann, wenn sie skandalumwitterte junge Personen vorstellten, die etwas vom Schema der Wohlanständigkeit abwichen. Die guten Heldinnen entfalteten sich – nach einigen Umwegen – an der Seite eines Absolventen der Offiziersakademie oder eines sonstigen Eliteknaben aus

guter Familie, vor allem aber in der Rolle der vielfachen Mutter. Die schlechten Heldinnen hingegen, die anfangs immer viel interessanter waren, wurden nach Vollendung ihres fünfunddreißigsten Lebensjahres (in den schlimmsten Fällen schon des dreißigsten) allesamt zu armseligen »alten Jungfern«, die entweder leidend oder tyrannisch beziehungsweise hysterisch waren, oder aber sie wurden zu Betschwestern oder mutierten zu Ackergäulen: Sie trugen hinfort unförmige Altweiberkleider, kamen frühzeitig in die Wechseljahre und beschlossen ihr Leben in Einsamkeit und Elend.

So stieß ich unter anderem auf einen Roman von Colette Yver, der 1907 mit dem Prix Femina gekrönt worden war: Eine Jury von Frauen, und zwar von intellektuellen Frauen, kürte mit *Les Cervelines* einen Roman, der die Emanzipation verurteilte und mit ihr eine Gesellschaft, die derlei Sünden wider die Natur erlaubte. Ein deutliches Indiz dafür, daß die Damen des Femina-Preises auch dann noch, als sie zu Literatur-Profis geworden waren, den Traditionen unterworfen und masochistisch genug blieben, um sich selbst zu verurteilen. Die vergebliche Hoffnung, auf diese Weise für den eigenen Erfolg Verzeihung zu erlangen, mag dabei eine nicht unwichtige Rolle gespielt haben.

Dank dieses großen Publikumserfolgs wurde der Name der Heldin in Frankreich mit allen bärbeißigen, unzufriedenen Blaustrümpfen in Verbindung gebracht, die den Ehrgeiz hatten, Literatinnen, Ärztinnen oder Wissenschaftlerinnen zu werden, trotz ihrer – von der Wissenschaft eindeutig belegten – geistigen Mängel.

Die Klassiker hatte ich natürlich auch gelesen: *Kusine Lisbeth* und *Die alte Jungfer,* Bücher, in denen Balzac durchblicken läßt, wie sehr er unverheiratete Frauen verabscheut.
War es denn wirklich nicht zu vermeiden, daß ein nicht vorhandener Mann die Frau dazu verurteilte, zu einer derartigen Karikatur zu schrumpfen und ihren Platz in der Reihe der erbärmlichsten, unsympathischsten Figuren der Weltliteratur einzunehmen?
Auch Henry James hatte ich gelesen, einen der unerbittlichsten Richter über die Ehelosigkeit der Frauen. Weder von der *Drehung der Schraube* noch von dem *Bildnis einer Dame* hatte man mich verschont. Die Ärmste versinkt vor lauter Unglück in Wahnsinn, und am Ende bringt sie ihre Mutter um, ehe sie sich selbst das Leben nimmt. Immer zeigte sich das Schicksal unerbittlich mit diesen unglückseligen Frauen.
Zum erstenmal entdeckte ich das heimtückische Gift in jenen Romanen, die die Jugend so vieler naiver Menschen begleitet hatten. Und auf diesem Dachboden wurde mir plötzlich klar, warum meine Mutter einen derartigen Widerwillen gegenüber dem Beruf der Lehrerin hatte: Die Mehrzahl der Heldinnen solcher Romane waren Lehrerinnen.
Arme Maman! In ihren Augen ging der Status der Lehrerin notwendig einher mit der Ehelosigkeit, und das bedeutete, daß die Weiblichkeit geopfert werden mußte, es sei denn, die entsprechende Frau gab sich einem elenden Lotterleben hin, was letztlich im gleichen Fiasko endete. Was war ich denn anderes in ihren Augen als eine kleine

Lehrerin, die es zuließ, daß »ihr Leben sich ganz in ihren Kopf zurückzog«, wie die Autorin Colette Yver das ausdrückte.

Die Statistiken gaben ihr im übrigen recht: In den dreißiger Jahren fanden siebzig Prozent der Volksschul- und Gymnasiallehrerinnen keinen Mann, wohingegen die große Mehrheit der Lehrer ein normales Eheleben führte. (Vgl. Jacques und Mona Ozouf: *La République des instituteurs,* Paris, 1992.) Noch 1938 nannte man vierundsechzig Prozent der Gymnasiallehrerinnen »Fräulein«, und das Lehrerinnendasein kam einer Art religiöser Berufung gleich, die absolute Keuschheit erforderte. In meiner eigenen Gymnasialzeit habe ich übrigens nur zwei verheiratete Lehrerinnen gekannt. Die eine, Madame Ansermet, war Witwe –, also gewissermaßen in die Wohlanständigkeit zurückgekehrt. Die zweite, Madame Espagne – mit diesem Namen konnte sie natürlich nur Geographie und Geschichte unterrichten –, war nicht nur in vollem Besitz eines Mannes, sondern hatte die unsagbare Frechheit, weiter zu unterrichten, als sie schon deutlich sichtbar schwanger war. In unserer Obersekunda sorgte dies für angeregte Stimmung, und zugleich waren wir entrüstet darüber: Madame Espagne schlief tatsächlich mit einem Mann? Unsere anderen Lehrerinnen hatten uns noch nie auf solche Gedanken gebracht.

Aus den Ferien in Poissy kam ich einigermaßen verunsichert zurück. Ich war im Begriff, etwas Wichtiges zu begreifen. Aber meine Lage hatte ich noch nie von außen betrachtet, und mir war damals noch nicht klar, daß ich zu einer sexuellen Kategorie gehörte, die mit noch mehr

Zwängen verbunden war als die soziale Klassenzugehörigkeit. Dazu kam die unmittelbare Realität: In Ermangelung einer echten Qualifikation hatte ich einen Beruf ohne Zukunft gewählt. Ohne *agrégation* gab es keinerlei Beförderung, und ohne Beförderung kein anständiges Gehalt. »Vielleicht bist du ja für Nebenrollen geschaffen«, sagte meine Mutter. Warum sollte ich mich darauf versteifen, gerade diesen Beruf auszuüben?

Immerhin spürte ich eine erste Bewußtseinsdämmerung. Das bedeutete, daß ich die Weichen umstellen mußte. Als mir eines Tages ein Freund der Familie, ein prominenter Widerstandskämpfer, vorschlug, beim französischen Rundfunk im Sekretariat von Jean Marin zu arbeiten, kehrte ich meiner Klosterschule ohne Bedauern den Rücken. Jean Marin war ruhmumflort aus London zurückgekehrt, und im November 1944 wurde ich seine Sekretärin. Ich verdiente das Doppelte wie zuvor und hatte das Gefühl, von nun an den Marschallinnenstab im Tornister zu tragen.

Vergeblich hatte mir Nicole geraten, mich beim Rundfunk für eine Journalistenstelle zu bewerben. Aber genau wie fünf Jahre zuvor, als ich unfähig gewesen war, vor einer Kamera zu stehen, fühlte ich mich nicht in der Lage, mich vor ein Mikrofon zu stellen und einen Text laut zu lesen oder gar zu improvisieren. Allmählich schämte ich mich auch wegen meiner den ganzen Krieg überdauernden politischen Trägheit, angesichts dieser Männer – und auch dieser Frauen –, die aus London oder aus Afrika zurückkamen, wo sie für Werte gekämpft hatten, mit denen ich mich zwar identifizierte, die zu verteidigen mir jedoch nicht eingefallen war. Auch in diesem Fall kann ich dafür nicht meine Familie verantwortlich machen. Aus Haß gegen die *Boches* und aus Vaterlandsliebe war mein Vater einer der ersten De-Gaulle-Anhänger gewesen, und allmählich überwarf er sich mit allen Freunden, die Pétain-Anhänger blieben. Andächtig lauschten wir hinter unseren verdunkelten Fenstern den Nachrichten aus London, und wie eine Art Exorzismus sangen wir das Signal von *Radio France Libre:* »Radio Paris lügt, Radio Paris lügt, Radio Paris ist deutsch!«

»Hitler ist geisteskrank wie viele Deutsche übrigens, und schon deshalb werden sie am Ende den Krieg doch verlieren«, sagte Pater immer wieder, selbst während der finstersten Tage.

Aber die deutsche Niederlage ließ auf sich warten. Im Elsaß wurde noch gekämpft, in Paris waren die Soldaten der Leclerc-Division und die amerikanischen Truppen einmarschiert, und aus dem Maquis tauchten die »Kämpfer des Schattens« auf, die es uns ermöglichten, ohne allzu große Scham am Sieg teilzuhaben. Wir waren froh, »trotz allem« immer auf der richtigen Seite gestanden zu haben: Ich hatte zwar keinen Grund, stolz zu sein, aber ich hatte mir auch nichts vorzuwerfen. Bis auf wenige Ausnahmen waren die Frauen nicht auf der Welt, um Geschichte zu machen, sondern um sie zu erdulden. Als jedoch die ersten Deportierten zurückkamen und man allmählich erfuhr, was sich in den KZs zugetragen hatte, erfüllte mich mehr und mehr ein diffuses Schamgefühl, und mit ihm trat eine Erinnerung zutage, die ich lieber verdrängt hätte: Meine Eltern wohnten noch immer in der

Rue de Bellechasse 44, aber gegenüber, Nummer 35, hatte das »Jüdische Geschäft« – ich sehe das Schild noch vor mir – des Juweliers Markowitz nicht wieder geöffnet.
»Sie werden nie wiederkommen«, sagten unterrichtete Leute.
Und plötzlich tauchte das Bild eines Mädchens von dreizehn oder vierzehn Jahren vor meinen Augen auf. Ich erinnere mich, daß das Kind dunkelblondes Haar hatte und blasse runde Wangen. Eines Abends hatte es bei uns geläutet. Seine Eltern waren soeben festgenommen worden und man hatte sie mitgenommen – wohin, wußte niemand. Die Wohnungstür war versiegelt worden, und das Mädchen wußte nicht, wohin es sollte. Da unsere Eltern zwei Töchter hatten, die kaum älter als es waren, dachte es vermutlich, daß sie Mitleid mit ihm haben würden und daß wir es wenigstens für ein paar Tage aufnehmen würden. Aber das war's ja gerade: Sie hatten zwei Töchter, und mein Vater wollte diese beiden auf keinen Fall einer Unbekannten wegen, die dazu auch noch Jüdin war, in Gefahr bringen. Wir haben die Köpfe zusammengesteckt und beratschlagt.
»Wenn uns jemand denunziert, wenn man sie bei uns findet, werden wir alle festgenommen«, sagte Pater. »Ich habe meiner Familie gegenüber Verpflichtungen. Wäre ich alleine, wäre das etwas anderes.«
Wahrscheinlich stimmte es, wahrscheinlich hätte er sich anders verhalten, wenn er allein gewesen wäre. Und es »stimmte« wohl auch, man hatte es uns ja genügend eingebläut, daß die Juden weitgehend schuld an unserer Niederlage waren, vor allem Léon Blum, der uns nicht auf

den Krieg vorbereitet hatte. Andererseits war Papa aber auch Dreyfuß-Anhänger gewesen, womit er gern prahlte. Auch hatte er monatelang seine Tabakrationen an seinen Freund Max Jacob geschickt, bevor dieser im KZ Drancy interniert wurde, wo er auch starb. (A. d. Ü.: Französischer Dichter, bretonischer Jude [1876–1944]. Nach dem Ersten Weltkrieg zum Christentum bekehrt, zog er sich 1921 zurück ins Kloster. Dort wurde er 1944 von der Gestapo festgenommen.) Jedem einzelnen jüdischen Freund konnte man nachtrauern, aber die kollektive Bestrafung »der Juden« akzeptierte man irgendwie. So sah der Antisemitismus *à la française* aus.

So sah auch mein Antisemitismus aus, wo ich mich doch Humanistin nannte.

Den gelben Stern hatte ich auf den Revers meiner Studentenfreunde auftauchen sehen: Hélène Heller, Maurice Werther, Annette Birman, auch sie waren dadurch für ein »unbekanntes Ziel« bestimmt. Der Ausdruck schonte unsere Empfindlichkeit und rechtfertigte das Fehlen unserer Empörung. Ich hatte gesehen, wie sie in der Metro in den letzten Wagen verbannt wurden, und ich hatte geglaubt, viel zu tun, wenn ich hinten mit ihnen einstieg. Aber mehr hatte ich nicht getan: Das Schicksal der Juden ging mich nichts an.

Ich erinnere mich nicht mehr, ob ich dabei war oder nicht, als die kleine Markowitz weggeschickt wurde. Falls ich mich geschämt habe, habe ich es verdrängt. Ich weiß nur, daß sie nicht einmal bis in den Salon vorgelassen wurde: Das ist wie bei einem ausgesetzten Tier: Wenn man es erst einmal hereinläßt, wird man es nicht mehr los. Man muß von Anfang an hart sein. Eltern wissen das und biegen derlei Erfahrungen ab. Und so haben wir es auch vermieden, die kleine Markowitz zu lange anzusehen.

Schließlich hatten wir ja keine Schuld, und für unsere verheerende Niederlage brauchten wir einen Sündenbock. Pater war 1914 ein Held gewesen. Bei der Schlacht an der Marne war er dabeigewesen, er war sogar verwundet worden, man konnte ihn heute nicht der Feigheit verdächtigen.

Aber ich? Was hatte ich geleistet, um von der Heldenhaftigkeit Abstand zu nehmen? Oder vom Mut? Oder sogar vom Nachdenken? Welchen Zaubertrank hatte ich zu mir genommen, daß ich das erste Stück meines Lebens in Lethargie verharrte, während die zivilisierte Welt um mich herum zusammenbrach? Ich fühlte mich von der Weltgeschichte nicht betroffen, engagierte mich nicht, politisch nicht und nicht einmal für mich selbst. Warum spürte ich nicht die zwingende Notwendigkeit, meinen Kokon aufzubrechen, um etwas anderes als eine Larve zu werden, nämlich ein Mensch?

Diese Frage drang ganz allmählich durch dichte, dunkle Schichten hindurch ans Tageslicht, durch diese schwere, träge Materie hindurch, aus der ich geschaffen war und mit mir so viele junge Mädchen meiner Generation. Noch war es nur eine Ahnung dieser Frage, aber ich spürte bereits, daß die Antwort entscheidend sein würde. Ich glaube, es gibt keine bedeutendere Frage und keine lebenswichtigere Antwort für Millionen von Menschen weiblichen Geschlechts.

»Wie nennt man das, wenn der Tag anbricht wie heute und alles ist verdorben und vernichtet, aber du spürst dennoch Luft zum Atmen?« Wie nennt man das, wenn die Jugend vorbei ist, ohne daß man wirklich etwas Wesentliches kapiert hat, und man steht an der Schwelle des Lebens, in einem zerrissenen, zerstörten Land, ohne recht zu wissen, was man mit seiner Zukunft anfangen soll? Auf die berühmte Frage, die die Bettlerin in Girandoux' Tragödie *Elektra* stellt, nachdem alles vollbracht ist, erwidert der Autor, und seine Antwort ist nicht minder berühmt: »Das heißt Morgenröte – ein schöner Name.«

Kapitel IV

Eine wunderbare Mutter

Josyane Savigneau: So wie Sie Ihre Mutter darstellen, erscheint sie sehr verführerisch einigen weniger angenehmen Zügen zum Trotz. Man kann sich vorstellen, wie diese Frau in einer Gesellschaft gelebt hat, die vollständig von den Männern beherrscht wurde, und wie sie sich zu wehren gedachte, indem sie sich ihr ganz eigenes Leben aufbaute.

Benoîte Groult: Ihr ganz eigenes Leben hat sie sich geschaffen auf dem Fundament einer höchstpersönlichen Moral, die eine völlig andere war als die in ihrem Milieu übliche. Und da sie eine geistvolle Frau war, da sie in der Gesellschaft gerne im Mittelpunkt stand, da sie gerne Gäste empfing und die Kunst der Verführung hervorragend beherrschte, ist Nicole Groult zu einer Figur des Pariser Lebens geworden. Was aber am meisten verführerisch wirkte, glaube ich, war ihre unbändige, ihre fanatische Lebenslust, die sie schließlich auch mir vermacht hat ... dessen werde ich mir heute bewußt.

J. S.: Wahrscheinlich hat sie festgestellt, wie hoffnungslos in ihrer Umgebung die Frauen von den Männern dominiert wurden. Also ist sie sehr weit in die andere Richtung gegangen. Dieser Pendelausschlag ging dann aber so weit, daß man sich doch fragt, ob sie überhaupt fähig war, eine echte Beziehung zu einem Mann zu unterhalten, und ob es nicht zunächst und vor allem darum ging, sich vor den Männern zu schützen, sich ihnen gegenüber zu wehren.

B. G.: Gewiß. Aber in der ersten Hälfte unseres Jahrhunderts und sogar später noch kam es äußerst selten vor, daß eine Frau eine echte Beziehung zu einem Mann aufbauen konnte. Alles lief nach dem Schema hier dominierender Mann, dort verführerische Frau. Das galt auch für sie, außer in der Beziehung zu meinem Vater, weil dieser sie so beständig geliebt und beschützt hat, auch wenn er von einer Frau wie ihr eigentlich total überfordert war. Jedenfalls hat er ihr für ihre Karriere ununterbrochen Rückendeckung gegeben, etwa, indem er sich um die Buchhaltung des Modehauses kümmerte, um all diese Zahlen, die meine Mutter zu verachten vorgab. Aber was weiß man schon über die intime Beziehung der eigenen Eltern? Ich meine, daß sie sehr viele Geheimnisse bewahrt hat und daß ihr Leben noch wesentlich reicher war, als ich es annehme.

J. S.: Mir scheint, in ihrem Leben gibt es einen gewissen Widerspruch, denn in ihrer Kindheit hat sie doch nicht in einem Milieu gelebt, in dem man versuchte, den Frauen Zügel anzulegen.

B. G.: Aber ja doch! Welcher Frau, die um die Jahrhundertwende herum geboren wurde, sind keine Zügel angelegt worden? Erzogen wurde sie im Hinblick auf die Ehe, punktum. Mit anderen Worten, um eines Tages einem Mann die Zügel zu übergeben, auf daß er sie führe, wohin es ihm beliebte. Schon daß sie Operettensängerin werden wollte, war als ein sehr beunruhigendes Zeichen angesehen worden. Ja, und dann ist eben der Erste Weltkrieg gekommen: Es sind die Kriege und die Revolutionen, die in der Geschichte den Frauen stets Befreiung gebracht haben, jedenfalls zunächst. Meine Mutter hat zu jenen wenigen gehört, die das einmal Erreichte bewahren konnten. Zwischen 1914 und 1918 ist sie ganz allein in Paris geblieben, sie hatte noch keine Kinder, aber sie war zusammen mit ihrer engen Freundin Marie Laurencin, die sich bereits damals als Malerin betätigte und im berühmten Bateau Lavoir bei Guillaume Apollinaire und anderen Künstlern verkehrte. Ich gehe davon aus, daß sie mit Marie das geheime Einverständnis, die Lust unter Frauen, entdeckt hat, und man muß anmerken, daß die Gesellschaft damals für diese Art von Beziehung unter Frauen viel Nachsicht aufbrachte. Man nahm diese Form der Liebe einfach nicht ernst. Und dann hat Marie die gewaltige Dummheit begangen, am Anfang des Krieges einen Deutschen zu heiraten, einen sehr reichen Maler, einen Playboy, und man hat sie gezwungen, Frankreich zu verlassen und in Spanien im Exil zu leben. Um sich zu zerstreuen, hat meine Mutter dann angefangen, für ihre Freundinnen Kleider zu entwerfen; danach kam dann die Eröffnung eines Modegeschäfts, und damit begann ihr beruflicher Erfolg. Aber wenn sie ihrem jungen Gatten an ihrem Hochzeitsabend im Jahre 1907 umstandslos zu Willen gewesen wäre, dann hätte sie 1914 sicher schon vier Kinder gehabt wie ihre Schwester Jeanne, oder drei wie ihr Bruder Paul Poiret oder auch zwei wie ihre kleine Schwester Germaine, und dann hätte sie sich weder einen

Beruf noch Liebhaber leisten können. André wäre aus dem Krieg zurückgekommen, um ihr in der allgemeinen Begeisterung sofort zwei weitere Kinder zu machen, und dann wäre es vollkommen aus gewesen. Niemals wäre Madame André Groult zu Nicole Groult geworden.

J. S.: Diese Frauen, Marie Laurencin genauso wie Ihre Mutter, lebten in einer Zeit, in der die Beziehung einer Frau zu den Männern, wollte diese Frau schöpferisch tätig sein, nur als gesellschaftlich abgesegnet, das heißt als eheliche Beziehung stattfinden konnte. Die eigentlichen, intimen Beziehungen waren unmöglich, die waren von vornherein versaut, verfälscht. Das Bleigewicht der Gesellschaft lastete einfach zu stark auf allem. Sie aber haben dann sowohl das Vorbild Ihrer Mutter als auch das Modell, gegen das Ihre Mutter angekämpft hatte, abgelehnt, die unterwürfige Frau. Zunächst einmal haben Sie sich geweigert, wie Ihre Mutter zu werden, den Krieg mitzumachen, den sie geführt hatte.

B. G.: Das Ergebnis war, daß ich dann gar nichts geworden bin. Ich bewunderte meine Mutter. Aber bei allem, was sie tat, sträubten sich mir die Nackenhaare. Ich verabscheute die Mode, ich verabscheute Hüte, Kleider, die gesamte Kundschaft, ich verabscheute Empfänge und große Diners. Außerdem war ich nicht künstlerisch veranlagt, ich hatte kaum ein Gefühl für den Unterschied zwischen einem kitschigen Gemälde in der Kirche Sacré-Cœur und einem von Mantegna gemalten heiligen Sebastian. Für meine Mutter hatte ich »den Geschmack eines englischen Kindermädchens«, wobei hinzuzufügen ist, daß ich tatsächlich bis zum Alter von zehn Jahren von einer irischen Nanny erzogen worden bin. Also nahm ich Zuflucht beim Schreiben, aber ehrlich gesagt, nur so lala. Ich schrieb kleine, ziemlich belanglose Textchen, die ich dann in irgendwelchen Schubladen versteckte oder doch zu verstecken glaubte.

Kurz vor meinem vierzehnten Geburtstag beschloß meine Mutter, daß ich jetzt ein Theaterstück zu schreiben und damit literarisch zu debütieren hätte. Sie plante, die Kostüme und das Bühnenbild bei einem Verleih zu beschaffen. In Wirklichkeit ist sie es gewesen, die das Stück geschrieben hat. Sie hatte mir ein Reimlexikon gekauft, und dann saß sie mir im Nacken und flüsterte mir sämtliche Repliken ein. Das Thema hatte ich selbst gefunden, und es entsprach dem Niveau einer Unschuld vom Lande, der Kinderbuchfigur Bécassine. Es traten ein Holzfäller, eine Fee und kleine Kinder auf. Paul Poiret übernahm die Rolle des Holzfällers, Flora spielte eine Elfe, ich selbst war natürlich die Fee. Meinen Zauberstab hielt ich, als wäre es ein Regenschirm, und mein Onkel Paul – der Verräter – hatte sich nicht die Mühe gemacht, seinen Text zu lernen. Er improvisierte, was natürlich alle anderen Schauspieler aus dem Konzept brachte. Am Ende dann mußte ich mich verbeugen, und meine Mutter verkündete: »Sie haben soeben das erste Stück gesehen, das Rosie Groult geschrieben hat.« Was den Ruhm betraf, hatte ich das Gefühl, mich mit fremden Federn zu schmücken, und einmal mehr war der Beweis meiner Unfähigkeit erbracht worden.

J. S.: In Ihrem Fall sehe ich ein Paradox und einen Widerspruch, die beide hochinteressant sind. Normalerwei-

se ist man der Meinung, die Frauen, denen es nicht gelungen ist, sich zu verwirklichen, sich aus dem Panzer des sogenannten Frauenschicksals zu befreien, seien von ihrem gesellschaftlichen Umfeld daran gehindert worden. Diese Frauen hatten keine andere Wahl, sie mußten traditionelle Verhaltensmuster wiederholen. Sie hingegen, Sie stammen aus einer großbürgerlichen Familie, und diese großbürgerliche Familie war auch noch unkonventionell, sozusagen eine Familie von Künstlern. Und dennoch erscheinen Sie noch verklemmter als die anderen.
B. G.: Konventionell oder angepaßt war meine Familie nicht, das stimmt, auch wenn in mancher Hinsicht der gesellschaftliche Schein durchaus gewahrt wurde. Meine Mutter wäre höchst erfreut gewesen, wenn ich ihr eines Tages gesagt hätte: Ich möchte eine komische Oper aufführen, oder ich möchte sozialkritische Chansons singen. Nun, das war nicht der Fall. Ich erteilte den Kindern aus unserem Viertel Lateinnachhilfestunden. Außerdem verschreckten mich die Ratschläge meiner Mutter bezüglich des taktischen Umgangs mit Männern. Meine sexuelle Erziehung war eine antisexuelle Erziehung, bei der die sexuelle Beziehung als unangenehmer Moment dargestellt wurde, den es zu überstehen galt. So hat mich meine Mutter zum Beispiel voller Abscheu angesehen, als sie meine ersten amourösen Verwirrungen spitzgekriegt hat. Sie hatte nämlich ein schreckliches Einfühlungsvermögen, sie spürte intuitiv, was los war – vielleicht war ich auch unfähig, mich zu verstellen. Jedenfalls war ich eines Tages heimgekommen, und am Oberteil meines Kleides stand ein Knopf offen. »Na, hat wohl einer nuckeln dürfen?«

hat sie mich vor der versammelten Familie gefragt. Mein Vater beugte sich tiefer über seinen Teller, er hat es nicht gewagt zu sagen: Laß doch deine Tochter in Frieden!
Dieser erste junge Mann war ein ägyptischer Student, der mit mir an der Sorbonne Altphilologie studierte. Sofort hat mich meine Mutter gewarnt: »Nimm dich in acht vor den Ägyptern, ich kenne sie! (Sie hatte mehrmals in Kairo ihre Kollektion präsentiert.) Die sind mit ihrem Dingsbums sofort bei der Hand. Das sind Besessene, die an überhaupt nichts anderes denken können.« Ganz unrecht hatte sie übrigens nicht. Die arabischen Studenten, die damals nach Frankreich kamen und relativ großzügige Mädchen entdeckten, dachten, daß es sich selbstverständlich um Nutten handeln müsse. Bei ihnen spürte man immer zugleich das sexuelle Interesse und die Verachtung. Alles in allem war es sehr schwierig, sich zu verlieben, wenn man sich dabei stets die Kommentare der eigenen Mutter anhören mußte.
J. S.: Meinen Sie, Ihre Mutter hegte eine Art Widerwillen gegen den Körper?
B. G.: Widerwillen glaube ich nicht. Sie mochte ihren Körper und pflegte ihn mit großem Raffinement, schminkte sich sorgfältig. Aber andererseits hatte sie auch immer ihr eigenes Schlafzimmer. Was die Lust angeht, so hoffe ich, daß sie sie mit Frauen kennengelernt hat, mit Frauen, die ihr nie angst gemacht hatten, die sie nicht zu dominieren brauchte. Frauen, das war die Lust ohne das Mühsame dabei ... Im nachhinein, viel später, ist mir aufgefallen, daß sie zahlreiche homosexuelle Freundinnen in ihrem Kreis hatte, weibliche Paare, und

meistens waren diese Frauen schön und exzentrisch. Zwei waren Antiquitätenhändlerinnen am Quai Voltaire, sie waren ziemlich bekannt, und ihr freizügiger Ton, ihr freizügiges Auftreten faszinierten mich. Ich fand sie grandios. Sie kamen oft zu uns ins Haus oder fuhren auch mit uns in die Ferien. Pater mochte sie sehr. In Künstlerkreisen herrschte damals während der sogenannten verrückten zwanziger Jahre und noch bis zum Zweiten Weltkrieg eine ganz erhebliche Freiheit der Sitten. Aber das große Ziel, das, worauf es immer ankam, war und blieb der Mann. Man braucht sich nur Colette anzuschauen. Ich erinnere mich, daß meine Mutter an ihrem sechzigsten Geburtstag (selbstverständlich war sie im Sternzeichen des Widders geboren) triumphierend nach Hause kam und zu meiner Schwester und mir sage: »Ich hoffe sehr, daß ihr es eines Tages macht wie ich: die Liebe mit sechzig! Nehmt euch gefälligst ein Beispiel!«
Ihre Liebhaber, normalerweise Schriftsteller oder Maler, standen in Korrespondenz mit ihr, widmeten ihr Gedichte, schickten ihr Blumen, Geschenke, Zeichnungen ... Das Telefon hat alle diese Dinge abgetötet. Ich nehme an, sie wußte, wie man diesen Männern die Komödie der Liebe vorspielt. Damals waren viele Frauen frigid, schließlich gab es keine sexuelle Aufklärung, und Erfahrungen waren rar. Aber letztlich war das den Männern gar nicht so unangenehm. Diese Frauen machten ihnen weniger Angst als die anderen, die sie als »Nymphomaninnen« bezeichneten. Erotischer Appetit, Sinnlichkeit bei Frauen, und vor allem bei Ehefrauen, haben die Männer doch immer erschreckt.

J. S.: Wie kommt es, daß Ihr Vater, der doch immer sehr unverrückbare Vorstellungen vom Leben und von seiner Arbeit hatte, sich nie »als Mann« durchgesetzt hat?
B. G.: »Mann sein« hatte in unserer Familie keinen eigenständigen Wert: Mann sein, das schrumpfte auf ein paar Frondienste zusammen. Der Mann holte die Kohlen aus dem Keller, reparierte die Steckdosen, saß am Steuer des Autos und hob die Motorhaube hoch, wenn eine Panne passiert war ... Nun ja, von Zeit zu Zeit bediente er sich als erster bei Tisch, um mit dem lateinischen Zitat aufwarten zu können: »*Ego primam tollo, quia nominor leo* – Ich bediene mich als erster, weil ich Löwe heiße.« Aber wie bei den Löwen in der Natur spielte auch hier die Löwin die eigentlich wichtige Rolle. Selbst in künstlerischer Hinsicht verstand er es nicht, sich zur Geltung zu bringen, sich zu verkaufen. Ohne meine Mutter, die seine Entwürfe Interessenten zeigte und Kunden für ihn gewann, hätte er wahrscheinlich aufgegeben.
J. S.: In beruflicher Hinsicht hat sie ihm also geholfen?
B. G.: Viel sogar. Weil sie ihn auf dieser Ebene bewunderte, ihn sogar genial fand. Unglücklicherweise ist nach dem Krieg der Stil der Innenarchitektur der dreißiger Jahre völlig aus der Mode gekommen, und da hat mein Vater dann den Mut verloren. Kurz vor seinem Tod versteigerte er seine letzten Modellmöbel in der Salle Drouot. Paul und ich hatten damals kein Geld, aber ich hätte sehr, sehr gern ein bestimmtes Möbelstück aus Galuchat, das während meiner ganzen Kindheit im Salon stand, zurückgekauft. (A. d. Ü.: Galuchat ist eine nach einem speziellen Verfahren gegerbte Fischhaut [nach dem Namen des Er-

finders genannt – 18. Jh.], die für die Herstellung von Lederwaren und – im Art déco – auch von Möbeln verwendet wurde.) Mein Vater hat mich jedoch daran gehindert, bei der Auktion mitzubieten. »Rühr dich nicht! Ich will wissen, bis zu welchem Grad man sich für das, was ich mache, nicht mehr interessiert.« Und dann sind seine Möbel alle zu Spottpreisen weggegangen. Und er saß da und kostete seine Niederlage aus. Er war ein Mann der Niederlagen. Im übrigen gehörte auch ich zu denen, die sein Talent nicht erkannten; seine nächsten Angehörigen unterschätzt man ja fast immer. Erst zehn Jahre nach seinem Tod habe ich seine Kreationen wirklich zu würdigen gelernt. Und er ist als sehr unglücklicher Mann gestorben, zumal seine Frau nicht mehr um ihn war, um ihn aufzurichten. Sie litt damals schon an zerebraler Anämie, heute würde man vermutlich von Alzheimer sprechen.

J. S.: Meinen Sie, daß dieser Defätismus im wahrsten Sinne des Wortes Sie geprägt hat?

B. G.: Nein. Ich habe mir nämlich, um ganz offen zu sein, jahrelang eingebildet, ich sei gar nicht seine Tochter. Für Pater empfand ich immer große töchterliche Liebe. Er hat mich erzogen, wahrscheinlich war ich sogar seine Lieblingstochter, und als Persönlichkeit war er mir sehr nahe. Aber warum nur bin ich erst 1920 zur Welt gekommen, wo sie doch schon 1907 geheiratet hatten? Meine Mutter hatte mir erzählt, daß ihre Mutter am Vorabend ihrer Hochzeit unter das Bettuch eine Unterlage geschoben und dabei gesagt habe: »Das ist für das Blut, Mädchen.« Weitere Erklärungen gab sie nicht. Der Gedanke, auf dem Altar der Ehe geopfert zu werden, hatte Mademoiselle Marie Poiret mit tiefem Grauen erfüllt. Und mehr noch das Sichtbarwerden bedrohlicher und bis dahin vollkommen unbekannter Sexualorgane. Sie wollte um keinen Preis bluten, also hatte sie sich geweigert, der ehelichen Pflicht nachzukommen. Mein armer Vater, der gewiß kein Vergewaltiger war, hatte wohl ungeschickt auf seinen Wünschen beharrt, hatte sie angefleht, aber auch er wußte nicht genau, wie eine Frau gebaut ist, und das, obwohl er ein abgeschlossenes Studium der Naturwissenschaften hinter sich hatte. Damals, vor dem großen Krieg, heirateten sie doch sehr oft im Zustand der Jungfräulichkeit, die jungen Leute. Kurz und gut, er richtete nichts aus und ging dann freiwillig 1914 in den Krieg, wobei er, soweit ich es richtig verstanden habe, eine unberührte junge Frau zurückließ. Meine Mutter hatte versprochen, sich von einem Gynäkologen untersuchen zu lassen, da sie selbst überzeugt war, irgend etwas sei nicht in Ordnung mit ihr. Sie ist in Begleitung von Marie Laurencin in die Sprechstunde gegangen, und der Arzt hat gesagt: »Madame, Sie sind körperlich vollkommen normal, und es muß da rein, wo ich es Ihnen jetzt zeige.« Ich kenne sie und kann nicht glauben, daß sie nicht ein paar praktische Übungen vorgeschaltet hat, um bei der Rückkehr ihres Mannes vorbereitet zu sein. Sie hatte ja viel zu jung geheiratet, ist aber während des Krieges viel ausgegangen und hat viele Freunde kennengelernt. In der Rückschau ist mir sogar ein gewisser Verdacht gekommen bezüglich L., der mein Pate gewesen ist. Er ist gestorben, als ich sieben war, und selbstverständlich ging es mir nicht um einen Vaterschaftsnachweis. André war vielleicht nicht

mein Vater, aber er war mein Papa. Sie wissen ja, viele Kinder bilden sich ein, daß sie von Zigeunern gestohlen worden sind. Ich meinerseits bildete mir einen mysteriösen Vater ein, ich hatte da eine sehr romanhafte Phantasie. Immerhin, es gab da einen merkwürdigen Hinweis. Ich wußte, daß mein Vater ein- oder zweimal die Bemerkung gemacht hatte: »Rosie hat genau die Füße von L., mit dem großen Zeh, der vom zweiten Zeh so weit absteht.« Also hat es anfangs irgendwelche Zweifel gegeben. Es muß ja viele Frauen gegeben haben, die während der Kriege ihre Männer betrogen haben, und es muß viele, viele Kinder gegeben haben, die dann halt ihrem gesetzmäßigen Vater untergejubelt wurden. Wie dem auch sei, Nicole hat auch das erfolgreich über die Bühne gebracht. Sie hat ihren Mann davon überzeugt, daß sein Argwohn unbegründet sei. Sie war eben eine Frau von Format, wie man schon damals sagte, und außerdem hatte ich doch sehr viel Ähnlichkeit mit meinem Vater, wenn man einmal von den Zehen absieht ... Auch in diesem Punkt hat sie reichlich viel Glück gehabt.
J. S.: Als ich auf besagten Defätismus zu sprechen kam, habe ich nicht unbedingt auf einen genetischen Faktor angespielt. Es ging mir mehr um das Vaterbild, hinter dem ja in Ihrem Fall ein Mann stand, der sich in Bitterkeit, also in Negativität flüchtete.
B. G.: So völlig negativ war das nicht, denn es gab ja doch auch noch die Kunst, es gab die Achtung, die wir gegenüber allen künstlerisch tätigen Menschen empfanden, auch gegenüber den von der Gesellschaft verschmähten.

J. S.: Ihr Vater starb, bevor die Mode der späten zwanziger Jahre wieder Erfolg zu haben begann.
B. G.: Ja, leider. Jetzt erzielen seine Möbel nämlich Wahnsinnspreise. Ein Fachmann für das Art déco, die Kunst dieser Zeit, hat soeben ein wunderschön illustriertes Buch über André Groult geschrieben. (Félix Marcilhac: *André Groult, ensemblier-décorateur du XXe siècle,* Éditions de l'Armateur, März 1997.) Aber es war sehr schwierig, seine Laufbahn im Detail nachzuvollziehen, denn aufgrund seines Defätismus pflegte er auch alles wegzuwerfen. Meine Mutter hat ihn uns immer als abschreckendes Beispiel vor Augen gehalten: »Ihr müßt Draufgängerinnen werden im Leben, ihr dürft euch nicht in die Niederlage treiben lassen wie er!« Meine Schwester war sehr sentimental und empfindsam: Sie war leicht zu entmutigen. Ich glaube, daß Nicole sie gerettet hat, daß sie ihr eine bestimmte Charakterstärke anerzogen hat ... Die intensiven Bemühungen meiner Mutter haben dazu geführt, daß meine Schwester regelrecht aufblühte, während bei mir das Gegenteil eintrat: Ich war nur noch wie gelähmt. Das ist auch ein Grund, warum mir Theorien über die Erziehung grundsätzlich ein Lächeln abnötigen ...
J. S.: Da gab es doch noch einen besonderen Bereich, den Sie mit Ihrem Vater teilten: Da gab es das Lernen und Studieren, da gab es den Sport. Hat das nicht sehr positiv zu Ihrer Entwicklung beigetragen?
B. G.: Ich fand darin sehr viel Freude, aber ich wußte schon, daß dies nicht das Wesentliche war. Das war nicht das wahre Leben. Im übrigen brachte ich es nirgends zu

Meisterehren, weder im Skifahren noch im Tennis, noch beim Schwimmen, wo ich auch sehr mittelmäßig war. Spitzenleistungen lagen außerhalb meiner Vorstellungskraft. Bei den Mädchen förderte man damals den Wettbewerbsgedanken überhaupt nicht, wenn man von ein paar seltenen Ausnahmen wie Sonja Henie oder Suzanne Lenglen absieht. Die Mädchen waren einfach nicht für die Hauptrollen geboren. Im Sport beispielsweise hätte ich sehr gerne Leichtathletik betrieben, vor allem die Laufdisziplinen. Ich war sehr ausdauernd, hatte den entsprechend langsamen Herzschlag und auch genügend Atem. Aber ich hatte nie Gelegenheit zu trainieren. Sie brauchen sich nur vorzustellen, daß es in der Privatschule, wo ich meine gesamte Zeit bis zum Abitur verbracht habe, nicht einmal einen Pausenhof gab! Da gab es keinen Quadratmeter Platz, wo man hätte herumhüpfen oder wenigstens etwas Gymnastik machen können. Nicht daß der Turnunterricht für Mädchen verboten gewesen wäre, er stand einfach nicht auf dem Lehrplan, und niemand protestierte. Alle zwei Stunden gab es im Klassenzimmer zehn Minuten, während der man sich ein wenig die Beine vertrat und, wie es hieß, »sich ein wenig bewegte«, aber das war schon die ganze Pause.

J. S.: Wie kommt es dann, daß Sie aus diesem Sich-Wohlfühlen im eigenen Körper nicht ein besonderes Selbstgefühl entwickelt haben?

B. G.: Ach, das waren nur Augenblicke des Ausgleichs, das waren Ferienmomente. Kaum waren wir zurück in Paris, stand ich wieder unter dem Joch der »echten Werte«, und das waren die des Erfolgs in der Stadt, und nicht am bretonischen Strand von Concarneau. Ich spürte dann, daß alles andere nur eine wunderschöne Episode gewesen war, daß ein vorübergehender Freiraum bestanden hatte, mehr nicht. Heute – mit dem historischen Abstand und angesichts der Positionen, die ich später vertreten habe – erscheint das alles sehr schwer vorstellbar, ich weiß, aber innerlich konnte ich mich damals einfach nicht befreien. Ich konnte nicht vorstoßen zu meiner eigentlichen Persönlichkeit. Ich wundere mich heute, daß nicht einmal der Krieg wie ein Elektroschock auf mich gewirkt hat. Wahrscheinlich war da ein großer Mangel an Mut im Spiel. Ich bin ausdauernd, aber ich bin nicht wagemutig. Heute sage ich mir: Wie kommt es, daß ich mich nicht der Résistance angeschlossen habe? Aber man schloß sich der Résistance nicht an, indem man einfach eine Tür aufstieß und hineinmarschierte. Dazu brauchte man einen sehr starken Charakter, dazu mußte man tödliche Risiken eingehen, das war ein durch und durch politischer Schritt, und den habe ich nicht getan. Später habe ich gesehen, daß auch Simone de Beauvoir ihn nicht vollzogen hatte, worauf ich mich dann weniger geschämt habe. Viele junge Intellektuelle haben damals so gehandelt und dem Fortgang der Weltgeschichte abwartend zugesehen. Dahinter standen zugleich Egoismus und eine gewisse Feigheit.

J. S.: Wie, unter welchen Umständen haben Sie diese Zeit des Kriegs damals erlebt?

B. G.: Als ginge ich durch einen langen, sehr langen Tunnel. Mein Studium diente mir als ein halbwegs ehrenhaftes Alibi, und außerdem hatte man mehr als genug zu tun mit all den Überlebensanstrengungen: das Besorgen von Lebensmitteln, die nächtliche Ausgangssperre, die geschlossenen Metrostationen, Stromausfälle, der sogenannte Norwegertopf, den man basteln mußte, um Lebensmittel überhaupt zubereiten zu können, und dann die vielen Stunden, die draufgingen mit dem Versuch, die englischen Radiomeldungen reinzubekommen ... Dann waren da eineinhalb Millionen Kriegsgefangene: Man schnürte Päckchen, man strickte, man schickte Bücher ...

J. S.: Wo stand Ihr Vater eigentlich politisch?

B. G.: Pater war vor allem Patriot, ein Patriot nach Art der Kriegszeit 1914–1918. Er war bei den Feuerkreuzlern des Oberst de La Roque gewesen, das heißt, er stand weit rechts. Aber vergessen wir nicht, daß de La Roque wegen Beteiligung an der Widerstandsbewegung von den Deutschen deportiert worden ist. Selbstverständlich hatte mein Vater die Volksfrontregierung von 1936 überhaupt nicht geschätzt. Aber 1940 haben ihn dann der Waffenstillstand und die Parodie eines Staates, die Vichy darstellte, sofort hellauf empört. Wären wir Jungens gewesen, er hätte uns auf einen Fischkutter gesetzt und nach England hinübergebracht. Das wäre leicht zu bewerkstelligen gewesen, denn im Juni 1940 waren wir in Concarneau.

J. S.: Nun, sein Patriotismus hat wenigstens dafür gesorgt, daß er sich bestimmten moralischen Niedergangserscheinungen entziehen konnte.

B. G.: Absolut richtig. Die Kollaborateure verachtete er. Was um so unverständlicher erscheinen läßt, daß ich mich selbst so wenig engagiert habe. Ich war und blieb

ein zurückgebliebener Backfisch. Die Zwanzigjährigen des Jahres 1940 waren wie die Fünfzehnjährigen heute. Wir waren brave, junge Mädchen, und das heißt, wir waren folgsam und muckten niemals auf. Man kann uns Mädchen von damals nicht mit der heutigen Jugend vergleichen, die über alles informiert ist, die eigene Meinungen hat und dank der Empfängnisverhütung auch sexuelle Freizügigkeit genießt. Kurz, das Klima war ein ganz und gar anderes.
J. S.: Es bleibt erstaunlich, daß Ihr Feminismus innerhalb dieser Familie, die doch gewissermaßen einen vorzeitigen Feminismus vorlebte, keinerlei Ausdruck gefunden hat. Das mütterliche Vorbild lehnten Sie ab. Aber haben Sie es Ihrem Vater übelgenommen, daß er sich nicht in stärkerem Maße mit Ihnen solidarisiert hat?
B. G.: Ich kreide ihm an, daß er mich in dem Glauben beließ, es gebe nur ein einziges Modell für ein junges Mädchen, das nämlich, das meine Mutter bevorzugte, und ich sei zwangsläufig eine Versagerin, wenn ich mich diesem Modell nicht anbequeme. Zumal ich miterlebte, wie meine Schwester sich ohne besondere Mühe dem Rahmen, den die Familie für sie richtig hielt, einpaßte.
J. S.: Was tat denn Ihre Schwester nach Ende des Krieges?
B. G.: Flora studierte damals Gebrauchsgraphik und Design, um die heutigen Wörter zu gebrauchen. Sie hatte für Christofle bereits Teller entworfen. Sie hätte Illustratorin werden können, aber es ergab sich, daß sie einem schwerreichen englischen Bankier begegnete, der sie dann geheiratet hat. Worauf man der Meinung war, daß ihr Leben in geordnete Bahnen gekommen sei, und damit war das

Thema abgeschlossen. Sie ist dann nach London gegangen, und eine Berufstätigkeit kam nicht mehr in Frage.

J. S.: Und Ihre eigene Ehe? Die erste?

B. G.: Ich habe im Juni 1944 geheiratet. Pierre Heuyer ist im März 1945 im Sanatorium von Sancellemoz an Tuberkulose gestorben. Er war dreiundzwanzig Jahre alt und stand kurz vor dem Ende seiner Medizinalassistentenzeit. Er schrieb Gedichte und hatte bereits zwei Stücke verfaßt, ein bißchen im Stil von Jean Anouilh. Er war ein begabter, tapferer und humorvoller junger Mann. In *Leben will ich* habe ich ein paar seiner Briefe zitiert. Unser Liebesverhältnis war aufgrund einer Verwechslung entstanden wie in einem Stück von Marivaux. Ich hatte nicht ihn erwartet in jener Nacht in meinem Zelt in Ingrandes ... Er kam anstelle seines Kumpels Jean Deniker. Diese Art von Tauschaktionen war damals in der Gruppe von Medizinern, zu der er gehörte, tatsächlich üblich, und sie wurden mit einem Zynismus praktiziert, dessen Ausmaß ich mir damals nicht hatte träumen lassen. Und dann ist etwas Unvorhergesehenes, nicht Programmgemäßes passiert: Wir haben uns ineinander verliebt.

J. S.: Mit vierundzwanzigeinhalb Jahren sollten Sie dann also heiraten. War Ihre Mutter erleichtert?

B. G.: Nein, nicht wirklich erleichtert. Erstens erlitt Pierre einen Tag, bevor er als Freiwilliger zur Division Leclerc vorstoßen und via Spanien heimlich in Nordafrika eingeschleust werden sollte, einen Bluthustenanfall. Zweitens war er ein Jahr jünger als ich und nur drei Zentimeter größer; zudem hatte er sein Studium noch nicht abgeschlossen. Drittens war er der Sohn einer wunderbaren russischen alkoholsüchtigen Baronin und eines prominenten Medizinprofessors, den seine kommunistischen Ansichten aber lange Zeit in seiner Karriere behindert hatten. Außerdem war dieser Professor sehr klein, sehr schlecht gekleidet und sehr wenig vermögend. »Du heiratest den Sohn einer Säuferin und eines Zwergs«, pflegte meine Mutter zu sagen. Sie hatte ihm den Spitznamen Professor Nimbus verpaßt, das war eine Figur aus einer damals sehr berühmten Comic-Serie, ein ganz kleiner Gelehrter mit großen, staunenden Kulleraugen und einer Haartolle auf dem ansonsten kahlen Schädel.

J. S.: Wußten Sie damals, als Sie Pierre Heuyer heirateten, daß er ein Todgeweihter war?

B. G.: O nein! Man glaubt nie, daß ein Dreiundzwanzigjähriger sterben wird. Er hatte acht Monate Sanatorium hinter sich, er kam heim, um zu heiraten, und alle glaubten an eine Genesung. In Wirklichkeit aber war er nicht geheilt. In den Sanatorien der Kriegszeit gab es kaum etwas zu essen, nicht einmal Kohle zum Heizen. Ich schickte ihm Nestlé-Pulver, auch Eier, höchstens zwei, mehr nicht auf einmal, und das war jedesmal eine Riesenleistung. Nach der Trauung haben wir unsere Hochzeitsreise in einen Vorort gemacht ... nach Isle-Adam. Die Amerikaner waren gerade in der Normandie gelandet. Einen Monat später kam dann der Rückfall, und Pierre mußte zurück ins Sanatorium auf dem Plateau d'Assy.

J. S.: Wurde er von Ihrer Familie abgelehnt?

B. G.: Nein, sie hatten sich mit ihm abgefunden. Und herzlos war meine Mutter nicht. Aber sie sah in ihm einen kleinen Jungen, als Mann nahm sie ihn nicht ernst.

Er war ja sehr blond, wie gesagt nicht sehr groß, hatte blaue Augen und vorstehende Backenknochen wie ein russischer Bauernbube, was ihn leider noch jünger erscheinen ließ. Aber sein schwarzer Humor hatte etwas Umwerfendes. Gestorben ist er *à la russe,* mit höhnischem Gelächter über Gott, das Unglück und die Ungerechtigkeit – und das in Anwesenheit eines Anstaltsgeistlichen, der gekommen war, um ihm mit Worten beizustehen. Die Gedichte, die er schrieb, erinnerten an Jules Laforgue, der ja auch an Tuberkulose gestorben ist.

J. S.: War er vielleicht ein wenig der Sohn, den Ihre Mutter nicht zur Welt gebracht hat?

B. G.: Das weiß ich nicht. Und ich weiß auch nicht, ob sie ihn vermißt hat. Nicole verlor keine Zeit mit Gefühlen des Bedauerns und der Trauer. Ein Beweis dafür scheint mir die Art, wie sie auf den Tod meiner kleinen Schwester Marion reagiert hat. Marion war damals eineinhalb und ich drei, zusammen machten wir mit der Großmutter Poiret, also der Mutter meiner Mutter, Winterferien in Saint-Gervais. Nach einer bestimmten Mahlzeit zeigten sich bei zahlreichen Gästen unseres Hotels die Symptome einer schweren Lebensmittelvergiftung. Mein Schwesterchen ist innerhalb von vierundzwanzig Stunden an Dehydrierung gestorben. Meine Mutter kam aus Paris herbeigeeilt, sah, daß auch ich sehr krank war, und packte mich trotz der massiven Einwände des Arztes, der mich für nicht transportfähig erklärte, wie eine Löwin, die ihr Junges ins Maul nimmt. Mit dem Nachtzug sind wir nach Paris zurückgefahren, wo sie mich in die Obhut eines Arztes, zu dem sie Vertrauen hatte, geben konnte; den Leichnam ihres zweiten Töchterchens hat sie der armen Großmutter zurückgelassen. Sie kämpfte nur für die Lebenden, die Toten interessierten sie nicht mehr. Marion ist übrigens in Saint-Gervais begraben worden. Meine Mutter hat es immer abgelehnt, dorthin zu fahren, und sie hat sich gehütet, uns in der Erinnerung an den »kleinen entschwundenen Engel« aufzuziehen, wie es bei so vielen Familien in der damaligen Zeit geschah. Sie stellte sich den Herausforderungen des Lebens, und zehn Monate später hat sie ein neues Kind fabriziert. Das war dann Flora, die wie ein Engel des Himmels erwartet wurde ... Ich erinnere mich, daß ich das damals genau gespürt habe. Nicole hatte sich noch einmal eine Tochter gewünscht. Die Mädchen waren es, die in unserer Familie Erfolg hatten. Wir haben nie einen Bruder oder auch nur einen Cousin gehabt, der uns hätte in den Schatten stellen können. In meinem Fall sorgte ich für den Schatten schon selber.

J. S.: Wie haben Sie reagiert, als Pierre Heuyer gestorben ist?

B. G.: Mit wildem Aufbegehren, zunächst einmal. Man hatte bei ihm einen extrapleuralen Pneumothorax gemacht, eine scheußliche Variante des klassischen Pneumothorax. Die Operation ging daneben. Seine Narbe auf dem Rücken ist über eine Länge von zehn Zentimetern aufgegangen, und diese Öffnung atmete wie ein widerlicher Mund. Vierzig Tage später ist er dann an einer Rippenfellentzündung und an Blutvergiftung gestorben, während zur gleichen Zeit die Amerikaner mit dem Wundermittel Penicillin in Europa eintrafen. Eine Woche zu spät. Ich hegte so viel Bewunderung für ihn und für seinen kleinwüchsigen Vater, für ihre Großherzigkeit, ihre Duldsamkeit, ihre visionären linksradikalen Ideen, daß ich versucht habe, mit dem jüngeren Bruder Pierres ein posthumes Kind zu zeugen. Ich habe das mit geänderten Namen in *Tagebuch vierhändig* erzählt. Es war auch ein romantischer Grund dabei: Ich wollte ein Kind mit russischem Blutanteil. Pierres Mutter stammte aus Petersburg, der Stadt, die während der zweijährigen Belagerung soviel Schrecken und soviel Bewunderung hervorgerufen hat. Die Sache mußte sehr schnell gehen, wenn dieses Kind als das von Pierre gelten sollte. Philippe hatte nur drei Tage Urlaub, um seinen Bruder zu beerdigen. Sein Vater hatte meinen Plan sofort akzeptiert. Er war ein Mann von siebzig Jahren, aber in erster Linie war er ein Mann mit Herz, und es war das Herz, das Herz allein, das diesen närrischen Akt diktierte. In unserem Kummer brachte uns diese Idee eine Art von Hoffnung. Man muß sich die Atmosphäre dieser Monate unmittelbar vor dem Kriegsende vor Augen führen. Als das Grauen der Konzentrationslager entdeckt und die Sache mit Oradour bekannt wurde, als man Dresden bombardierte und hunderttausend Tote in den Straßen lagen, damals, als die Städte der Normandie dem Erdboden gleichgemacht wurden ... Das war kein normales Leben mehr. Es war egal, was man tat, und meine kleine individuelle Unternehmung hatte kein besonderes Gewicht in einem solchen historischen Kontext. Es war eine Unternehmung des Lebens gegenüber einem allgegenwärtigen Tod. Leider hat das Schicksal anders entschieden. Bei mir, die so oft ungewollt schwanger geworden war, klappte es aus-

gerechnet in diesem Fall nicht. Und dann kam der Gipfel des Grauens: Der zwanzigjährige Bruder kam wenige Tage später ums Leben. Das war, als wäre Pierre ein zweites Mal gestorben. Die Sache war abgeschlossen. Diese Sache jedenfalls. Ich fand mich allein und frei in einem Frankreich wieder, das seinerseits dabei war, seine Freiheit wiederzufinden. Ich wohnte nicht mehr bei meinen Eltern, ich hatte eine eigene Wohnung, und ich arbeitete beim Rundfunk. General de Gaulle stand an der Spitze der Regierung. Paris erwachte zu neuem Leben, und auch mich verlangte nach einem neuen Leben. Ich hatte gerade einen Monat der Tuchfühlung mit dem Tod hinter mir: Es war der Tod all jener jungen Leute, die damals die Sanatorien bevölkerten, vor allem der Tod Pierres, ein Tod, der vierzig Tage gebraucht hatte, um Faser für Faser mit diesem jungen Körper fertig zu werden ... Für Pierre konnte ich nun nichts mehr tun, für ihn nicht und für seine Familie nicht, außer zu leben.
Die Befreiung von Paris ist mir dann zu Hilfe gekommen: die Amerikaner in der Stadt, das Recht, Uniformierten auf der Straße zuzulächeln, die Explosion der Freude nach fünf Jahren unter der deutschen Knute. Damals habe ich ein halbes Jahr lang ein völlig närrisches Leben geführt. Das, was ich mit achtzehn hätte lernen sollen, habe ich mir im Eiltempo mit fünfundzwanzig angeeignet. Man lernt sehr schnell in diesem Alter, wenn einem nicht allzu viele Illusionen den Blick versperren. In dieser Zeit bin ich wirklich eine andere Person gewesen, und das führte auch zu der Entdeckung, daß man nicht aus einem Guß ist, wie ich es bis dahin angenommen hatte,

sondern daß man in sich selbst verschiedene, ganz und gar unbekannte Persönlichkeiten birgt, mit denen Umgang zu pflegen sehr genußvoll sein kann. Meine »amerikanische Lehrzeit« war zudem eine ganz entscheidende Kur, um es medizinisch auszudrücken. Und die war auch nötig, um den Backfisch Rosie Groult und die verwitwete Madame Pierre Heuyer auszulöschen. Es war nötig, damit ich das echte Leben einer jungen Frau führen konnte, einer freien jungen Frau, ein Leben, wie ich es bis dahin nie kennengelernt hatte.

Kapitel V

Meine amerikanische Lehrzeit

J. S.: Sie sollten mir vielleicht etwas ausführlicher erklären, was Sie Ihre »amerikanische Lehrzeit« nennen. Ich würde gerne wissen, was diese Zeit am Ende des Zweiten Weltkriegs in Ihrem Leben bedeutet hat. War es wie für viele andere junge Menschen nur die ungeheure Erleichterung der *Libération,* der wiedergefundenen Freiheit im befreiten Frankreich, eine Art Fest nach all den finsteren Jahren? Oder war diese Zeit wirklich ein Wendepunkt in Ihrem Leben? Oder aber, ganz im Gegenteil, eine Episode, ein Zwischenspiel, das heißt etwas Eigenes zwischen zwei mehr oder weniger normalen Abschnitten Ihres Lebens?

B. G.: Ich habe hier nur flüchtig auf diese Zeit angespielt, weil ich sie in *Tagebuch vierhändig* ja ziemlich ausgiebig beschrieben und weil ich sie in *Leben will ich* erneut zum Thema gemacht habe. Aber sie ist für mich eine Ausnahmezeit in meinem Leben geblieben. Fast möchte ich sagen, es war wie Schuleschwänzen, und es war eine Zeit der Initiation nach einer schwierigen Jugend und nach einer ersten Ehe, die ganz im Zeichen der Krankheit gestanden hatte. Pierres Tod hatte in meinem Dasein eine große Leere hinterlassen, und die Befreiung Frankreichs nach jenen fünf Kriegsjahren, das war wie ein Schwall frische Luft, da wurde plötzlich das Tor zur Zukunft aufgestoßen. Seit 1939 hatte man eine Art Nichtleben, eine Existenz in Klammern, geführt, und jetzt begann das wirkliche Leben wieder. Ich hatte gerade diese Anstellung beim Rundfunk gefunden, ich war finanziell unabhängig und privat ungebunden. Ich hatte eine Wohnung und das Verlangen zu vergessen und vielleicht auch das Verlangen, jene Jugend zu erleben, um die ich vom Schicksal geprellt worden war. Diese sechs oder acht Monate waren beinahe so etwas wie – Flaubert möge mir verzeihen – meine *Lehrjahre des Gefühls,* wobei ich nicht unbedingt sagen möchte, des erotischen Gefühls, denn unmittelbar nach einem Krieg denkt man nicht in erster Linie in erotischen Kategorien. Man möchte das Leben nachholen, man hat plötzlich wieder das Recht zu lachen, man möchte sich alle Vergnügungen auf einmal gönnen, und bestünden sie nur darin, daß man sich satt ißt an Dingen, die man fast vergessen hatte. Wenn ich an die Amerikaner zurückdenke, dann denke ich automatisch an Kondensmilch, an Schokolade, an Corned beef, an Whisky und Jazz …

J. S.: Aber Sie denken nicht nur daran, scheint mir, und Sie denken, wie mir scheinen will, auch nicht nur an Liebe und Abenteuer.

B. G.: Doch, doch, das hing alles miteinander zusammen, man hatte einen Heißhunger nach allem!

J. S.: Aber wie kommt es, daß Sie so engen Umgang mit den Amerikanern pflegen konnten? Wie bekamen Sie

Zugang zu dem, was Ihnen damals als Wunderwelt erschien?

B. G.: Indem ich Dolmetscherin und Hosteß geworden bin. Da gab es das *Centre Franco-Allié,* das Zentrum für die Begegnung zwischen Franzosen und Alliierten, es gab das *American Red Cross,* und beide suchten Mädchen, die gut Englisch konnten und auf freiwilliger, ehrenamtlicher Basis amerikanische Soldaten auf Besichtigungstouren durch Paris führten und ihnen während ihres knapp bemessenen Urlaubs Begegnungen mit französischen Familien vermittelten. Flora und ich haben uns gemeldet so wie viele unserer Freundinnen, es gab ja schließlich dieses kulturelle Alibi. Immerhin hatte ich mehrmals die Besichtigung des Arc de Triomphe auf dem Programm. Die napoleonischen Siege gehörten zu den sehr wenigen Ereignissen der französischen Geschichte, die den Amerikanern etwas sagten. Und zum erstenmal in meinem Leben habe ich die oberste Plattform des Eiffelturms betreten ... Ich habe Paris nie so gut kennengelernt wie bei diesen Führungen für Ausländer. Aber wir sollten zugeben, daß die Kultur vor allem als Vorwand diente. In Wirklichkeit gingen wir nicht in die Clubs um der Liebe willen, wie Sie vielleicht glauben könnten, sondern wegen des Essens. Unsere wichtigsten Aktivitäten waren der Besuch der Tanztees im *Independence,* einem Offiziersclub im *Hotel Crillon,* im *Rainbow Corner,* der den gewöhnlichen GIs vorbehalten war, oder im *Club des Canadiens* – die Kanadier waren gutaussehende Kerle mit breiten Holzfällerschultern –, der sich in der Avenue Montaigne in einem beschlagnahmten großen Hotel befand. Es gab noch ein paar weitere derartige Etablissements. Man hatte die Auswahl und konnte je nach Neigung abwechseln. So gegen fünf traf man ein, warf einen Pferdehändlerblick auf all die strahlenden jungen Männer, die da wohlgenährt und in tadellosen Uniformen herumstanden, junge Männer, die wenig gemein hatten mit unseren armen jungen Rekruten vom Katastrophensommer 1940. Dann hieß es: »*Shall we dance?*« Und los ging's. Aber man mußte auch zum Ziel kommen. Um sieben Uhr mußte man sein Ticket fürs Restaurant in der Tasche haben, das bedeutete, bis dahin mußte man von einem Amerikaner eingeladen worden sein. Jeder durfte ein Mädchen mitnehmen. Wir wußten, daß in den Speiseräumen des *Crillon* im ersten Stock ein Festmahl auf uns wartete, ein besseres selbstverständlich als bei den Soldaten im Mannschaftsgrad. Kondensmilch, soviel man wollte, Coca-Cola, für uns ein exotisches Getränk, Weißwein natürlich, Steaks, von denen jedes einzelne zwanzig Lebensmittelmarken wert war, üppige Buttercremetorten, echter Bohnenkaffee, all das, wovon man monatelang geträumt hatte, während man sich eng an die mit Sägemehl geheizten Öfchen kauerte und an seinen Steckrüben herumkaute. Es war schon ein äußerst ungewöhnliches Schauspiel, diesen jungen Damen aus guter Familie zuzusehen, wie sie sich hemmungslos auf Männerfang begaben und dabei geradezu nuttenhafte Bemerkungen tauschten (ihre Kavaliere sprachen so gut wie niemals Französisch): »Hast du dir einen angelacht? Sieht man dich nachher oben?« Wie sie Typen anhimmelten, die sie bei einer Pariser Abendgesellschaft keines Blickes gewürdigt hätten. Aber wir waren zu allem bereit, um nicht wieder in die Finsternis hinausgestoßen zu werden, nicht zurück zu müssen in unsere eisigen Wohnungen, um dort die Hundertgrammration Maisbrot zu knabbern oder ein Eipulveromelette hinunterzuwürgen. Also eignete man sich im Schnellkurs die Aufreißtechnik an. Ich bin sicher, daß dergleichen auch später noch des öfteren von Nutzen war ... Mit vorrückendem Uhrzeiger mäßigten wir unsere Ansprüche. Spätestens um zehn vor sieben wurde jeder tumbe Knabe in Uniform zum Märchenprinzen.

J. S.: Es war damals gewiß legitim, auf solche Festmähler auszusein. Aber danach, nach diesen mehr oder weniger ihren Namen verdienenden Schlemmereien – was geschah danach?

B. G.: Nicht allzuviel, möchte ich sagen. Wissen Sie, die Tugend der Jungfräulichkeit stand damals noch sehr hoch im Kurs. Außerdem hatten die meisten dieser Soldaten keinen Urlaub bis zum Wecken, oder sie waren in Kasernen irgendwo in den Vorstädten untergebracht. Um zehn Uhr stiegen sie in ihre LKWs und waren weg. Und viele der »Hostessen« wohnten noch bei Papa und Mama. Im Grunde genommen gönnten sie sich einen Flirt, ohne zur Tat schreiten zu müssen ... Ein richtiger Jungmädchentraum. Ich hingegen hatte eine winzige Wohnung in der Rue Raynouard. Der Blick ging über die Dächer, was dem amerikanischen Klischee von Paris ziemlich genau entsprach: Mimi Pinson läßt grüßen. Natürlich hat das Zimmer zu meinem Untergang beigetragen! Jedesmal wenn ich jetzt das *Hotel Crillon* betrete, wo seit drei Jahren die Jury des Prix Femina tagt, gedenke ich nostalgisch und entrüstet jener jungen Witwe, die ihr blaues Fahrrad ans Gittertor des Hotels kettete, dicht am grandiosen Place de la Concorde, auf dem man 1945 so gut wie keine Autos fahren sah, und die sich mehrmals in der Woche zu Tanztees begab, die eher den Namen Jungmännermarkt verdient hätten. Die besonders positive Eigenschaft dieser Männer bestand darin, daß sie niemals lange blieben. Man hatte einfach keine Zeit, katastrophenträchtige Idyllen anzubahnen, in die Falle der hemmungslos unbedingten Liebe zu gehen, eine Falle, in der sehr viele unschuldige junge Mädchen landen, die glauben, daß sie auf diese Weise nachträglich ihre Eskapaden moralisch rechtfertigen können. Nein, wir mußten uns die Wahrheit eingestehen: Wir gingen (wenn überhaupt) mit vollkommen Unbekannten ins Bett ... Etwas, was sich die meisten von uns ihr ganzes Leben lang nicht mehr getraut haben.

J. S.: Wenn man Ihnen zuhört, wie Sie relativ fröhlich diese Augenblicke wieder aufleben lassen, dann hat man doch den Eindruck, daß Sie den wenige Monate zuvor an Tuberkulose gestorbenen Ehemann recht schnell vergessen haben.

B. G.: Zunächst einmal: Ich pflege das Vergessen ganz bewußt. Das kann eine Tugend sein. Und dann waren die Amerikaner nicht einfach Männer, es waren unsere Befreier. Wir trieben es mit der wiedergefundenen Freiheit ... oder sagen wir: mit den Instrumenten dieser Freiheit, wenn Ihnen das lieber ist. In den Armen dieser Männer feierte man das Ende der Naziherrschaft, die

Wiederinbesitznahme des nationalen Territoriums, die Hoffnung auf einen Weltfrieden. Unser Über-die-Stränge-Schlagen bekam sozusagen eine historische Dimension. Dann muß man auch zugeben, daß die sexuelle Straflosigkeit uns so leichten Sinnes machte, wie es bis dahin völlig unvorstellbar gewesen war. Denn die Amerikaner verwendeten grundsätzlich Präservative. Man redete nicht davon, sie zogen sie, wenn es soweit war, einfach aus der Tasche. Am Anfang hatte ich das als erniedrigend empfunden. Ich hatte noch nie einen Pariser, wie man damals sagte, aus der Nähe gesehen. (A. d. Ü.: Im Französischen *capote anglaise,* wörtlich: »englisches Hütchen«.) Hatte man den Amerikanern etwa erzählt, sämtliche Französinnen seien mit Geschlechtskrankheiten behaftet? Bald habe ich aber zu schätzen gelernt, daß ich nicht mehr jedesmal am Monatsende zittern mußte. Dieses Sicherheitsgefühl war mehr als nur ein Ausgleich für das leise Schnalzen des Gummidings, wenn man es in einem Moment überstülpte, in dem man eigentlich lieber an etwas anderes denken wollte ... Ich jedenfalls konnte mich auf diese Weise zum erstenmal sorglos der Wollust hingeben.

J. S.: Aber wie stand denn die amerikanische Armee zu alledem? Wie stufte sie denn die jungen Französinnen ein, die sich nur allzu bereit zeigten, dem Krieger ein Ruhekissen zu bereiten? (A. d. Ü.: Anspielung auf den feministisch angehauchten Roman von Christiane Rochefort *Le repos du guerrier* [Das Ruhen des Kriegers], deutsche Übersetzung: *Das Ruhekissen.*)

B. G.: Die Amerikaner waren schwer beeindruckt von

der Tatsache, daß sie sich in Paris aufhielten, und sie waren beeindruckt von der Ungezwungenheit der Pariserinnen. Frankreich genoß damals noch echtes Prestige, und das galt vor allem für die Französinnen. Sie hielten uns wohl nur allzugern für Expertinnen in Sachen Liebe und trauten uns alle möglichen verfeinerten Techniken zu – als hätten wir allesamt am Place Pigalle statt an der Sorbonne studiert. Das war zugleich schmeichelhaft und demütigend. Aber letztlich hatte das Ganze keine große Bedeutung, denn sie blieben ja nie. Womit wir zu tun hatten, das war der Mann im Reinzustand, wenn auch mit verschiedenen Gesichtern. Die Beziehung war elementar, unbelastet von gesellschaftlichen Zwängen. Abgesehen davon hatten die Amerikaner nicht die geringste Vorstellung davon, was die Besatzungszeit für die Franzosen bedeutet hatte. Sie konnten uns kaum glauben, wenn wir erzählten, wir hätten keine Kohlen gehabt, kein Holz, keinen Strom, keine Seife, keine Butter, kein warmes Wasser ... Daß Krieg gewesen war, das sahen sie schon ein, aber wie kann man ohne Seife leben? Wenn Tex oder Red oder Bill zu meinen Eltern zum Mittagessen kamen, brachten sie aus ihren PX-Läden mit, was sie schleppen konnten: Schachteln mit zwei Wochen zuvor in den USA gelegten Eiern, Pastete in Büchsen, Schokolade, Honig, Zigaretten ... Nicole war sich unsicher, wie sie mein Verhalten beurteilen sollte. Die Frage stand im Raum, ob ich mich zur Straßendirne oder, um den Ausdruck meines Vaters zu gebrauchen, zum Halbflittchen mausern würde. »Es ist der Kummer«, erklärte Flora vermittelnd. »Rosie klagt nie, aber ich bin sicher, daß sie innerlich sehr leidet. Also hat sie das Bedürfnis, sich abzulenken, die Arme …« Ich ließ sie reden, und ich lenkte mich ab, das kann man wohl sagen. Einige meiner Freundinnen haben sich sogar so stark abgelenkt, daß sie einen Amerikaner ehelichten, und sie sind dann nach Winnipeg, Manitoba, oder meinetwegen nach Austin, Texas, ausgewandert. Wir hatten uns versprochen, uns zu schreiben und öfters zu besuchen. In Wirklichkeit waren sie in meinen Augen für immer verloren, genauso wie etwa die jungen zwangsverheirateten Afrikanerinnen, die ihr Heimatdorf verlassen, um in eine fremde Sippe verpflanzt zu werden, wo sie von Stund an eine völlig Fremde als Mama anzureden haben.

J. S.: Und Sie, Sie hatten niemals diesen Wunsch wegzugehen? Sie waren niemals in Versuchung, an einem anderen Ort noch einmal von vorn anzufangen?

B. G.: Nein, nicht eine Sekunde lang. Der Gedanke, ich könnte mit anderen *war brides* auf ein Schiff verfrachtet werden wie in der Antike, als die gefangenen Frauen im Soldatengepäck nach Hause geschafft wurden, der Gedanke, ich würde den Atlantik überqueren, um einer der schrecklichen amerikanischen *moms* entgegenzutreten, die sich fragen würden, mit welchen Hexenkünsten diese Französinnen ihren Sprößling den ihnen zugedachten untadeligen Girls abspenstig gemacht haben … Nein, bei dieser Aussicht gefror mir das Blut in den Adern. Dabei habe ich mich in einen meiner Befreier verliebt. Er war Pilot eines B-36 und sicher ein sehr fähiger Pilot, denn später ist er zu einem der persönlichen Piloten Eisenhowers ernannt worden. Er wollte mich heiraten und nach Blue Bell, einem mittleren Kaff in Pennsylvania, mitnehmen. Er war Jude, Sohn eines Dorfmetzgers. Seine Familie hatte mehr Witterung als andere bewiesen und Deutschland schon 1925 den Rücken gekehrt, als er erst zwölf Jahre alt war. In keinem seiner diversen Vaterländer hatte er Gelegenheit gehabt, irgendwelche Bildung zu erwerben. In seinem deutschen Dorf war er als Jude in die letzte Bank verbannt gewesen, und der Lehrer hatte ihn links liegenlassen. In Philadelphia hatte er sofort als Konditorlehrling anfangen müssen. Er las niemals ein Buch, kannte von den Ländern, in die er kam, nur die Flughäfen, und interessierte sich ausschließlich für fliegende Festungen oder Flugzeuge vom Typ C-54. Was wäre aus mir, der armen bretonischen Landpomeranze, geworden in Blue Bell, Pennsylvania? Hätte ich da zu Hause gesessen und auf meinen schönen Piloten gewartet, daß er mir seine kleinen und größeren Flugzwischenfälle erzählt? Er hat nie verstanden, daß ich es ablehnen konnte, in Amerika zu leben, ich, die bedauernswerte Angehörige eines besiegten Landes. Ich habe ihn übrigens mein ganzes Leben lang immer wieder getroffen, und er ist auch die Inspirationsquelle für *Salz auf unserer Haut,* nur daß ich im Roman aus ihm einen bretonischen Hochseefischer gemacht habe.

J. S.: Sie trafen also die Entscheidung, nicht nach Amerika zu gehen. Was machten Sie dann im Jahr 1946, was ergab sich für Sie nach den Amerikanern?

B. G.: Ich habe damals geglaubt, nun eine erfahrene Frau zu sein, die mit den Männern bestens zurechtkam. Mit französischen Männern würde die Sache natürlich nicht mehr ganz so einfach sein. Aber ich dachte doch, meine Lehrzeit hinter mir zu haben; ich war der Überzeugung, daß der Mann, den ich mir zum Gatten wählen würde – Sie sehen: immer noch die fixe Idee der Verheiratung –, erstens schnell um den Finger gewickelt und zweitens ob dieser Tatsache beglückt sein würde. Mit dem Ergebnis, daß ich mich drei Monate später wieder auf dem Weg zur Kirche befand, um eine neue Verbindung segnen zu lassen, die beiden Partnern dann nichts als Enttäuschungen, Groll und gegenseitiges Nichtverstehen brachte. Aber auch in diesem Fall sind wir wohl Opfer gewesen, Opfer einer sich rasant beschleunigenden Geschichte. Man machte alles zu schnell: Man wollte Ordnung und Orientierung wiederfinden, wollte, daß das Leben wieder in festen Bahnen verlief, wollte eine Familie gründen. Es war das übliche Nachkriegssyndrom ... Was die Kinder anbelangt, so habe ich mich sehr beeilt: zwei in zwei Jahren. Was die Ehe angeht, so ist ebenfalls alles ziemlich schnell gegangen, aber den Bach runter, leider ...

Kapitel VI

Die arme Zazate

Häufig werden die Rollen in den allerersten Tagen einer Ehe verteilt, und derjenige, der mehr liebt, streckt die Waffen und unterwirft sich, manchmal fürs Leben.

Schon am Tag meiner Hochzeit im März 1946 meinte Nicole ziemlich sicher zu wissen, welche Art Paarbeziehung hier zustande kommen würde.

Das Mittagessen in einem Schwarzmarktrestaurant, das von Rundfunk- und Pressestars frequentiert wurde, bot meinem frischgebackenen Ehemann Georges de Caunes die Gelegenheit zu zeigen, daß er zwar verheiratet war, aber »mehr so lala«, und daß *die* große Sache seines Lebens nach wie vor die Freunde und der Beruf waren. Ich hingegen gerierte mich als liebeskranker Backfisch, wozu die Gewißheit gehörte, meine Liebe werde mir alle seine heimlichen Türen öffnen, und das irritierte ihn deutlich. Ich versuchte, seine Hand zu erhaschen. Ich erhoffte mir irgendeine besitzergreifende Geste ... in seinen Augen forschte ich nach einem stummen Zeichen des ehelichen Einverständnisses – er hingegen setzte seine Ehre daran, all dies zu vermeiden.

»Besänftige deine Glut!« rief er schließlich und spielte

den Verschreckten, um die Runde der Freunde zu amüsieren. »Man könnte meinen, du heiratest das erste Mal.« Nimm dich in acht, vielleicht ist es nicht das letzte Mal! hätte ich ihm fröhlich erwidern sollen. Aber von solchen Gedanken war ich himmelweit entfernt, und ich fühlte mich verpflichtet, als erste zu lachen. Eine Nummer war dieser Georges, wirklich unbezahlbar – das war die allgemeine Meinung.

Maman, die uns beobachtet, liest bereits die Zukunft in meinen ergebungsvollen Augen. Alles im Eimer, denkt sie. Den Start hat sie schon mal verpatzt, meine arme Zazate. Es sieht tatsächlich so aus, als hätte ich mir aus meiner amerikanischen Lehrzeit rein gar nichts gemerkt, nichts von jenen Privatstunden, in denen ich mit Entzücken gelernt hatte, mich wie eine freie Frau zu verhalten, die sich ihrer Reize sicher ist. Paris war befreit, die Amerikaner wieder abgezogen, und prompt hatte sich »die arme Zazate« wieder eingestellt. Außerdem argwöhnte ich bereits, daß ich schwanger war, und dieser blinde Passagier beraubte mich meines letzten Fetzchens Freiheit, jener Freiheit, die den wahnwitzigen Gedanken ermöglicht, daß man bis zum Kirchenportal seine Meinung noch einmal ändern und die Flucht ergreifen kann, seine Hochzeitsgäste völlig verdutzt zurücklassend. Diesmal waren die Würfel gefallen.

Georges war ich ein paar Monate zuvor beim Rundfunk begegnet, wo wir beide arbeiteten. Er war groß und schlank, hatte moosgrüne Augen, genau wie sie in kitschigen Liebesromanen vorkommen. Er tummelte sich bereits in der vordersten Reihe jener Jungjournalisten, die sich bald einen Namen machen würden. Sein wogender Gang, die saloppe Art, die gekräuselten Haare, die unter den Manschetten hervorlugten, sein ironisches Lächeln, eine gewisse linkische Art, mit Frauen umzugehen, all das erschien mir als der Gipfel der Verführungskunst.

»Ja doch, er ist ein ganz hübscher Junge«, hatte meine Mutter zugegeben, »aber er wirkt ziemlich provinziell, findest du nicht, André?«

Pater stellte fest, daß Georges tatsächlich in Toulouse geboren war! Schließlich konnte man nicht von jedem Menschen verlangen, daß er im siebten Arrondissement zur Welt gekommen war. Provinziell wirken war in den Augen meiner Familie ein schweres Handikap, und die Tatsache, daß Georges auf dem besten Weg war, ein brillanter, für seine Wortspiele und seine forsche Feder berühmter Journalist zu werden, wog seine Herkunft keineswegs auf. Der Rundfunk, ähnlich wie ein paar Jahre später das Fernsehen, imponierte weder in Künstlerkreisen noch beim Großbürgertum. In ihren Augen war Georges letztlich ein Gaukler und kaum mehr als einer der fliegenden Händler, die mit viel Geschwätz auf den Jahrmärkten Krawatten verkaufen. Aber ich war immerhin sechsundzwanzig Jahre alt, und allmählich gab Maman den Kampf auf. Zuerst ein »Brustkranker« – damals vermied man das Wort »schwindsüchtig« –, der zu allem Überfluß gestorben war, und jetzt ein Marktschreier, der noch nicht einmal seinen südfranzösischen Akzent abgelegt hatte: Offenbar nahm ich keinerlei Rücksicht auf meine Familie.

Seit meiner ersten Ehe suchte ich jedoch die Gründe meines Handelns im Widerspruch zu den Prinzipien meiner Familie: Georges war meiner Liebe um so würdiger, je mehr meine Eltern ihn herabsetzten. Eine Wohnung wurde mir angeboten, eine Geliebte zeigte sich beharrlich, so daß ich Angst bekam, sie könnte mich verdrängen; ich hatte Lust auf ein Kind, und das waren dann die Kriterien, nicht etwa eine ernsthafte Abwägung unserer Chancen, als Paar glücklich zu sein. Wir begingen die Dummheit, sehr schnell zu heiraten, anstatt so lange zusammenzuleben, bis wir unsere wechselseitige Fehleinschätzung erkannt hatten – die so kraß war, daß wir sie sehr schnell entdeckt hätten.

Ich habe nie erfahren, ob auch Georges von Anfang an das Gefühl hatte, in eine Falle geraten zu sein. Er war kein Mann der Geständnisse. Aber die trostlose Erinnerung, die ich bis heute an unsere Hochzeitsreise habe, mag ein Hinweis darauf sein, daß er nicht glücklicher war als ich.

Wir waren zum Wintersport gefahren, und zwar mit *Tourisme et Travail,* der Organisation, die billige, mit unseren mageren Einkommen zu vereinbarende Urlaube vermittelte. Während der ganzen Kriegsjahre war ich nicht im Ausland gewesen. Ich war sieben Jahre lang nicht Ski gefahren, und ich hatte erstmals einen geliebten, kerngesunden und vermeintlich ebenfalls verliebten Mann für mich alleine. Diesmal sollte mich nichts daran hindern, glücklich zu sein, und diese Gewißheit durchstrahlte mich auf eine Weise, die Georges vermutlich obszön erschien. Zwar hatte Maman mir immer schon geraten, meine Begeisterung nicht allzusehr zu zeigen, mich zurückhaltend zu geben, ehe ich meine Liebesglut offen bekunde, und ich muß zugeben, daß ich gesehen hatte, wie diese Taktik bei Flora, bei meinen Freundinnen und in allen Romanen funktionierte. Aber für mich selbst wollte ich sie nicht einsetzen. Zum Teufel mit der Taktik, wenn man liebt! Mich an Händen und Füßen gefesselt auszuliefern schien mir ehrlicher. Allerdings hatte ich da mit dem Charakter jenes Unbekannten, der mein Mann geworden war, nicht gerechnet.

Die erste Lektion wurde mir im Zug erteilt. Die Kontrollen an den Grenzen, insbesondere zu Österreich oder Deutschland, waren noch äußerst langwierig. Natürlich war es mein neues Familienoberhaupt, das unsere Pässe, unsere Aufenthaltsgenehmigung für Kitzbühel und unsere Fahrkarten dritter Klasse verwahrte. An der Grenzstation stieg er aus, um Sandwiches zu kaufen und unsere Papiere abstempeln zu lassen. Der Zug fuhr weiter, ohne daß Georges ins Abteil zurückgekehrt war. Ich dachte, er sei aus Versehen in einen anderen Wagen gesprungen und würde munter wie immer und ganz fröhlich, weil er mir angst gemacht hatte, wieder auftauchen ... Er tauchte erst eine Stunde später wieder auf, zumindest kam es mir vor wie eine Stunde. Zu der Angst, mich ohne Fahrkarte und ohne Paß in einem feindlichen Land zu befinden, kam die Furcht, er könnte auf dem Bahnsteig festgenommen worden sein. Seit fünf Jahren dachte man stets an Verhaftung, wenn jemand zu spät kam. Ich zog alle Möglichkeiten in Betracht, nur nicht die richtige: daß er nämlich zunächst auf dem Bahnsteig, dann im ganzen Zug herumgeschlendert war, auf der Suche nach einem

Freund, der die gleiche Reise gebucht hatte. Schließlich würde er fortan nicht über sämtliche Unternehmungen Rechenschaft ablegen, nur weil wir verheiratet waren.
Ich beruhigte mich mit dem Gedanken, daß er noch nie verheiratet gewesen und in seiner Kindheit nicht an Liebe gewöhnt worden war. Ich hatte die feste Absicht, ihm die Wonnen einer echten intimen Partnerschaft zu eröffnen. Ich zweifelte nicht daran, daß es mir gelingen würde. Er würde es himmlisch finden.
Im Laufe der Woche, die wir in Kitzbühel verbrachten, war mir unentwegt übel, und jegliches Essen drehte mir den Magen um. Ich war tatsächlich im zweiten Monat schwanger, aber es war nicht der Magen, der sich umdrehte, sondern das Gemüt, das rebellierte.
Georges schien völlig hilflos und entsetzt darüber zu sein, daß er mit mir allein war. Jetzt würde ich ihn über seine Vergangenheit und seine Gefühle verhören oder ausquetschen können – und davor grauste ihm. Dazu weit und breit kein einziger Freund in Sicht! Ich hatte ihn im Verdacht, vor der Abreise einen engagiert zu haben, denjenigen, den er dann auf der Fahrt nicht gefunden hatte. Während der ganzen Reise nahm er es mir übel, daß ich seine Frau war, und er machte unentwegt unfreundliche Bemerkungen. Er suchte mich zu verletzen, gerade so viel, daß ich es merkte. Aber ich war von der Sorte, die nicht nachtragend ist, die sich lächelnd wieder aufrichtet, deren hartnäckiges Streben nach Glück den Partner zur Verzweiflung bringt. Später würde es zwischen uns beiden die Routine, die Kinder, die Reportagen geben – er reiste in der Tat ans Ende der Welt –, aber jetzt, auf dieser

Hochzeitsreise, gab es kein Entrinnen. Auf dem Programm standen die Liebesverzückung, der Blick in schmachtende Augen: der schiere Horror! Davor rettete er sich wie üblich, indem er sich in seine Zeitungen vertiefte. Fünfzig Jahre danach habe ich keine einzige Erinnerung daran, daß ich jemals in seinen Armen lag. Das kann natürlich nicht stimmen. Aber ich sehe immer nur die Zeitungen auf seiner Doppelbetthälfte in unserem Tiroler Zimmerchen und ihn dahinter versteckt. Sämtliche Sport- und Pferdewettzeitungen, die es damals auf dem Markt gab – er las sie alle von der ersten bis zur letzten Zeile. Mein Kommentar zu derlei Lektüre war selbstverständlich unerwünscht und unqualifiziert.

»Laß mich lesen, Chouquette, du siehst doch, daß es mich interessiert!«

Auch seine Nichte aus Toulouse hieß Chouquette. Aber wahrscheinlich war das nur eine Etappe des Weges zum ach so schwierigen »Schätzchen« und zum unaussprechlichen »Liebling«. Bei der Erinnerung an die Gedichte und Briefe von Pierre kamen mir die Tränen. Er hatte mich »meine A« genannt, wobei A für Angebetete stand.

Zumindest fand ich das Glück des Skifahrens wieder. Georges machte es keinen großen Spaß. Ich fuhr besser als er. Das war die verkehrte Welt.

Bald schon ahnte ich das Fiasko.

»Am Hochzeitsabend verlassen ... Kaum verheiratet, enthüllt der ruchlose Verführer sein wahres Gesicht.« Letztlich war ich keinen Deut besser als jene armseligen Romanheldinnen, deren Geschichten ich einst auf dem

Dachboden bei Tante Jeanne gelesen hatte: Ich war eines jener Dummerchen, die die Liebe in Person zu heiraten geglaubt haben und an der Seite eines Ehemanns erwachen, der für sie ein Rätsel ist. Einen so schweren Fehler begangen zu haben, wollte ich mir nicht eingestehen. Es gab nur einen Ausweg: diesen Fehler in einen Erfolg umzuwandeln. Und um dieses Ziel zu erreichen, gab es wiederum nur ein einziges Mittel: die in jeder Hinsicht ideale Ehefrau zu werden, diejenige, die er nur noch anbeten konnte.

»Wenn man heiratet, muß einer von beiden, glaube ich, sich ganz und gar aufgeben und nicht nur auf seinen eigenen Willen, sondern auch auf seine Ansichten verzichten: Er muß sich dazu entschließen, mit den Augen des anderen zu sehen und zu lieben, was der andere liebt. Welch unerschöpfliche Quelle aber des Glücks, wenn man dem gehorcht, was man liebt! Damit erfüllt man seine Pflicht, und gleichzeitig ist man seines Glücks Schmied.«

Wie so viele andere glaubte ich dies am Anfang, und auch Aurore, geborene Dupin, hatte es geglaubt, als sie 1823 anläßlich ihrer Heirat mit Casimir Dudevant ihrer geliebten Pensionatsfreundin Émilie de Wismes diesen Brief schrieb. Vier oder fünf Jahre und zwei Kinder später beschloß Aurore, sich scheiden zu lassen und George Sand zu werden, ein freies Leben zu leben, sich leidenschaftlich für Politik sowie für die Liebe zu interessieren und mehr als dreißig Romane zu schreiben. Ich wußte noch nicht, daß auch ich mich vier Jahre und zwei Kinder später scheiden lassen, meinen Mädchennamen wieder annehmen und die Möglichkeit des Schreibens in Erwägung ziehen würde ...

Zu welcher Selbstvergessenheit kann man sich aus Liebe zwingen? Welchen Prozentsatz der eigenen Meinungen kann man verraten, ohne sich selbst zu zerstören? Wie ähnlich kann oder darf man sich werden? Davon wußte ich noch nichts, und ich segelte blindlings der totalen Eintracht entgegen.

Nach einem Ehejahr berauschte sich auch Aurore an ihrem Opfergang, und ihrem Casimir schrieb sie einen Brief, an dem ich nur ein paar Worte hätte ändern müssen – wenn ich es gewagt hätte, Georges einen solchen Brief zu schreiben.

»Ich sah, daß Du die Musik nicht liebtest, und ich hörte auf, mich mit ihr zu beschäftigen, weil Du beim Klang des Klaviers die Flucht ergriffst. Du lasest aus Gefälligkeit, und nach wenigen Zeilen fiel Dir aus Langeweile und Müdigkeit das Buch aus der Hand. Vor allem aber wenn wir uns unterhielten, über Literatur, Poesie oder Moral, dann kanntest Du entweder die Autoren nicht, von denen ich sprach, oder Du nanntest meine Ideen verstiegen, sprachst von übersteigerten oder romantischen Gefühlen ... Also hörte ich auf, davon zu sprechen. Ich beschloß, Deine Neigungen anzunehmen.«

Denselben Entschluß faßte auch ich. Dummerweise mußte ich, um den Geschmack meines Mannes anzunehmen, meinen eigenen vergessen. Für zwei verschiedene Wertesysteme war kein Raum. Auf dem Lehrplan standen von nun an Sportarten, von denen ich bis dato nichts gewußt hatte: Rugby, Boxen, Stierkampf, Pferderennen und am Sonntag die Ergebnisse der Wettkämpfe. Zum Glück blieb mir der Besuch der Rennbahnen von Vincennes oder Longchamp erspart, weil Georges Wert darauf legte, seine Wettverluste geheimzuhalten. Dafür begleitete ich ihn mit verzückter Miene zu Rugby-Spielen; allerdings gelang es mir nie, den Sinn dieses sonderbaren »Gedränges« zu verstehen, es sei denn, ich sollte stramme Hintern und muskulöse Waden bewundern. Ich ging mit Georges zu Boxkämpfen und schloß vor Entsetzen die Augen bei jedem kräftigen Schlag. Ich tat so, als würde ich die Schönheit der Stierkämpfe schätzen und den Ekel vor dem vergossenen Blut vergessen. Ich gab mir große Mühe, die Sportnachrichten zu kommentieren, unser hochheiliges Sonntagsprogramm, morgens die Voraussagen, abends die Ergebnisse. Und schließlich versuchte ich, mich für seine Freunde zu interessieren, was sehr bald das Seltenerkommen und dann das Ausbleiben der meinen zur Folge hatte, denn sie weckten bei meinem Gatten die unangenehme Erinnerung daran, daß es für mich ein Leben vor ihm gegeben hatte. Sehr bald auch zog er es vor, seine Freunde ohne mich zu treffen, da diese ebenfalls meistens ohne ihre Frauen kamen. In diesen Nachkriegsjahren waren die Männer und die Frauen noch nicht fähig, zusammen zu leben. Der männliche Teil der Menschheit bildete einen großen Club, über dem stolz die Fahnen der Männlichkeit wehten und wo sie sich wohl fühlten, vor allem diejenigen, die aus dem Südwesten stammten, denn dort hielt sich eine solide Tradition: Jagdausflüge, Boule-Spiel, Pelota, Aperitif, Pferdewetten – lauter Beschäftigungen, von denen die Frauen ausgeschlossen waren. Wie bei den Rotariern wurden die Damen nur bei Geburtstagsfeiern zugelassen.

Mit mehr Überzeugung als beim Sport bemühte ich mich, in den von Georges angesprochenen Punkten selbstkritisch zu sein, insbesondere was meine Blaustrümpfigkeit betraf. Er war überzeugt, daß mich die Erfordernisse der Ehe und des Kinderkriegens rasch davon befreien würden – schließlich hatten Blaustrümpfe nichts von der wahren Frau, sondern stellten lediglich den zum Scheitern verurteilten Versuch dar, die Männer nachzuäffen.

Die sanfte Verblödung und kreatürliche Freude, in die einen die Schwangerschaft taucht, vor allem die erste, bestärkten mich in dem Wunsch, meine eigene Persönlichkeit aufzugeben. Was hatte ich schon zu verlieren, da ich doch nur eine kleine Volksschullehrerin war, die sich neuerdings zu einer kleinen Sekretärin gemausert hatte?

Für diesen Verschmelzungswahn gab es Entschuldigungen. Der leidenschaftliche Versuch, mit dem andern eins zu werden, galt lange Zeit als die höchste Form der Liebe und als höchst wünschenswertes Verhalten für eine Ehefrau. Derart, daß hundertfünfzig Jahre nach George Sand und fast fünfundzwanzig Jahre nach mir sich eine meiner Töchter genau wie wir schriftlich dazu verpflichtet hat, mit der Heirat auf ihre eigenen Neigungen zu verzichten und das Gelübde des Gehorsams abzulegen, wie es übrigens vom Gesetz festgelegt war. (Erst seit 1988 ist in Frankreich das Versprechen des »Gehorsams dem Ehemann gegenüber« aus dem Zeremoniell der standesamtlichen Trauung getilgt.) Für sie, die zwanzig Jahre zählte, ging es darum, sich mit einem schönen, reichen, aber unendlich ernsten jungen Mann zu verbinden, der die Phantasie und die Bohème-Neigungen seiner Verlobten für unvereinbar hielt mit dem Status einer jungen, fortan in der Nähe von Zürich lebenden Ehefrau. Zu Recht vermutlich, denn sie trennten sich nach zwei Ehejahren.

»Die Unterzeichnende verpflichtet sich, als verheiratete und in einer gemeinsamen Wohnung lebende Frau jeden Morgen ihren Haushalt zu machen: Saugen, Staubwischen, Fegen. Das Geschirr wird regelmäßig gespült, der Müll hinuntergetragen, der Kühlschrank aufgefüllt.

Nach Einzug wird sie eine Perle sein.

Gezeichnet: Lison de Caunes, am 29. Mai 1970.«

Auf der Rückseite dieses handgeschriebenen Versprechens, von dessen Existenz ich bis vor kurzem nichts wußte (das zu veröffentlichen sie mir jedoch erlaubt hat), hatte ihr zukünftiger Mann in Großbuchstaben vermerkt: »AUFZUBEWAHREN BIS ZUM TODE«. Etwas weiter unten hatte Lison in einem Anfall von Klarsicht hinzugefügt: »oder bis zur Erschöpfung«.

Die Frauen haben stets jene traurige Gabe gehabt, die heftigste Liebe in die Sprache der häuslichen Arbeit zu übersetzen. Staub wischen, Geschirr spülen, Teppiche saugen, das bedeutet einen Beweis seiner Liebe erbringen. Vermutlich, weil das nach wie vor von den Ehemännern gern gesehen wird ... Jede andere verbindliche Zusage, etwa: »Ich schwöre, mein Studium zu Ende zu bringen« oder: »Ich verspreche, nach der Heirat nicht auf meine literarischen (oder künstlerischen oder politischen) Ambitionen zu verzichten«, würden sie mit äußerstem Argwohn aufnehmen.

Auch ich war der Überzeugung, das wahre Unterpfand meiner Liebe bestehe darin, eine Perle zu werden. Und solange ich verliebt war, ist es mir auch gelungen, glücklich zu leben. Selbst wenn es manchmal schwierig war, einen so großen Teil meiner Freizeit diesen »Künsten des Nichts« zu widmen, wie Proust sie nannte, vor allem zu einer Zeit, als der Ausdruck »häusliche Arbeitsteilung« noch nicht erfunden worden war. Ich kam damit zurecht, indem ich jegliche lästige Fron auf den Rang eines Liebesbeweises hievte. Offenbar war es die zukünftige George Sand, die als erste – und schneller als ich – erkannte, daß die Frauen bei diesem Spiel immer die Verliererinnen sind.

»Man muß sich die Frage stellen«, schrieb sie, auch diesmal wieder an Émilie, »ob es die Aufgabe des Mannes oder der Frau ist, sich nach dem Muster des anderen umzuformen.« Da aber »die Allmacht auf seiten der Bartträger wohnt« und da im übrigen die Männer einer solchen Hingabe nicht fähig sind, »ist es unsere Aufgabe, sich in Gehorsam zu unterwerfen ... Man muß seinen Mann lieben und ihn sehr lieben, um dies zu erreichen«, fügte sie scharfsinnig hinzu.

Über zwei Jahre lang liebte ich sehr.

Meine Mutter wußte lange vor mir, daß meine Liebe den Anforderungen nicht gewachsen war. Mir entgingen nicht ihre verzweifelten Versuche zu schweigen, wenn sie mich in flagranti bei augenfälliger Unterwerfung oder Georges bei offenkundiger Gleichgültigkeit erwischte. Nicht, daß er wirklich gleichgültig gewesen wäre, dessen war ich mir nach wie vor sicher. Aber er hielt es für unvereinbar mit seiner Manneswürde, öffentlich seine Gefühle kundzutun, und er hatte ein für allemal beschlossen, daß sein Beruf, den er heiß und innig liebte, wichtiger war als sein Privatleben.

Als meine erste Tochter kurz vor Weihnachten zur Welt kam und Georges zugesagt hatte, den Heiligen Abend auf der Straße zu verbringen, um die fröhlichen Pariser zu interviewen, hatte Maman nicht mit der Wimper gezuckt. Aber ihr lastendes Schweigen verriet, daß ihr der Vorwand, unter dem er seine Frau beim ersten gemeinsamen Weihnachten und am ersten Tag ihres ersten Kindes alleine ließ, lächerlich erschien. In meinem Klinikbett hörte ich, wie bei den jungen Müttern in den Nachbarzimmern die Champagnerkorken knallten und die Ehemänner lachten.

»Es ist eine wichtige Sendung für mich, willst du, daß ich diesen Auftrag absage?« hatte Georges gefragt.

Ich wollte, daß er absagte, ohne daß ich ihn darum bitten müßte. Ich wollte, daß es ihm nicht einmal in den Sinn käme, zuzusagen.

Bei der Geburt meines zweiten Kindes, knapp eineinhalb Jahre später, war Georges mit der französischen Polarexpedition in Grönland. Das war einfacher.

»Natürlich wird es diesmal ein Junge sein. Kannst du dir vorstellen, daß einer wie ich zwei Mädchen bekommt?« hatte er vor der Abreise lachend gesagt. Zurückgelassen hatte er mir nur einen männlichen Vornamen für das erwartete Kind. Seine Mutter hatte nur Jungen in die Welt gesetzt. Gottlob! Dank der Fähigkeiten meiner Schwiegermutter würde der schöne Name de Caunes nicht aussterben. Jetzt lag es an mir, mich würdig zu zeigen. Der arme Name Groult hingegen war in den ehelichen Wirren untergegangen. Keines meiner Kinder würde ihn tragen, und ich dachte nicht mehr an ihn.

Wie dem auch sei, es wurde eine zweite Tochter. »Wir versuchen es halt noch einmal, Schätzchen«, hatte Georges bei Blandines Geburt zärtlich, aber bestimmt gesagt. Ich hatte ihn ein weiteres Mal enttäuscht, und nun würde ich mich doppelt anstrengen müssen und eine zweimal so große Perle werden, um das wettzumachen.

Übrigens waren wir für diesen Knabenwunsch kollektiv verantwortlich. Ich muß gestehen, daß ich niemand kenne, keinen Mann und keine Frau, der damals zuerst eine Tochter gewollt hätte. Erst wenn wir uns durch das Zurweltbringen eines männlichen Wesens, durch einen endlich unserem Schoß entschlüpften Minipenis legitimiert hatten, konnten wir mit heiterer Stimme fallenlassen: »Ein Mädchen, das wäre doch ganz nett!« Aber vorher nicht. Die Mütter von Knaben hatten höhere Verdienste, sie hatten ihre Aufgabe auf Erden wackerer erfüllt.

Heute vergißt man allmählich diese unerbittliche Vorliebe für den Sohn, die ganz in unserer Nähe noch, auf der anderen Seite des Mittelmeers, zur Folge hat, daß eine Wöchnerin windelweich geschlagen wird, wenn sie ein zusätzliches weibliches Kind zur Welt gebracht hat. (Nina Bouraoui: *La Voyeuse interdite,* Gallimard 1991.) Und diese Schläge hallen wider in allen Bäuchen aller Mütter von Töchtern. Gisèle Halimi (*Le Lait de l'Oranger,* Gallimard 1988), Françoise Giroud (*Leçons particulières,*

Fayard 1990) und viele andere haben in ihren Büchern geschrieben, welche Trauer bei den Vätern die Geburt von Mädchen auslöste.
Nun mußte ich also dem gedemütigten Vater ein Telegramm schicken. Anstelle des fröhlichen »Bravo, das hast du gut gemacht, Georges!«, auf das er so sehr wartete, würden ihm die Expeditionskameraden aufmunternd auf die Schulter klopfen: »Mach dir nichts draus, Mädchen sind ganz süß ...«
Zur Enttäuschung über meine Leistung kam nun noch die Angst hinzu, für dieses Kind, das mit dem besten Willen nicht Fabrice heißen konnte, einen Namen finden zu müssen. Warum eigentlich nicht George ohne s? Es ist mir nicht eingefallen, und Georges hätte diese Entscheidung vermutlich nicht goutiert. Innerhalb von vierundzwanzig Stunden mußte das arme Würmchen alle erdenkbaren Namen tragen. Violaine wegen Paul Claudel, aber das war ein gar zu trauriges Schicksal; Félicité wegen der rosigen Félicité Perpétue, derjenigen, die mein Großvater vorgezogen hatte; Delphine wegen Germaine de Staël; Daphne wegen der von Apollo geliebten Nymphe; Marie, weil Marie der Vorname von Georges' Mutter war, von meiner übrigens anfangs auch. Aber wir zögerten dennoch. »Marie wählt man wie die Farbe Weiß in der Inneneinrichtung«, sagte Maman. »Das ist eine Nichtwahl.« Und plötzlich tauchte der Name Ines am Firmament auf. Unserem erschöpften Sucherkreis kam er mutig und interessant vor. Kaum war Pater aufgebrochen zum Standesamt von Boulogne-Billancourt, wurde er auch schon wieder zurückgepfiffen für einen Familienrat. Das

Baby war mit der Namenwahl unzufrieden. Es übergab sich nach jedem Füttern.

Als die Frist zur Anmeldung von Neugeborenen ablief, einigten wir uns auf Marion, den Namen meiner verstorbenen kleinen Schwester. »Unmöglich«, entschied der Standesbeamte apodiktisch, der bereits die Verweigerung aller bretonischen Vornamen der Familie Le Goarnic auf dem Gewissen hatte – die sich schließlich an den Internationalen Gerichtshof in Den Haag wandte, um ihre zwölf Kinder legitimieren zu lassen. »Unmöglich. Ich akzeptiere Marie oder Marinette, aber Marion kommt nicht in Frage.«

Von den Fristen gehetzt, meldete Vater unseren Anweisungen entsprechend: Marie, dann Laurence, Lison und Delphine. Da es mit Marie nicht funktionierte, nannten wir das Baby Lorenzo, so lange, bis sich Georges nach seiner Rückkehr für Marie-Laurence entschied. Aber sie übergab sich noch immer nach jeder Mahlzeit, um ihre Mißbilligung kundzutun. Dann gingen wir zum dritten Vornamen über, und diesmal klappte es. Lison konnte sanft ausgesprochen werden und hörte sich vermutlich auch sanft an, jedenfalls hörte das Kind sehr bald mit dem Spucken auf.

Ich machte die Erfahrung, daß Kinder, kaum sind sie da, einen sehr sicheren Instinkt besitzen, um ihre Mutter als Geisel zu nehmen. In den ersten Jahren, und manchmal sogar ein Leben lang, entkommen die Väter dieser Gefühlserpressung völlig, während die Mütter, manchmal ebenfalls fürs Leben, von Schuldgefühlen zermürbt werden. Nicht etwa ihrem Vater hat Blandine die Entstehung einer wenig erwünschten kleinen Schwester zum Vorwurf gemacht, ich war es, die sie verraten hatte! Lorenzo, dessen war ich mir sicher, bestrafte mich mit dem einzigen ihr zur Verfügung stehenden Mittel dafür, daß ich sie angeblich gewünscht und davon Abstand genommen hatte, sie zu stillen. Dabei war es um Georges' willen: Mir lag daran, den Busen nicht zu verunstalten, den ich meinem Mann bei seiner Rückkehr präsentieren würde.

Seit unserer Hochzeit hatte mich Georges in der Tat nur in der Rolle des von seinen tierischen Aufgaben überforderten Weibchens gesehen, was ich als demütigend empfand. Ich brauchte nur zu rekapitulieren: gleich im ersten Monat unseres gemeinsamen Lebens schwanger, dann Blandine, meine Älteste, stillend, wenig später, als ich wieder zu arbeiten begonnen hatte, zweimal am Tag mit einer elektrischen Melkmaschine verbunden, und schließlich unentwegt schwanger mit Embryos, die den Versuch machten, gegen unseren Willen in unserem Leben Wurzeln zu schlagen. Beim vierten mußten wir uns fügen, zumal wir nicht wußten, an wen wir uns diesmal wenden sollten: Madame Rollières, eine mit meiner Mutter befreundete Hebamme, die mir beim erstenmal aus der Patsche geholfen hatte, war in Rente gegangen und lebte am anderen Ende von Frankreich. Diese erste Abtreibung galt übrigens nur für die Zeitrechnung unter Georges. Die vorhergehende, mit Pierre, hatte ich erfolgreich aus meiner Erinnerung verdrängt, was auch dringend notwendig gewesen war, wenn ich weiterhin mit einem Mann schlafen wollte ... Die Gefahr bestand, daß man sonst ständig an die Tricks und Hilfsmittel denken mußte, die hinterher erforderlich waren, um das lästige Erlebnis loszuwerden.

Unmittelbar vor seinem Tuberkuloserückfall war ich von Pierre schwanger geworden. Wir waren ganz offiziell verlobt und standen vierzehn Tage vor unserer Hochzeit, aber wir dachten, daß es besser sei, seine Genesung abzuwarten, bevor wir eine richtige Familie gründeten. Der Chefarzt seiner Abteilung im Krankenhaus, wo er als Assistenzarzt arbeitete, war auch ein Kollege meines zukünftigen Schwiegervaters, und so mußte er sich aus Freundschaft dazu entschließen, das zu praktizieren, was man damals noch nicht »Schwangerschaftsabbruch« nannte. Er tat es äußerst ungern. »Du weißt, daß man immer Gefahr läuft, angezeigt zu werden, und du weißt auch, daß dies das Ende meiner Karriere bedeuten würde«, sagte mir V. »Ich kann dir also keine Ausschabung im Krankenhaus machen. Ich schlage vor, das zu Hause in meiner Praxis zu machen. Ohne Narkose natürlich, dazu bin ich nicht ausgerüstet.«

Natürlich. Ich wußte, wir jungen Frauen wußten alle, daß unter der Vichy-Regierung in vier Jahren viertausend Urteile wegen Abtreibung und Förderung von Abtreibungen gefällt worden waren, und daß eine Pariser Weißwäscherin vor nicht langer Zeit, 1943, guillotiniert worden war, »um ein Exempel zu statuieren«. Unter diesen Umständen war die Narkose nur Nebensache, der Unwille auch. »Sei vorsichtig, wahrscheinlich werden im Wartezimmer Patientinnen sitzen«, fügte V. hinzu. »Bitte keine lautstarken Schmerzensbekundungen! Für eine Viertelstunde oder zwanzig Minuten mußt du deinen ganzen

Mut zusammennehmen. Danach kriegst du ein Gläschen Cognac verabreicht. So schlimm ist es auch nicht, du wirst schon sehen.«

Wenn man etwas wirklich will, erscheint einem nichts zu schlimm, und außerdem würde ich in den Händen eines bedeutenden Arztes sein, ein seltenes Privileg in solchen Angelegenheiten. Alles verlief, wie wir es uns erhofft hatten, und ich war V. unendlich dankbar, daß er mir meine Freiheit wiedergegeben hatte, denn wenige Wochen später kehrte Pierre ins Sanatorium zurück, wo er sieben Monate später starb. Ohne diese Abtreibung hätte ich ihm in dieser schrecklichen Zeit nicht beistehen und auch bei seinem Tod nicht dabeisein können.

Inzwischen hatte V. einen Lehrstuhl, und es kam überhaupt nicht in Frage, ihn erneut um Hilfe zu bitten. Also blieb uns beim nächstenmal unsere Freundin Rollières, aber als Hebamme durfte sie keine Ausschabungen durchführen. Sie begnügte sich damit, mir eine Sonde einzuführen. Danach hieß es: »Abwarten und Tee trinken!« Als ich mich aufs Fahrrad schwang, um nach Paris zurückzukehren, hatte sie mir geraten: »Sei vorsichtig auf der Straße. Bau mir ja keinen Unfall! Falls man dich mit dieser Sonde erwischen sollte, sag, daß du sie dir selber gesetzt hast ...«

Mit dem Abstand der Jahre wird mir bewußt, wie sehr unsere Lebensläufe mit ihren Strapazen und Hindernissen, wie sehr die Risiken, die wir auf uns nahmen (wir, »die Frauen von früher«, vor dem von Simone Veil eingebrachten Gesetz über die Abtreibung), den jungen Frauen von heute verrückt, zum Himmel schreiend, ja

abenteuerlich vorkommen müssen. Dabei war das unser Alltag, und man mußte sich damit abfinden – oder aber sich fürs Kloster entscheiden. Und es war so sehr unser Alltag, daß sich drei Monate danach erneut ein Unfall ereignete. Unfall ist genau das richtige Wort. So bald schon nach meinem ersten Notschrei wagte ich es nicht, wieder zu Madame Rollières zu gehen, deren fürsorgliche Hilfsbereitschaft mir doch kostbar gewesen war.
Jetzt mußte ich Adressen im Untergrund ausfindig machen, demütigende Bittgänge unternehmen, halbwegs anonyme Telefonate führen, bei denen immer um den heißen Brei herumgeredet wurde, empörte Ablehnungen oder scheinheilige Ausreden entgegennehmen, so lange, bis uns endlich die Freundin eines Freundes auf eine mehr oder weniger fragwürdige Spur setzte. Diesmal nannte man mir eine Concierge, die »so was« in der Hinterkammer ihrer Hausmeisterwohnung auf einer Wachstuchdecke und im Dunst von Suppenfleisch erledigte, sehr gekonnt angeblich, aber für eine derart hohe Summe, daß ich es Georges gar nicht zu sagen wagte. Er machte mir bereits den Vorwurf, ich sei unfähig, »eine Lösung zu finden«, wo doch der traurig-nutzlosen Prozeduren nach der Liebe bereits genug war, angefangen vom hastigen Sich-Entreißen bis zu Irrigationen, das heißt Spülungen mit Essigwasser, welches zwecks vermeintlicher Abtötung von Bakterien mit Kölnisch Wasser versetzt wurde.
Die Concierge steckte zuerst die Summe ein und setzte dann die Sonde. Sie erwies sich als ehrlich: Falls der erste Versuch erfolglos blieb, hatte man Anrecht auf einen zweiten. Ich brauchte keinen zweiten, aber Zeit, mich

darüber zu freuen, hatte ich kaum: Drei oder vier Monate später ging alles von vorne los. Die Engelmacherin war inzwischen jedoch verraten und festgenommen worden. Das erfuhr ich, als ich an ihrer Wohnungstür im neunzehnten Arrondissement eine polizeiliche Mitteilung entdeckte, und ich mußte schleunigst so tun, als ginge ich die Treppe hinauf, falls man den Abtreibungskandidatinnen eine Falle gestellt hatte. Der nachträgliche Schrecken und der Gedanke, noch einmal nahezu ein Monatsgehalt dafür einsetzen zu müssen, veranlaßten mich dazu, es diesmal allein zu versuchen. Wohlinformierte Kreise rieten dazu, Aquariumschläuche zu benutzen, da der Verkauf von Sonden in Apotheken verboten war. Aber auch die Angelschnur, die in Geschäften für Fischereibedarf am Meter verkauft wurde, schien mir passenden Ersatz zu bieten. Straffällige haben immer einen gewissen Vorsprung vor den Verfolgern. Und Stricknadeln, jenes weibliche Werkzeug par excellence, waren im freien Verkauf belassen worden.

Nachdem ich mich mit der weiblichen Anatomie vertraut gemacht und in einem von Pierre hinterlassenen Lehrbuch die schematische Darstellung der Fortpflanzungsorgane betrachtet hatte, machte ich mich auf zu dieser Reise ins Unbekannte. Es galt, dreißig Zentimeter Angelschnur in eine zuvor etwas abgestumpfte Metallnadel einzufädeln – Größe drei, wenn ich mich recht erinnere. »Im Freien« funktionierte mein System wunderbar: Die mit Vaseline eingeriebene Schnur ließ sich leicht und sanft an der Nadel entlangschieben. In der Scheide jedoch mußte ich blind arbeiten, und es gelang mir nicht, sie durch den

Gebärmutterhals einzuführen, von dem ich nicht genau wußte, ob er sich hinten, oben oder mehr seitlich befand. Nach zwei Stunden schaffte ich endlich doch noch die richtige Plazierung: Ich hatte Muskelkater von der akrobatischen Übung und war wütend darüber, daß die Liebe solch abscheuliche Gymnastik zur Folge hatte. Dabei gab ich mir Mühe, nicht an all die dramatischen Geschichten zu denken, die man sich heimlich unter Frauen erzählte, wenn sie eine Abtreibung vor oder hinter sich hatten: Perforationen, schwere Blutungen, Blutvergiftungen bis hin zum plötzlichen Tod durch Herzstillstand. Die Schnur hatte sich anscheinend eingekuschelt in die Gebärmutter, und es gelang mir, die Nadel ganz vorsichtig wieder herauszuziehen. Nun brauchte ich nur noch abzuwarten.

Georges konnte seinen Widerwillen nicht verbergen in Anbetracht all dieser »Weibergeschichten«, all dieser Schwangerschaften, Fehlgeburten und Abtreibungen, die zum Alltag meiner Geschlechtsgenossinnen zu gehören schienen. Also wartete ich ab, bis er für einige Tage auf Reportage fuhr, um mich meinen schändlichen Machenschaften zu widmen. Ich war genauso angewidert wie er, aber hinzu kam, daß ich mich verantwortlich fühlte. Abgesehen davon war ich empört über meine Machtlosigkeit. Ich haßte diesen Körper, der mir seinen Willen – der nicht meiner war – aufzuzwingen versuchte. Außerdem war es quälend, ohne jede Information und medizinische Hilfe handeln zu müssen und auf Hexenrezepte und Hausmittelchen angewiesen zu sein, von denen einige aus der Zeit der Antike stammten – nicht umsonst ist die Abtreibung die heimlichste und dennoch weitestverbreitete Handlung in der Geschichte der Frauen. Die Fortschritte der Wissenschaft, das Aufkommen der Demokratie und der Menschenrechte (die im Französischen sinnigerweise Männerrechte heißen), der Zugang zu Bildung und Ausbildung hatten nichts am Obskurantismus geändert, der diese Praktiken fortbestehen ließ, nichts an der Grausamkeit der Gesellschaft, die sie zu ignorieren vorgab.

Auch diesmal ging die Sache im Prinzip gut, und ich wurde wieder zu einer freien Frau, die für ihren Mann nicht mehr die erschreckende Strafe für den Liebesakt verkörperte. Da ich diesmal jedoch wahrscheinlich zu lange gewartet hatte, bekam ich in den folgenden Tagen Fieber und mußte mir von meinem Geburtshelfer Dr. Lamaze eine Ausschabung machen lassen.

»Falls es sein muß«, hatte mir nach ihrem Eingriff die Rollières gesagt, »brauchst du dem Arzt nichts zu erklären. Die wissen genau, wann es sich nicht um eine normale Fehlgeburt handelt. In Frankreich werden jedes Jahr etwa fünfhunderttausend heimliche Abtreibungen vorgenommen, da kannst du dir vorstellen ... Dein Lamaze ist in Ordnung. Er wird dich nach nichts fragen.«

»Das war wohl nichts mit dieser Schwangerschaft, was?« sagte er nur, um mir zu zeigen, daß er die Sache durchschaute. »Es war höchste Zeit, daß ich eingegriffen habe. Aber versuchen Sie trotzdem, eine Zeitlang nicht schwanger zu werden ...« Ein Satz, den ein Gynäkologe aussprechen mußte, ein Rat, auf den eine junge Frau hören mußte. Aber keiner von beiden hatte die Möglichkeit, für die Umsetzung zu sorgen.

Da die gleichen Ursachen die gleichen Wirkungen nach sich ziehen, stand ich vier Monate später erneut im Startfeld bei diesem Gänsespiel, bei dem man jeden Monat um sein Leben würfelt. Ich hatte wieder beim Rundfunk zu arbeiten begonnen. Blandine konnte noch nicht einmal gehen, die Badewanne war andauernd voller Windeln, das Waschbrett lag daneben auf dem Rand, und unsere Zweizimmerwohnung kam uns schon viel zu klein vor. Aber in diesen Nachkriegsjahren waren genausowenig Wohnungen zu finden wie Verhütungsmittel, Wegwerfwindeln, Fertignahrung für Babys oder Waschmaschinen. Es blieb mir nichts anderes übrig, als die Ärmel hochzukrempeln und mir im Rathaus einen neuen Schwangerschaftsausweis ausstellen zu lassen, was auch zusätzliche Lebensmittelkarten bedeutete.
Lorenzo kam dann problemlos zur Welt, bis auf die Tatsache, daß das Geschlecht nicht stimmte, daß Georges nicht da war und daß ich von Panik ergriffen wurde bei der Vorstellung, ich könnte in absehbarer Zeit Cognacq-Preisträgerin werden. (A. d. Ü.: Der Cognacq-Preis wurde zu Beginn des Jahrhunderts von den sehr vermögenden Besitzern des Kaufhauses *La Samaritaine* gestiftet und an Frauen verliehen, die besonders viele Kinder in die Welt gesetzt haben.) Fünfmal schwanger in zwei Jahren ... ich war auf dem besten Weg!
Lamaze war ein Befürworter längerer Klinikaufenthalte nach der Geburt, und zwar liegend, damit die plötzlich vom Druck befreiten Organe schneller ihre natürliche Position wieder einnehmen konnten. Ich genoß diese Zwangsunterbrechung von einer Woche, die mir nicht

nur erlaubte, mich auszuruhen, sondern auch Zeit und Gelegenheit bot, Georges zu schreiben. Unsere Verbindung beschränkte sich auf kurze Funkmeldungen von und nach Grönland einmal in der Woche. Also führte ich Tagebuch, damit er nicht wie ein Fremder in sein Familienleben zurückkehrte.

Unter Mamans weitem Cape versteckt, war die siebzehn Monate alte Blandine zur Besichtigung »der Neuen« gekommen. Meine Mutter scherte sich den Teufel um Hausordnungen, die es verboten, kleine Kinder auf die Entbindungsstation mitzubringen. »Wauwau«, hatte die Kleine nach einem angewiderten Blick auf das in seiner Wiege schlafende Etwas von sich gegeben, ehe sie sich endgültig davon abwandte. Diese Verachtung genügte jedoch nicht, um den Eindringling wegzuzaubern, und Blandine verfiel in eine »postnatale Depression«, als das kleine Wesen auch noch in ihr Zimmer einquartiert wurde. Sie wollte ihr Bett nicht mehr verlassen, indem sie mit dem Kopf zur Wand lag, und essen wollte sie auch nicht mehr. Sie hatte geglaubt, die andere sei nur zu Besuch, und siehe da, sie nistete sich ein. Bei einem Radioquiz einige Wochen später brabbelte sie der Journalistin, die eine rührende Antwort erwartete, ins Mikrofon: »Meine Schwester? Meine Schwester tot!«

Die Kinderärztin riet dazu, sie einige Zeit von der Familie und dem Grund ihres Leids zu trennen. Wir mußten sie mehrere Wochen lang zu ihrer Patin nach Toulouse, der anderen Chouquette, schicken. Bis in die Teenagerjahre kam sie über diese Geburt nicht hinweg.

»Post coitum omne, animal triste« – mag sein. Aber *post*

parturium ist das zum Tier gehörende Weibchen noch viel trauriger. Zum Glück bekam ich während meiner einwöchigen Zwangsruhe täglich den Besuch eines gewissen Paul, der einen langfristigen oder spontan verlängerten Krankheitsurlaub – so wie er es sich eben einrichtete – verbrachte und unweit der Klinik wohnte, wo ich mit meiner Tochter darniederlag. Er kam jeden Nachmittag vorbei.

Es war Mai, die Lüfte waren lau, und mein Fenster schaute auf frischbelaubte Bäume. Paul war Journalist beim Rundfunk wie sein Freund Georges. Ich mochte Pauls Frau sehr gerne. Sie hatte einen kleinen Jungen, der genauso alt war wie Blandine.

Bei unserer Hochzeit war Paul Georges' Trauzeuge gewesen und danach der Pate unserer ersten Tochter. Im vorhergehenden Sommer hatten wir gemeinsam eine Villa in Port-Manech gemietet. Und schließlich wohnten wir auch noch in derselben Straße in Paris. Im Grunde genommen waren wir zwei höchst gefährdete Paare. Nun trafen Paul und ich uns zum erstenmal allein, und wir stellten fest, daß wir die gleichen Dichter liebten – ein Detail, das uns hätte warnen sollen. Dichter haben geheimnisvolle Kräfte.

Aber die Zeit war noch nicht gekommen. Ich war noch immer sehr verliebt in Georges, und ich hatte noch nicht entdeckt, »daß es der Geist und nicht der Körper ist«, der Ehen andauern läßt, wenn man Publius Syrus Glauben schenken soll.

Im übrigen fand ich diesen Paul nicht allzu attraktiv: zu mager, zu blaß, zu wenig sportlich, zu sehr Whiskyfreund

und zu viel Humor für mich. Und schließlich widerstrebte mir sein Ruf als großer Verführer. Große Verführer gingen mir schon immer gegen den Strich. Ich weiß nicht, wie ich es geschafft habe, vierzig Jahre lang mit einem von ihnen zu leben! Groß war er von Statur, den Verführer erkannte ich an der Anzahl von Mädchen, die um ihn herumwuselten, im Rundfunk und anderswo. Er war so mager und so blaß, daß meine Mutter drei Jahre später, als ich ihn heiratete, sagte: »Unglaublich! Wie hast du das nur geschafft, dir schon wieder einen Schwindsüchtigen zu angeln?«

Vorerst waren wir tausend Meilen davon entfernt, uns vorzustellen, daß er eines Tages die Lust verspüren würde, sich seine Freiheit zurückzuholen, um ganz nach seiner Fasson zu leben, und daß er den Mut haben würde, eine Ehe zu beenden, die ihn so wenig zu stören schien. Oder auch, daß ich scharfsinnig genug sein würde, um die Sinnlosigkeit meiner und die Unzulänglichkeit von Georges' Versuchen zu konstatieren, zwischen uns beiden eine harmonische Beziehung herzustellen. Ehemänner kämpfen erst um ihre Ehe, wenn schon alles verloren ist. Georges war der Meinung, er habe genügend geleistet, indem er es mir genehmigte, seinen Namen zu tragen, seine Kinder zur Welt zu bringen und seinen Haushalt zu führen. Er würde das Geld für uns alle verdienen. Das war der übliche Vertrag. Die Liebe war inbegriffen und brauchte nicht jeden Tag neu in Frage gestellt zu werden.

»Du siehst doch, daß ich dich liebe, sonst käme ich nicht immer wieder zurück!« Frauen lesen zu viele Romane

und bauen zu sehr auf die Liebe, sagte er. Es liegt in ihrer Natur, daß sie sich beklagen und beschweren.
Wie dem auch sei, ich zählte damals ungeduldig die Tage bis zu seiner Rückkehr. Nur noch etwa dreißig, hatte er mich wissen lassen. Ich hingegen sagte: noch immer dreißig! Die *Force,* das Schiff für die Polarexpedition, mußte zunächst nach Godthaab zurück, im Südosten von Grönland, durch ein von Packeis gefährdetes Meer, und dort würde Georges auf eine Überfahrt nach Dänemark warten. Von Kopenhagen aus wollte er Helsingör besichtigen – ganz klar, diese berühmte Stätte konnte man doch nicht auslassen! – und danach einen Abstecher nach Schweden machen, einer Reportage wegen. Von dort aus wollte er mit dem Zug nach Paris zurückfahren. Man vergißt zu leicht, daß es damals noch keine Flugverbindungen gab. Die Reise würde aber etwas länger dauern, und sie war wichtig für ihn. Ich mußte Verständnis dafür haben, daß es da auf drei Tage nicht mehr ankam.
Gewiß. Ich hatte um so mehr Verständnis, als diese lange Trennung wohltuende Auswirkungen auf mich hatte: Da ich mich nicht mehr an den scharfen Kanten von Georges' Charakter blutig rieb, hatte ich meine Enttäuschungen vergessen und mir allmählich wieder den Gefährten meiner Träume vorgestellt. Nichts konnte diese korrigierte Neuausgabe widerlegen, da Georges von seinem Packeis aus weder schreiben noch telefonieren konnte. Übrig blieb die zu Telegrammen kondensierte reine Liebe. Seine ersten Botschaften, die er den Freunden von Paul-Émile Victor anvertraut hatte, welche nach Europa zurückkehrten, warfen etwas Schatten auf mein idyllisches Bild …

»Ich arbeite viel. Ich sammle Erfahrungen, um später ein Buch zu schreiben. Du wirst stolz sein auf Deinen Parzouf.«

Ja gewiß, ich wollte auf meinen Parzouf durchaus stolz sein. Aber wie würde es mir gelingen, ihn auch *auf mich* stolz zu machen? Diese Frage wurde niemals angeschnitten.

»Habe außerordentliche Erfahrungen gesammelt im menschlichen Bereich. Werde Dir alles erzählen, und hoffe, Du wirst mir bei der Verwirklichung all dessen helfen, was ich verwirklichen will und kann.«

Ja gewiß, ich hatte den Wunsch, ihm zu helfen, aber war ihm denn bewußt, daß mit zwei kleinen Kindern, die beide noch keine zwei Jahre alt waren, und einer Vollzeitbeschäftigung beim Rundfunk eigentlich *ich* Hilfe brauchte, und zwar ganz einfach im Haushalt? *Meine* »Erfahrungen im menschlichen Bereich« kamen mir lächerlich vor, teilte ich sie doch mit Millionen von Frauen, die in jeder Sekunde genau die gleichen Handgriffe wie ich verrichteten, in Millionen von Haushalten, die dem meinen ähnlich waren.

»Du weißt, mein Mätzchen-Schätzchen, daß es zu meinem Beruf gehört wegzufahren und daß ich unseren Lebensunterhalt verdienen muß. Aber wenn wir eines Tages reich sind, werden wir uns aufs Land zurückziehen, und ich werde Romane schreiben, die aus Deinem Mann einen der Großen unserer Zeit machen werden ...«

»Und was wird aus *mir*, mein geliebtes Mätzchen-Schätzchen, eine ewige Hausfrau, nur reich und zurückgezogen?«

»Wenn Du bereit bist, mir zu helfen, werde ich sehr wichtige Dinge über den Walfang und das Leben der Eskimos schreiben, glaube ich.«
Ich war sehr wohl bereit zu all dem, was er wollte, da ich aber nie einen Wal oder einen Eskimo gesehen hatte, war klar, daß meine Hilfe darin bestehen würde, seine Unterlagen zu ordnen und seine Manuskripte zu tippen. Eine durchaus rühmliche Tätigkeit, gewiß, und dazu noch das typische Bild ehelicher Produktivität. Zahlreiche Paare hatten so funktioniert in der Vergangenheit. Warum war ich denn nie zufrieden? Ich rügte mich selbst, weil mich die Aussicht auf eine solch strahlende Zukunft nicht aufblühen ließ.
Seine Briefe konnte ich nicht beantworten, da er auf hoher See war. Also wußte ich nicht, wie ich ihn spüren lassen konnte, daß das, was er mir nicht sagte, mir mehr Übel antat, als seine Liebesmätzchenschätzchenbekundungen mir wohltaten. Ich habe ihn nie bekommen, den Brief, der mir hätte Flügel wachsen lassen: »Danke, Benoîte (und nicht Miquette oder Chouquette), danke, daß Du Dich um unsere beiden Kinder kümmerst und ihnen trotz Deiner Arbeit die Aufmerksamkeit widmest, die es mir erlaubt, mit ruhigem Gewissen wegzufahren, hin zu dem, was ich für mein Schicksal halte. Eines Tages bist Du an der Reihe, und dann werde ich Dir helfen. Du wirst sehen ...«
Für zehn Jahre hätte ich mich weiterverpflichtet, wenn er so zu mir gesprochen hätte.
Georges seinerseits war übersättigt mit grandiosen Landschaften, Einsamkeit und Abenteuer, vollgetankt mit

männlicher Kameradschaft, also konnte er der Rührung über die drei Weibchen, die fortan im Familiennest saßen, endlich freien Lauf lassen. Er liebte mich nie so sehr, wie wenn er mich verlassen hatte. »Ich habe Sehnsucht nach Dir, ohne Dich ist das Leben langweilig«, schrieb er jedesmal, und es stimmte sogar. Er vergaß, daß ihm das Leben in meiner Gegenwart noch langweiliger war. Familienleben war für ihn nur dann attraktiv, wenn es sich in Form von Sehnsucht oder Hoffnung abspielte. Für das Hier und Jetzt war er unbegabt.

»Du wirst sehen, wir werden glücklich sein …«

»Dann werde ich Dich ausführen, sooft Du es möchtest …«

»Ich gelobe Dir, daß ich nicht mehr dauernd wegfahren werde. Es macht Dich so unglücklich …«

Seinen Versprechungen wollte ich ebensosehr glauben, wie er selbst an sie glaubte, denn auch er hatte sich in fernen Gefilden eine Idealfrau zurechtgezimmert, die er endlich würde glücklich machen können.

»Nach meiner Rückkehr möchte ich Dir den Stierkampf nahebringen und meine sonstigen Neigungen, damit Du sie teilst.«

Teilen kann man aber nur, was man hat. Warum hatte er sich nicht eine Dame ausgesucht, die den Stierkampf bereits mochte? Von einer Ehe wird wirklich Unmögliches erwartet.

Je kürzer die Frist wurde und mit jedem Brief, den ich erhielt, löste sich der Georges meiner Träume immer mehr auf wie Nebel und ließ die ruppige Gestalt meines echten Ehemannes erkennen. Sein letzter Brief vertrieb den allerletzten Dunstschleier: »Ich freue mich, nach Hause zu kommen, mein liebes Mätzchen-Schätzchen. Ich hoffe, ein schönes Heim und Kinder mit sauberen Popöchen vorzufinden. Und Du, sei auch Du schön, schlank, elegant, um Deinen legitimen Ehegespons zu empfangen! Der arme Georges ist sehr müde, er schläft so schlecht, und er muß sehr verwöhnt werden. Auch Du wirst viel zu erzählen haben, und ich verspreche Dir, daß ich Deinem Gezwitscher brav zuhören werde ...« Und auch wenn Du nicht die Zeit gefunden hast, alles auf Hochglanz zu bringen, auch wenn Lorenzo nachts brüllt, auch wenn Du noch nicht wieder so schlank bist wie zuvor, denke ich nur an den Augenblick, da ich Dich wieder in meine Arme schließen werde ... Nein, diese Zeilen habe ich nicht bekommen. Die hatte mir der Nebel-Georges geschrieben, der andere, der echte zerrte mich wieder herunter von meiner Wolke: »Da ich Dich so sehr begehre, Liebling, ist meine Rückkehr mit Gefahren verbunden, die wir nur allzu gut kennen. Es wäre gut, wenn Du Vorsichtsmaßnahmen ergreifen könntest, damit uns nicht schon wieder ein Schlag ins Kontor ereilt.«

Er hatte recht, aber welche Vorsichtsmaßnahmen sollten es sein außer den alten überlieferten Rezepten, die sich als Pleite erwiesen hatten? Heute erst wird mir das Ausmaß seines Egoismus und meines Fatalismus bewußt. Wie kam es, daß keiner von uns beiden an Präservative dachte? Schlimmer noch: Wie kam es, daß kein Gynäkologe und kein praktischer Arzt uns jemals dazu geraten hat, um eben jene »Schläge ins Kontor« zu vermeiden? Mein eigenes Verhalten war um so unverzeihlicher, als ich die

»englischen Häubchen« in ihrem natürlichen Umfeld kennengelernt hatte ... Eher abtreiben also? Ja. Eher abtreiben. Das war unausweichliches Frauenschicksal, die Norm gewissermaßen. Während Kondome für Prostituierte und zur Verhütung von Geschlechtskrankheiten bestimmt waren: für das Böse also, die Sünde. Ein anständiges Ehepaar hatte sich nicht zu »schützen«. In einer anständigen Ehe sprach man auch in den frühen fünfziger Jahren nicht von Sexualität. Es gab Wörter, die Georges und ich noch nie ausgesprochen hatten, Bereiche unserer Körper oder auch unserer Seelen, die wir noch nie berührt hatten. Man lebte so, wie man liebte: im Dunkeln. Ich frage mich heute, wie es sein konnte, daß wir »lieber« am laufenden Band abtrieben, als auf Präservative zurückzugreifen. Ich weiß aber, daß diese Frage sinnlos ist. Sie stellte sich nicht auf diese Weise, beziehungsweise stellte sich überhaupt nicht. Das ist, als würde man einen Verkehrsrowdy fragen: »Sie wollen wohl lieber sterben als langsamer fahren?« Er wird antworten, daß er lieber nicht langsamer fährt *und* keinen Unfall baut. Ich wollte lieber weiter mit Georges schlafen *und* nicht wieder schwanger werden. Daran sind wir im übrigen nicht gestorben, Georges und ich.

Für diese verblüffende Inkonsequenz, die alle Frauen meiner Generation und so viele auch noch danach auszeichnete, gibt es keine Erklärung außer der einen, daß die Sexualität immer außerhalb der Logik, des Voraussehbaren und der Moral stattgefunden hat. Die Sexualität ist die verkörperte Phantasie, so etwas wie der Irrwisch im Hause.

Für unser Scheitern fühlte sich Georges nicht verantwortlich. Die Ehefrau nicht glücklich zu machen war noch nie ein Vergehen für einen Ehemann. Ein bißchen Fahrlässigkeit, ja, aber so ist das Leben. Haben die meisten Frauen nicht allen Grund, glücklich zu sein? Fließendes Wasser, was die Generation der Mütter noch nicht immer hatte, eine moderne Küche, immer praktischere Haushaltsgeräte, die jedes Jahr zum Geburtstag erneuert werden, und dazu dieses Riesenbaby zum Verwöhnen: Zwar ist es nicht immer leicht zu haben, ganz im Gegenteil, aber im Grunde mögen sie das ja, die Frauen.
Das Problem ist, daß sie immer zuviel verlangen. Und daß sie von der Hausarbeit überfordert sind, die noch zum Beruf hinzukommt. Doch den haben sie sich ja in den meisten Fällen freiwillig ausgesucht. Aber sie sind halt nicht in der Lage, ihre Arbeit sinnvoll einzuteilen.
Ein Mann kann besser mit seiner Zeit umgehen.
»Ich weiß nicht, wie du das machst, daß du nie eine Minute Zeit für dich hast!«
Eine logische Antwort wäre auf jeden Fall beleidigend gewesen. »Wie wär's, wenn du mir helfen würdest?« Ein solcher Satz geriet damals noch nicht einmal an die Oberfläche des Bewußtseins. In den Jahren um 1945 blieb die Arbeitsteilung erbarmungslos festgelegt – und danach ebenso. Noch war das Fahrwasser ruhig, in dem die Haushalte segelten. Schließlich hatten die Männer gerade im Krieg gekämpft. Also verdienten sie ein wenig Aufschub, was die Infragestellung der Rollen betraf. »Könntest nicht du heute abend die Suppe kochen? Ich würde

gern ein Gedicht schreiben, das mir gerade im Kopf herumschwebt ...«

So was hätte ein Erdbeben hervorgerufen. Im übrigen war Georges nicht in der Lage, eine Kartoffel zu kochen, geschweige denn sie zu schälen. Jahre später sollte ihm das einen bösen Streich spielen, als er nämlich beschloß, sechs Monate auf einer einsamen Insel im Pazifik zu verbringen. Ich kannte damals nur einen einzigen Mann, der kochte: meinen Vater. Aber das war etwas ganz anderes, er war ein Künstler! Er tischte uns Fische in der Teigkruste auf, in die sogar die Flossen eingeritzt und anstelle der Augen Glaskugeln eingelassen waren. Ein Mann ist ein großer Koch oder gar keiner.

Chouquette dachte nicht einmal daran, ihren Mann ein wenig um Hilfe zu bitten. Aber ihr Leben kam ihr häufig bedrückend vor. Sie wußte nicht so recht, warum – denn schließlich hatte sie fließendes Wasser.

Parzouf hatte redlich versucht, ihr beizubringen, wie eine Frau das Leben zu sehen habe. Die Ehe war nicht jenes Zusammenschmelzen, jenes himmlische Teilen, das sie sich in ihrer Naivität vorgestellt hatte. Die Ehe, das war die gerechte Aufteilung des ehelichen Raums. Schließlich verlangte Georges auch nicht von ihr, daß sie mit ihm die tägliche Nachrichtensendung gestaltete. Sie mußte lernen, ohne ihn auszukommen, vor allem in der Küche und im Besenschrank. Die erste Lektion hatte er ihr schon bei der Abfahrt nach Österreich im Zug erteilt. Es hatte gegolten, schnell zu reagieren, sonst kam man nie mehr aus diesem sentimentalen Gesums heraus, das die jungen Frauen wie selbstverständlich produzieren.

Dummerweise aber stellte sie alles unentwegt in Frage. Sie diskutierte nicht sachlich, sie nörgelte herum, sie widersprach ihm, sogar in Gegenwart dritter. Die erste Lektion, die er ihr auf der Hochzeitsreise erteilt hatte, hatte sie vergessen. Die zweite platzte nur so heraus: Er hatte die Ohrfeige nicht gewollt, die Hand war ihm ausgerutscht.

Es handelte sich nicht einmal um eine persönliche Konfrontation, sondern wie üblich um eine Meinungsverschiedenheit, die in Gegenwart von Freunden ausgetragen wurde. Die Ohrfeige war lediglich eine unkontrollierte Reaktion, die weder mit Wut noch mit dem Wunsch zu tun hatte, weh zu tun, sondern lediglich mit dem rechtmäßigen Bedürfnis zu zeigen, wer hier das Familienoberhaupt war. Die Szene spielte sich in Port-Manech ab, bei »den Pauls«, während eines Abendessens mit einem Dutzend Freunden. Georges war seit einem Monat aus Grönland zurückgekehrt und hatte vergessen, was seine Frau für eine unausstehliche Nervensäge sein konnte, wenn sie glaubte, recht zu haben. Es ging um Caligulas Pferd oder um ein sonstiges Detail aus dem Leben eines römischen Kaisers, und sie übertrieb es wahrhaftig mit ihrer historischen Kompetenz.

»Verschon mich mit deiner Blaustrümpfigkeit, zumindest in den Ferien, ich bitte dich!« hatte ihr der schon etwas irritierte Georges geraten.

Anstatt klein beizugeben, geriet sie in Rage. Georges auch. Er war vom Tisch aufgestanden und hatte ihr eine echte Ohrfeige verpaßt, vor den versammelten und reichlich verdutzten Gästen. Zunächst reagierte sie gar nicht, zögerte zwischen nervösem Lachkrampf, Tränen und wilder Beschimpfung. Noch bevor sie soweit war, hatte er wortlos den Tisch verlassen, mit wutverzerrtem Gesicht zwar, aber doch schon spürbar von Scham eingeholt.

Er kam erst am frühen Morgen zurück, zu jener Stunde, da Gesten Worte ersetzen. Und am folgenden Tag warst du es, die nicht wagte, den Zwischenfall noch einmal zu erwähnen. Vermutlich hast du zu sehr befürchtet, daß das ganze Strickwerk deiner Ehe aufgedröselt werden könnte, wenn du anfingst, an einem Faden zu zupfen.

Ich frage mich heute, meine arme Zazate, warum diese Ohrfeige, die dir im Moment den Mund verschloß, dir nicht die Augen öffnete. Übrig blieb, festgeschraubt in deinem Herzen, dein Wille, glücklich zu sein, und eine unglückliche Geste genügte nicht, um ihn zu zerstören. Hinzu kommt, daß die Körper nicht mit einem Mal auf ihre süßen Gewohnheiten verzichten, es bleiben die Gerüche, auch die Worte werden weiterhin ausgesprochen, wie von einer sanften Flut getragen. Es braucht Zeit, bis die Gesten und Worte, die den Alltag eines Paares ausmachen, verlorengehen. Und Zeit verging.

Der zarte Biß jedoch,
Der unermüdlich am Kristalle nagt,
Unsichtbar bleibt er lange ...

Diese Verse von Sully Prudhomme, die vor dem Krieg alle kleinen Mädchen auswendig gelernt hatten, fielen dir plötzlich wieder ein. Zur Poesie, sogar der harmlosesten,

gehört auch, daß sie nach langer Zeit wieder da ist, weil ein Ereignis in ihr geheime Resonanz geweckt hat.
Und was hättest du dir gedacht, meine kleine Zazate, wenn du gewußt hättest, daß deine geliebte George Sand, deren Leben in deinem ein Echo zu finden schien, von ihrem jungen Ehemann ebenfalls eine Ohrfeige verpaßt bekommen hatte, und zwar aus demselben Grund: Ungehorsam. Ein gewichtiger Grund im übrigen: »Ungehorsam ist die schlimmste Plage«, sagt Kreon zu Antigone. »Wir dürfen es nicht zulassen, daß Frauen uns Lektionen erteilen. Sie müssen Frauen bleiben und nicht ständig ihren Willen durchsetzen.« George hieß damals noch Aurore und war erst zwanzig Jahre alt, als sich die Szene abspielte, die sie später in der *Geschichte meines Lebens* erzählte und die ihrer Ehe ein Ende setzte. Sie »tobte« in ihrem Garten in Nohant »herum«, das sind ihre eigenen Worte, mit den Kindern von Freunden, die den Sommer dort verbrachten. Es ging also wild zu, und plötzlich hatte einer von Casimirs Freunden einen Spritzer Sand in seiner Tasse, worauf der Ehemann seiner Frau eine Ermahnung erteilte. Sie aber hüpfte unverdrossen weiter herum. Worauf Casimir sich erhob, auf sie zuschritt und sie vor ihrem Sohn und allen Freunden ohrfeigte. »Von diesem Tag an liebte ich ihn nicht mehr richtig, und alles wurde von Tag zu Tag schlimmer«, schrieb Aurore.
Natürlich war Georges ungemein attraktiver als der grobschlächtige Casimir, aber du, Zazate, du warst ungemein weniger gewitzt, ungemein gehemmter als die feurige George Sand! Indessen wirkte »der zarte Biß« weiter

und war schon im Begriff, der Partnerschaft den endgültigen Knacks zu geben.
Ein Jahr später verließ Georges auf deine Bitte hin die Rue Chanez, und ihr habt jenes widerwärtige Verfahren eingeleitet, das damals eine Scheidung mit beiderseitigem Verschulden darstellte: Es fußte zunächst auf frei erfundenen Briefen und vorgegaukelten Geständnissen, die sehr bald echte Beschimpfungen und unvermeidliche Erpressungen zur Folge hatten, die wiederum in die wütende Zerstückelung der Vergangenheit mündeten.
Nun mußte noch herausgefunden werden, was von der armen Zazate übrig blieb: Würdest du nun wieder Madame Groult werden? Oder die verwitwete Madame Heuyer, wie es damals Usus war? Oder die geschiedene Madame de Caunes? Auch war die Frage angebracht, unter welchem Namen du deine bescheidene berufliche Karriere fortsetzen solltest ... Zu viele Namen sind soviel wie gar kein Name.
Damals, meine Liebe, fingst du an zu erkennen, daß Identität für eine Frau ein wirklich fluktuierender Begriff ist.

Kapitel VII

Scheiden tut not

J. S.: Man ist einigermaßen verblüfft zu sehen, wir sehr das Zusammenleben mit Georges de Caunes Sie zur »flügellahmen« Frau gemacht hat.

B. G.: Aber das war doch nur eine logische Konsequenz aus dem, was ich in den ersten Kapiteln dieses Buches beschreibe. Es handelte sich um ein unsichtbares Gefängnis, aus dem auszubrechen sehr schwer war angesichts der Erziehung, die man damals den Mädchen angedeihen ließ. Es hätte einer ausgesprochen aufrührerischen Gesinnung, eines ganz ungewöhnlich starken Charakters bedurft, um da rauszukommen. Und dergleichen war bei mir ganz offensichtlich nicht vorhanden.

J. S.: Immerhin hatten Sie doch in der Person Ihres ersten Ehemannes mit einem Intellektuellen zusammengelebt, der Sie nicht nur anbetete, sondern auch als absolut gleichberechtigt behandelte.

B. G.: Aber ich habe doch kaum mit ihm zusammengelebt. Wir haben gar keine Zeit gehabt, diese Beziehung auf der Basis der Gleichberechtigung zu entwickeln. Pierre ist ja schon vor und während unserer kurzen Ehe krank gewesen.

J. S.: Haben Sie nach seinem Tod nicht die Möglichkeit ins Auge gefaßt, völlig unabhängig zu leben, finanziell auf eigenen Beinen zu stehen, als Lehrerin zum Beispiel, und nicht wieder zu heiraten?

B. G.: Hätte ich von Pierre (oder von seinem Bruder Philippe) ein Kind bekommen, so hätte das mein Leben verändert. Aber es ist mir nicht gelungen, das Schicksal zu zwingen, trotz jener von Liebe und ehrlichem Glauben inspirierten Tat, die wir alle drei zusammen – ich glaube, das kann man schon so sagen – versucht haben. Wir, das heißt Pierres Bruder, sein Vater und ich. Am Tag der Beerdigung seines zweiten Sohnes, der mit zwanzig Jahren (er war als Medizinstudent in eine Sanitätseinheit einberufen worden) bei einem Unfall ums Leben kam, zwei Wochen nach Pierres Tod, hat mich der Vater in die Arme genommen und zu mir gesagt: »Ich hoffe, du trägst in dir das Kind meiner beiden Söhne.« Da fühlt man sich dann plötzlich mit der Macht einer Halbgöttin ausgestattet ... Man hat das Diktat der Natur zurückgewiesen, man stellt sich seine Zukunft selbst her, statt sie passiv hinzunehmen. Wissen Sie, ich habe im Laufe meiner Jugend allerlei Feigheit gezeigt, aber auf diese Geste bin ich stolz. Endlich ein Akt des Ungehorsams! Was halten Sie eigentlich von diesem Versuch?

J. S.: Es ist sehr schwierig, über solche Entschlüsse, die in tragischen Zeiten gefaßt werden, ein Urteil zu fällen. Wenn man Ihrem Bericht zuhört, denkt man zunächst einmal: Wie romantisch!

B. G.: Dieser Aspekt war es auch, der mir selbst gefallen hat. Leider hat sich das so sehr gewünschte Kind nicht eingestellt, und so mußte ich nicht mein Leben lang ein schönes Geheimnis wahren. Ein Geheimnis, das um so leichter zu bewahren gewesen wäre, als damals niemand eine derart skandalöse Mogelei geargwöhnt hätte. Einzig mein Schwiegervater, den ich wirklich sehr mochte, wäre eingeweiht gewesen. Aber es war wohl in der Tat alles zu romantisch. Das Leben schätzt es nicht, wenn man sich ihm gegenüber zu viel herausnimmt …

J. S.: Auf diesen doppelten Tod und auf die Befreiung von Paris also folgte die Zeit, in der Sie bei den Amerikanern sozusagen in die Lehre gingen, was Sie nach Ihren eigenen Worten »auf die Erde zurückgeholt hat«. Der Ausdruck scheint wahrlich angebracht.

B. G.: Ja, diese Zeit hat mich dem Leben zurückgegeben. Und mir das Leben.

J. S.: Sie haben noch nicht auf meine Frage geantwortet: Haben Sie denn nach dem großen Schmerz und der anschließenden »Freiheitskur« (um Sie erneut zu zitieren) zu keinem Zeitpunkt erwogen, unabhängig zu bleiben, haben Sie nie diesen Wunsch verspürt?

B. G.: Was soll ich Ihnen hierzu sagen? Das musterhafte Mädchen, das ich gewesen bin, den verklemmten Backfisch, die junge Frau, die sämtliche traditionellen Rollen übernimmt, sie alle betrachte ich heute mit Unglauben und oft mit einiger Betrübnis. Es hat sehr lange gedauert, bis der Kokon, der mich umhüllte, die ersten Risse bekam. Und außerdem war ich sechsundzwanzig, und ich wollte ein Kind haben. In den Jahren 1945/46 war es aber noch so, daß unverheiratete Mütter »ledige Mütter« genannt wurden, und das war nicht so leicht zu ertragen.

Das klang nur allzu offenkundig nach verführt und sitzengelassen, es klang überhaupt nicht nach wohlüberlegter Entscheidung wie heute.

J. S.: Und außerdem waren Sie verliebt, nicht wahr? Georges de Caunes war ein brillanter, attraktiver Mann.

B. G.: Ganz genau. Zudem war er in Gesellschaft ungeheuer witzig. Aber dazu brauchte er Publikum. Kaum war ich seine Frau geworden, war ich nicht mehr Publikum. Privat war er ein gequälter, düsterer, geheimniskrämerischer Mensch.

J. S.: Vielleicht hat er Angst bekommen vor der emanzipierten Frau, die Sie potentiell damals schon waren? Er könnte doch befürchtet haben, daß Sie auf Ihre Weise dem Typ der überaus selbstbewußten Frau ähneln würden, den Ihre Mutter verkörperte.

B. G.: Sicherlich, und damit der Fall nicht eintritt, hat er alles getan. Und ich übrigens auch. Denn ich habe sehr schnell gespürt, daß ich mit dieser Heirat einen kolossalen Irrtum begangen hatte. Auch er hat es vielleicht gespürt, aber für einen Mann ist das alles noch mit seinen beruflichen Ambitionen vereinbar, und für das Alltagsleben bedeutet es sogar Erleichterung. Für eine Frau ist es meistens umgekehrt. Ich sah mich in der Klemme, aber ich dachte: Du warst nach einem halben Jahr Witwe – du wirst doch jetzt nicht nach einem halben Jahr eine geschiedene Frau werden wollen! Also habe ich klein beigegeben und mich im Ton sehr zurückgenommen. Hinzu kommt, daß es nicht gerade anregt, Forderungen zu stellen, wenn man alle drei Monate schwanger wird. Und schließlich hatte ich Schuldgefühle, weil ich nur Töchter zur Welt brachte. Ich war wie Soraya oder Fabiola: Ich funktionierte nicht so, wie es hätte sein sollen.

J. S.: Sie reden von diesen Dingen wie von einer sehr fernen Vergangenheit. Ich glaube aber, daß es Frauen gibt, die auch heute noch solche Situationen erleben, die auch heute noch solche Gefühle haben und die meinen, nicht so zu sein, »wie es sich gehört«. Sobald man aber heutzutage eine solche Hypothese vorbringt, wird man ausgelacht. Viele Frauen denken genau wie die Männer, das seien Geschichten aus grauer Vorzeit. Dabei war es doch noch in den fünfziger Jahren so, und außerdem bin ich sicher, daß im Gegensatz zu dem, was behauptet, beziehungsweise großtönend verkündet wird, diese Mentalität nicht vollständig verschwunden ist.

B. G.: Aber die Jahre um 1950 sind wirklich graue Vorzeit. Nach 1960 hat eine ganz neue Epoche begonnen, mag das nun eine Folge der Frauenbewegung sein oder mit den Fortschritten der Genetik zusammenhängen oder auch mit Professor Pincus, dem Vater der Pille (1958) – vermutlich mit allem zugleich. Wenn man heute eine Tochter hat, kann man sich vorstellen, daß sie einst Primus an der hochberühmten École Polytechnique sein wird, oder Ministerpräsidentin wie Edith Cresson oder Weltmeisterin im Radrennen wie Jeannie Longo. – Ich wähle bewußt die neuen Archetypen, falls diese paradoxe Wortwahl gestattet ist. – Eine Tochter stellt im Unterbewußtsein ihrer Eltern nicht mehr ein unnützes, abhängiges Wesen dar, das man später mit einer Mitgift ausstatten und an den Mann bringen muß. Eine Katastrophe wie in Indien oder China war es früher zwar nicht, wenn man eine Tochter zur Welt brachte, aber sicher hegte man keine sehr individuellen Zukunftspläne für sie. Dafür hing ihre Zukunft zu sehr von einem Mann ab …

J. S.: Wenn man das Problem unter dem allgemeinen soziopolitischen Aspekt betrachtet, dann ist Ihre Bemerkung völlig richtig. Was mich beschäftigt ist jedoch mehr die Frage, wie die Dinge im täglichen Leben gesehen werden. Im Gegensatz zu Ihnen habe ich das Gefühl, daß in einer tieferen Schicht (auch wenn der äußere Anschein sich geändert hat) gewisse Verhaltensweisen aus den Jahren, die sie beschreiben, den fünfziger Jahren also, fortdauern. Und wenn man so etwas ausspricht, dann wird man angeschaut, als redete man von Frauen, die irgendwo in einem gottverlassenen Dorf des frühen 19. Jahrhunderts leben. Der Gedanke, es könnte auch heute noch in diesem Land Frauen geben, die einer Herrschaft unterstehen und die unfähig sind, sich ihre Zukunft anders als in Abhängigkeit von einem Mann vorzustellen, dieser Gedanke erregt heute nur Heiterkeit …

B. G.: Um so besser, in einem gewissen Sinne jedenfalls. Im frühen 19. Jahrhundert, um Ihr Beispiel aufzugreifen, hätte niemand höhnisch gelacht, und auch nicht in den fünfziger Jahren. Man lacht höhnisch, wenn man die Befreiung hinter sich hat. Natürlich sind nicht alle Frauen emanzipiert, aber es genügt, daß es einige sind, um allen anderen eine gewisse Hoffnung zu geben. Zum Beispiel bin ich überzeugt, daß die nächste Frau, die zur Ministerpräsidentin ernannt werden wird, nicht mehr der unsäglichen und zutiefst unanständigen Behandlung ausgesetzt sein wird, die man Edith Cresson hat angedeihen lassen.

Sie hatte eine Tabugrenze überschritten, und darauf haben die männlichen Politiker mit einer ungeheuren Grobheit reagiert. Hier ging es freilich um ein Amt mit ausgesprochenem Symbolwert. Auf einer bescheideneren Ebene wird eine Frau heute nicht mehr gedemütigt, wenn sie einer Tochter das Leben schenkt.

J. S.: Demütigung – ein Gefühl, in das man die Frauen immer wieder hineinzustoßen versucht, als wäre das die logischste aller Reaktionen. Kaum war Edith Cresson zur Regierungschefin ernannt worden, hatten sämtliche Kommentatoren von vornherein nichts anderes im Sinn, als sie zu demütigen, noch bevor sie überhaupt ihre erste politische Aktion gestartet hatte. In beruflicher Beziehung, habe ich bemerkt, hat man es mehr darauf abgesehen, Frauen zu demütigen als Männer. Männer kommandiert man herum, Männern setzt man harten Widerstand entgegen, aber man tut es auf andere Weise. Im Hinblick auf Frauen ist merkwürdigerweise bei Männern, sobald es zu einer Meinungsverschiedenheit kommt, der erste Reflex die Demütigung. Auch wenn man Frauen im physischen Sinne schlägt, will man sie in erster Linie demütigen. Die geprügelten Frauen ... noch so ein Thema, mit dem man angeblich mittlerweile keinen Hund mehr hinter dem Ofen hervorlockt. Wenn man zum Beispiel bei meiner Zeitung auf den Gedanken käme, eine Untersuchung über geprügelte Frauen vorzuschlagen, dann würde man lauter Seufzer ernten und Bemerkungen wie: »Ach, immer wieder die alte Leier ...« oder: »Das hatten wir doch schon zwanzigmal!« Man ist dann nie weit von der berüchtigten Weisheit entfernt: »Wenn sie Schläge abkriegen, dann weil sie's doch so wollen!« Andererseits habe ich bei Redaktionskonferenzen erlebt, wie Männer ganz hektisch wurden, nur weil eine englische Zeitschrift gerade eine Reportage über geprügelte Männer gebracht hatte. Wir hätten alles liegen und stehen lassen und uns nur noch um diese »exotische« Angelegenheit kümmern sollen. Wobei es schon eine Tabuverletzung war, als ich, eine Frau, den vorsichtigen Vergleich wagte zwischen der Zahl der geschlagenen Männer und der der geschlagenen Frauen. Wahrscheinlich war das für die anderen nur ein Symptom von verspätetem Feminismus.

B. G.: Also, das ist ein Thema, bei dem ich jede gerührte Anteilnahme verweigere. Die Männer weisen unheimlich gerne auf solche extrem seltenen Vorfälle hin. Das gleiche gilt für inzestuöse Handlungen zwischen Müttern und Söhnen. Man braucht nur das Thema des väterlichen Inzests anzuschneiden, und schon erzählen sie einem in hochernstem Ton, daß das Problem auch zwischen Müttern und Söhnen existiert. Ich jedenfalls vergieße keine einzige Träne über jene armen geschlagenen Männer, denn was hindert sie daran, ihre Koffer zu packen und sich aus dem Staub zu machen? Normalerweise üben sie nämlich einen Beruf aus, den sie nie aufgegeben haben. Aber eine geprügelte Frau, wohin soll sie denn gehen? Wovon soll sie leben? Abgesehen davon, daß sie mit ihren drei Gören zu ihrer Mutter zurückkehren kann, bleibt ihr kaum ein Ausweg.

J. S.: Zum Glück traf das für Sie nicht zu. Diese Abschweifung galt nicht Ihrer persönlichen Biographie. Wir sind ganz am Ende der vierziger Jahre, und Sie sind also wieder verheiratet. Sie bekommen zwei Kinder – zwei Mädchen –, und Sie versuchen, eine untadelige Gattin abzugeben. Aber dann kam ein Moment, da haben Sie bemerkt, daß das »niemals gutgehen konnte«. Wissen Sie noch, wann genau das war?

B. G.: Ich habe nicht gewagt, es mir sofort einzugestehen, selbst dann nicht, als ich schon eine Ohrfeige eingefangen hatte. Aber meine Mutter hatte Georges mehrmals beiseite genommen, um ihm zu sagen, er möge sich vorsehen. Ich sei zwar geduldig, aber wenn ich mich erst einmal zu wehren beginne, dann würde ich sehr konsequent sein. Er hat daran nicht geglaubt. Mit ihren zwei kleinen Kindern und ihrer mickrigen Stellung wird sie es nicht wagen, sich scheiden zu lassen, hat er vermutlich gedacht.

J. S.: Es fällt sehr schwer, sich bei ihm eine solche Einstellung vorzustellen, wenn man noch vor Augen hat, wie er als öffentliche Person wirkte. Wenn man ihn im Fernsehen sah, dann hob er sich von den Fernsehjournalisten der damaligen Zeit, die einen eher konventionellen Eindruck machten, ganz auffällig ab. Georges de Caunes war auf dem Bildschirm geistvoll und originell.

B. G.: Auf dem Bildschirm ja, aber nicht zu Hause. Man verschwendet seine geistreichen Einfälle nicht unbedingt an die eigene Ehefrau. Und wenn man sie zu Abendeinladungen oder Cocktails mitnimmt, dann nicht, um sich dort um sie zu kümmern. Man geht nicht aus, um seine Ehefrau vor sich zu haben, man geht aus, um endlich andere Gesichter zu sehen. Alles in allem war ich unglücklich mit ihm zusammen und unglücklich ohne ihn. Was bin ich nur für eine dumme arme kleine Ziege gewesen!

J. S.: Sie waren es, die schließlich beschlossen hat zu gehen.

B. G.: Zu gehen ... nein. Ich habe beschlossen, daß Georges gehen würde. Weil ich nämlich über einen für eine Frau unschätzbaren Trumpf verfügte: Die Wohnung gehörte mir. Ich hatte sie zwar nicht gekauft, aber damals fand man nur mit dem sogenannten Schlüsselgeld eine Wohnung, also mittels heimlich von Hand zu Hand gereichter Vermittlungsgelder. Meine Eltern und Pierres Vater hatten uns dabei geholfen, einen Hausstand zu gründen, und da Georges kein persönliches Vermögen hatte, sondern nur sein Gehalt, war er bei mir eingezogen. Ansonsten sehe ich eigentlich nicht, wie ich ihm mit zwei Kindern eine Scheidung hätte aufzwingen können. Er wollte davon nämlich nichts wissen. Ich glaube, er hatte endlich gemerkt, daß er doch an mir hing.

J. S.: War das in Ihren Augen Ihre erste Tat als eine Frau, die Selbstbewußtsein gewinnt, die sich als eigenständiger Mensch wahrnimmt, die zu wissen beginnt, was sie wirklich will im Leben?

B. G.: Ja. Auch wenn ich das damals nicht so klar analysiert habe. Ich merkte sehr wohl, daß ich als Person negiert wurde. Ich wagte nicht mehr zu schreiben, nicht einmal mein Tagebuch, das als »ungesunde Aktivität« eingestuft wurde. Ich sah meine alten Freunde nicht mehr, und ich hatte Pierres Fotos von der Wand abgenommen, denn Georges war eifersüchtig und besitzergreifend. Aber er lieferte mir wesentlich mehr Beweise seiner Eifersucht als seiner Liebe. Ich konnte keine Pralinenschachtel bekommen, ohne daß er sogleich verlauten ließ, er werde dem Geber »die Fresse einschlagen«. Saudumme Sprüche wie: »Komm mit raus, wenn du ein Mann bist«, waren damals beinahe die Regel. Übrigens hat er genau diese Idiotenformel einem Rundfunktechniker gegenüber gebraucht, mit dem ich zusammenarbeitete. Oh, Georges war ein echter Mann, das bestimmt! Lange habe ich geglaubt, er liebe mich nicht genug und ich müsse mich noch mehr ins Zeug legen, dann würde er mir Vertrauen schenken, und wenn ich das nicht schaffte, dann wäre es eben meine Schuld.

J. S.: Typisch Frau, diese Art, Situationen gegen sich selbst zu wenden, überzeugt zu sein, daß man sich nicht genügend »anpaßt«, daß man sich »unangemessen« verhält.

B. G.: Ja, doch, das ist bei den Frauen ein krankhafter Spleen, sozusagen ein erblicher. Diese ständige Angst, nicht geliebt zu werden, zu enttäuschen, nicht den Erwartungen zu entsprechen. Schon den Anforderungen meiner Mutter hatte ich nicht entsprochen, und jetzt ging es eben weiter.

J. S.: Wie viele Jahre sind Sie mit Georges de Caunes zusammengeblieben?

B. G.: Fast vier Jahre. Aber das waren nicht etwa vier Jahre des wirklichen Zusammenlebens, ganz im Gegenteil. Georges war ununterbrochen auf Reportage – was sicher manchem die Spitze abbrach. Als ich ihm verkündete, ich würde solche Lebensumstände nicht weiter akzeptieren, war er sich so sicher, ich könne ohne ihn nicht auskommen, daß er sich bereit erklärte, vorübergehend auszuziehen. »In drei Monaten wirst du es dir überlegt haben. Dann können wir es wieder miteinander versuchen, du wirst sehen. Wir haben durchaus noch die Chance, glücklich zu sein.« Aber genau das war ich nie gewesen. In der Sekunde, nachdem er gegangen war, habe ich gewußt, daß ich niemals wieder mit ihm würde zusammenleben können. Während sich bei ihm ganz im Gegenteil der Wunsch wieder regte, mich zu verführen. Es ist schlimm mit den Ehepaaren, man lebt fast immer phasenverschoben. Zwar widerfährt alles beiden, aber selten zur gleichen Zeit. Die Sätze, die ich so gerne hätte hören wollen, nun sagte er sie, und ich hörte nicht mehr zu.

J. S.: Nach dieser ersten Äußerung feministischen Aufbegehrens hat es dennoch viele, viele Jahre gedauert, bis Sie es wagten, im Namen der Frauenbewegung öffentlich das Wort zu ergreifen?

B. G.: Ja, viele Jahre. Sie sagen »feministisches Aufbegehren«, ich würde ganz einfach von Selbstfindung sprechen. Wenn Selbstfindung aber feministisch ist, dann nennen wir es so, einverstanden! Das ist auch der Grund, warum ich das Wort »Scheidung« in meinem Sinne abwandeln möchte. Nach der offiziellen Scheidung von Georges bin ich in einen Prozeß eingetreten, den man als Scheiden von seinem früheren Ich bezeichnen muß.

J. S.: Und das hat dann noch wie viele Jahre gedauert?

B. G.: Zunächst einmal mußte ich meine Wunden lecken. Danach mußte ich Paul verführen, der mir etwas Wunderbares beibrachte: daß man jemanden lieben kann als den, der er ist, selbst wenn dieser jemand eine Frau ist, die man ansonsten auch begehrt. Aber Verführung kostet auch eine Menge Zeit ... das ist bei mir nie ganz von selbst gelaufen. Außerdem war Paul noch verheiratet ... Wir sahen uns sonntags, im Urlaub, in der Bretagne. Wir fuhren zusammen Boot, ich konnte endlich mit jemandem über Politik reden, der sich als Gesinnungsgenosse erwies. Meine Blaustrumpfideen schätzte er. Ich war ganz berauscht von dem Erlebnis gedanklicher Gemeinsamkeit. Manchmal kann man es bei einer rein sexuellen Beziehung bewenden lassen, aber umgekehrt scheint es mir doch sehr schwierig, zu tieferem geistigem Einverständnis vorzustoßen, ohne irgendwann doch auf einem Bett zu landen. So ist es jedenfalls uns beiden gegangen. Nach vollbrachtem Verführungswerk galt es dann, Paul der Ehe zuzuführen. Er selbst sah da keinen Zusammenhang. Nachdem auch das geschafft war, habe ich Lust bekommen, ein Kind von ihm zur Welt zu bringen. Auch da sah er wieder keinen Zusammenhang. Aber ich brachte als Mitgift zwei kleine Kinder mit, die nicht seinen Lenden entsprossen waren und die er nun würde mitaufziehen müssen. Ich dachte, das würde alles mit einem dritten Kind leichter sein ... In beiden Fällen hat er mir vertraut.

J. S.: Aber warum sagen Sie, daß man Paul Guimard der Ehe zuführen mußte? Warum erschien es Ihnen denn so unbedingt notwendig, wieder verheiratet zu sein? War das nicht eins der typisch weiblichen, konventionellen Verhaltensmuster, von denen Sie sich doch gerade zu lösen versuchten? Und warum dieser Wunsch nach einem Kind, der bei ihm doch nicht allzusehr ausgeprägt schien?

B. G.: Ich hatte mich nicht von einem konventionellen Verhaltensmuster gelöst, sondern ganz einfach von einem Mann, der mich unglücklich machte. Die Konventionen

hingegen waren immer noch da. Sie vergessen das Datum. Ich habe Paul im Jahre 1951 der Ehe »zugeführt«. Eine wilde Ehe wurde damals noch überhaupt nicht gern gesehen, jedenfalls was die Frau angeht. Vielleicht hätte ich das Sorgerecht für meine Kinder verloren.
J. S.: Und was hat Ihre Mutter von dem neuen Gatten gehalten, dem dritten immerhin?
B. G.: Nun, Paul mißfiel ihr nicht, obwohl er aus Nantes stammte, also ebenfalls mit zwanzig Jahren als Provinzler nach Paris gekommen war. Er sprach allerdings ohne Akzent. Nantes ist eine Gegend, wo man kein Bretonisch spricht. Paul gefiel ihr, weil er die Frauen liebte. Nicht *die* Frau, sondern verschiedene Frauen. Und wie er sie liebte ... »Er ist ein Casanova«, sagte sie zu mir. »Er liebt sie alle, und er liebt keine. Ich sehe nicht so recht, wie du einen Mann von diesem Kaliber sehr lange halten willst. Du wirst es nicht schaffen, ihm einzureden, daß du die große Ausnahme bist.«
J. S.: Und? Wie lange sind Sie schon verheiratet?
B. G.: Geheiratet haben wir 1951, unmittelbar nach Ablauf der Wartefrist, die damals von Amts wegen mit jeder Scheidung verbunden war. Wir lebten natürlich bereits zuvor zusammen. Also sind es jetzt fünfundvierzig Jahre. Und ich kann Ihnen sagen, ein langer, ruhiger Fluß ist das nicht gewesen.
J. S.: Verdanken Sie es Paul Guimard, der ja Journalist und auch schon als Schriftsteller hervorgetreten war, daß sie den Entschluß zu fassen vermochten, Ihrerseits das Schreiben zum Beruf zu machen?
B. G.: Ich habe noch fünf oder sechs Jahre gebraucht, bis

es so weit war. Zunächst habe ich 1953 mein drittes Kind zur Welt gebracht, meine Tochter Constance. Und dann habe ich mit Marina Grey, Manette Sauzay und Maurice Blézot an einer vielgehörten täglichen Sendung mit dem Titel *Rendezvous um fünf* gearbeitet, einer Sendung, die für Frauen bestimmt war. Ich brachte Filmkritiken, und gesendet wurden dabei auch Originalausschnitte sowie Interviews mit Schauspielern. Ein paar Ausschnitte habe ich mir später wieder angehört und mich selbst kläglich gefunden. Der Text ging so einigermaßen, aber die Stimme war einfach jammervoll: schrill, gezwungen, zum Weinen unbeholfen. Ich schaffte es nicht, den vielberufenen lockeren Ton anzuschlagen, der im Rundfunk geboten war. Zu schreiben hatte ich gelernt, nicht aber zu reden. Das trifft für viele Frauen zu, selbst für die, die äußerst selbstsicher erscheinen. In einem Interview im *Figaro Magazine* hat Ségolène Royal kürzlich erst erklärt: »Bis 1984 bin ich unfähig gewesen, vor Publikum das Wort zu ergreifen. Selbst bei Einladungen zum Diner blieb ich stumm.« Dieses Eingeständnis hat mich etwas beruhigt. Heutzutage ist diese Krankheit heilbar. Mich selbst hat es zwanzig Jahre Anstrengung gekostet, bis ich soweit war, und als ich nach 1968 an die Öffentlichkeit trat, und verstärkt dann nach *Ödipus' Schwester*, gelang mir dies zunächst nur vor weiblichem Publikum.

J. S.: Was ist in dem Jahrzehnt zwischen 1950 und 1960 in Ihrem Leben passiert? Was haben Sie da eigentlich gemacht?

B. G.: Ich habe das ganz normale Leben einer Frau geführt, das heißt ein voll ausgefülltes Leben. Man braucht

Zeit, um sich in eine neue Liebe einzuleben und um ein neues Kind zustande zu bringen. Drei kleine Mädchen unter sieben Jahren in einer Wohnung, das bedeutet eine Menge Trubel, und die Selbstfindung einer armen kleinen Schriftstellerin kann dadurch verzögert werden. Ich träumte davon, zu den Wurzeln meiner Kindheit in der Bretagne, wo übrigens auch Paul die seinen hatte, zurückzufinden. Also haben wir zwei halb verfallene Bauernhütten in einem winzigen Dorf nahe bei Raguenès erworben. Ich weiß noch den Preis: 5000 Franc, mitsamt einem Grundstück von 380 Quadratmetern, so groß wie ein Miniaturpfarrgarten. Kein fließend Wasser, kein Strom. Einmal abgesehen von dem Strohdach, bei dem es sich um echtes Roggenstroh und nicht wie heute um Schilf handelte, habe ich fast alles selbst gemacht. Ich habe die Balken mit Leinöl eingelassen, die Decken mit Schiffslack und den Boden mit roter Zementfarbe gestrichen, einer echten Terrakottafliesen-Imitation, weil wir uns solche nicht leisten konnten. Die Fensterläden und Türen mußten in Blau gestrichen, die Terrasse mit flachen Steinen ausgelegt werden, die wir Stück für Stück vom Fuß der Mäuerchen in der Umgebung zusammenklaubten und auf dem Schubkarren nach Hause transportierten. Jede Verbesserung, jeder Schritt auf dem Weg zu mehr Komfort – da war das erste Jahr, als wir das Wasser nicht mehr vom Brunnen holen mußten, dann kam die erste Dusche, die man mit einem Wasserhahn in Gang setzen konnte, statt die schlaue Vorrichtung zu benutzen, die aus einem mittels Flaschenzug an die Decke hochgehievten Wassereimer bestand, dessen Abfluß in Form eines anmontierten Gießkannenkopfes dank einem herabhängenden Bindfaden zu regulieren war, schließlich die erste wirkliche Heizung, welche das Propangas ablöste, womit auch das Problem der ewig nassen Innenwände gelöst war –, jeder Schritt nach vorn stellte einen finanziellen Kraftakt und einen persönlichen Sieg dar. Kein Haus war feuchter, unbequemer, öfter überflutet (es stand unterhalb eines schlammigen Weges), kein Haus war hartnäckiger darauf aus, seiner früheren Bestimmung als Kuhstall zu dienen, keines mehr verräuchert (der großartige Granitkamin weigerte sich grundsätzlich zu ziehen), keines schließlich mörderischer für den Schädel der Besucher, die mehr als einssechzig groß waren (die Bretonen sind klein und die Türstöcke sehr niedrig angesetzt), keines hat mir mehr Freude und mehr Stolz gebracht.

J. S.: Haben Sie die Mutterschaft als etwas erlebt, was angst macht?

B. G.: Nein, überhaupt nicht. In meiner Familie hatte ich nie etwas von Migränen oder schmerzhaften Perioden gehört. Noch weniger von Wechseljahren. Meine Mutter schien unverwundbar, und sie war der Meinung, sie habe uns Körper mitgegeben, die uns bedingungslos gehorchen mußten.

J. S.: Eigentlich habe ich nicht so sehr die körperliche Seite der Mutterschaft gemeint, sondern eher das Faktum als solches. Haben Sie denn nie befürchtet, sie könne Sie an der Eroberung Ihrer Unabhängigkeit hindern, das Muttersein könne sich auf Ihr selbstbestimmtes Schicksal auswirken?

B. G.: Unabhängigkeit? Wozu? Ich hatte doch keinen beruflichen Ehrgeiz. Ich arbeitete sechs Stunden pro Tag an meiner Sendung, ich formulierte die Nachrichten, die jede volle Stunde über *Paris Inter* ausgestrahlt wurden. Damals wurden noch die Nachrichten von einer Sprecherin verlesen, also war ich nicht einmal exponiert, und die Arbeit war eher gemütlich, sie war nicht uninteressant, aber eine Sache der Routine, und Aufstiegschancen waren mit ihr nicht verbunden. Auf das Feld der Reportage wagte ich mich nicht. Dabei war ich doch ein erwachsenes Mädchen von über dreißig Jahren!

J. S.: Der Gedanke, Mutter zu sein, war für Sie also eher unproblematisch. Sie hatten nicht das Gefühl, in einer Falle zu sitzen. Aber warum haben Sie so oft zum Mittel der Abtreibung gegriffen? Gab es denn keine Geburtenregelungsmethode, die funktioniert hätte? Wie war es mit der Berechnung der fruchtbaren Tage? Mit der Knaus-Ogino-Methode?

B. G.: Das meinen Sie doch nicht im Ernst? Unsere Städte genauso wie das flache Land sind geradezu bevölkert mit Knaus-Ogino-Babys. Ich trieb ab, weil ich nicht jedes Jahr ein Kind haben wollte, nicht aber, weil ich Angst vor einem Karriereknick gehabt hätte. Denn eine Karriere hatte ich ja gerade nicht! Ich hatte nur einen Beruf, in dem Mutterschaftsurlaub gewährleistet war und der es mir vor allem ermöglichte, eine ständige Haushaltshilfe zu beschäftigen. Damals waren die Dachzimmer der großbürgerlichen Wohnungen noch nicht in Kleinappartements umfunktioniert worden. Mit einem sehr durchschnittlichen Gehalt konnte man sich leisten, was einst ganz seelenruhig als Dienstmädchen bezeichnet wurde.

Auch sie waren noch nicht umfunktioniert worden und hießen noch nicht Hausangestellte oder Raumpflegerinnen. Keine meiner Töchter kann auch nur an die Möglichkeit denken, sich ein »Dienstmädchen« zu halten, auch wenn jede wesentlich mehr verdient als ich damals.
J. S.: Wollten Sie eigentlich von vornherein viele Kinder?
B. G.: Die meisten jungen Frauen meiner Generation bekamen vier oder fünf. Mir erschienen zwei genug, auch wenn ich wahrscheinlich ganz gern einen Jungen gehabt hätte, bevor – um den hübschen Ausdruck von Sylvie Caster zu zitieren – »das Totenglöckchen für die Eierstöcke läutete«. Aber nun hatte ich den Mann gewechselt, da fand ich es normal, auch ein neues Kind zur Welt zu bringen, das seinen Namen tragen würde. Nicht um dem Namen ewige Dauer zu verschaffen, aber in der nächsten Generation sollte er, der neue Mann, doch präsent sein. Schließlich hatte ich nur de Caunes', nannte mich selbst aber nicht mehr de Caunes. Und da ich das Kinderkriegen ziemlich problemlos bewältigte ...
J. S.: Merkwürdig, was Sie da über das dritte Kind sagen. Als wäre das beinahe eine Höflichkeitsgeste gewesen.
B. G.: Das war es wahrscheinlich sogar ein bißchen. Und auch Romantik war dabei, etwas vom Glauben an das wirklich gewünschte Kind, das Kind der Liebe.
J. S.: Sie hatten also nicht das Gefühl, einem gesellschaftlichen Anpassungsdruck nachzugeben? Wenn ein Mann und eine Frau sich lieben, wenn sie heiraten, zusammenleben, daß sie dann unbedingt auch Kinder bekommen müssen?
B. G.: Anpassungsdruck? Vielleicht. Aber es war auch

Lebensbejahung. In den Jahren, die auf einen Krieg folgen, hat man ganz dunkel den Wunsch, den Tod zurückzudrängen, indem man das Werk des Lebens vorantreibt. Auch glaube ich, daß die sehr starke, sehr enge Beziehung, die meine Mutter zu meiner Schwester und zu mir zu knüpfen gewußt hatte, in mir selbst den Wunsch wachrief, eine ähnliche Beziehung meinerseits neu zu schaffen. In der Freundschaft zwischen Schwestern – in der Bruderbeziehung ist es ähnlich, nehme ich an – ist etwas Unersetzliches, etwas, was es sonst nicht gibt, und sei es nur, daß ihr die Erinnerung bewahrt bleibt. Nur zu Flora kann ich sagen: Erinnerst du dich, wie wir die zwei Kanarienvögel hatten, und wie der deine in die Tasse mit heißer Milch gefallen ist, wie er danach alle Federn verloren hat und schließlich eingegangen ist, und wie Pater mich dann gezwungen hat, meinen, der doch kerngesund war, der Dame im oberen Stockwerk abzutreten, nur damit du nicht unglücklich warst? – Das war genau die Art von abwegigem Gerechtigkeitssinn, die unseren Vater kennzeichnete. Ich war damals sehr entrüstet, ich war zehn Jahre alt, Flora war sechs, und es wäre auch sicher eine bittere Erinnerung geblieben, wenn ich nicht heute noch meiner Schwester von Zeit zu Zeit den Vorwurf machen könnte, indem ich ihr ihr schändliches Verhalten unter die Nase reibe, denn damals hat sie zu diesem wahrhaft salomonischen Urteil ja gesagt. Jedenfalls werden auch meine Töchter einmal gemeinsam über mich schlecht reden können, und das wird ihnen guttun.

J. S.: Dieses Verlangen, die schwesterliche Komplizenschaft, die Sie erlebt haben, noch einmal neu entstehen zu sehen, verstehe ich recht gut, aber was mich beschäftigt, ist die Art, wie Sie nicht etwa von einem Kinderwunsch als solchem reden, sondern von Ihrem gezielten Wunsch, ein drittes Kind zu haben. Nach einer Ehe, die etwas von einem Gefängnis hatte, beschreiben Sie Ihre Begegnung mit Paul Guimard als erste Station eines Befreiungswegs, und als für Sie dieses neue, ganz andere Leben anfängt, da wollen Sie trotzdem und vor allem noch ein weiteres Kind.

B. G.: Zuerst möchte ich etwas richtigstellen: Heute betrachte ich die vorangegangene Ehe als ein Gefängnis. Damals hingegen erschien sie mir als normal. So war das eben, wenn man verheiratet war. Aber Josyane, eigentlich möchte ich jetzt Ihnen eine Frage stellen: Haben *Sie* einmal das nicht zu unterdrückende und nicht besonders vernunftbetonte Verlangen gespürt, ein Kind zu kriegen?

J. S.: Nein, ein solches Verlangen nicht. Das mag durchaus ein Mangel sein. Ich habe die Möglichkeit erwogen, Kinder zu bekommen, mehrere Kinder. Ich war strikt gegen die Idee, nur ein Kind zu haben, denn ich bin selbst ein Einzelkind gewesen und fand das abscheulich. Wäre ich vor meinem fünfunddreißigsten Geburtstag (dieses Limit hatte ich mir gesetzt) einem Mann begegnet, mit dem ich hätte leben und den Alltag teilen wollen (gerade dieses gemeinsame Alltagsleben finde ich normalerweise schwer erträglich, ich mag's nicht sehr, wenn Intimität zu bloßer Vertrautheit absinkt), dann hätte ich wahrscheinlich Kinder bekommen. Obwohl ich mir nicht sicher bin, daß ich wirklich diesen *élan vital,* die positive Lebensenergie besitze, von der Sie in diesem Zusammenhang sprechen. Aber den nicht zu unterdrückenden und nicht besonders vernunftbetonten Wunsch, von dem mir auch viele andere Frauen erzählt haben, den habe ich wohl nie verspürt, nein. Ein gewisses »familiengründerisches« Verlangen war sicher da, wenn man das Gefühl einmal so nennen darf, aber das war etwas anderes als der körperliche Wunsch, schwanger zu werden.

B. G.: Ich habe Beine, ich spüre das Verlangen zu laufen. Ich habe eine Gebärmutter, ich möchte wissen, wie sie funktioniert und was man fühlt, wenn sie ihre Aufgabe erfüllt, was jedesmal ein Wunder darstellt, mag es auch das banalste Wunder sein.

J. S.: Die Botschaft hör' ich wohl, ich kann aber nicht behaupten, daß ich sie wirklich verstehe. Um Ihr Bild aufzugreifen: Auch ich würde sagen, ich habe Beine, aber das Verlangen herauszubekommen, ob sie für einen Vierhundert-Meter-Hürdenlauf tauglich sind, hat mich nie überkommen. Ich habe eine Gebärmutter, aber erst nachdem ich mich entschließe, ein Kind zu bekommen, interessiert es mich dringender, ob sie gut funktioniert. Wie dem auch sei, es ging ja jetzt nicht um mich, sondern um Sie, um Ihr neues Leben an der Seite von Paul Guimard, um Ihren Wunsch, eine literarische Laufbahn zu beginnen – wobei es Ihnen damals vielleicht noch nicht so wichtig war, ob das Wort *écrivain* auch weiblich dekliniert werden darf. Wann haben Sie erstmals gespürt, daß letztlich das Schreiben Ihr Leben bestimmen sollte und könnte?

B. G.: Mit dem Schreiben war es so ähnlich wie mit einem unterirdischen Fluß, der schließlich den Weg hinauf

ans Tageslicht findet. Er war immer dagewesen, dieser Fluß, in meinen Tagebüchern, in dem Briefwechsel, den ich seit jeher mit ein oder zwei Freundinnen geführt hatte, auch mit jungen Männern irgendwann im Vorfeld möglicher Liebe und meinetwegen auch im Nachfeld; auch zwischen meinen Töchtern und mir werden fast alle anstehenden Probleme brieflich aus der Welt geschafft. Und diese gesamte Korrespondenz stapelt sich in den voluminösen Schultaschen meiner Kindheit und Jugend. Ich mochte diese Schultaschen sehr, und je größer sie waren, desto lieber. Damals trugen nur die Jungens ihre Ranzen auf dem Rücken. Mir ist die Bewegung noch ganz gegenwärtig, mit der ich mir die Tasche auf die linke Hüfte lud. Vermutlich gehöre ich zur letzten Generation, die noch geschrieben hat, statt zu telefonieren. Wir stehen noch in der Tradition – ich spreche natürlich nicht vom Rang –, in der Tradition einer Madame de Sévigné, die an ihre Tochter schrieb, einer George Sand mit ihrem Briefpartner Flaubert, eines Rilke und seines »jungen Dichters«, eines Sartre und einer Beauvoir zur Kriegszeit. Heute liest man sie alle mit einer gewissen Rührung als die Zeugen einer verlorengegangenen Zeit der Kommunikation.
Das Schreiben gab es also, was fehlte, war die Idee, das Niedergeschriebene könne auch vorgezeigt werden. Dabei erlebte ich aus nächster Nähe mit, wie Paul schrieb und publizierte. 1956 kam *Les Faux Frères* heraus, das den Großen Humorpreis bekam, 1957 *La Rue du Havre,* das mit dem angesehenen Prix Interallié ausgezeichnet wurde. Damals dämmerte mir bereits die Ungerechtigkeit, die in bezug auf schöpferische Arbeit herrscht. Wir

wohnten zu sechst in der Rue du Havre, zwei Räume der Vierzimmerwohnung waren winzig, und unsere Arbeitsecke bestand aus einem Schreibtisch in unserem Schlafzimmer, auf dem sich alles mögliche stapelte: die laufende Post, Steuererklärungen, Formulare für die Krankenkasse, Entwürfe für meine Sendungen und die Hausaufgaben der Töchter, wenn sie allein damit nicht zu Rande kamen. Paul hatte ins Hotel ziehen müssen, um seine Romane zu Ende zu bringen. Ein Schritt, der völlig undenkbar war für eine Frau mit drei relativ kleinen Kindern. Außerdem hat eine Ehefrau »einen Mann zu versorgen«, während ein Mann eine Ehefrau hat, um sich versorgen zu lassen. Der kleine Unterschied ist wichtig. Gauguin ist nicht zum Malen nach Tahiti gegangen und hat seine junge Frau und seine vier Kinder ihrem Schicksal überlassen, weil er genial war; seine überragende Begabung war ihm noch überhaupt nicht bewußt zu dem Zeitpunkt. Er ging, weil er ein Mann war und seine Familie sitzenlassen konnte, ohne gerichtlich verfolgt, eingesperrt oder von der Gesellschaft verurteilt zu werden. Es liegt mir fern, in meinem Fall von verhinderter Bestimmung, von erstickter Begabung zu reden. Ich versuche lediglich zu erklären, warum allzu viele Frauen Verzicht geleistet haben, die doch vielleicht etwas zu sagen, zu erfinden hatten und die es nie zum Ausdruck zu bringen vermochten. »Wie könnte es auch anders sein? Die Frauen sind Millionen von Jahren in ihren Häusern sitzen geblieben, so daß mittlerweile die Wände durchtränkt sind von ihrer schöpferischen Kraft.« Virginia Woolf schreibt diese Zeilen in *Ein eigenes Zimmer*, dem meiner Ansicht nach zweitwichtigsten Buch, das eine Frau lesen muß. (Das wichtigste ist natürlich *Das andere Geschlecht* von Simone de Beauvoir.)

J. S.: Was war Ihre erste wirklich persönliche literarische Arbeit?

B. G.: Es bedurfte absolut märchenhafter Umstände, um in mir den Gedanken zu wecken, etwas zu veröffentlichen: Paul ist von Milliardären, die wir drei Wochen vor unserer Abfahrt noch nicht kannten, zu einer Schiffsreise um die Welt eingeladen worden. Das sind so Dinge, die ihm passieren und die er selbst für ganz normal hält. Bei mir ist das anders, ich meine manchmal immer noch, ich hätte dieses Abenteuer nur geträumt. Josette Day, die Schöne aus Cocteaus Film *La Belle et la Bête,* und ihr Mann Maurice Solvay, der Erbe des berühmten Chemikers und Erfinders des nach ihm benannten Ammoniak-Soda-Verfahrens, das wir alle aus dem Chemieunterricht kennen, diese beiden also suchten als Gefährten für eine sechs Monate lange Reise Leute, die eine Abwechslung zu ihrem gewöhnlichen Umgang bedeuten würden, und hatten dabei vor allem an Schriftsteller gedacht. (Zu Josettes Verehrern hatten außer Cocteau auch Paul Morand und vor allem Marcel Pagnol gehört.) Christian Millau, ein gemeinsamer Freund, brachte Paul ins Gespräch, der gerade den Prix Interallié erhalten hatte. Es war noch die Zeit, als Schriftsteller ein unglaubliches Prestige genossen, fast so wie Hollywoodstars heute. Geblendet von einem so außergewöhnlichen Anerbieten, haben wir innerhalb von drei Wochen unsere Koffer gepackt, alles Laufende blitzschnell abgewickelt und die Kinder untergebracht: die älteste bei ihrem Vater, der damals mit Jacqueline Joubert verheiratet war, die mittlere bei einem Freundespaar, Marie-Claire und Jean Duhamel, die dritte bei den Großeltern Guimard in Nantes. Im Dezember 1958 sind wir in Cannes an Bord der *Shemara* gegangen – ein zweiundsiebzig Meter langes Schiff mit fünfunddreißig Mann Besatzung. Ich bin nur vier Monate von zu Hause weggeblieben – das mütterliche Pflichtgefühl! – und rechtzeitig zu den Schulferien an Ostern heimgekehrt, und ich habe Paul weitersegeln lassen zu den Marquesas-Inseln, nach Galapagos und zum Panamakanal. An dieser Elle gemessen sieht man, wie machtvoll das Pflichtgefühl sein kann ... Während dieser vier Monate habe ich mich jeden Tag an den Tisch gesetzt, ohne zu wissen, was es geben würde, wer dafür eingekauft hat, wie die Zubereitung vonstatten ging – für eine Frau ein seltener Luxus. Während dieser vier Monate habe ich kein Glas gespült, kein Bett gemacht, keinen Besen angerührt. Es gab an Bord nicht einmal irgendwelche Handgriffe zu leisten, denn die Besatzung dieses zur Jacht umgebauten Zerstörers kümmerte sich um alles und jedes, so daß wir neun Passagiere absolut nichts zu tun hatten.

Zwischen den Landgängen an Traumstationen wie z. B. Piräus, Port Said, Aden, Bombay, Cochin, Hongkong, Singapur, Numea, Cairns in Australien, den Tonga-Inseln, Tahiti und so weiter, lagen endlose Fahrstrecken mit einer Durchschnittsgeschwindigkeit von zwölf Knoten, erst durchs Mittelmeer, dann durch das Rote Meer, den Indischen Ozean und den seinen Namen gar nicht verdienenden Stillen Ozean. Der Müßiggang zwang mich zum Schreiben: Erstens führte ich ein Tagebuch, das mir zehn Jahre später für meinen Roman *Die Dinge, wie sie sind* von Nutzen war, zweitens und vor allem machte ich mich für den Verlag Denoël an die Übersetzung der amerikanischen Novellen von Dorothy Parker. Aber zu meiner großen Schmach habe ich Jahre später, als ich das inzwischen von Andréas Voûtsinas für das Theater bearbeitete Buch wieder anblätterte, gesehen, daß ich als Benoîte Guimard drinstand. 1960 hatten weder Paul noch ich es für anomal befunden, daß mein literarisches Debüt unter dem Namen meines Ehemannes stattfand. 1920 als Groult geboren, hieß ich mit fünfundzwanzig Heuyer, mit sechsundzwanzig de Caunes und mit dreißig Guimard. Und mit vierzig segelte ich immer noch unter ehelicher Flagge.

1959, nach der Rückkehr von der Weltreise, schlug Paul dann vor, wir sollten gemeinsam eine tägliche Chronik schreiben. Wir verkehrten in einem hochinteressanten Kreis von Filmleuten, Journalisten und Schriftstellern, und weil ich mein Leben lang Tagebuch geführt hatte, mußte ich mich da nicht besonders anstrengen. Aber nach ein paar Monaten gestand mir Paul, er habe eigentlich überhaupt keine Veranlagung zum Chronisten und habe mich auf diese Weise eigentlich nur ködern wollen. Dank eines glücklichen Zufalls zog Flora genau zu diesem Zeitpunkt um, und so fanden wir in alten Schiffskoffern Dutzende von mit Gummiringen gebündelten schwarzen Wachstuchheften, in denen wir von 1939 bis 1945 jeden Abend unser Alltagsleben unter der deutschen

Besatzung und die Träume zweier junger Mädchen aus ordentlichem Hause festgehalten hatten. Mit zwanzig Jahren Abstand und vor dem speziellen historischen Hintergrund gesehen, gewannen diese beiden eng miteinander verflochtenen Leben unerwartetes Relief und ebenso unerwarteten Charme. Zuerst wollten wir uns selbst eine Freude machen, als wir den Plan faßten, aus jenen Heften ein Buch zu machen. Auch Flora hatte nie daran gedacht, das, was sie schrieb, zu veröffentlichen. Seit sie mit ihrem Mann, der für die Barclays Bank arbeitete, nach Frankreich zurückgekehrt war, ging sie ihrer Mutter im Modehaus am Faubourg Saint-Honoré zur Hand. Es war jene Art von Arbeit im Familienbetrieb, die weder Gehalt noch Rentenansprüche und nicht einmal bürgerliches Ansehen mit sich bringt und die mehr mit töchterlicher Ergebenheit als mit einem echten Beruf zu tun hat. Damals gab es das häufig – bei den Mädchen zumindest. Glücklich haben wir uns an die Überarbeitung gemacht, wir fanden zurück zu den grundlosen Lachanfällen und Zankereien unserer Jugend, als habe es dazu nur eines Stichwortes bedurft.

Ein Jahr später, 1962, lag das *Tagebuch vierhändig* vor, retouchiert, von Belanglosigkeiten befreit, entstaubt und bereit zu einer neuen Lebensform. Selbstverständlich standen auf der Titelseite unsere Mädchennamen. Diesmal fielen die Namen unserer Gatten, Pringle und Guimard, von selbst unter den Tisch.

J. S.: Ein erstes Buch hat es niemals leicht ... Taten Sie sich schwer, einen Verleger zu finden?

B. G.: Paul war damals Programmberater bei Denoël, da

mußten wir eigentlich nur in die Rue Amélie marschieren ...
J. S.: Ein schönes Debüt für eine Feministin! Zum Schreiben angehalten vom Ehemann, an der Hand geführt von der Schwester, und beim Verlag untergebracht wiederum vom Herrn Gemahl!

Kapitel VIII

Und was geschieht mit deiner Schwester?

Es ist vollkommen überflüssig, daß die Frauen ihren Stuß niederschreiben. Dies bewirkt lediglich Unklarheit in den allerklarsten Dingen.
Strindberg

J. S.: 1994 hat anläßlich des fünfzigsten Jahrestags der Befreiung von Paris der Verlag Denoël Ihr *Tagebuch vierhändig* neu herausgebracht, das Buch, das Sie zusammen mit Ihrer Schwester Flora geschrieben und 1962 veröffentlicht hatten. Wie erscheint Ihnen in der Rückschau das junge Mädchen, das Sie in den Jahren 1940 bis 1945 gewesen sind?

B. G.: Zum Zeitpunkt der Erstveröffentlichung im Jahre 1962 hatte ich das junge Mädchen, das ich gewesen war, für ausgesprochen kläglich befunden. Nicht nur um Kost und Logis brauchte sie sich nicht zu sorgen, auch geistig wurde sie »verköstigt« von Eltern, deren intellektuelle Selbstsicherheit sie erdrückte: Sie war vollkommen unfähig, dieses Joch abzuschütteln. Heute finde ich es eher rührend, dieses Mädchen mit der nicht enden wollenden Jugend. Die lächerlichen Züge haben jetzt etwas Sympathisches, die Unbeholfenheit, mit der sie ihr Lebensboot zu steuern versuchte, erscheint mir heute entschuldbar und sogar mit positiver Spätwirkung verbunden. Sie ist wie eine entfernte kleine Cousine, die ich nur widerstrebend zur Familie rechne, eine Cousine, die allem und jedem Respekt entgegenbringt, ihren Lehrern, den alten Griechen und Römern, der gesamten Literatenzunft, der Spezies Mensch im allgemeinen und der Gattung Mann im besonderen. Aber ich bin ihr dankbar für den Erfolg unseres Buches, für den sie zum großen Teil verantwortlich ist. »Ein originelles, ein glänzendes Buch von erstaunlicher Tiefe, ein wertvolles Dokument über schwierige Zeiten und über die jungen Mädchen aller Zeiten«, so lautete der Schlußsatz einer langen Besprechung von André Maurois in der Frauenzeitschrift *Elle*, auf die weitere wichtige Rezensionen folgten. Das reichte, um den Erfolg zu sichern, und auch unser »Senkrechtstart« im literarischen Leben war damit gesichert.

J. S.: Nach diesem Buch haben Sie auf die vierhändige Art noch zwei weitere Bücher geschrieben, nämlich *Juliette und Marianne* und *Es war zweimal.* Warum der Wunsch, die Arbeit zu zweit fortzusetzen? Fühlten Sie sich dabei sicherer? Gab Ihnen das die Möglichkeit, Dinge ungehemmter auszusprechen, wie es in *Juliette und Marianne* der Fall zu sein scheint? Waren Sie dabei, ein Autorenpaar zu werden nach dem Beispiel von Erckmann-Chatrian oder Boileau-Narcejac oder, noch spezieller, ein geschwisterliches Zweigespann wie die Gebrüder Goncourt oder die Brontë-Schwestern? Wer von Ihnen beiden hat die Sache beendet, und wie haben Sie dann beide angefangen, für sich und selbständig zu arbeiten?

B. G.: Nach *Es war zweimal* erschien uns, glaube ich, eine Trennung angezeigt. Es war so weit gekommen, daß wir aufeinander abfärbten. Zu Hilfe kam uns schließlich die Geographie. Flora war inzwischen von ihrem ersten Mann geschieden und hatte einen englischen Diplomaten geheiratet, der bald darauf zum Botschafter in Finnland ernannt wurde. Sie ist daraufhin nach Helsinki gezogen, und so haben wir die berüchtigte Einsamkeit des Schriftstellers entdeckt. Also habe ich dann 1972 den Roman *Die Dinge wie sie sind* veröffentlicht, und im selben Jahr brachte Flora ihren Roman *Maxime ou la Déchirure* heraus.

J. S.: Auf dem Gebiet des Romans waren Sie autonom geworden. Wie aber kam es zu jenem ganz anderen Bewußtseinsprozeß, der seinen Ausdruck in dem Buch *Ödipus' Schwester* gefunden hat? Wie kam es zu dem Entschluß, auf eine ganz neue, ganz andere Art das Wort zu ergreifen, ein viel höheres Risiko einzugehen als jemals zuvor?

B. G.: Das war 1973. Ich war inzwischen über fünfzig und empfand den Wunsch, eine Art Zwischenbilanz zu ziehen, was den ansatzweise und verstreut in meinen Romanen und vor allem in meinen Artikeln aufscheinenden Feminismus anging; diesen Feminismus hatte ich bislang nur in Scheibchen, noch nie als zusammenhängendes Ganzes, als Weltanschauung, ins Auge gefaßt. Ich galt so wenig als Feministin, daß 1971 niemand mit der Bitte an mich herangetreten ist, die Erklärung zur Abtreibung mitzuunterzeichnen, die als *Manifest der 343 Schlampen* bekannt geworden ist. Bis zum Ende meines Lebens wird mir das leid tun. Wenn ich die Namen der Unterzeichnerinnen sehe (Delphine Seyrig, Christiane Rochefort, Colette Audry, Ariane Mnouchkine, Marina Vlady, Marguerite Duras, Dominique Desanti ...), dann muß ich sagen, daß ich gern zu diesen Frauen gehört hätte, die ich bewundere.

Aber statt dessen war da ein Phänomen, für das ich bis heute keine rechte Erklärung habe: Man sah in mir (zumindest vor *Ödipus' Schwester*) weder eine echte Feministin noch eine echte Romanschriftstellerin. Als echte Feministin galt ich nicht, weil ich mich nicht in dem akademischen Getto befand, das allein einen gewissen Bekanntheitsgrad und vor allem die Aufmerksamkeit der akademischen Kollegen gewährleistet. Jene Beachtung also, die Universitätslehrerinnen zuteil wurde oder Akademischen Rätinnen, auf Afrikanistik spezialisierten Anthropologinnen, Expertinnen für die griechische Philosophie, Soziologinnen und Linguistinnen. Meine Bücher kamen auch nicht im Verlag von Antoinette Fouque heraus. Diese Frau, die zur Avantgarde der Frauenbewegung zählt, gründete mit den *Éditions Des Femmes* eine Art exklusive Geheimgesellschaft, die ihre eigenen Starautorinnen heranzüchtete und lancierte. Selbst höchst erfolgreiche Verfasserinnen wurden veröffentlicht »mit Druckkostenzuschüssen vom nationalen Forschungszentrum CNRS«. Alle diese Frauen führten großmächtige akademische Titel, deren männliche Form sich als enorm prestigefördernd erwies; sie konnten ein Gütesiegel vorweisen, ihre Glaubwürdigkeit war von vornherein gegeben. Wie machte man das, daß einem Claude Lévi-Strauss oder Simone de Beauvoir ein Vorwort schrieben, daß einen das CNRS unter die Fittiche nahm? Wie brachte man es zur Bezeichnung Semiotikerin? Obwohl auch ich ein Universitätsdiplom besaß, war ich doch eine Null im Vergleich zu diesen akademischen Frauen, zumal ich es nicht wagte, mich ihrer nur allzuoft unzugänglichen Fachsprache zu bedienen.

J. S.: Wagten oder wollten Sie es nicht?

B. G.: Da war wohl von beidem etwas dabei. Unbewußt war da sicher noch ein Stückchen Henriette aus Molières *Gelehrten Frauen* in mir: »Gelehrte Gespräche sind meine Sache nicht ...« Es ist eben schwer, sich aus all den Klischeevorstellungen freizustrampeln. Nie hatten die Frauen Zugang zur Sprache der Wissenschaft, der Technik oder der Philosophie, und dementsprechend fühlten sie sich als unsichere Neulinge, hatten beinahe das Gefühl, sich etwas unrechtmäßig anzueignen, den Männern die Sprache zu entwenden, zu »Sprachdiebinnen« zu werden, wie Claudine Hermann es ausgedrückt hat. Mir ist es irgendwie unangenehm, ein bestimmtes Vokabular, das ich im übrigen problemlos verstehe, selbst anzuwenden. Aber manche Texte erinnern mich wahrhaftig an Diafoirus, um nochmals eine Molière-Figur zu bemühen ... Und außerdem wollte ich nicht nur für habilitierte Wissenschaftlerinnen schreiben, sondern für ein wesentlich breiteres Publikum.

J. S.: Gehen wir einmal davon aus, daß dies Ihre Sachtexte in den Augen der Kritiker mehr oder weniger abgewertet hat. Aber Ihre Romane? Sie sagen, man habe Sie auch nicht als »echte Romanschriftstellerin« gelten lassen.

B. G.: Meine Romane litten an einem doppelten Gebrechen, möchte ich sagen. Erstens waren sie erfolgreich, und Erfolg ist in Frankreich verdächtig. Zweitens waren sie von einer Frau, die ersten drei sogar von zwei Frauen geschrieben worden. Noch bis vor wenigen Jahren war weibliche Literatur im Verhältnis zur Literatur an sich so ungefähr das, was die Militärmusik im Verhältnis zur Musik an sich darstellt. Es hatte den Anfall von Sympathie bei Maurois gegeben, dann aber haben uns die Kritiker mit amüsierter Nachsicht wieder da eingeordnet, wo wir von Rechts wegen hingehörten: in den Pferch der schreibenden Frauen, und »schreibende Frauen« klingt kategorienmäßig so ähnlich wie »behinderte Künstler«. Es gibt eine Vereinigung schwerbeschädigter, »mit dem Mund oder mit dem Fuß malender« Maler. Wir, wir waren Phallusamputierte, wir schrieben mit unseren Eierstöcken eine Literatur für die eierstockbesitzende Leserschaft. Häufig rezensierte man unsere Romane gar nicht im Feuilleton, sondern auf der Frauenseite, irgendwo zwischen einem Schönheitsratschlag und einem Kochrezept. Die Artikel trugen Überschriften wie »Wenn die Frauen statt zum Staubwedel zur Feder greifen« oder auch »Die Groult-Schwestern sind mit einem Buch niedergekommen«. Noch tiefer fiel ich in Ungnade, weil ich für Frauenzeitschriften schrieb, was als sicherer Beweis für Oberflächlichkeit gilt und von vornherein verhindert, daß man ernstgenommen wird. Dies zeigte sich daran, daß bestimmte Kritiker, statt von unseren Büchern zu sprechen, uns barsch auf unsere Geschlechtsorgane und speziell auf besagte Eierstöcke zurückverwiesen. Das hat in Frankreich Tradition. Zitieren möchte ich zwei von diesen Herren. Sie sind keineswegs fanatische Frauenhasser, sie schwimmen einfach mit im breiten Strom dieser Verachtung, der die französische Literatur schon immer unterspült hat, von Rousseau bis Barbey d'Aurevilly, von Baudelaire bis Montherlant, um nur einige wenige Namen zu nennen: Pascal Jardin zum Beispiel schrieb im Hochglanz-Männermagazin *Lui* unter Bezugnahme auf Kate Millett, Annie Leclerc, Marie Cardinal und andere, darunter auch mich: »Alle diese traurigen Nachfahrinnen einer Simone de Beauvoir sind nichts als eine freudlose Schar von sexuell unbefriedigten, hoffnungslos häßlich gekleideten, mit grauslichen Schneidezähnen ausgestatteten, männerfressenden Suffragetten. Statt Transparenten schwenken sie uns Riesenklitorides entgegen. Lauter alptraumatische Eierstockfurien, Aktivistinnen der Wechseljahre-Gewerkschaft.« Da haben Sie alles beisammen, sämtliche Phantasien, auf die ein Neurotiker verfallen kann: die gezähnte Vagina, die hypertrophierte Klitoris und die alte Frau, die zur Hexe wird! Um das zweite Beispiel zu zitieren: Maurice Clavel bezeichnete mich im *Nouvel Observateur* als »ungenügend gevögelt«, als würde zwischen Gevögeltwerden und weiblichem Talent eine direkte Korrelation bestehen. So etwas tut weh, wenn es von Leuten kommt, die man schätzt, wie etwa Clavel. Ganz allgemein gesprochen muß ich jedoch einräumen, daß ich von einer Art Amnestie profitiert habe. 1975 war nämlich das Jahr der Frau. Genauso wie man am Muttertag nicht schlecht über die Mütter redet, so hat man sich im Jahr der Frau dazu aufgerafft, sich ein wenig für die Frauen zu interessieren. Angehalten hat das allerdings nicht.

J. S.: Immerhin sehe ich in der Presse, die nach *Ödipus' Schwester* erschienen ist, daß andere Schriftsteller mit Ihrem Feminismus weit mehr anfangen konnten: Claude Roy, Romain Gary, Jean-François Josselin oder ein Politiker wie Gaston Defferre, der Ihnen schrieb: »Mir hat alles gefallen, der Stil, der gedankliche Inhalt, die Heftigkeit manchmal, die solide dokumentarische Grundlage, die kraftvolle Argumentation ...« Und sogar der Pastor Roger Parmentier schrieb in *La Croix*: »Ein feministisches Buch, das die Männer verschlingen sollten!« Apropos Feminismus: War Ihnen die feministische Haltung ganz klar bewußt, als Sie mit der Niederschrift von *Ödipus' Schwester* begonnen haben?

B. G.: Bis jetzt pflegte ich auf diese Frage immer mit einem Nein zu antworten. Ich verwies auf Simone de Beauvoir, die sich ebenfalls nicht als Feministin bezeichnete, als sie *Das andere Geschlecht* zu schreiben begann. Dann habe ich *Die Hälfte der Erde* wieder gelesen, den Sammelband meiner Chroniken und Leitartikel aus den Jahren 1965 bis 1980, den Alain Moreau 1981 in der Reihe *Was Journalisten zu sagen haben* herausgebracht hat. Ich war überrascht, wie deutlich ich doch von Anfang an einen feministischen Ansatz erkennen ließ, und das bei einer großen Vielfalt von Themen.

J. S.: In der Tat, dieser feministische Ansatz ist schon Ende der sechziger Jahre unübersehbar. Auch wenn man von Ihrer Mitarbeit an der kleinen Monatsschrift *Pénéla* absieht, Ihre Artikel in *Elle* lassen überhaupt keinen Zweifel mehr am Ziel Ihres Kampfes und an Ihrer Entschlossenheit. Es genügt, ein paar Überschriften zu nennen: »Die Frauen – nach 50 Jahren unterschlagen wie eh und je« oder »Zu viele Frauen tragen noch den Schleier, sogar in Frankreich« (April 1969) oder »800 000 Opfer« (September 1969, über eine Abtreibungsaffäre in Hyères) oder »Offener Brief an einen braven Mann«, eine Antwort auf den »Offenen Brief an die biederen Frauen« von Jean Lartéguy, oder schließlich »Vierzig Jahre und kein bißchen glücklich.« 1972 dann haben Sie in *L'Express* den Artikel »Respekt vor welchem Leben?« geschrieben, zu dem Zeitpunkt, als endlich die Ausführungsbestimmungen zum Gesetz über die Geburtenregelung herausgekommen waren. Sie wandten sich gegen die zahlreichen Abgeordneten der damaligen konservativen Mehrheit, die das Gesetz ablehnten, darunter ein gewisser Monsieur Capelle, der jede Information über die Pille verweigern wollte. Seine Begründung: Man dürfe einer lustorientierten Gesellschaft nicht Vorschub leisten. In *Le Point* antworteten Sie 1974 unter der Überschrift »Neue Französinnen und alte Frauenhasser« auf einen Artikel von Jean Dutourd, der es für angebracht hielt, eine Altersgrenze festzusetzen, bis zu der er den Frauen einen Liebhaber zubilligte. »Werden wir das alles eines Tages hinter uns haben?« so beginnt dieser Artikel. »Wird eines Tages eine Frau, und sei sie auch Großmutter, mit einem Herrn ihrer Wahl, und sei er auch jung, ins Bett gehen dürfen, ohne daß sie charakterlich in Zweifel gezogen wird, ohne daß ihr moralisch-gesellschaftlicher Status einen schweren Knacks bekommt, ohne daß man sie als Bohemetype, als Clown oder als Verrückte abqualifiziert?« Ihre Frage: »Werden wir das alles eines Tages hinter uns haben?« ist leider, leider noch immer aktuell. Danach haben Sie zwei Jahre lang Leitartikel für *Marie-Claire* geschrieben, anschließend in *F Magazine* die Chroniken auf der letzten Seite. Auch wenn das in die Zeit nach *Ödipus' Schwester* fiel, in die Zeit also, da alle Welt schon wußte, daß Sie Feministin sind, so ist es doch angebracht, daran zu erinnern, denn schon damals haben Sie beharrlich die Feminisierung der Berufsbezeichnungen angemahnt. Sie sahen darin die Voraussetzung dafür, daß die Frauen in diesen Berufen wirklich vorhanden sind. Sie wollten die Ministerin, also *Madame la Ministre,* Sie wollten die Gemeinderätin als Gemeinderätin sehen, also als *Conseillère municipale* und nicht als *Conseiller municipal,* Sie wollten die logische Änderung, sobald das Amt des Staatssekretärs mit einer Frau besetzt würde. Und schon im November 1978 sagten Sie voraus, was der ersten Frau, die in die Académie Française gewählt würde, widerfahren wird: Man würde sie als *Madame l'Académicien* begrüßen. Und Sie behielten recht, genau so erging es Marguerite Yourcenar. Und auch bei der zweiten und bei der dritten war es nicht anders. Man weiß nicht, wer mit dieser lächerlichen Gewohnheit eines Tages brechen wird. Schlimmer noch, von jedem neuen Mitglied wird erwartet, daß es seine Antrittsrede mit dem feierlichen *»Messieurs«* beginnt – auch weiterhin! Jean-Denis Bredin, der Nachfolger auf dem Sessel von Marguerite Yourcenar, hat mit seiner Anrede *»Madame, Messieurs«* (die einzige Frau war zu der Zeit Jacqueline de Romilly) sein Auditorium zutiefst schockiert.

B. G.: Und als Hector Bianciotti im Januar 1996 in die Akademie aufgenommen wurde, da erlaubte man ihm nicht, diesem Beispiel zu folgen. Nein, er wurde regelrecht gezwungen, die beiden vor ihm sitzenden Damen mit *»Messieurs«* zu begrüßen.

J. S.: Vieles von dieser Entwicklung hatten Sie vorweggenommen, und Sie hatten auch betont, daß es sich hier mitnichten um Bagatellen handle, sondern um deutliche Anzeichen einer Blockadesituation, einer Stagnation.

B. G.: All das genügte eben nicht, um mir den Glorienschein einer Feministin zu verleihen. Hätte ich allerdings ein Buch mit dem Titel *Annäherungen an die Problematik des Feminismus* oder *Das Paradigma der unterworfenen Frau* beim Verlag *Presses Universitaires de France* oder beim Verlag *Payot* veröffentlicht, hätte ich als Soziologin oder am besten noch mit einem Doppelnamen gezeichnet, was sehr gut ankommt in diesem akademischen Milieu, dann wäre es mir wohl wesentlich leichter gefallen, mich durchzusetzen. Jedenfalls war ich noch nicht genügend ausgewiesen auf diesem Feld, und wahrscheinlich deshalb wollte ich zum Thema Frauen einen größeren Essay mit Pamphletcharakter verfassen. Verstreute Artikel haben auf die Dauer etwas Frustrierendes, wie totes Laub sind sie irgendwann verweht. Ein Buch aber hat eine gewisse Dauer. Als ich meinem Verleger Jean-Claude Fasquelle von dem Plan erzählte, da geriet er zunächst außer Fassung: »Was für ein seltsamer Einfall!

Deine Romane gehen doch gut! Du läufst Gefahr, überall nur Langeweile zu verbreiten.« Ich habe mit den verschiedensten Leuten gesprochen und bin nirgends auf Begeisterung gestoßen. 1975 genauso wenig wie heute. Ich hörte ausschließlich Warnungen vom Typ: »Erwähne ja nicht das Wort Klitoris!« – »Wenn du als militante Emanze daherkommst, dann bringst du sie alle gegen dich auf, die Männer wie die Frauen!« – »Aber über die Gleichheit ist man sich doch jetzt einig, die wird doch überhaupt nicht mehr in Frage gestellt! Und das Ergebnis ist, daß die Männer jetzt voll in der Krise stecken. Ist es das, was Sie wollen?« Und allgemein lautete die Schlußfolgerung: »Du solltest dir zu schade sein für so was.« Was ja wohl indirekt heißen sollte, daß der gesamte Feminismus nichts tauge und daß ich nur verlieren könne, wenn ich mich da einmische. All das erregte mich maßlos, wie es so schön in den Büchern des Marquis de Sade heißt. Also ging ich in die Nationalbibliothek und blätterte zuerst einmal kreuzbrav den Karteikasten mit dem Stichwort »Frau« durch. Damals waren das noch Kärtchen aus beigem Karton, alle schon mit Eselsohren versehen, alle mit untadeliger Handschrift beschrieben und eingeordnet in endlos lange Schubladen. Das gesamte Weltwissen von bescheidenen, federfuchsigen Bibliothekaren kollationiert, und es bedurfte nicht mehr als der Fähigkeit zu lesen, um an dieses Wissen heranzukommen. Heute braucht man ein High-Tech-Training, bevor man Zugriff nehmen kann auf ein virtuelles Buch, bei dem es kein Anblättern mehr gibt.

Der Zufall wollte es, daß mir zuerst die Bücher *Frauen*

des Islam, warum weint ihr? von Asma El Dareer, *Das sexuelle Drama der Frau im arabischen Orient* von Youssef El Masri (1962), *Die Magische Stadt* von Jacques Lantier (1972) und die dreibändige *Erotische Funktion* des Arztes Gérard Zwang (1972, neuaufgelegt 1997) in die Hände fielen. Dank dieser Bücher sollte ich in den nächsten Wochen das »bestgehütete Geheimnis der Welt« und einen gewaltigen Skandal entdecken: Man schätzt (die Zahlen wurden von der GAMS [*Groupe pour l'abolition des mutilations sexuelles* – Arbeitsgruppe zur Abschaffung von Genitalverstümmelungen] ermittelt und zuerst 1992 im *Nouvel Observateur,* dann 1996 im *Express* zitiert), daß heute hundert Millionen Frauen in circa dreißig Ländern mit einem verstümmelten Geschlechtsteil leben. In Frankreich sind unter afrikanischen Einwanderern fünfundzwanzigtausend kleine Mädchen beschnitten worden oder werden demnächst beschnitten. Dabei hatte 1985 die Weltgesundheitsorganisation (WHO) nach langem Zögern endlich klar Stellung bezogen gegen die Exzision im Genitalbereich und die zugehörige Infibulation, welche als »katastrophal für die Gesundheit, die Fruchtbarkeit und die Würde des Menschen« befunden wurden. Zahlreiche Länder haben diese Verfahren für illegal erklärt. Aber Tradition, Analphabetismus und mittlerweile der Fundamentalismus hemmen die Umsetzung der offiziellen Richtlinien.

J. S.: Ist die Entdeckung dieses extremen und absolut unwiderlegbaren körperlichen Aspekts der Unterdrückung der Frau für Sie zu einer Art Initialzündung geworden? Hatten Sie das Gefühl, nun müßten Sie öffentlich Zeugnis ablegen? Und hatten Sie dann bei *Ödipus' Schwester* das Gefühl, daß bereits das Schreiben an sich einen Befreiungsakt darstellte?

B. G.: Einen ganz gewaltigen! Die Geburt der Feministin war wie eine Geburt schlechthin. In gewisser Weise bin ich selbst das erste »Opfer« dessen geworden, was ich da schrieb. Nach so vielen individuellen Kämpfen – und Einzelkämpfe sind von vornherein verloren – gewann ich die Überzeugung, daß die Befreiung der Frauen überall in der Welt der große Kampf unseres Jahrhunderts sein mußte – unseres Jahrhunderts und des nächsten. Endlich holte ich nach, was zu formulieren ich mir während meiner ersten fünfzig Lebensjahre nicht getraut hatte. Fünfzig Jahre lang, wie schrecklich! Mit fünfundzwanzig, als ich das Wahlrecht erhielt, bin ich zur Bürgerin geworden, zur bewußten Feministin aber erst mit fünfzig.

J. S.: War *Ödipus' Schwester* zunächst ein Wunsch, der Ihnen selber galt, ein Buch, das sich an Sie selbst richtete?

B. G.: In gewisser Weise ja. Gerade weil es für mich bestimmt war, wandte es sich auch an viele andere. Ich hatte auf meine Romane hin so viele Briefe bekommen, daß ich eine Art Verpflichtung zur Solidarität in mir spürte. Ich hatte schon immer eine Veranlagung zur Barrikadenkämpferin ... Jetzt hatte ich das berauschende Gefühl, Türen aufzustoßen, anderen Frauen helfen zu können.

J. S.: Dennoch, Ausgangspunkt war für Sie nicht etwa die Situation der Frauen, die Ihnen schrieben, oder Ihre eigene, sondern jenes tragische Schicksal, das den Frauen anderer Gesellschaften im Namen der Tradition und zwecks Fortbestehens der jeweiligen Zivilisation zugemutet wird.

B. G.: Vorsicht, man sollte Kultur und Zivilisation nicht verwechseln: Die Verstümmelungen sind kulturell bedingt, haben also mit den politischen Strukturen zu tun oder auch mit dem Einfluß der jeweiligen Religion. Der Beweis dafür ist, daß die Verstümmelungen in zahlreichen moslemischen Ländern üblich sind, aber auch bei den koptischen Christen und bei den Animisten Schwarzafrikas. Eigentlich wollte ich dieses Problem vor allem deswegen aufgreifen, weil die Welt der Frauen in Afrika und in den arabischen Ländern immer noch die Welt des Schweigens genannt werden muß. Man stieß zwar gelegentlich auf Berichte von Journalisten oder sogenannten Forschungsreisenden über das, was sie als »interessanten Brauch« bezeichneten, aber das Leiden, die körperlich-seelische Versklavung, die mit dieser Praxis einhergeht, wurden stets verschwiegen. Ich erinnere mich, seinerzeit in einem teuer aufgemachten Bordmagazin der *Air France* die Beschreibung einer dieser Initiationszeremonien in Obervolta (das damals noch nicht Burkina Faso hieß) gelesen zu haben, wobei in vollem Ernst versichert wurde, die Operation habe zum Ziel, das »Frausein der heranwachsenden Mädchen zur Vollendung zu bringen«. Also sollte es einen Zuwachs an Weiblichkeit bedeuten, wenn ein spezifisch weibliches Organ weggeschnitten wurde! Unmittelbar anschließend kam ein Artikel, worin derselbe Journalist sich über die Franzosen entrüstete, die jeden Sommer zahlreiche Hunde am Straßenrand aussetzen. Über den Skandal der verstümmelten Kinder aber machte sich niemand öffentlich Gedanken, denn niemand gedachte ein derart verstörendes und ... anstößiges Thema aufzugreifen. Es wäre falsch zu behaupten, Journalisten und Anthropologen seien gleichgültig gewesen. Die Sache ist schlimmer: Sie waren auf der Hut. Wenn sie auf Abwehr schalteten, sich jedes Mitgefühl, jeden anklägerischen Hinweis auf diesen Brauch untersagten, dann deshalb, weil sie grundsätzlich Angst davor hatten, die Mann-Frau-Beziehung zu thematisieren. In den fernen Ländern mit dem Vorwand, Bräuche habe man zu respektieren, und hierzulande, weil sie selbst mit den Frauen nicht im reinen waren und sind. Auf diese Weise sind sehr viele skandalöse Vorfälle unbeachtet und unbekannt. Überall herrschte die ungeheure Verschwörung des Schweigens. Unwillkürlich denkt man an den Tatbestand der Vergewaltigung, der so lange geleugnet worden ist, falls die Schuld nicht einfach dem Opfer zugeschoben wurde; man denkt an den Inzest, an die von ihren Männern verprügelten Frauen, an den Kindesmißbrauch und so weiter. »Schweigen ist die zivilisierteste Form des Völkermords« hat Regis Debray in *Die Macht der Intellektuellen in Frankreich* (1979) geschrieben.

Subtiler und unheilvoller waren die Argumente jener Ethnologen, die von der französischen Justiz, als sie sich mit diversen Fällen von weiblicher Beschneidung mit Todesfolge zu befassen hatten, als Zeugen herangezogen wurden. Diese Argumente – Achtung vor der jeweiligen Tradition, Recht auf kulturelle Verschiedenheit – haben anfangs die Richter dazu gebracht, die Beschuldigten freizusprechen. Der Gedanke jedoch, daß die Menschenrechte je nach Geschlecht, Rasse oder Religion unterschiedlich sein können, ist genau wie der Gedanke der

Apartheid eine Form des Rassismus. Das berühmte *Recht* auf kulturelle Abweichung war für die verstümmelten Frauen eine *Pflicht* zur Abweichung und damit das Gegenteil einer Freiheit. Wenn man die afrikanischen Mädchen als den unseren gleichgestellt ansieht, dann muß man sie auch – unabhängig von ihrer Hautfarbe – genauso schützen gegen jeden Anschlag auf ihre körperliche Unversehrtheit und gegen jede Art von Folter (Artikel 3 der Europäischen Menschenrechtskonvention). Im übrigen erwies sich der angebliche Respekt vor den afrikanischen Traditionen, nicht zuletzt vor den allerschädlichsten, als durchaus vereinbar mit einer allgemeinen Skrupellosigkeit auf Gebieten, wo es darum ging, den Völkern Afrikas eine Reihe von wenig humanistischen »Werten« aufzudrängen, beispielsweise die Profitwirtschaft, die Monokultur auf Kosten der herkömmlichen Landwirtschaft oder auch die extreme Verstädterung.

Getrieben von einer Art exkolonialistischem Schuldgefühl – Pascal Bruckner hat dafür die Bezeichnung »Schluchzer des weißen Mannes« aufgebracht –, sind bestimmte Soziologen, darunter mehrere selbsternannte, noch ein Stück weiter gegangen: »Die Genitalexhärese« wie sie sich kühlen Gemütes ausdrücken, soll sogar ihren Nutzen haben: »Das Kind der zivilisierten Länder, das diese Art des Entwicklungsweges nicht kennt, scheint sich doch sehr schwer damit zu tun, die einzelnen Etappen seines Daseins hinter sich zu bringen. Weit davon entfernt, dem Individuum Entfremdung zu bringen, hilft die Initiation ihm im Gegenteil, die verschiedenen Stadien seiner Entwicklung ohne Schockerlebnisse und ohne Verdrängung zu durchschreiten« (Robert Arnaud). Falls es unsere Therapeuten noch nicht wissen sollten: Die Klitoridektomie als wichtiger Faktor der geistig-seelischen Gesundheit! Man muß dazu sagen, daß in nahezu einem Viertel der hundert Millionen Fälle von Verstümmelung bei Frauen und kleinen Mädchen die Exzision der Klitoris mit einer zusätzlichen Vorsichtsmaßnahme einhergeht: Der Infibulation oder »pharaonischen Beschneidung«. (Der Name hat damit zu tun, daß der Vorgang in einem viertausend Jahre alten Papyrus beschrieben wird, das in Oberägypten gefunden wurde.) Sie besteht im brutalen Entfernen der kleinen und großen Labien und im Zunähen der Vulva. Das Ergebnis ist eine anatomische Monstrosität, eine glatte, von einem Narbenwulst gezeichneten Zone, wobei nur eine einzige winzige Öffnung für den Abfluß des Urins und des Menstruationsbluts fortbesteht. Die Schmerzen während des Vernarbungsprozesses, die drei Wochen lang zusammengeschnürten Beine, was den Verschluß gewährleisten soll, die Schmerzen bei der Periode und die bei der Penetration durch den Gatten in der Hochzeitsnacht, die Schmerzen schließlich bei der Niederkunft, wozu ein Wiedereröffnen der Vulva nötig ist, danach ein erneutes Vernähen, auf daß dem Gatten ein »sauberes« Organ zur Verfügung stehe – das alles stelle man sich einmal vor. Gemeinsam mit Micheline Pelletier-Lattès habe ich in Djibouti im Zuge einer Reportage für *F Magazine* diesem schrecklichen Eingriff beigewohnt. Die blutjunge Ehefrau, sie war fünfzehn Jahre alt, hatte ihre erste Entbindung, aber sie bat den Geburtshelfer, sie wieder »ganz eng« zu vernähen, genau wie es dem

Wunsch ihres Gatten entsprach. Der Arzt des Krankenhauses von Djibouti, ein Franzose, fand sich widerstrebend zu dieser Nähaktion bereit, wußte er doch nur zu gut, daß jede Auflehnung der Frau prompte Bestrafung zur Folge gehabt hätte, sei es in Form der Polygamie, sei es in Form von Mißhandlung oder Verstoßung. Das Sexualleben der Frauen steht also im Zeichen des Messers oder der Rasierklinge, nachdem die »absurde Klitoris«, das für die Fortpflanzung überflüssige und für das Lustempfinden des Ehemannes belanglose Organ ausgelöscht worden ist. Es ist offenkundig, daß es sich hier nicht mehr um einen Initiationsritus handelt, sondern um eine wahnhafte männliche Fixierung auf das weibliche Genitale. Pfusch bei den Operationen, so zum Beispiel Blutvergiftungen, Fälle von Tetanus oder Fisteln, die eine Verbindung zwischen Harnleiter und Rektum schaffen und aus dem Eingriff eine Behinderung auf Lebenszeit machen, sind keineswegs selten. Aber sie interessieren niemanden; das einzige, was interessiert, ist das Ziel: »das Temperament unserer Negerinnen abzukühlen« – so erklärt es Yambo Ouologuem aus Mali, Inhaber eines Universitätsabschlusses in Philosophie und Autor des Buches *Le Devoir de Violence (Die Pflicht zur Gewalt)*. Zwar wird diese Praxis inzwischen oft für gesetzwidrig erklärt, aber im Zuge der Entkolonialisierung ist sie doch in zahlreichen Ländern offiziell empfohlen worden. Ein Beispiel gab Jomo Kenyatta, der sie noch am Tag seiner Machtergreifung, das heißt unmittelbar nach der Unabhängigkeitsfeier für Kenia, wieder in Kraft setzte.

J. S.: In einem bestimmten Abschnitt von *Ödipus' Schwe-*

ster haben Sie das ganze Grauen, das Sie bei der Entdeckung dieser Folterpraxis überkam, in wenigen Worten zusammengefaßt: »Es tut einem weh zwischen den Beinen, nicht wahr, wenn man solche Dinge liest? Es tut einem weh im tiefsten Innern, es tut einem weh in seiner Menschenwürde, es tut einem weh für alle diese Frauen, die uns doch gleichen und die so brutal zerstört werden. Und es tut einem auch weh für all diese Dummköpfe von Männern, die es für unabdingbar halten, daß sie in allem überlegen sind, und die sich zu diesem Zweck für die Lösung entscheiden, die beide Geschlechter am nachhaltigsten erniedrigt, nämlich den anderen herabzuwürdigen.«

B. G.: Es gibt noch einen Menschen, der das gleiche Grauen empfunden hat, als er mein Kapitel über die Verstümmelungen las: Edmond Kaiser, den Gründer der Schweizer humanitären Organisation *Terre des Hommes.* Wohl hatte mein Buch einige Einzelinitiativen ausgelöst, aber Kaiser, der sich seit 1959 mit der Verteidigung der Persönlichkeitsrechte befaßte, wollte handeln. Er wollte das Tabu des offiziellen Schweigens brechen. Zu diesem Zweck hat er im Hotel Intercontinental in Genf am 25. April 1977 eine denkwürdige Pressekonferenz abgehalten. Zum erstenmal hörten Journalisten aus Deutschland, der Schweiz und anderen Ländern etwas zu diesem Tabuthema. Zum erstenmal kamen die Verstümmelungen ans Licht der Öffentlichkeit, und das Publikum las anschließend in der Massenpresse, daß Millionen kleiner Mädchen diese verheerende Operation erleiden müssen, diesen Mord an ihrer Sexualität, den bis dahin kein

Staatschef, kein Religionsführer und keine medizinische Koryphäe anzuprangern gewagt hatte.

J. S.: Wie erklären Sie, daß ein derart katastrophaler und auch derart verbreiteter Brauch anscheinend von den Frauen selbst nicht früher beklagt und bekämpft worden ist?

B. G.: Auch da war wiederum die große Verschwörung des Schweigens am Werk, von der wir bereits gesprochen haben. So als hätte die Unterdrückung der Frauen überhaupt nichts zu tun mit dem Gesamtproblem der Ausbeutung der Schwächeren, als gehe es hier lediglich um regionale Varianten, also darum, wie jedes Volk »seinen« Frauen den traditionsbestimmten Platz zuzuweisen beliebt. In Wirklichkeit betrachtet die patriarchalische Gesellschaft – und patriarchalisch sind alle Gesellschaften – die einzelne Frau als das Eigentum des einzelnen Mannes, als sein genitales Territorium, und Napoléon hat es in seinem *Code civil* auch nicht viel anders gemeint! Wenn dieser Brauch sich durch die Jahrhunderte hat halten können, dann nur deshalb, weil niemand von ihm sprach. Alle, die Bescheid wußten, hatten sich für das Schweigen entschieden. Und was kann ein Sklave tun, der sich von Geburt an zur Sklaverei bestimmt glaubt?

J. S.: Simone de Beauvoir pflegte zu sagen, das Sprechen an sich sei bereits ein subversiver Akt, es sei die erste Etappe auf dem Weg jeglicher Befreiung.

B. G.: In der Tat. Kaum war etwas über die Sache bekannt geworden, da kam Bewegung in eine vollkommen blockierte Situation. Allerdings ging alles sehr langsam. Bereits zehn Jahre zuvor war die Amerikanerin Fran

Hosken zu ihrem Kreuzzug aufgebrochen, um der Welt diesen ungeheuerlichen Mißstand bewußt zu machen. Sie belagerte die afrikanischen Delegationen bei der UNO, sie trat bei internationalen Kongressen und Tagungen auf, sie verteilte in den Entbindungsstationen Afrikas Aufklärungsmaterial, Broschüren, Kassetten und Dias. Die Frauen, die normalerweise nicht lesen und schreiben konnten, sollten über die Anatomie ihrer Geschlechtsorgane und den Ablauf der Geburt mittels Bildern informiert werden, damit ihnen die Schädlichkeit der Exzision endlich klar würde. Fran Hoskens Vierteljahresschrift *Win News* berichtet seit nunmehr dreißig Jahren über die Frauenrechtsverletzungen in der ganzen Welt. Seit den achtziger Jahren sind sehr viele andere gemeinschaftliche und individuelle Aktionen gestartet worden, und 1980 hat der UNESCO-Kongreß, der in Paris unter dem Vorsitz von Professor Schwartzenberg und Gisèle Halimi stattfand, durchzusetzen versucht, daß genitale Verstümmelungen als Folter eingestuft werden. Vergeblich allerdings. *Amnesty International* fand sich erst relativ spät bereit, sich zu engagieren. Schließlich wurde im Jahre 1990 die Internationale Konvention über die Rechte des Kindes unterzeichnet und auch von zahlreichen afrikanischen Ländern ratifiziert, was einer wachsenden Zahl von afrikanischen Vereinigungen und Bürgerinitiativen ermöglicht hat, an Ort und Stelle konkrete Arbeit zu leisten. Doch ist allen klar, daß man hier einen langen Atem wird beweisen müssen, da die gesellschaftlichen Strukturen doch ganz besonders starr sind, zumal der Analphabetismus hinzukommt, der wiederum besonders bei den

Mädchen fortdauert, und auch weil die religiösen Überzeugungen ihre hemmende Rolle weiter spielen. Die Männer weigern sich, eine nicht »gesäuberte« Frau zu heiraten, weil sie Angst haben, sie könnten betrogen werden, und die Frauen verewigen die Tradition, weil sie fürchten, daß sie gesellschaftlich ausgegrenzt oder regelrecht verstoßen werden, wenn sie ihre kleinen Töchter nicht beschneiden lassen. Der Vorwurf des Neokolonialismus, der so lange gegenüber den europäischen und amerikanischen Initiativgruppen erhoben wurde und der auf die Anklage hinauslief, Afrika sollten lediglich die westlichen Verhaltensnormen aufgezwungen werden, dieser Vorwurf entbehrt inzwischen jeder Grundlage.
J. S.: Messen Sie dieser Frage nicht nur deshalb eine ganz außerordentliche Bedeutung bei, weil sie heute noch hundert Millionen Frauen betrifft, sondern weil ihr auch Symbolwert zukommt?
B. G.: Ganz genau. Dieser extreme und wirklich erschreckende Aspekt der weiblichen Versklavung hat dazu geführt, daß mir auch die anderen Seiten der Unterdrückung in ganz neuem Licht erschienen sind, von den grausamsten angefangen bis hin zu den subtilsten: Ich erinnere nur an die eingeschnürten Füße der Chinesinnen, mit denen ihr Aktionsradius von vornherein gegen Null gebracht wurde, ein Brauch, der tausend Jahre überdauert hat, bevor ihn dann Mao endlich abschaffte. Man muß sich einmal klar machen, welche Quälerei es für die gerade vierjährigen kleinen Mädchen bedeutet hat, wenn ihnen der Fuß in den hölzernen Pantoffel eingezwängt wurde, wenn der Pantoffel dann von Woche zu Woche

enger geschnürt wurde, und das jahrelang, damit schließlich auch da eine anatomische Monstrosität das gewünschte Ergebnis war. Ach nein, lieber ergeht man sich in gerührter Bewunderung für die erotischen Feinsinnigkeiten, zu denen ein chinesischer Literat sich inspiriert fühlte, angesichts der unförmigen Anhängsel, welche vor allem seine Macht bezeugten, die Natur zu pervertieren. Auch an die Halsringe der sogenannten Giraffenfrauen sollte man denken, die uns als ein Mittel der Verschönerung präsentiert wurden, die jedoch die Frau dem eifersüchtigen Ehemann auf Gnade oder Ungnade auslieferten: Im Falle einer »Verfehlung« sägte der Schmied die Ringe durch, und der Kopf der Frau sackte herunter, was Lähmung zur Folge hatte. Erinnert sei an die Afrikanerinnen mit Lippenpflock oder schließlich an die Millionen von Frauen, die auf Lebenszeit aus der Öffentlichkeit weggesperrt werden; an die, die als Kinder schon an Ehemänner verkauft werden, die sie erst am Tag ihrer Hochzeit zu Gesicht bekommen; an die, die kahlgeschoren, verstoßen, verschleiert, vergewaltigt, zur Prostitution gezwungen oder bis zur Geburt eines allein erwünschten männlichen Nachkommen in irgendwelche Verschläge gesperrt werden. Ich sehe eigentlich nicht, daß sich unsere Haltung so grundsätzlich geändert hat, trotz der Zeugnisse und Aussagen, die allmählich in größerer Anzahl von jenseits der Mauer des Schweigens zu uns herüberdringen ... Die Männermenschenrechte ignorieren auch weiterhin die Frauen.

J. S.: Immerhin hat es Fortschritte gegeben auf diesem Gebiet.

B. G.: Es stimmt, in den letzten zehn Jahren hat sich etwas bewegt. Nur leider nicht immer in die richtige Richtung. Bezeichnend ist das Beispiel Ägyptens, ich finde es erschütternd. Auf dem Kongreß von Khartum 1979 hatten die Delegierten Ägyptens versichert, in ihrem Land sei den Dayas, den traditionell mit dieser Prozedur befaßten Matronen, die Beschneidung künftig untersagt. Sie verschwiegen wohlweislich, daß inzwischen die Ärzte diese sehr lukrative Betätigung übernommen hatten. Als Assisa Hussein, die Vorsitzende der Kairoer Familienplanungskommission, erklärte, nahezu neunzig Prozent der kleinen Mädchen in Ägypten würden nach wie vor beschnitten, erregte diese Enthüllung einen großen Skandal, und die Regierung ließ wissen, sie werde die Genitalverstümmelung künftig unter Strafe stellen. Aber kaum waren die Delegierten abgereist, da setzte man die ägyptischen Familien in Kenntnis davon, daß ab sofort einmal pro Woche die rituelle Beschneidung in sämtlichen ägyptischen Krankenhäusern durchgeführt werde, selbstverständlich unter Narkose. Erst auf internationalen Druck hin wurde diese Maßnahme dann wieder verschoben, aber im Grunde änderte sich nichts: Die Beschneidungen werden heute ambulant, also zu Hause, durchgeführt, unter ärztlicher Kontrolle, was einerseits eine hübsche Einkommensquelle darstellt, andererseits besagt, daß die Korrektur des weiblichen Genitales als legitimer Vorgang anerkannt wird. Im übrigen hat im April 1996 der neue Scheich der Kairoer El-Azhar-Universität, welche in allen Fragen des sunnitischen Islam in Ägypten die höchste Autorität beansprucht, erklärt: »Die Beschneidung kann den Mädchen

Nutzen bringen, wenn sie in gemäßigter Form durchgeführt wird. Man darf nicht übertreiben, aber wenn man einen kleinen Teil der Klitoris abschneidet, dann sieht das doch besser aus und ist auch für den Ehemann befriedigender.« Wenn religiöse Führer anfangen, sich in dieser Weise über das Zerschneiden der Klitoris auszulassen, dann muß man sich fragen, ob der Islam nicht im Begriff ist, in sexuelle Obsessionen abzudriften.

Die größten Optimisten machen die Voraussage, daß es noch ein bis zwei Generationen dauern wird, bis der Brauch endgültig verschwunden sein wird. Ich persönlich bin pessimistischer, denn ich denke an das Bleigewicht der politischen Strukturen und religiösen Institutionen, aber der Gedanke, daß ein Buch wie *Ödipus' Schwester* möglicherweise – wenn auch in sehr geringem Maße – dazu beigetragen hat, daß man sich der Schwere des Problems bewußt wurde, dieser Gedanke wird mich bis zum Ende meiner Tage mit einem gewissen Hochgefühl erfüllen. Glücklich bin ich auch deswegen, weil den Anstoß zu dieser Befreiung Feministinnen gegeben haben. Die kleinen Mädchen und die Frauen, die von diesem Fluch erlöst werden oder eines Tages erlöst sein werden, verdanken dies nahezu ausschließlich den hartnäckigen und solidarischen Bemühungen von Frauen aus Europa und Amerika, die vor Ort Informationen sammelten, die Einblick in das Intimleben der Afrikanerinnen – etwas, was Männern untersagt war – nehmen durften, und die die Weltgesundheitsorganisation davon überzeugten, daß es sich um ein fundamentales Gesundheitsproblem handelt und nicht etwa um eine Spielart sexueller Folklore. Die verstümmelten Frauen hätten ohne unsere Hilfe nichts ausrichten können, denn ihnen ist jede öffentliche Äußerung und jeder Anteil an der politischen Machtausübung verwehrt. Im übrigen waren sie überzeugt, daß die Frauen auch in allen anderen Ländern der Erde diese »sexuelle Korrektur« hinzunehmen haben.

J. S.: Nach dem Erfolg Ihres Buches (zusammen mit der Taschenbuchausgabe eine Million verkaufte Exemplare, zahlreiche Übersetzungen, darunter eine ins Japanische) sind Sie dennoch nicht zu einer der Hohepriesterinnen der Frauenbewegung geworden.

B. G.: Ich nehme an, daß ich für ein solches Amt ungeeignet war.

J. S.: Die Stärke des Buches – darum kann man auch zwanzig Jahre später noch davon sprechen – besteht darin, daß Sie Ihre persönliche Erfahrung und Ihre Nachforschungen über andere Gesellschaften, wo die Frauen noch mehr schikaniert werden als im westlichen Europa und in Amerika, haben zusammenfließen lassen. Noch etwas trägt dazu bei, daß *Ödipus' Schwester* seine Aktualität bewahrt hat: Sie treiben Ihre Überlegungen voran, ohne die mögliche Wirkung auf diese oder jene Gruppierung, auf diese oder jene feministische Denkschule vorauszubedenken beziehungsweise einzukalkulieren. An keiner Stelle sagen Sie, und das war selten damals: »Ich schließe mich hier der feministischen Richtung XY an.« Sie hüten sich, unmittelbar auf irgendeine Interessengruppe oder irgendeine »feministische Ideologie« Bezug zu nehmen.

B. G.: Ich wollte nicht wählen müssen zwischen den einzelnen Zirkeln, Schulen, Cliquen und beinahe hätte ich gesagt Sekten. Ich hätte dann das Gefühl gehabt, daß es mir so geht wie einem korsischen Nationalisten, der ultimativ – und das heißt unter Androhung der Todesstrafe – aufgefordert wird, sich von einer der Unabhängigkeitsbewegungen rekrutieren zu lassen, entweder von der Befreiungsfront *FLNC Canal Historique* oder von der *FNCL Canal Habituel* oder von der *Cuncolta*. Was uns in Frankreich fehlt, ist eine bedeutende und gut organisierte, aber in sich selbst vielfältige Frauenbewegung, wie sie die *National Organization of Women (NOW)* in den Vereinigten Staaten darstellt.

J. S.: Haben Sie im Mai '68 bei all den hektischen Aktivitäten in irgendeiner Weise mitgemacht?

B. G.: 1968 war ich wohl schon zu alt, um mich noch unter die Studenten einzureihen. Außerdem lebte ich seit einem Jahr in der Provinz. Schließlich tat ich mich schwer, meine eigene Position unter all diesen spontanen Bewegungen wiederzuerkennen, die doch ziemlich chaotisch und absolut utopisch gewesen sind. Auch wenn das zuweilen äußerst eindrucksvoll war: Françoise d'Eaubonne und ihre Gruppe *Ökologie und Feminismus* zum Beispiel, die sich vorgenommen hatte, »den Planeten dem Mann von heute zu entreißen, um ihn der Menschheit von morgen zurückzugeben ... Auf daß die endlich verweiblichte Erde für alle neu ergrünen möge!« Ich tat mich schwer, die Losungsworte der revolutionären Feministinnen ernstzunehmen, zum Beispiel jener, die »die totale Zerstörung der patriarchalen Ordnung« predigten. Ein schöner Traum, gewiß, bei dem ich aber an den Kinderspruch denken mußte: »Wir spielen jetzt, daß es Papa und Mama nicht gibt.« Abgesehen davon bewundere ich all die Aktivistinnen und Gründerinnen der verschiedenen Frauenbewegungen. Ich hege freundschaftliche Sympathie für Antoinette Fouque, Gisèle Halimi ist eine Freundin, und ich war auch Mitglied bei *Choisir.* Aber ich gebe zu, daß ich mich nicht so ganz zurechtfinde zwischen dem »Feministischen Materialismus« einer Monique Wittig und Christine Delphy einerseits und dem angeblichen *»French Feminism«* andererseits, dem einzigen in Amerika anerkannten, der sich aber in Wirklichkeit auf die unverrückbare, sakrosankte Dreifaltigkeit Hélène Cixous, Julia Kristeva und Luce Irigaray beschränkt, deren Theorien übrigens auf den Arbeiten männlicher Theoretiker basieren – Lacan, Foucault und Derrida. Außer Luce Irigaray weisen diese Frauen die Bezeichnung »Feministin« zurück, während es gewisse französische Schriftstellerinnen gibt, die zu dieser Bezeichnung stehen, dafür aber in Amerika nicht zur Kenntnis genommen werden. Jedesmal, wenn ich mehr oder weniger durch Zufall zu Tagungen in amerikanische Universitäten oder sogar bis ins australische Melbourne eingeladen wurde, habe ich jene Dreifaltigkeit dort vorgefunden. Cixous-Kristeva-Irigaray war entweder im Monat zuvor dagewesen, oder sie waren angekündigt für den nächsten Monat, auf jeden Fall hatten sie den Alleinvertretungsanspruch in puncto französischer Feminismus. Nicht daß ich die Intelligenz dieser drei Frauen nicht bewundern würde, aber ich finde es doch bedauerlich, daß man den Feminismus auf diese Strömung eingrenzt, die intellektuellste und der

Gesamtheit der Frauen am wenigsten zugängliche Strömung, wo doch schließlich die Frauen der Gegenstand und das Ziel der gesamten feministischen Reflexion sein sollten. Kurz, mich entmutigten die Bannflüche und kategorischen Definitionen seitens der verschiedenen Schulen. Da war es mir lieber, ich hielt mich ein wenig abseits und schrieb in einer gewissen Freiheit besagtes Buch.
J. S.: Genau diese Freiheit hat sämtliche Leserinnen von *Ödipus' Schwester* beeindruckt. Für mich ist dieses Buch ein Ereignis gewesen. Politisch hatte ich mich früher zu den radikalen Feministinnen hingezogen gefühlt, was beispielsweise meine Mutter schwer schockierte. Das Buch *Ödipus' Schwester* hat dann in der Frauenfrage das Band zwischen mir und meiner Mutter neu geknüpft. Ich glaube, daß die Sache für viele junge Frauen damals – ich war vierundzwanzig – ähnlich gewesen ist. Meine Mutter hatte mich in meiner Kindheit stets dazu angehalten, eine gute Schülerin zu sein, »um später nicht von einem Mann abhängig zu werden«. Eine Devise, die für eine Frau ihrer Generation und ihrer sozialen Herkunft durchaus bemerkenswert genannt werden darf. Aber später, als ich begann, mein eigenes zugleich feministisches und politisches Denken zu entwickeln, da konnte ich meiner Mutter meine Position nicht vermitteln. Sie fand meine Einstellung viel zu radikal, sie war der Meinung, daß ich in der direkten Nachfolge von Simone de Beauvoir viel zu heftig, viel zu systematisch-verbohrt vorginge und im Schwarzweißdenken befangen sei. *Ödipus' Schwester* hat schließlich zu einer neuen Verständigung auf diesem Terrain geführt. Die Ausdrucksweise war direkt, Sie stellten

die Situation in ebenso entschiedenen wie einfachen Worten dar, und dadurch hat meine Mutter begriffen, daß der Kampf für die Frauenrechte sie genauso anging wie mich, daß es auch ihr Kampf war. Sicher ist es auch Ihrem Humor zu verdanken, daß Ihre Botschaft ein so breites Echo gefunden hat. Dabei weisen Sie zu Recht immer wieder auf das problematische Verhältnis der Frauen zum Humor hin. Ich darf Sie zitieren: »In all den Jahren seit 1758, als die erste Frauenzeitschrift gegründet wurde, ist keine einzige humoristische Frauenzeitschrift jemals auf den Markt gekommen. Wir können nicht lachen, wir können nicht spielen, und niemand ermutigt uns in dieser Richtung.« Meinen Sie, daß sich das inzwischen geändert hat, oder neigen die Frauen in bezug auf den Humor immer noch zur gleichen Verlegenheit?

B. G.: Es bedarf eines gewissen Grades an persönlicher Freiheit, damit man lachen kann. Lachen über sich selbst und lachen über die anderen. Es genügt, wenn einige wenige Frauen diese Schwelle überschreiten, dann bekommen alle anderen Zugang zum Lachen, zum Humor, bekommen das Recht auf Jux und vielleicht sogar auf schlüpfriges oder derbes Gelächter. Auch Derbheit kann wichtig sein. Und unter diesen wenigen möchte ich selbstverständlich an erster Stelle Claire Bretecher nennen. Sie hat sehr viele Frauen von ihrem sauertöpfischen Ernst, den zu kultivieren sie sich verpflichtet glaubten, kuriert. Meine Dankbarkeit gilt desgleichen vielen anderen Künstlerinnen, den besten und auch den weniger guten. Es mußte ein Weg eröffnet werden, und da brauchten wir sie alle. Die professionellen Frauenhasser verbreiten natürlich unbeirrt ihre herkömmlichen grauenvollen Sprüche, in denen von Äffinnen und Krähen die Rede ist. Eine gesamte Menagerie marschiert da auf, das wissen wir. Der gewaltige Unterschied ist, daß die Äffinnen sich geändert haben. Ihr Humor sorgt inzwischen dafür, daß die altmodische männliche Polemik verpufft.

J. S.: Ich finde Sie in diesem Punkt reichlich optimistisch. Ich persönlich meine, daß die Frauen im Grunde erst angefangen haben, sich ihrer Lage bewußt zu werden.

B. G.: Und ich glaube im Gegenteil, daß sich bereits eine Grundwelle in Gang gesetzt hat, die nicht mehr verebben kann. An der Oberfläche mag es da und dort noch Kehrwasser, rückbrandende Wellen, Gegenströmungen geben, je nachdem wie der Wind der Geschichte weht. Das gleiche Phänomen hat man bei der Abschaffung der Sklaverei beobachten können. Während des amerikanischen Sezessionskrieges haben Schwarze an der Seite ihrer Herren gegen die Yankees, die sie doch befreien wollten, gekämpft. Wenn dann heutzutage der Herr auch ein Liebhaber und außerdem der Vater deiner Kinder ist, dann wird verständlich, daß Emanzipation zu einem komplizierten, riskanten Unterfangen wird und daß nicht wenige Frauen der ungewissen Freiheit die Sicherheit, und sei es die Sicherheit unter Vormundschaft, vorziehen.

J. S.: Auch da kann ich Ihnen nicht voll zustimmen. Früher verharrten die Frauen tatenlos, weil sie sich der Probleme nicht bewußt geworden waren; heute, und das scheint mir beängstigend, bleiben sie tatenlos, weil sie glauben, die Probleme seien bereits gelöst.

B. G.: Die Frauen der neuen Generation werden nicht

lange tatenlos bleiben. Wenn man mit einem Mann zusammenlebt, wenn man im Alltag entdeckt, was für diesen Mann das Wort Aufgabenteilung konkret bedeutet, wenn man mit der Arbeitslosigkeit konfrontiert wird und erleben muß, daß Rechte, die endgültig gesichert schienen, doch wieder in Frage gestellt werden, wenn man im Betrieb für sich einstehen muß – dann sehe ich da eigentlich nichts, was zur Trägheit und Tatenlosigkeit verleitet. Im übrigen reagieren die Frauen sofort, wenn die Drohung deutlich wird. Schauen Sie sich die Demonstration vor dem Parlament an, damals, als die Abgeordneten den Antrag eingebracht hatten, Ärzte, die das obligatorische Beratungsgespräch vor dem Schwangerschaftsabbruch versäumten, und die Frauen, welche selbst an sich Abtreibungen vornahmen, sprich die wirtschaftlich schwächsten Frauen, strafrechtlich zu verfolgen.

J. S.: Ja, zwar waren jene Feministinnen zugegen, die schon an allen großen Kämpfen teilgenommen hatten, aber es waren auch junge Frauen da. Am Abend kam die Tochter einer meiner Freundinnen nach Hause und sagte irgendwie niedergeschlagen und vor allem verwundert zu ihrer Mutter: »Mama, weißt du, was ich mitgeschrien habe: Uraltslogans!« Was doch beweist, daß die Dinge immer wieder neu angepackt werden müssen. Bei dieser Demonstration forderte man »das Recht, über den eigenen Körper zu bestimmen«. Eine Aussage, die man damals eigentlich schon für selbstverständlich hätte halten können. Manchmal, wenn Anflüge von Pessimismus mich streifen, dann frage ich mich, was wir überhaupt erreicht haben. Es hat ein Austausch stattgefunden. Früher konnten wir zu den Männern sagen: »Schaut euch doch mal selbst an, wie ihr euch verhaltet! Überlegt doch einmal, was das in eurer Beziehung zu den Frauen bedeutet!« Worauf sie schlußendlich doch irgendwelche Schuldgefühle bekamen. Und jetzt haben wir Männer, zu denen wir sagen können: »Ihr benehmt euch haargenau wie kleine Machos, wie eure Väter!« Nun brüllen sie aber zurück: »Du hast wohl eine Meise? Hast du nicht mitgekriegt, daß das alles hinter uns liegt? Wovon redest du eigentlich? Bleib mir vom Leib mit deinem Feminismus aus der Mottenkiste!«

B. G.: Einverstanden, aber wir sind nicht mehr gezwungen, mit ihnen zusammenzuleben.

J. S.: Nein, in der Tat, aber wir sind gezwungen, mit ihnen zu arbeiten.

B. G.: Immerhin. Im Privatleben haben wir dank der finanziellen Unabhängigkeit und dank der Geburtenkontrolle, den beiden Milchbrüsten unserer Frauenfreiheit, das Kräfteverhältnis innerhalb der Partnerschaft auf eine völlig neue Grundlage gestellt. Es ist statistisch erwiesen, daß heute mehrheitlich die Frauen die Scheidung einreichen. Der Ausdruck »verlassener Mann« wird demnächst in die Wörterbücher Eingang finden. Die sogenannten Alleinerziehenden, das sind Frauen, ob nun ein Lebensgefährte hinzutritt oder nicht, diese Frauen stehen heute zu ihrer Situation und Aufgabe. Das ist eine ganz gewaltige Neuerung. Im öffentlichen Leben allerdings bleiben zwei Bastionen, scherzhaft könnte man von einer doppelten Bastille reden, welche die Männer wild entschlossen verteidigen, weil hier an das Allerheiligste gerührt wird.

Ich meine die Kirche und die Berufspolitik. Da wird noch Blut fließen ... Es fließt bereits.

J. S.: Es gibt noch viel mehr Bastionen, als Sie meinen: Immer dort nämlich, wo es darum geht, Macht und Autorität auszuüben. Aber da Sie von der Politik reden, verweilen wir doch einen Moment bei diesem Thema. Warum haben Sie sich nicht politisch betätigt? In allem, was Sie sagen und schreiben, sieht man doch, wie sehr Sie überzeugen möchten (und *Ödipus' Schwester* besitzt Überzeugungskraft), man sieht, wie sehr Sie Ihre Leserinnen für Ihre Ideen gewinnen möchten: »Ich habe die Frauen immer gemocht«, sagen Sie, »und ich habe sogar die gemocht, die sich unterwürfig verhielten, weil ich dachte, es bestehe immer noch Hoffnung, sie eines Tages zu überzeugen.« Also, warum sind Sie dann nicht in die Arena hinabgestiegen?

B. G.: Nicht aus Angst vor den anderen – vor Püffen und Knüffen habe ich eigentlich nicht besonders viel Angst –, sondern aus Furcht vor mir selbst. Ich sprach mit einer sehr unsicheren Stimme, ich konnte mir nur sehr schlecht Gehör verschaffen, vor einem Publikum zu reden, hatte ich nie gelernt. Ich habe fünf Jahre an der Sorbonne verbracht, ohne je ein Referat zu halten. Erst nach den Maiereignissen 1968, vor allem aber nach 1975 habe ich öffentlich das Wort ergriffen, und zwar auf reinen Frauenversammlungen.

J. S.: Hat sich bei solchen Versammlungen, bei denen nur Frauen zugegen waren, Ihre Angst sofort gelegt?

B. G.: Nein, nicht sofort. Aber sie machte mich nicht mehr krank. Ich hatte das Gefühl, »unter Kameradinnen« zu sein, ich wußte, daß sie genausoviel Angst hatten wie ich selbst. Da stand nicht irgendwo hinten im Saal ein spöttisch lächelnder Knabe, der mich gleich mit einem Zwischenruf völlig aus dem Konzept bringen würde. Ich habe wirklich sehr lange gebraucht, bis ich es wagte, vor Männern zu sprechen. Wahrscheinlich deswegen, weil ich bei politischen Versammlungen feststellen konnte, wie wenig die Redebeiträge der Frauen ins Gewicht fielen. Nicht, daß sie weniger zu sagen gehabt hätten als die Männer, es war nur einfach so, daß niemand ihnen zuhörte. Kaum ging eine Frau ans Rednerpult, da sah ich, wie die Männer ihren Terminkalender hervorholten, wie sie Verabredungen trafen, mit ihren Nachbarn tuschelten. Wie sollte ich da ein Auftreten etwa bei Wahlveranstaltungen ins Auge fassen? Ich fürchtete, akustisch niedergemacht, ausgejohlt zu werden wie *Der kleine Dingsda* von Alphonse Daudet. (Dieses Buch hatte mich in meiner Kindheit oft zum Weinen gebracht.) Ich übte einen Beruf aus, der mir bereits Erfüllung bedeutete. Außerdem gab es Häuser, Gärten, es gab das Meer, das einem nichts ohne Gegenleistung schenkt. Außerdem waren da die Kinder sowie ein Ehemann, also eine Gattung Lebewesen, die ebenfalls nichts ohne Gegenleistung gibt ... Und ich wollte alles behalten. Vielleicht sollte man von einem überentwickelten Lebensappetit sprechen.

J. S.: Haben Sie je einer politischen Partei angehört?

B. G.: Das Parteibuch der Sozialistischen Partei besitze ich nicht, aber ich bin doch immer eine ... Weggefährtin gewesen, ab dem Moment, da Marie-Thérèse Eyquem ihre Demokratische Frauenbewegung gegründet hatte.

Und im Rahmen dieser Bewegung habe ich auch gemerkt, daß ich unfähig war, öffentlich zu reden. Es kam vor, daß ich mir eine Wortmeldung zurechtlegte, und dann war das Ende der Veranstaltung da, ohne daß ich den Mut gefunden hatte, aufzustehen und den Mund aufzumachen. Der Schweiß lief mir die Arme entlang, so groß war die Panik. Ich frage mich, ob das Männern auch passiert, daß sie so sehr Angst haben vor dem anderen Geschlecht. Die jungen Frauen von heute haben dieses Handicap überwunden. Ich glaube, diese Angst spielt bei ihnen keine Rolle mehr.

J. S.: So kann man das wohl nicht sagen. Aber ist Ihnen aufgefallen, daß die Sozialisten immer dann, wenn sie eine Wahl verlieren, eher Frauen als Männer vor die Fernsehkameras schicken?

B. G.: Die Frauen sind bei widrigen Schicksalsschlägen tapferer, sie sind erfahrener, was Unglück angeht. Prominente Frauen, auch wenn sie kampferprobt sind, fürchten nur leider oft, daß jedes offen gezeigte Einverständnis mit der Frauenbewegung ihnen einen Teil ihrer politischen Glaubwürdigkeit kosten könnte. Sie suchen ihre Rettung bei einem neutralen Image, damit die Männer keine Angriffsfläche finden. Es ist schon sehr traurig, wenn man gezwungen ist, auf Distanz zur eigenen Frauenrolle zu gehen, nur um das Eintrittsbillett für die Männerwelt zu bekommen. Zumal diese Männer dich früher oder später doch schnappen und festnageln. Das zeigt Laure Adler in ihrem Buch *Die Politikerinnen* sehr schön. Man sieht da Simone Veil, die lange Zeit ihre politische Laufbahn verfolgt hat, ohne für die Frauen Geringschätzung erkennen zu lassen, aber auch ohne echtes Solidaritätsgefühl, und die anläßlich des Gesetzentwurfs zum Schwangerschaftsabbruch entdecken muß, daß sie als Frau angegriffen wird. Madame Veil erzählt von den obszönen Mauerschmierereien an ihrem Haus, von den zotigen Briefen, von den demütigenden persönlichen Angriffen. Und dann steht sie plötzlich sehr allein da, zumal sie nicht mit der wirklichen Rückendeckung einer Partei rechnen kann. Simone Veil ist eine einsame Frau.

J. S.: Ich bemerke, daß im Berufsleben die Frauen überhaupt sehr allein dastehen. In den Männerzirkeln, wo ich manchmal die einzige oder doch fast die einzige Frau bin, so zum Beispiel in dem Unternehmen, in dem ich arbeite, wird mir klar, daß es mit meinen Diskussionsbeiträgen einfach nicht funktioniert. Selbst wenn ich mich verbal im Verhältnis zu dem, was ich wirklich denke, stark zurücknehme. Die Fragen, die ich aufwerfe, klingen irgendwie unpassend, unangemessen, einfach weil da Männer um einen Tisch sitzen, die einander den Rücken stärken, die sich vorausschauend abstimmen darüber, wie sie ihren Standpunkt vorbringen werden. Wenn man dann plötzlich Fragen in den Raum stellt, wird man zum Spielverderber, Störenfried oder schwarzen Schaf.

B. G.: Und deswegen ist die Geschlechterparität die einzige Lösung. Wenn nämlich die Hälfte der Schafe schwarze Schafe sind, dann ist Schluß mit der männlichen Norm, dann ist Schluß mit der Einschüchterung.

J. S.: Das mag wohl stimmen. Aber es ist noch nicht das, was ich überall sehe. Wenn ich mir meinen beruflichen Werdegang anschaue, dann sehe ich, wie repräsentativ er

wahrscheinlich ist für das, was den Frauen der westlichen Länder in den letzten zwanzig Jahren widerfahren ist. Jahrelang war ich damit beschäftigt, das zustande zu bringen, worauf ich Lust hatte, und ich dachte mir: Wenn ich einen Führungsposten erobern muß, dann werde ich ihn erobern. Ich werde auf keinen Fall auf ihn verzichten, nur weil ich eine Frau bin. Ich habe einige Hürden überwunden, und jetzt habe ich da, wo ich beruflich inzwischen stehe, das Gefühl, eine Phase des Rückschritts zu erleben. Mir ist, als fordere man mich ständig dazu auf, mich entweder den Attitüden der Männer um mich herum anzugleichen oder den Mund zu halten oder auch jeden Ehrgeiz fahrenzulassen. Neulich habe ich in der Zeitschrift *L'Infini* ein Gespräch zwischen Julia Kristeva und Danièle Sallenave gelesen. Das Thema war zunächst literarischer Natur, aber die Unterhaltung ist dann doch bei der Frauenfrage gelandet. Kristeva hat etwas gesagt, was mir sofort sehr zu denken gegeben hat, weil es dem entspricht, was ich in meinem Beruf so sehr spüre: »Heutzutage ist es leichter, dadurch Frau zu sein, daß man gerade nicht Frau ist, sondern in der bestehenden Gesellschaftsordnung aufgeht, einer Ordnung, die es nie verabsäumt, die Frauen, die sich ihr beugen, zu belohnen.«
B. G.: Genau deswegen ist die Parität so lebenswichtig für uns, und zwar auf sämtlichen Ebenen der Hierarchie. Amerikanischen Studien zufolge können Frauen ab einer Präsenz von dreißig Prozent Einfluß ausüben, das heißt in einer Gruppe nennenswerte Mitgestaltungskraft entfalten. Dreißig Prozent sind ein schicksalhafter Schwellenwert. Darunter bringen die Frauen nichts, außer daß sie

anderen Frauen als Vorbild dienen, was nicht unterschätzt werden darf. Aber sie sind Alibifrauen, sie sind Geiseln, die die herrschende Gesellschaftsordnung in keiner Weise verändern werden.

J. S.: Als ich Françoise Giroud zum Punkt paritätische Besetzung von Gremien befragte, sagte sie – und mir scheint das durchaus zutreffend –, daß die obligatorische Parität zwar keine »intellektuell befriedigende Forderung« sei, daß sie aber eine »leidlich vernünftige und unverzichtbare Position« darstelle.

B. G.: Problematisch ist nicht die Parität als solche, sondern die Tatsache, daß es zweihundert Jahre gedauert hat, bis der Gedanke durchgesetzt war, daß der berühmte Artikel aus der Erklärung der Menschenrechte »Die Menschen werden frei und an Rechten gleich geboren« die *beiden* Hälften der Menschheit meint.

J. S.: Aber dieser Gedanke ist doch längst noch nicht anerkannt! »Es ist klar«, sagte Françoise Giroud weiter, »daß die Politiker sich weigern, Platz zu machen. Also muß man die Quoten, auch wenn man sie als solche unbefriedigend findet, aus taktischen Gründen durchsetzen, sonst werden es die Frauen niemals schaffen.«

B. G.: Man muß wissen, was man höher bewertet: die großen Prinzipien wie zum Beispiel die Unteilbarkeit der Republik oder den Zugang der Frauen zu politischen Führungspositionen. Sosehr man sich wohl fühlt bei den großen Prinzipien (man fühlt sich angenehm kompromißlos), so heikel ist es, Kompromisse, und seien sie nur für den Moment gedacht, vorzuschlagen. Davon abgesehen möchte ich Ihnen versichern, daß nicht das hehre

Prinzip des Universalismus unsere Abgeordneten leitet, wenn sie die Parität ablehnen oder für verfassungswidrig erklären, sondern die Sorge um ihren Parlamentssitz, was an sich nicht tadelnswert ist, aber zu durch und durch heuchlerischen Argumenten führt und letztlich zurück zur guten alten Frauenfeindlichkeit. Wie es Françoise Gaspard sehr richtig bemerkt: »Die Präsenz der Frauen in Beschlußgremien und Regierungen ist seit Aristophanes eines der ältesten Spottthemen überhaupt.«

J. S.: Daß die männlichen Abgeordneten aus persönlichen Gründen dagegen sind, kann man irgendwie verstehen, aber bestimmte Frauen sind es ebenfalls. In einem Artikel in *Le Monde*, den man als Kriegserklärung an die Verfechterinnen der Parität auffassen muß, erklärt sich Elisabeth Badinter für »zutiefst gedemütigt durch die Quotenidee«.

B. G.: Schön, aber ich bin auch zutiefst gedemütigt durch die Tatsache, daß wir, was die Präsenz der Frauen in den Parlamenten angeht, das Schlußlicht der europäischen Demokratien bilden. Schlimmer noch, von den einhundertsechsundsiebzig Ländern mit einem Parlament weisen fünfundneunzig einen höheren Prozentsatz an weiblichen Abgeordneten auf als Frankreich. Außerdem gebe ich zu, der Gedanke hat seinen Reiz, daß inzwischen so mancher Abgeordnete auf einem Schleudersitz hockt, wenn er es nämlich mit Mitbewerberinnen zu tun bekommt. Seit Olympe de Gouges fordern Frauen die Ehre ein, an der Staatsführung beteiligt zu werden, und ebenso regelmäßig hat man sie an ihre Kochtöpfe zurückgeschickt, wenn nicht ins Gefängnis oder gar aufs Schafott.

J. S.: Würden Sie so weit gehen zu behaupten, daß gewählte Frauen eine bessere Politik machen?
B. G.: Sie würden nicht zwangsläufig eine »bessere« Politik machen, das ist auch nicht der Kern der Frage, aber ganz gewiß eine vollständigere Politik, welche den Interessen beider Bestandteile des Menschengeschlechts Rechnung trägt. Das »erste« Geschlecht findet sich in all seiner Vielfalt bis in seine merkwürdigsten Sonderinteressen hinein vertreten, nicht jedoch das andere Geschlecht. Es gibt männliche Abgeordnete ländlicher Regionen, die für die Getreideanbauer oder die Viehzüchter sprechen, andere treten für all die ans Rednerpult, die vom Meer leben und so weiter. Da es aber praktisch keine Frauen im französischen Parlament gibt, werden die Probleme und spezifischen Bedürfnisse der Frauen niemals für vorrangig erklärt. Wir haben einen ganz akuten Bedarf an Mandatsträgerinnen, damit von Zeit zu Zeit die Prioritäten ein bißchen umgekrempelt werden.
J. S.: Man kann jedoch feststellen, daß jene Frauen, die in höchste Machtstellung gelangt sind – eine Golda Meir, eine Margaret Thatcher und andere –, für die Frauen keinen Finger gerührt haben, im Gegenteil.
B. G.: Auf der allerobersten Etage ist die Frau gezwungen, sich anzupassen und sogar zusätzliche Beweise ihrer Angepaßtheit zu erbringen. Weiter unten auf den Ebenen der Hierarchie könnten die Frauen aber die Entscheidungen in ihrem Sinn beeinflussen, vorausgesetzt, sie sind zahlreich genug.
J. S.: Aber – jetzt spiele ich einmal den Advocatus Diaboli – wenn man die Parteien zwingt, eine Frauenquote von

fünfundzwanzig oder dreißig Prozent vorzuweisen, bringt man dann nicht andere Gruppierungen – die Moslems, die Homosexuellen, die Behinderten – auf den Gedanken, ebenfalls eine Quote an gewählten Vertretern zu fordern?

B. G.: Das ist ja umwerfend, welche Argumente Sie da in Umlauf setzen wollen! Zusätzlich und im Einzelfall sind wir Frauen moslemisch, homosexuell oder behindert. Wir sind keine Gruppierung, wir sind in sämtlichen Gruppierungen vertreten!

J. S.: Sylviane Agacinski-Jospin meint, daß eine voluntaristische Aktion unabdingbar sei, um voranzubringen, was die von dreizehn amtierenden europäischen Ministerinnen im Mai 1996 unterzeichnete Charta von Rom verlangte, nämlich die »gleichberechtigte Teilnahme von Frauen und Männern am Entscheidungsprozeß«.

B. G.: Ja, ich bin für diese Art von positivem Aktionismus, ich bin für Anschubaktionen, und sogar dann, wenn die Situation völlig blockiert ist und man jemandem in den Hintern treten muß, bin ich dafür. Der Beweis ist längst erbracht, daß Höflichkeit, Geduld und untertänige Bittschriften zu nichts führen. Sie brauchen sich nur zu erinnern, alles ist haargenau so abgelaufen, als es einst um unser Wahlrecht ging. Die Geschichte wiederholt sich, wenn es darum geht, die Vormundschaft für das zweite Geschlecht aufrechtzuerhalten. Denken Sie daran, daß das Frauenstimmrecht nicht einmal im Programm des Nationalrats der französischen Widerstandsbewegung enthalten war, was viele Leute überraschen mag. Die Männer der Résistance hofften, nach dem Sieg die

Frauen genauso an den Herd zurückschicken zu können, wie die Politiker dies 1918 getan hatten. Wäre nicht 1945 General de Gaulle dagewesen, eine Lucie Aubrac hätte das Wahlrecht nicht erhalten! Ich verweigere auch jede Anteilnahme, wenn uns gewisse Leute mit ihrem larmoyanten Geschwätz vom Universalismusprinzip kommen wollen. »Der Universalismus von 1789 war in höchstem Grade partikularistisch und zweckgemeinschaftsbezogen. Der sogenannte universelle Mensch, der Bürger, der Citoyen, das war ausschließlich das männliche Wesen.« Und unsere fünf Komma acht Prozent weibliche Abgeordneten ändern gewiß nichts an dieser Grundstruktur. Wenn der Universalismus, also der Anspruch auf Allgemeinstgültigkeit, zu einer solchen Ausgrenzung führt, dann muß ein Korrektiv gefunden werden. Und ein solches Korrektiv existiert. Es ist jenes, zu dem die skandinavischen Länder gegriffen haben und das aus ihnen wirklich dem Gleichheitsprinzip verpflichtete Demokratien gemacht hat.

J. S.: 1994 hatten die Schweden in der Tat ein Parlament gewählt, das den höchsten Frauenanteil in der ganzen Welt aufwies: einundvierzig Prozent. Und sie hatten einer Regierung das Mandat erteilt, in der fünfzig Prozent Frauen vertreten waren.

B. G.: Zahlen und Fakten, von denen man träumen kann, nicht wahr? Und man weiß, was den skandinavischen Ländern hier die Spitzenstellung unter den Demokratien eingebracht hat, vor allem Norwegen: das Quotensystem, das auf Zeit eingeführt wurde, um die Dinge endlich voranzubringen. Ein weiterer Grund ist aber, daß in diesen Ländern eine lange Tradition der Machtteilung existiert. Bei den Wikingern konnten die Frauen an Kriegszügen teilnehmen, Grundbesitz erben und sich scheiden lassen. Ihre Grabdenkmäler sind genauso aufwendig gestaltet wie die der Männer. Kurz, man ist dort meilenweit entfernt vom Salischen Gesetz und von den Keuschheitsgürteln. Ergebnis: Dank des Erziehungssystems, der Kinderkrippen und so weiter findet man in Schweden den höchsten Anteil an berufstätigen Frauen und trotzdem eine der höchsten Geburtenraten in Europa, welche denen von Island und Irland kaum nachsteht. (In Irland allerdings gibt es dafür die genau entgegengesetzten Gründe: Verbot von Empfängnisverhütung und Schwangerschaftsabbruch, Ehescheidung erst seit kurzer Zeit offiziell möglich und sehr schwierig, Einfluß der katholischen Kirche.) Aber auch Schweden ist unglücklicherweise in eine Phase der Rezession und der vermehrten Arbeitslosigkeit eingetreten, was wie überall in erster Linie die Frauen zu spüren bekommen und was zu Einschnitten im sozialen Netz zwingt, jenem berühmten System, aufgrund dessen die Schwedinnen sich als einzige Frauen der Welt nicht zwischen Privatleben und Beruf entscheiden müssen.

J. S.: Was weiß man inzwischen von den Ergebnissen einer vor nunmehr zehn Jahren eingeführten Geschlechterparität in Skandinavien und besonders in Schweden?

B. G.: Hier werden Sie sich wohl in Ihrem Pessimismus bestätigt fühlen. In *MS,* der vor zwanzig Jahren von Gloria Steinem in den USA gegründeten feministischen Zeitschrift, ist ein sehr langer Artikel von Susan Faludi erschienen, die für drei Monate nach Schweden eingeladen worden war. Sie sollte sich dort ein Urteil über die neue Lage bilden. Bei den weiblichen Abgeordneten ebenso wie bei den Ministerinnen hat sie eine starke Frustration festgestellt, das Gefühl, bei einem Nullsummenspiel mitgewirkt zu haben. Die Parteien waren Hochburgen der von den Männern konfiszierten Macht gewesen, und siehe da, genau in dem Moment, da die Frauen sich den Zugang verschafften, mußten sie entdecken, daß die Macht sich verlagert hatte. Sie war mit der Globalisierung in die Hände der Wirtschaftsbosse übergegangen, der Bankiers, Industriellen und amerikanisch gestylten Manager, hatte sich also in Bereiche zurückgezogen, in die die Frauen praktisch nicht eingedrungen waren. Die Erwerbstätigkeit der schwedischen Frauen hatte sich vor allem im öffentlichen Dienst voll entfaltet, während man in der Privatwirtschaft und vor allem in den Großunternehmen weniger als zehn Prozent Frauen antraf. Doch die Regierung konnte sich nicht etwa der Aufgabe widmen, das Schicksal der Frauen besser zu gestalten, sondern sie hatte alle Hände voll damit zu tun, die Auswirkungen der Rezession abzumildern.

J. S.: Das gilt für alle westlichen Länder. Es gibt zur Zeit keine glücklichen Politiker, seien sie nun Männer oder Frauen.

B. G.: Das ist zweifellos richtig, aber es besteht ein großer Unterschied zuungunsten der Französinnen. In Schweden, in Dänemark, in Finnland, in Norwegen sind die Frauen zu allen Zeiten solidarisch gewesen, ganz ähnlich wie bei den Angelsachsen. Sie gehören Clubs an und haben ihre Schwesternschaften so wie die Männer ihre Bruderschaften. Nichts dergleichen in Frankreich. »Schwesternschaften« haben hier niemals Fuß gefaßt. Das Wort selbst ist ungebräuchlich. Jede Französin agiert für sich allein, ohne klare Orientierung, ohne Unterstützung, nur allzuoft ist sie der Mißgunst ausgesetzt oder gezwungen, die Männer zu hofieren, nur um akzeptiert zu werden. Und wenn sie zu viel Persönlichkeit entfaltet, wird sie beiseitegeschoben.

J. S.: Die Französinnen scheinen unablässig darauf bedacht, nur ja nicht als Feministinnen zu gelten, sie wollen nicht mit den Vorbildern der Emanzipation identifiziert werden. Gibt man zu, daß die Diskriminierung der Frau einen beschäftigt, macht man sich lächerlich. Das Kürzel MLF für die Frauenbewegung *(Mouvement de libération des femmes)* ist gleichbedeutend mit Extremismus, mit radikalem Emanzentum.

B. G.: In Skandinavien ist anscheinend das Gegenteil der Fall. Die Männer sind nicht in dieser Art von Rivalitätsbeziehung zu ihren Ehefrauen und ihren Arbeitskolleginnen befangen. Der Feminismus wird als notwendige Reformbewegung gesehen und nicht als Provokation, als Aggression gegen die Männer. Man redet dort nicht vom Krieg der Geschlechter. Die Errungenschaften der Frauen, die erzielten Fortschritte, werden nicht als Kriegshandlungen eingestuft. Bei uns gilt alles als verlorene oder gewonnene Schlacht. Das kann einem auf die Nerven gehen! Wenn dort eine Frau einen Mann verläßt, dann führt sie nicht Krieg gegen ihn, sondern sie verläßt ihn, Punkt.

J. S.: Sollte hier etwa die Eitelkeit des romanischen Mannes, um nicht zu sagen des *Latin lovers,* im Spiel sein? Und ist sie auch im Spiel, wenn es um Parität geht? Muß man nicht befürchten, daß ein Quotenzwang in Frankreich zur Wahl von sehr jungen, unerfahrenen und mithin für manipulierbar gehaltenen Frauen führt, so daß in vielen Jahren kampferprobte Frauen verdrängt werden, weil man ihre Kompetenz fürchtet.

B. G.: Solange die Männer an der Spitze der großen Parteien stehen und die Kandidatenaufstellung kontrollieren, muß man das wohl befürchten. Alles wird von der Solidarität der Frauen untereinander abhängen.

J. S.: Im *Nouvel Observateur* stellte Françoise Giroud die Frage aller Fragen: Wird die Macht, sobald sie eine geteilte ist, sich wesensmäßig verändern? »Die Frauen träumen wenig«, fügte sie hinzu. »Die Männer sind es, die träumen und ihre nur allzuoft tödlichen Hirngespinste verfolgen. Die Frauen verwirklichen Dinge. Positiv ist die Kombination von beidem.« Aber ich stelle mir manchmal die Frage: Und wenn genau dies unmöglich ist? Wenn die beiden Geschlechter zu verschieden sind, um zusammenzuarbeiten, um gemeinsam zu regieren?

B. G.: Ich persönlich glaube das überhaupt nicht. Die Leute, die die Macht lieben, seien sie Männer oder Frauen, haben ganz offensichtlich etwas gemeinsam. Männliche Verhaltenszüge bei den Frauen sind aber so nachhaltig erstickt oder in Verruf gebracht worden, daß man sie gar nicht als Faktum hat würdigen können, und umgekehrt ist es genauso. Eine gegenseitige Annäherung wird erst möglich sein, wenn der einzelne nicht mehr so festgenagelt ist auf sein geschlechtsbestimmtes Image.

J. S.: Eben, und meinen Sie nicht, daß die Frauen sich in den Differentialismus, die Auffassung vom Wesensunterschied der Geschlechter, haben einsperren lassen, daß sie da in eine Falle gegangen sind?

B. G.: Das Wort sollte geächtet werden! So tölpelhaft dürfte man eigentlich nicht sein, daß man in diese Begriffsfalle tappt. Jeder hat Anrecht auf das Schicksal, das er in sich angelegt fühlt, er muß sich nicht in das Schicksal ergeben, das sein Geschlecht ihm vorzugeben scheint oder aufzwingen will. Was die Individuen gemeinsam haben, ist auch und gerade die Tatsache, daß sie voneinander verschieden, daß sie einzigartig sind. Im Bereich der mathematischen Symbole herrscht hier Eindeutigkeit. Der Unterschied, der durch das schräg durchgestrichene Gleichheitszeichen ausgedrückt wird, ist die annullierte Gleichheit.

J. S.: Danièle Sallenave schreibt, das Recht auf Anderssein führe zum Anderssein der Rechte.

B. G.: Eine hübsche Formel. Im Namen dieses Rechts sind gewisse Feministinnen in eine Sackgasse vorausgeeilt und haben andere Frauen nachgelockt. Wenn man zum Beispiel sagt, daß die Frauen von Natur aus die Politik nicht mögen, daß sie zu zartbesaitet sind, um die Macht, wie sie nun einmal beschaffen ist, auszuüben, zu empfindsame oder zu reine Seelen, dann ist das albernes, aber in einem bestimmten Sinn nützliches Geschwätz, insofern es die Macht der Männer weiter gewährleistet. Herauskommen wird man aus dem Dilemma nur dann, wenn man das Wort »Differenz« durch das Wort »Diversität« ersetzt. Solange man die Individuen nicht unter dem Aspekt der Vielfalt sieht, sondern unter dem der Verschiedenheit (wozu der Aspekt der Komplementarität die noch schlimmere Variante darstellt), solange stößt man sich die Nase blutig an der unmöglichen Gleichung »Gleichheit in der Unterschiedlichkeit«. Und ich begreife nicht, daß wir uns auf dieses Konzept der wesensmäßigen Verschiedenheit haben festlegen lassen, ich begreife nicht, daß wir uns selbst in diese Ecke manövriert haben. Wo doch das Wort »Vielfalt« sämtliche Türen aufstößt, Männern wie Frauen zugute kommt und niemanden zu trister Ähnlichkeit verurteilt.

J. S.: Als das Recht auf Diversität noch auf sich warten ließ, haben Sie in *Ödipus' Schwester* erst einmal als »Ehefrau« Ihren Unterschied deutlich gemacht. Mußte sich Paul Guimard damals nicht mit Reaktionen seitens seiner Männerfreunde auseinandersetzen, mit Bemerkungen vom Typ »Sag mal, deine Frau schreibt da so komische Sachen ...«?

B. G.: Doch, natürlich. Aber in meiner Gegenwart hielt man sich eher zurück. Immerhin erinnere ich mich an das Festival von Nizza, bei dem wir beide unsere Bücher signierten, und daran, wie der damalige Bürgermeister zu Paul trat und sagte: »Mein armer Freund, was ich alles so höre! Ich wußte gar nicht, daß Sie der Mann von Benoîte Groult sind. (Geschmerzter Blick hinüber zum Nachbartisch mit meinen Büchern, von dem ich mich soeben entfernt hatte.) Ich bin wahrscheinlich altmodisch, aber ich schaffe es nicht, mich für all diese laut redenden,

Pfeife rauchenden Frauenrechtlerinnen zu interessieren.« Ich habe nie geraucht, nicht einmal eine Zigarette, aber was bringt es, mit dieser Art von Macho zu diskutieren? Paul ist derartigen Situationen mehr als gewachsen. Ich weiß, daß er dann meine Fähigkeiten würdigt, wie er es selten in meiner Gegenwart tut, und daß er solch frauenfeindliche Typen viel besser, als ich es könnte, in ihre Schranken verweist. Andererseits habe ich nicht wenige Leute getroffen, denen die Enttäuschung anzumerken war, daß ich nicht der Karikatur der Frauenrechtlerin entsprach, daß ich kein behaartes Mannweib war und auch nicht steril oder sexuell frustriert wirkte. »Sie sind also verheiratet?« – »Ja, und sogar zum drittenmal.« – »Und Sie haben Kinder?« – »Ja, drei Töchter.« Da waren sie dann wieder etwas beruhigt: Der Feminismus hatte mich offensichtlich traumatisiert, so daß ich es nur zu Töchtern gebracht hatte. Aber liebend gern hätten sie mich ganz am Rande der Gesellschaft stehen sehen. Simone de Beauvoir wird nur deswegen akzeptiert, weil sie gesellschaftlich eine Sonderstellung einnahm.

J. S.: Keine Kinder, Ablehnung der Ehe, Liaison mit dem international berühmten Philosophen, der den Nobelpreis abgelehnt hat – ein wahrhaft ungewöhnliches Paar. Des weiteren gab es junge Frauen, die sich zu ihrem Lesbierinnentum bekannten und dazu, daß sie keinerlei Männergeschichten hatten. Wiederum Personen, mit denen Frauen – anständige Frauen – sich nicht identifizieren konnten. Aber Sie ... Sie hätten eigentlich die Frau sein müssen, die man bekämpft, mehr bekämpft als die anderen.

B. G.: Nun ja, vielleicht ist da der Humor zu etwas nutze gewesen. Und außerdem wirkte ich wie eine »anständige« Frau. Etwas, was mir von einer guten Erziehung geblieben war und was so manchen aus der Fassung brachte. Zu gern möchte ich manchmal unverblümte Antworten finden wie Bernard Tapie oder auch einfach zuschlagen …

J. S.: Haben Sie Simone de Beauvoir damals Ihr Buch geschickt?

B. G.: Natürlich. Ich hoffte so sehr, sie kennenzulernen. Aber von ihrer Seite ist dann nichts gekommen. Dabei hätte es mich zutiefst aufgewühlt, wenn sie mein Buch gut gefunden hätte.

J. S.: Trotzdem, Sie brauchen keine Autorität, die Ihnen hilft, Selbstbewußtsein zu entwickeln.

B. G.: O doch, damals hätte ich sie gebraucht. Die Autorität der Beauvoir hatte eine geradezu mythische Dimension. Ein anerkennendes Wort von ihr, und ich hätte mich als Feministin von geschichtlichem Rang gefühlt.

J. S.: Wenig später haben Sie dann gemeinsam mit Claude Servan-Schreiber die Zeitschrift *F Magazine* gestartet.

B. G.: Ja, das war um 1978 herum. *Ödipus' Schwester* hatte einen so großen Erfolg gehabt, daß ich, kommerziell gesehen, für Jean-Louis Servan-Schreiber plötzlich eine Trumpfkarte darstellte. Seine Frau Claude wollte damals eine echt feministische Zeitschrift, die ausschließlich von Frauen redigiert werden sollte, auf den Markt bringen. Im Hinblick auf die Inserenten war es wichtig, daß ich nicht dem Schreckgespenst entsprach, als das sich alle Feministinnen vorzustellen beliebten. Ich trug keine durchlöcherten Jeans, hatte saubere Fingernägel, sagte nicht dauernd »Scheiße«, und so hat er mich denn gebeten, ihn durch die ganze vorbereitende Promotionkampagne und bei der Suche nach Investoren zu begleiten. Eine Zeitlang habe ich geglaubt, er schätze meine Bücher und mich als Person. Als er aber zwei Jahre später erklärte, der Feminismus sei überholt, und als es mit unserer Zeitschrift, die einen sehr guten Start gehabt hatte, ganz allmählich bergab ging, da wurde mir klar, daß ich nur eine kleine Figur auf seinem Schachbrett gewesen war und *F Magazine* ein anomales Phänomen, ein Wunder in der Geschichte der Frauenpresse. Claude Servan-Schreiber wurde von ihrem Posten verdrängt, das Team der Redakteurinnen ausgewechselt und *F Magazine* umgetauft in *Le Nouveau F*, danach in *Femmes*. Und siehe da, es erschienen die Erinnerungen einer Sylvie Vartan, die Bekenntnisse einer Dalida und Artikel von Männern, die das Frauenvolk ihrem gestrengen Urteil unterwarfen: Bernard-Henri Lévy, Philippe Sollers & Co.

J. S.: Der Feminismus war nicht mehr einträglich genug. Man kehrte zurück zu den traditionellen Ingredienzen, die den Erfolg von *Cosmopolitan, Biba* und so weiter ausmachen ...

B. G.: Leider! Wir hatten wirklich versucht, etwas anderes zu machen, mit Frauen, die von etwas anderem reden wollten als von Orgasmen, von Tricks, mit denen man einen Mann in die Falle lockt, von Falten, Hintern, Reithosenphänomen und Fettabsaugung. Wenn ich jetzt, zwanzig Jahre später, eine Ausgabe durchblättere und sehe unter den Artikeln die Namen wirklich seriöser Autorinnen, wenn ich das Titelbild der Nummer eins wieder anschaue, eine Nahaufnahme von Claire Bretecher, auf deren nackter Schulter eine tätowierte kleine »Frustrierte« prangte, dann habe ich den Humor, den Schwung, die Intelligenz des ganzen Teams wieder vor Augen. Intelligenz – ein Wort, bei dem man normalerweise nicht gleich an die Frauenpresse denkt, sondern das man für männliche, intellektuelle Zeitschriften wie *Les Temps modernes* oder *Tel Quel* reserviert. Und dennoch, es gab die intelligenten Artikel über das Kino beispielsweise und die den Frauen dabei vorbehaltenen Rollen, über den Stellenwert von Stöckelschuhen in Männerphantasien, über Frauen jenseits der sechzig oder gar – Horrorvorstellung – der siebzig, die noch sehr gut und nicht nur verknittert aussahen – wie befreiend! Übrigens entsprachen wir damit einem echten Bedürfnis der Leserinnen. Wir hatten eine Auflage von zweihunderttausend und viele Abonnentinnen, die sich immerhin auf zwei Jahre verpflichteten.

J. S.: Und auch die Aufmachung konnte sich sehen lassen: schönes Papier, schöne Fotos ... eben nicht ein Blättchen auf Recyclingpapier wie so viele feministische Zeitschriften damals.

B. G.: Ja. Die Herstellung war sehr teuer, und dementsprechend fanden die Werbeleute, die sich ein wenig hatten nötigen lassen und uns dicke Budgets einräumten, zu ihren frauenfeindlichen Reaktionen oder, besser gesagt, zu ihren antifeministischen Reaktionen zurück. Wir wollten von Mode nicht reden, ohne uns das Recht zu kritischen Kommentaren vorzubehalten, und wir wollten auch nicht zahllose Seiten den Monatsbinden, den Tampons, den Slipeinlagen und was sonst noch die Frau »befreit«, widmen. Also haben sie uns irgendwann doch die Luft abgedreht. Die Werbung meldete sich übrigens sofort zurück, als im umgetauften *Le Nouveau F* Kochrezepte, Mode und Kosmetik wieder zur einzigen Sorge wurden.

J. S.: Gab es einen bestimmten Moment, in dem Sie spürten, daß der Wind umgeschlagen hatte?

B. G.: Ja, er blies rauh unsere sämtlichen Illusionen hinweg. Die Verleger haben ihre Frauenbuchreihen fallen lassen (sie hatten allesamt eine solche Reihe), die Presse hat nicht mehr über feministische Demonstrationen berichtet ... Wir kehrten in den Schatten zurück.

J. S.: Und Sie haben begriffen, daß letztlich das, was wir für eine echte gesellschaftliche Wende gehalten hatten, nur eine Mode gewesen war?

B. G.: Ich habe gespürt, daß die Frauen eine tiefgreifende Veränderung durchgemacht hatten, daß die Errungenschaften nicht mehr hergegeben würden ... Nach außen hin, das wurde mir klar, durften wir ab jetzt nicht mehr so viel Profil zeigen. Glücklicherweise ist dann die Linke an die Macht gekommen – übrigens dank der weiblichen Wähler –, und zumindest in den ersten Jahren des Ministeriums für die Gleichstellung der Frau, des ersten in unserer Geschichte, haben die Sozialisten etliche Reformen durchgebracht, dank der sich der Status der Frau im bürgerlichen Leben, in der Berufswelt und auch im persönlichen Bereich verbessert hat.

J. S.: Gewiß, es sind Gesetze verabschiedet worden, aber

Verhaltensweisen werden nicht per Verordnung geändert. Normalerweise gehen die Gesetze dem Sittenwandel voraus. Nun sind aber die Verhaltensweisen gleich geblieben, wenn sie sich nicht sogar verschlimmert haben. Im Mikrokosmos meines Unternehmens fällt mir etwas ganz besonders auf: Wenn Männer aufeinander losgehen, auch wenn sie dabei sehr ausfallend werden, dann hört man nie solche Worte und auch nicht einen solchen Ton, wie wenn sie auf eine Frau wütend werden. Und dies scheint mir denn doch sehr charakteristisch für die Männer meiner Generation, weil die Männer der vorangehenden es gar nicht wagten, einer Frau gegenüber wütend zu werden.

B. G.: Weil sie sich in ihrem patriarchalischen Verhalten gefielen. Man konnte ihnen als Frau einfach keine Angst machen. Bei den jungen Männern entsteht Panik, sie sehen die Rivalin, und mit der angeborenen Autorität ist es nicht weit her.

J. S.: Vielleicht ist es so. Aber dennoch ... Als ich bei meiner Zeitung angefangen habe, war ich, hierarchisch gesehen, ein Nichts. Aber bei Männern wie Jacques Fauvet, Bernard Lauzanne oder André Fontaine, die wirklich einer anderen Generation angehörten, habe ich mich nie so abgewertet und verachtet gefühlt, wie ich mich heute gegenüber Typen meines Alters geringgeschätzt fühle.

B. G.: Es handelt sich um eine Abwehrreaktion. Wenn Tiere Angst bekommen, dann beißen sie. Die Männer stecken in einer Identitätskrise, sie wissen nicht mehr, wie sie taktisch mit jungen Frauen umgehen sollen, die genauso kompetent sind wie sie selbst, die ihre eigenen Waffen verwenden, nur mit einem anderen Typ Munition, und die diese Waffen auch anders bedienen. Es ist schlicht Panik und manchmal natürlich Haß.

J. S.: Was ist also zu tun?

B. G.: Nun ja, eine Generation ...

J. S.: ... muß geopfert werden? Meine? Vielen Dank!

B. G.: Die erste Linie sozusagen, die, welche die Schützengräben verläßt und ohne Deckung vorrückt. Wir waren doch letztlich alle im sicheren Unterstand, waren geschützt und umsorgt, plötzlich aber befinden wir uns im offenen Gelände. Da muß es zwangsläufig Verluste geben. Es klingt hart, wenn ich das so sage, zumal ich jemand bin, der in seinem relativ gemütlichen Eck sitzen kann. Ich gehöre zu einer Generation, die Angst gehabt hat und die keine Angst gemacht hat! Außerdem ist der einzige Feind, den ich habe, die leere Seite Papier. Sie hingegen, Sie befinden sich mitten im Kampfgetümmel, und das in einem Beruf, der symbolhaft für Macht und Einfluß steht. Alles muß auf dem Terrain gelernt werden: Kampfgeist, List, Unempfindlichkeit gegenüber Beschimpfungen, gegenüber Rempeleien und Tiefschlägen.

J. S.: Und gelernt werden muß auch, daß man den Irrtum, den Mißerfolg hinzunehmen hat, ohne gleich die Gesamtheit der Frauen wieder in Frage zu stellen.

B. G.: Ja, auch das ist wichtig. Weil die Fehlentscheidungen gerade seitens Politikerinnen gegen alle Frauen verwendet werden, und zwar mit einer perversen Genugtuung. Stellen Sie sich nur einmal vor, Edith Cresson hätte

die Firma Thomson Multimedia für einen symbolischen Franc an Südkorea verkauft! Ich kann sie regelrecht hören, all die Politiker, wie sie um die Wette wiederholen, daß eine Frau sowieso nichts von Elektronik versteht und das Nationalvermögen aus purer Inkompetenz verschleudert. Edith Cressons Vertreibung war auf jeden Fall fällig, sie war in den heiligen Bezirk, oder um es salopp zu sagen, in den Strafraum eingedrungen. Aber die Männer haben trotz ihrer Grausamkeit Zeit gebraucht, um sie zum Stolpern zu bringen. Mitterrand hat sie lange gegen die Mehrzahl seiner politischen Freunde gehalten, und sie selbst ist nicht in die Knie gegangen.
J. S.: Das ist möglicherweise doch ein tröstlicher Aspekt: Die Frauen lassen sich nicht mehr so leicht beeindrucken. Es gibt Verluste, wie Sie es gerade gesagt haben. Aber insgesamt rücken wir doch vor, dem konzentrierten Sperrfeuer zum Trotz.
B. G.: 1979 hatte ich zu einem Buch für *F Magazine* ein Vorwort geschrieben – es war eine Untersuchung über die »neuen Frauen« –, und als Schluß wählte ich einen Vierzeiler von Martin Luther King, der sich selbstverständlich an die für ihre Befreiung kämpfenden Schwarzen Amerikas richtete, der aber ganz unzweifelhaft auch für die Frauen von heute gilt:

We ain't what we oughta be
We ain't what we wanta be
We ain't what we gonna be
But thank God, we ain't what we was!

Wir sind nicht, was wir sein müßten
Wir sind nicht, was wir sein möchten
Wir sind nicht, was wir sein werden
Aber Gott sei Dank sind wir nicht mehr, was wir einmal waren!

Kapitel IX

Die Frau, das unbenannte Wesen

Von allen Instrumenten zur Unterdrückung der Frauen
ist die Sprache das wesentliche und dabei vor allem
das am schwierigsten zu überwindende.
Pierre Guiraud, *Semiologie der Sexualität*

J. S.: Von 1984 bis 1986 waren Sie Vorsitzende der Kommission zur Feminisierung der Berufsbezeichnungen. Das ist nun wahrlich ein Thema, bei dem sich die Geister der Frauen scheiden. Manche meinen, das sei eine Lappalie und es gebe ganz andere Kämpfe auszufechten. Ihnen jedoch ist der Einsatz dafür, daß die Frauen ihren Beruf auch in grammatikalisch weiblicher Form nennen können, durchaus wichtig. Sie bezeichnen sich selbst als *écrivaine,* als Schriftstellerin, mit einer feminisierten Wortform also, die für die französischen Wörterbücher gar nicht existiert.

B. G.: Und genau das kann man nicht länger hinnehmen! In der französischen Sprache, von der es immer heißt, sie sei besonders logisch und klar, herrscht in diesem Bereich das totale Chaos. Wir werden gebeten, die in der Grundschule erlernten Regeln zur Bildung der weiblichen Formen zu vergessen. Dabei ist diese Regel doch sonnenklar: »Im allgemeinen verändert das Hauptwort seine Form, je nachdem, ob es männlich oder weiblich ist. Die weibliche Form wird in den meisten Fällen durch ein stummes ›e‹ am Wortende gekennzeichnet. Das französische Hauptwort kennt das im Lateinischen sehr häufige Neutrum nicht mehr« (auch wenn das der Académie Française zutiefst mißfällt). In Anbetracht dieser Norm dürfte es keinerlei Schwierigkeiten geben, eine weibliche Bezeichnung für die Berufe zu bilden, die die Frauen neuerdings ausüben. In Wirklichkeit aber gerät alles zunehmend in Verwirrung. Die Beispiele – ich werde Ihnen ein paar zitieren – sind völlig abstrus. In ein paar wenigen Fällen – etwa sieben Prozent – kann man das Zögern verstehen, aber ansonsten muß man der Sprache keinerlei Gewalt antun, um die Femininform zu bilden. So nennt sich etwa die Tochter von Jacques Chirac *conseiller*, also Berater, für Kommunikation. Das Wort *conseillère* existiert, es ist ein gängiges Wort. Wäre Claude Chirac weniger effizient, wenn sie Berater*in* wäre? Barbara Mac Clintock, die mit einundachtzig Jahren den Nobelpreis bekam, wurde in der Presse immerhin als *généticienne*, als Genetikerin, bezeichnet. Marguerite Yourcenar hingegen blieb bis zu ihrem Tod *Madame l'Académicien* – es war ihr im übrigen auch völlig egal. Es war nur konsequent, daß die Académie Française, die sich als Hüterin der reinen Sprache versteht, sich aber eher als deren Gefängniswärterin geriert, in *Le Monde* den Tod »unseres geliebten Amtsbruders Marguerite Yourcenar« beklagte. So ist auch Madame Bruntland »der norwegische Premierminister«,

Madame Allbright »der amerikanische Außenminister«, und in einer Werbung für den in Frankreich erst unlängst eingeführten Römertopf nennt sich Madame de Meurville »französischer Gastronomiekritiker«. Paloma Picasso ist »Modeschöpfer«, Isabella Rosselini aber »Schauspielerin«. Häufig wechselt die gleiche Frau von der männlichen zur weiblichen Form in ein und demselben Satz. So ist Simone Berriau zugleich »Opernsänger« und »Schauspielerin«. Man erfährt, daß Monique Berlioux, ehemals *directeur* des Olympischen Teams, mit der Ehrenlegion ausgezeichnet wird, während Madame Claude Bessy *directrice* der Opernballettschule geworden ist. Die weibliche Form mag man für den Tanz gerade noch hinnehmen, des richtigen Sports aber ist sie nicht würdig. »Der Komponist Germaine Taillefer ist heute morgen in ihrer Pariser ... hmmm ... in seiner Pariser Wohnung gestorben« – der unglückselige Rundfunksprecher von *France Inter* geriet ins Schleudern und fing an zu stottern. Ja, auch Sie, meine liebe Josyane, sind keine Ausnahme, auch Sie geraten manchmal in die Bredouille mit der weiblichen Form der Berufsnamen. Zum Beispiel in Ihrer Biographie von Carson McCullers schreiben Sie auf Seite 222, sie sei ein *écrivain célèbre et célébrée,* also »ein berühmter Schriftsteller, *die* einen weltweiten Ruf genießt ...«

J. S.: Ja, ich weiß, zu diesem Thema habe ich eine etwas widersprüchliche, irrationale Einstellung. Es ist mir erst seit kurzem bewußt, nachdem ich mich mit Ihrem Wirken in diesem Bereich etwas näher befaßt habe, daß der Kampf tatsächlich durchgefochten werden muß, weil er doch von erheblicher symbolischer Bedeutung ist. Aber ich gehöre zu den Leuten, die sagen, daß alles, was nicht benannt wird, auch nicht existiert. Wenn man mich aber dann auffordert, das Wort *écrivaine* zu verwenden, behaupte ich, dieses Wort sei häßlich, was völlig absurd ist. Setze ich allerdings in einem Zeitungsartikel für die Dichterin *la poète* ein, was ja überhaupt nicht problematisch ist, genausowenig wie *la journaliste* für die Journalistin, dann stoße ich immer auf passiven Widerstand. Stets stellt sich da ein Korrektor dazwischen, der *la poète* in *la poétesse* umwandelt – und dieses Wort mißfällt mir zutiefst, denn es hat mit der Zeit eine abwertende Bedeutung bekommen. Eine *poétesse* klingt unvermeidlich nach weiblichem Dichter zweiten Ranges.

B. G.: Die Endung *-esse* hat eindeutig eine abwertende Konnotation, wie übrigens viele weibliche Wortformen. Im Grévisse (A. d. Ü.: französisches Sprachwörterbuch und Grammatik) wird klargestellt, daß *poétesse* für eine Frau verwendet wird, die schlechte Verse schreibt. Ähnlich ist es mit der *doctoresse,* während früher die Worte, die auf *-esse* endeten, wie etwa *princesse* oder *diaconesse,* nichts Negatives hatten.

J. S.: Aber war denn völlig ausgeschlossen, daß die Dinge sich von alleine entwickeln, mußte denn unbedingt eine Kommission gegründet werden? Mußte man denn auch da wieder auf gesetzgeberische Gewalt zurückgreifen? Weshalb dieses leidenschaftliche Reglementieren?

B. G.: Weil sich nichts von alleine entwickelt, wenn es um Frauen geht. Nichts wird ohne Kampf durchgesetzt. Wie wichtig unsere Aktion war, erkennt man an den vehementen Reaktionen: Es hieß, wir würden verbalen Terrorismus praktizieren. Diese Heftigkeit bestätigt, daß Sprache in uns allen etwas sehr Tiefgründiges berührt. Sprache ist nicht nur ein schlichtes Werkzeug zur Kommunikation, Sprache ist auch das Spiegelbild unserer Vorurteile, unserer Machtverhältnisse, unserer unbewußten Wünsche.

Wie die Frauen reden, wie man zu ihnen spricht und wie man über sie spricht, das alles fließt unmittelbar ein in das Bild, das sie von sich selbst entwerfen, und erst recht in das Bild, das sie von sich selbst haben.

J. S.: Ich erinnere mich an einen Satz der Journalistin Michèle Cotta, als Ihre Kommission eingerichtet wurde: »Eine Sprache, die nicht in der Lage ist, die Wirklichkeit von heute zu beschreiben ... und die nicht über die nötigen Begriffe verfügt, um die neuen Realitäten zu bezeichnen, ist eine tote oder zumindest verstümmelte Sprache.« Mir scheint, diese Bemerkung wird nicht auf die Frauen angewendet, und die Frauen selbst denken über sie nicht nach.

B. G.: Michèle Cotta hat völlig recht. Übrigens hat sie, als sie die Leitung der Obersten Kontrollkommission für die Medien innehatte, gefordert, daß man sie *la présidente* nennt. Sie hat es verlangt, und man ist ihrer Forderung nachgekommen. So einfach war das ...

J. S.: Wenn man ein Amt in der weiblichen Form nicht zu benennen vermag, heißt das im Grunde, daß es dieses Amt für Frauen gar nicht gibt oder daß seine Existenz zumindest zweifelhaft erscheint.

B. G.: Das Amt existiert dann in den *Augen der Gesell-*

schaft für Frauen nicht. Den Zugang für Frauen zu besonders angesehenen Berufen in der Sprache unsichtbar zu machen, bedeutet, diesen Zugang zu negieren. Die Männer haben mit der Sprache um so weniger Probleme, als sie von solchen Wortschatzlücken nie betroffen sind: Ein Mann ist nie ein Herr Hebamme.

J. S.: Ihre Kommission ist aus der Feststellung dieses Mankos heraus entstanden, aber wie hat sie sich in der Praxis formiert?

B. G.: Das haben wir Yvette Roudy zu verdanken, sie war die erste »Ministerin für Frauenrechte«, die erste, die tatsächlich über einen Etat verfügte. Auch über Ideen verfügte sie, viele Ideen! Zu Giscards Zeiten hatte es zwar eine Staatssekretärin gegeben, die für Frauenfragen zuständig war – aber ob solche Fragen auch beantwortet werden können, ist wiederum die Frage. Die Umbenennung des Amtes war symbolisch wichtig. Und die Änderung ihrer eigenen Berufsbezeichnung schien den Ministerkolleginnen Schwierigkeiten zu bereiten. Jedenfalls hat Yvette Roudy beschlossen, eine Kommission zu gründen, die sich mit diesem Problem befassen sollte, nach dem Vorbild von zwei Dutzend weiterer Kommissionen, die es schon gab und deren Aufgabe es war, die Terminologien in anderen Bereichen den neuen Gegebenheiten anzupassen, etwa im Bereich der Medizin oder bestimmter Technologien. Diese Kommissionen, die aus Linguisten und Fachleuten der jeweiligen Disziplinen zusammengesetzt waren, haben beachtliche Arbeit geleistet und verhindert, daß das Englische in bestimmten Fachbereichen allzu massiv das Terrain besetzte. Während andere Kommissionen oft neue Begriffe bilden mußten, brauchten wir nichts zu erfinden, wir sollten nur die ganz normalen Sprachmechanismen aktivieren und weibliche Bezeichnungen anregen, wie es sie früher ganz selbstverständlich gegeben hat. Im Mittelalter war das überhaupt kein Problem, da war eine Frau, die die Arbeit eines Webers machte, eben eine Weberin, *une tisserande,* oder eine Frau, die einer Abtei vorstand, eine Äbtissin, *une abbesse,* und auch aus der Gerichtssprache ließen sich Beispiele zitieren.

J. S.: Aber wenn doch der Sprachgebrauch entscheidend ist, wie Sie sagen, wozu dann Gesetze machen? Wie soll ein von der Öffentlichkeit nicht akzeptiertes, ein sozial nicht »integriertes« Gesetz den Sprachgebrauch ändern?

B. G.: Wozu, glauben Sie, dient eine Grammatik? Eine Grammatik ist dazu da, den guten und den schlechten, und das heißt den richtigen und den falschen Sprachgebrauch zu definieren. Sie dürfen nicht vergessen, daß die Académie Française verzweifelte Versuche unternommen hat, gerade auch hier die Sprache kraft Gesetz zu regulieren. Es galt also zumindest, gegen die absolut frauenfeindlichen Vorschläge der Académie anzukämpfen. Diese wollte, wenn sie schon die bisher gebräuchlichen weiblichen Berufsbezeichnungen nicht verbieten konnte, auf alle Fälle verhindern, daß neue entstehen. In wessen Namen, ich bitte Sie, sollte denn der männlichen Form der Vorzug gegeben werden, wenn nicht um den Phallozentrismus dieser Herr-Schaften, neununddreißig an der Zahl – Marguerite Yourcenar war damals die einzige

Frau –, zu dienen? Und ganz nebenbei gesagt: In der hehren Runde sitzt seit dem Tod von Roger Caillois kein einziger Linguist, und auf jeden Fall sitzen dort viel weniger Grammatikfachleute als in unserer Kommission. Wir haben auch nicht verlangt, daß die weibliche Form bevorzugt werde, was lächerlich wäre, sondern nur, daß sie für Frauen angewandt wird, was logisch ist. Und da behauptete man, daß die Sprache sich von alleine entwickelt und es sinnlos ist, Empfehlungen zu geben. Das ist doch völlig falsch, vor allem bei uns in Frankreich, wo die Sprache unentwegt kodifiziert und genormt worden ist. Die Franzosen haben eine sehr eigenartige, sehr leidenschaftliche Beziehung zu ihrer Sprache. In Frankreich wimmelt es nur so von Sprachwörterbüchern und Grammatiken. Wir sind das Land, das am meisten Verordnungen, Erlasse, Anweisungen und Handbücher zum richtigen Sprachgebrauch besitzt. Und wir sind auch ein Land, das seine Sprache so sehr respektiert, daß wir Schuldgefühle entwickeln, wenn auch nur ein Komma geändert wird. Auch wenn wir es schlecht beherrschen, sind wir alle große Liebhaber des »guten Französisch«. Dazu gehört auch unsere Ehrfurcht vor der manchmal reichlich abstrusen Rechtschreibung. Vermutlich als einzige auf der Welt haben wir im Staatsfernsehen übertragene Rechtschreibwettbewerbe. Nicht zu vergessen die endlosen Höflichkeitsfloskeln am Schluß unserer Briefe, von denen wir partout nicht ablassen, weil sie irgendwann im 17. Jahrhundert festgelegt wurden. Unzählige Menschen verzapfen nach wie vor solchen gespreizten Stumpfsinn in ihren Episteln, und ich bilde da keine Ausnahme, weil auch ich

die Regeln sprachlicher Wohlanständigkeit nicht verletzen will.
Aber erst einmal muß man akzeptable neue Wörter aushecken, wenn man will, daß sie in der Sprache aufgenommen werden. Und das sollten doch besser Fachleute der jeweiligen Disziplin im Verein mit Linguisten übernehmen. Nach diesem Schema funktionieren alle Terminologiekommissionen. Aber in unserem Fall hat die wohlbekannte Frauenfeindlichkeit natürlich wieder gesiegt: Obwohl die Kommission vom Staatspräsidenten befürwortet und vom Premierminister unterstützt wurde, hat man sie, weil es um die Sprache der Frauen ging, mit schallendem Gelächter begrüßt. Sie entfesselte Hohn, Spott und Anzüglichkeiten – der »französische Schweinehund«, um Simone de Beauvoirs Ausdruck zu zitierten, riß sich von der Leine los –, ganz als wäre jedes Antasten der Sprache ein Verbrechen der »Mannestätsbeleidigung«. Ein Sturm der Entrüstung ging durch den Blätterwald. *France-Soir* verstieg sich in einer Schlagzeile sogar dazu, vor der drohenden Gefahr der »Klitokratie« zu warnen. Selbst Journalistinnen stimmten ein in den Chor der Verleumder. Als ich dieses Sperrfeuer wahrnahm, begriff ich, warum Yvette Roudy gerade mich gebeten hatte, den Vorsitz der Kommission zu übernehmen. Zu diesem Zeitpunkt war ich in den Medien keine Unbekannte mehr. *Ödipus' Schwester* war vorangegangen, und Yvette dachte, daß es mir nicht schwerfallen würde, der zeternden und geifernden Meute öffentlich Paroli zu bieten, leichter auf jeden Fall als dieser oder jener an einer Provinzuniversität lehrenden Lingustin, auch wenn diese

noch so kompetent gewesen wäre. Von der Notwendigkeit des Handelns überzeugt, habe ich mich darauf eingelassen. Es war alles andere als ein Zuckerlecken. Aber ich war auch ganz beglückt darüber, denn dieses Abenteuer bewies, daß die frauenfeindlichen Verhaltensweisen sich um keinen Deut geändert hatten, auch wenn sie mittlerweile etwas subtiler zutage traten – was meinen ganzen Groll gegen die Männer im allgemeinen und gegen die Männer der Macht im besonderen rechtfertigte. Diese Männer der Macht haben dem Vorrücken der Frauen nie mit Wohlwollen zugesehen, niemals. Um jedes einzelne Recht mußte verbissen gekämpft werden.

J. S.: Der Ausbruch der dummen, schlüpfrigen Misogynie, den Sie beschreiben, zeigt, daß dieser Kampf eine besondere symbolische Tragweite hat. Ich würde gern begreifen, warum so viele Frauen, unter ihnen auch ich, diese Symbolik nicht wahrgenommen haben, warum sich manche sogar auf die Seite der Lacher geschlagen haben – kurz: warum die Frauen sich wieder einmal alles haben gefallen lassen.

B. G.: Ja, das ist die große Frage ... Sie stellt sich nicht erst heute. Diejenigen, die jetzt die sprachliche Feminisierung mit einem Aufschrei quittieren, sind die würdigen Nachfolgerinnen derer, die sich einst gegen ihr eigenes Wahlrecht ausgesprochen haben. Die Männer kann man ja verstehen: Sie verteidigen die Wurst auf ihrem Brot. Aber daß die Frauen bei diesem Spiel mitmachen, das ist deprimierend.

J. S.: Glauben Sie, daß diese Frauen es den Männern gleichtun wollen, daß sie noch einen Schritt weiter gehen wollen, um den Wünschen der Männer nachzukommen, oder schlimmer noch, daß es sich um eine aggressive Geste gegen die anderen Frauen handelt?

B. G.: Nein, ich glaube ganz einfach, daß den Frauen ihre Beziehung zu den Männern wichtiger bleibt als alles andere. Die Französinnen bevorzugen immer den Mann. Das Ergebnis ist, daß wir hierzulande nicht den Krieg der Geschlechter erleben, wie es ihn zum Beispiel in Amerika gibt (vgl. Marilyn French: *War against Women,* 1992). Die Beziehung zwischen Männern und Frauen bleibt zivilisiert, noch immer trägt sie das Merkmal der berühmten *galanterie française,* der Preis aber ist die Aufgabe unserer Kampfbereitschaft. Wie dem auch sei, ich glaube an die Dynamik der Sprache, und ich bin überzeugt, daß man in zehn Jahren die Frauen lächerlich finden wird, die sich weiterhin mit *Madame le ...* anreden lassen.

J. S.: Glauben Sie wirklich, daß wir so optimistisch sein dürfen?

B. G.: Ich erkenne schon die ersten Vorzeichen. In der Presse liest man immer häufiger *la juge,* die Richterin, und man sieht über welche – übrigens nicht immer sehr rühmliche – Schleichwege die weibliche Form allmählich in die Sprache eindringt. Bei Staatspräsidentinnen liest man zuweilen schon *Madame la Présidente,* vorausgesetzt, es handelt sich um Dunkelhäutige irgendwo am anderen Ende der Welt, vorausgesetzt, ihre Macht ist nicht beinhart etabliert. Cory Aquino etwa oder Violeta Chamorro in Nicaragua oder auch Benazir Bhutto in Pakistan. Sobald es sich aber um eine Europäerin handelt, ist die weibliche Form verpönt: für Mary Robinson in Irland zum Beispiel oder Vigdis Finnbogadóttir in Island. Und das beweist eindeutig, daß Sexismus ein Form von Rassismus ist: Wenn sich die Erfolgsfrauen am anderen Ende der Welt aufhalten, stört es das Ego des Franzosen nicht, dann darf die Sprache ihre normalen Wege gehen.

J. S.: Wenn sich die französischen Frauen aber verbitten würden, mit *Madame le Ministre* angesprochen zu werden, dann würden sie sich doch durchsetzen?

B. G.: Manche haben es in der Tat geschafft. Yvette Roudy als Frauenministerin, auch wenn sie nicht direkt in den Kompetenzbereich der Männer eingriff. Auch Ségolène Royal als Umweltministerin wurde nicht ganz ernst genommen. Zudem war sie schwanger, was dazu führte, daß die Presse vermeldete: »Der Minister hat seinen Mutterschaftsurlaub angetreten.« Ich kannte sie nicht, aber ich habe ihr geschrieben. Allen habe ich zu diesem Thema geschrieben und ihnen eine Kopie der Verordnung aus dem Staatsanzeiger geschickt, welche die weibliche Form zur Pflicht macht. Keine hat mir geantwortet – vermutlich bin ich in ihren Augen eine erbsenzählende Stänkerin oder gar eine Reformanze. Als einzige hat Ségolène Royal geantwortet. Der hochoffizielle Briefkopf lautete: *La Ministre de L'Environnement,* also tatsächlich Ministerin. Offenbar konnte von ihren Kolleginnen keine lesen. Wenn eine Prestigefrau wie Simone Veil beschlossen hätte, *la Présidente* des Europäischen Parlaments zu sein, hätte das eingeschlagen wie eine Bombe.

J. S.: Was hielt Simone Veil davon?

B. G.: Ich habe sie sogar besucht, um mir ihre Unterstützung zu erbitten – und ich dachte, die bekäme ich ganz selbstverständlich. Mit der Gefahr, für die Frau des Präsidenten gehalten zu werden, mußte sie bestimmt nicht rechnen. Aber von wegen! Sie hat mich zum Teufel gejagt: »Das ist völlig unwichtig, und dafür werde ich nicht kämpfen. Und daß Sie von sich sagen, Sie seien *écrivaine,* dazu sage ich nur, das ist ein ganz häßliches, abscheuliches Wort.« Ich habe ihr geantwortet, daß die Schönheit oder die angebliche Häßlichkeit eines Wortes noch nie ein entscheidendes Kriterium waren.

J. S.: Sie war wohl nicht überzeugt?

B. G.: Keineswegs. Eine weitere Gelegenheit haben wir mit Édith Cresson verpaßt. Sie war zwar nicht beliebt, doch wenn sie den Mut gehabt hätte, sich als *la Première Ministre* bezeichnen zu lassen, hätten sich die Journalisten dem nicht entziehen können. Aber es war gar keine Frage des Muts, davon hatte sie eine Menge. Sie wollte nur nichts mit dem Feminismus zu tun haben. Sie kämpfte schon an so vielen anderen Fronten. Verpaßte Gelegenheiten ... und danach ist man zur guten alten Methode des Spotts zurückgekehrt. In einer Fernsehdiskussion mit mir hat der Komiker Guy Bedos eine Reihe von Witzchen gemacht vom Kaliber: »Für Adjutant werden Sie also Adju-Tante vorschlagen, jetzt, da die Frauen beim Militär sind?« Was kann man da schon antworten? Also haben wir halt gelacht – und die Diskussion war erledigt. Zu allem Überfluß wurde auch noch ein Interview eingeblendet, in dem eine akademische Karrierefrau erklärte: »In einer Zeit, in der es in Frankreich mehr als zwei Millionen Arbeitslose gibt, halte ich es für geschmacklos, sich darüber zu streiten, ob man Frau Rektor oder Frau Rektorin sagen soll.«

J. S.: Eine solche Aussage ist etwa so geistreich wie: »Angesichts eines sterbenden Kindes ist die gesamte Literatur sinn- und wertlos.« Es hat nichts miteinander zu tun, damit wird lediglich die Frage negiert.

B. G.: Völlig richtig. Man weicht damit geschickt der Diskussion aus. Nur ist es sehr unangenehm zu antworten, daß die Arbeitslosigkeit ein anderes Problem ist. Zufälligerweise ist der Umgang mit den Wörtern mein Beruf, nicht die Arbeitslosigkeit. Aber damit ist man der Diskussion geschickt ausgewichen. Ich hatte es jedenfalls satt, daß man mich als weiblichen Schriftsteller bezeichnet, allmählich kam ich mir vor wie ein behinderter Schriftsteller. Warum, verdammt nochmal, hatte ich als *romancière* die mir zustehende weibliche Endung, als *auteur* aber nicht? Wie soll man das denn einem achtjährigen Kind erklären, das die Grundregeln der Grammatik lernt? Oder einer deutschen Studentin, die über die französische Sprache promoviert und mich fragt, warum die Leiterin einer Volksschule eine Direktorin ist und die Leiterin eines Großunternehmens ein Direktor. Ich schäme mich, antworten zu müssen, daß die Frauen in Frankreich eine derart absurde Situation akzeptieren.

J. S.: Wie haben Sie diesen ganzen Hohn überhaupt ertragen? Was haben Sie sich gedacht, als ernstzunehmende Leute versucht haben, Sie lächerlich zu machen, oder als ein berühmter Historiker von der »armen Madame Groult mit ihren absonderlichen Phantasien« gesprochen hat?

B. G.: Ob berühmt oder nicht – es sind eben Männer, die *ihren* Phantasien zum Opfer fallen, eine davon betrifft die Überlegenheit der Phallusträger. Was mich immerhin beruhigt, ist die Meinung aller berühmter Grammatikspezialisten dieses Jahrhunderts, die einhellig Mißstände anprangern, die nichts mit dem Wortschatz, sondern mit den Mentalitäten zu tun haben.

J. S.: Woher kommt aber dann, daß sich nichts tut in diesem Bereich, *trotz* der Äußerungen hervorragender Fachleute?

B. G.: Das liegt an der Unterwürfigkeit der Frauen. Aber nicht nur. Das Ausradieren des Weiblichen ist auch Bestandteil einer mehr oder weniger bewußten Gesamtstrategie. Es ist so etwas wie eine letzte Notlösung, um die Flutwelle zu bremsen, als die man das Vordringen der Frauen in Machtstellungen aller Art inzwischen ansieht. Die sprachliche Ordnung dient der Macht, indem sie das vorherrschende Denken widerspiegelt, nämlich das männliche. Im übrigen haben unsere Umfragen bewiesen, daß Kinder, die noch keine Stereotypen übernommen haben, ganz selbstverständlich dazu neigen, die weiblichen Formen zu bilden. In ländlichen Gegenden, in denen der Einfluß der Académie Française nicht spürbar wird, sind Wörter wie *factrice* für Briefträgerin oder *doctoresse* für Ärztin gang und gäbe.

J. S.: Wie hat sich das Ihrer Meinung nach alles eingebürgert? Hat es damit zu tun, daß die Männer einen Beruf abwerten, sobald ihn zu viele Frauen ergreifen? Daß die Frauen also glauben, »Präsidentin« sei letztlich doch weniger als »Präsident«? Daß es doch besser ist, sich die männliche Form anzueignen, denn dann würden die Männer es nicht wagen zu behaupten, die Frauen täten zwar das gleiche, aber »eine Stufe darunter«?

B. G.: Es ist doch ganz einfach. Je höher Sie steigen in der sozialen Hierarchie, desto dünner gesät sind die weiblichen Formen. In den Berufen der untersten Kategorien gibt es kein Problem: Man ist Bäckerin, Telefonistin, Stenotypistin und so weiter. Aber je höher Sie die Leiter hochklettern, desto mehr – angeblich sprachwissenschaftliche oder gar philosophische – Gründe tauchen auf, um die weibliche Form abzulehnen. Sie sind zwar die Sekretärin des Chefs, aber Sie sind auch als Frau Staatssekretär. Ähnliche Beispiele gibt es im Französischen Dutzende. Die Akzeptanz der weiblichen Form ist also umgekehrt proportional zum Prestige des Berufs. Das sollte uns doch eine Warnung sein. Und all die ehrpusseligen Frauen, die so viel Wert auf »Präsident«, »Professor« und »Doktor« legen, sollten wirklich konsequent sein und darauf bestehen, daß man sie mit *Monsieur* anredet.

J. S.: Sie interpretieren das im Grunde als einen Angstreflex?

B. G.: Als Schüchternheit bei den Frauen und als richtige Angst bei den Männern. Angst, die Rivalinnen könnten auch noch die letzten ihnen vorbehaltenen Festungen erstürmen. Das Abnorme in der Sprache signalisiert das Abnorme in der Gesellschaft. Die Sprache prägt die Identität derer, die sie sprechen, sei es die nationale, die kulturelle oder die geschlechtliche Identität.

J. S.: Wenn die Frauen nichts durchsetzen, dann sind sie

auch nicht mehr vorhanden. Unter dem Deckmantel der Wörter versucht man, sie wegzuradieren.

B. G.: Alles, was die Selbstsicherheit der Frauen unterminiert, ist willkommen. Das ist nicht unbedingt Absicht. Nein, es ist, als wäre eine Art Selbsterhaltungstrieb bei den Männern am Werk: Sie wollen das ganze Spielfeld für sich. Schlimm ist nur, daß der Trick funktioniert hat: Je weniger sich die Frauen durchsetzen, desto minderwertiger scheint die weibliche Form. Und je minderwertiger sie wird, desto weniger hat man Lust, sie anzuwenden. Und dabei ist es nicht eine Grille, wenn man sich in der Sprache seinen Platz schaffen und wohlfühlen will, es ist ein Bedürfnis, ein Mittel zur sozialen Integration.

J. S.: Wie erklären Sie sich aber dann die Tatsache, daß so viele Frauen dieses Problem gar nicht erkennen?

B. G.: Es hat damit zu tun, daß die Frauen in Frankreich entsetzlich nett sind. Die Feigheit hat mit dem Bedürfnis zu gefallen zu tun, mit dem Spiel der Verführung, und das wiederum gehört zu jener schon erwähnten französischen Spezifität. Wir haben keine »grauen Panther« wie in Amerika, keine dickköpfigen Frauen wie in England, keine schrillen Emanzen wie in Italien ... Und das gilt für alle Bereiche, insbesondere für die Politik: Schauen Sie sich doch unsere Suffragetten zu Beginn des Jahrhunderts an: elegant, wohlerzogen, niemals ein lautes Wort von sich gebend. 1925 erklärte Edmée de La Rochefoucauld, eine der Wortführerinnen des Feminismus zwischen den Kriegen: »Wir wollen auf keinen Fall unsere liebenswürdige Höflichkeit aufgeben, und wir möchten, daß unsere Taten stets die vollkommene Mäßigung aufweisen, die sich für unser Geschlecht ziemt.« Eine Mäßigung, die auf jeden Fall dem anderen Geschlecht sehr gut in den Kram paßte! Und schauen Sie sich im Vergleich dazu die englischen Suffragetten an: mutig, entschlossen, mit allen Mitteln, auch dem Hungerstreik, für den Sieg kämpfend und selbst vor der Gewalt nicht zurückschreckend. 1908 gingen vierzigtausend auf die Straßen von London. Das Ergebnis war, daß sie das Wahlrecht dreißig Jahre früher als die Französinnen erhalten haben.

J. S.: Glauben Sie, daß sich die Fortschrittsfeindlichkeit bei uns mit dem Mangel an Solidarität unter den Frauen erklären läßt?

B. G.: Ich würde eher sagen: mit der Entmutigung. Sie mußten so viel Mut und Anstrengung aufwenden, um dorthin zu gelangen, wo sie heute sind, daß sie vor einem neuen Kampf die Waffen strecken.

J. S.: Zumal es einfacher ist, in den Chor der Verlacher einzustimmen. Trotzdem frage ich mich, wo die wahren Gründe für unser Verhalten liegen. Was glauben Sie, was soll man tun? Denn nach einer Phase, in der sich die Frauen zusammenschlossen, um ihre unglaubliche Gleichgültigkeit und mangelnde Solidarität zu überwinden, sind sie heute wieder in alle Winde verstreut. Sie führen keine gemeinsame Diskussion mehr – es sei denn, wie in Amerika eine völlig erstarrte. Was können die Frauen tun, um genügend Zusammenhalt zu finden, um wenigstens zu erkennen, daß dieser Kampf um »das Weibliche« ihr Kampf ist?

B. G.: Ich weiß es nicht. Zumindest was eine gemeinschaftliche Aktion betrifft, weiß ich es nicht. Aber ich glaube an den Mini-Effekt, den ein Buch haben kann. Mit Büchern kann man Dinge in Bewegung bringen, mehr als mit Gesetzesentwürfen. Mir scheint, unser Vorstoß ist so überzeugend, so selbstverständlich. In ein paar Jahren werden diejenigen lächerlich sein, die sich »weibliche Bildhauer« oder »weibliche Schriftsteller« nennen.

J. S.: Ich finde Sie ungeheuer optimistisch. Sagen Sie mal ehrlich: Gelingt es Ihnen wirklich immer zu sagen, Sie seien *écrivaine?* Sind Sie in jeder Situation standhaft?

B. G.: Manchmal nicht ganz. Wenn ich mit den Behörden keine Schwierigkeiten haben will, knicke ich hin und wieder ein. Wenn ich meine Steuererklärung mache, zögere ich bei der Berufsangabe, gebe klein bei. Aber ich glaube an die Überzeugungskraft des Wortes oder der Schrift. Wenn am Ende eines Kolloquiums zwei, drei Frauen auf mich zukommen und mir sagen: »Sie haben mich überzeugt – von nun an werde ich mich Chirurg*in* nennen«, dann habe ich den Eindruck – vielleicht ist es naiv –, daß ich unsere Sache etwas vorangebracht habe. Es wird mir warm ums Herz. Aber zehn im Jahr, das ist halt wenig.

J. S.: Was mich beunruhigt, das muß ich schon zugeben, ist mein eigenes Verhalten. Ich bin überzeugt, daß das, was man nicht benennen kann, auch nicht existiert, das habe ich schon gesagt. Je mehr ich mich mit Ihnen über das Thema unterhalte, desto überzeugter bin ich, daß dieser Kampf wichtig ist, daß seine symbolische Tragweite gewaltig ist – und trotzdem ist es mir bislang noch nicht gelungen, mich für ihn zu engagieren. Andererseits aber habe ich mir ganz automatisch, als ich bei *Le Monde* meine neue Stelle übernommen habe, auf meine Karte *rédactrice en chef adjointe,* stellvertretende Chefredakteurin« drucken lassen, und nicht *rédacteur.* Haben Sie dafür eine Erklärung?

B. G.: Das müssen schon Sie mir erklären! Sie stehen doch Frauen wie Simone de Beauvoir oder Simone Veil näher, die der Meinung waren, dieser Kampf sei sekundär. Aber das war vor zehn oder zwanzig Jahren. Ich glaube schon, daß wir Fortschritte gemacht haben, daß uns heute bewußt ist, was auf dem Spiel steht. Ihre, sagen wir, Entschuldigung ist, daß Sie schon sehr viel Energie verbrauchen, um in der Männerwelt des politischen Journalismus zu überleben.

J. S.: Das stimmt. Ich habe ohnehin schon den Eindruck, daß es maßlos anstrengend ist, sein Territorium unentwegt zu markieren, klarzumachen, daß man nicht unberechtigterweise da ist, wo man ist. Das genügt aber noch nicht, um seine »Stimmenthaltung« zu erklären.

B. G.: Dabei ist eines ganz sicher: Solange die Frauen sich nicht zwanglos in der Sprache etablieren, werden sie die vollkommene Freiheit nicht erlangen.

J. S.: Aber nun sagen Sie mir doch, inwieweit diese Terminologie-Kommission die Dinge in Bewegung gebracht hat? Inwieweit hat sie den Frauen geholfen? Was hat sie im Endeffekt erreicht?

B. G.: Sie hat erreicht, daß im Staatsanzeiger vom 16. März 1986 eine Verlautbarung veröffentlicht wurde, der das Hochkommissariat für die französische Sprache, Premierminister Laurent Fabius und Yvette Roudy zugestimmt hatten. Darin steht, daß die weibliche Form rechtmäßig existiert und daß sie durch einen weiblichen

Artikel oder ein anderes weibliches Begleitwort gekennzeichnet werden muß. Mit anderen Worten: *Madame le* gibt es nicht mehr. Leider wurde noch 1986 Jacques Chirac der Nachfolger von Fabius und das Ministerium für Frauenrechte verschwand für längere Zeit von der Bildfläche. Das Dossier, das zwei Jahre lang so viele Reaktionen hervorgerufen, aber wenig konstruktive Diskussionen in der Presse zur Folge hatte, war somit abgewürgt – zur großen Erleichterung der meisten potentiell Betroffenen wie etwa Schul- oder Verteidigungsministerium, und leider auch der Mehrzahl der Frauen.

J. S.: Aber Sie hatten doch immerhin eine Reihe von Verbündeten bei diesem Projekt?

B. G.: Schon, aber nicht die, auf die wir zählten. Nicht alle Feministinnen und sehr wenige Politikerinnen. Selbst Élisabeth Badinter, die in der Frauenbewegung eine so wichtige Rolle spielt, weigerte sich, sich zu diesem Thema zu äußern. Auch Martine Aubry (A. d. Ü.: in der Regierung Fabius Arbeitsministerin, in der Regierung Jospin Ministerin für Arbeit und Solidarität), hat zu der Frage, ob sie für oder gegen die Feminisierung der Berufsbezeichnungen sei, die Antwort verweigert. Und bis zu einem gewissen Grad verstehe ich sie sogar, auch wenn ich ihre Haltung bedaure. Ich glaube, Martine Aubry steht eine außergewöhnliche politische Karriere bevor, und natürlich würde sie als Minister*in* in politischen Kreisen weniger ernst genommen. Ich würde fast sagen, daß ihre Karriere zu Ende wäre, wenn sie zugeben würde, daß sie Feministin ist. Es ist schrecklich, aber der Feminismus gilt häufig nicht als Meinung, sondern als »Macke«, die die ganze Person betrifft. Ich glaube, da gelangen wir zum wahren Kern des Problems: Viele Frauen fürchten, daß sie rettungslos in Mißkredit geraten, wenn sie als Feministinnen bezeichnet werden. Und die Feminisierung der Berufsbezeichnungen wird in diesem grotesken Aufruhr der Ängste beiseite gefegt, obwohl sie so wichtig ist für die Klarheit der Sprache. Zahlreiche Journalisten warten nur auf ein Zeichen, um sich der Sache anzunehmen: Sie sind es, die über den Sprachgebrauch entscheiden – und es wäre doch in ihrem Interesse, wenn es gelänge, eindeutige Verhältnisse zu schaffen: Dann bräuchten sie sich nicht mehr stilistisch zu verrenken, um diese vermaledeite weibliche Form zu umgehen.

Es wird eine mutige Frau in einer höchst angesehenen Funktion brauchen, die eines Tages schlicht und einfach sagt, daß *le* für die männliche und *la* für die weibliche Form steht. Damit könnten alle Vorbehalte mit einem Schlag ausgeräumt werden. Aber leider hatten wir bislang kein Glück. Die Frauen, die mitgemacht haben, waren nicht bekannt genug, und die Frauen, die prominent genug waren, haben nicht mitgemacht.

J. S.: Wie erklären Sie, daß Ihr Gesetz nicht funktioniert?

B. G.: Welches Gesetz? Es handelt sich lediglich um eine Verlautbarung im Staatsanzeiger. Sie wurde von der neuen Regierung, die andere Sorgen hatte, mit Freuden vergessen. Als mich François Mitterrand mit der Ehrenlegion auszeichnete, habe ich es trotz entsprechender Demarchen nicht erreicht, daß er mich zur *chevalière* erklärte; dabei ist »Ritter der Ehrenlegion« für eine Frau lächerlich.

J. S.: Wie sehen Sie nun die Zukunft? Handelt es sich um einen endgültigen Rückschritt? Kündigt er weitere Rückschritte an? Sind wir Frauen in Frankreich im Begriff, uns selbst aufzugeben?
B. G.: Wir sind nicht im Begriff, wir tun es längst. Wo sehen Sie Frauen, die es wagen, für *die* Frauen einzutreten? Trotzdem glaube ich, daß der Trend sich gerade umkehrt. Jedenfalls können die Französinnen, was die Feminisierung genauso wie die Quotenregelung betrifft, nicht mehr schweigen, oder aber sie werden weltweit als Zurückgebliebene gelten. Wir sind ohnehin schon die rückständigsten Frauen Europas in bezug auf die Repräsentation im Parlament, ganz zu schweigen von der Sprache. Inzwischen sind wir ja umzingelt von frankophonen Ländern, die den Schritt getan haben. Im Februar 1990 veröffentlichte der Europarat eine Entschließung über »die Tilgung des Sexismus« in der Sprache. Dabei kann man den Europarat gewiß nicht verdächtigen, ein geheimer Schlupfwinkel für Suffragetten und sonstige Emanzen zu sein. Aber die Franzosen haben sich weiterhin jeglicher Entwicklung versperrt. Die Presse hat den Text verschwiegen, in dem einmal mehr auf die »Wechselwirkung zwischen Wörtern und Verhaltensweisen« hingewiesen und betont wurde, daß »die Verwendung der männlichen Form, um Personen beiderlei Geschlechts zu bezeichnen, mitunter störende Ungewißheiten hervorruft«.
J. S.: Natürlich sollte eine Sprache ein Maximum an Informationen mit einem Minimum von Worten bieten können.
B. G.: Das spricht doch für »Bildhauerin« anstelle von

»weiblicher Bildhauer«, oder? Im Anschluß an die europäische Empfehlung haben zunächst Belgien und danach die Schweiz beschlossen, die öffentlichen Verlautbarungen zu modernisieren und Berufs- und Amtsbezeichnungen in weiblicher Form einzuführen. Inzwischen taucht auch im *Petit Larousse,* Ausgabe 1996, eine gewisse Anzahl von weiblichen Frauenberufen auf, was die Tageszeitung *Le Monde* begrüßt. Zum erstenmal gibt es im Französischen eine Richterin, eine Ministerin, eine Bildhauerin und sogar eine Haudegin – um letztere werden uns die Deutschen beneiden. Allerdings ist dieses Wörterbuch überaus vorsichtig und fügt hinzu, daß die weibliche Form »manchmal«, hauptsächlich in der Umgangssprache verwendet werde. Da ich zwei Jahre lang Diskussionen unter Sprachhistorikern und Linguisten beigewohnt habe, kann ich mir vorstellen, was für virulente Debatten zu derart vorsichtigen, ja verschämten Einträgen geführt haben.

J. S.: Die Vorstellung, daß nur in der Umgangssprache feminisiert wird, führt uns einmal mehr zum Grundproblem zurück. Wenn der Beruf erst einmal feminisiert ist, ist es nicht mehr der richtige Beruf, es ist dann der Beruf, über den man Witzchen macht. Wird ernsthaft über ihn geredet oder geschrieben, dann geht es männlich zu ...

B. G.: Die geschriebene Sprache, die von ihrem Wesen her edler ist, ist auch dem edleren Genus, dem edleren Geschlecht, vorbehalten, denke ich mir einmal. Aber wichtiger ist doch, daß wir uns Zutritt zum edlen Bereich verschafft haben – auch wenn dies über den Dienstboteneingang geschehen ist. Jetzt müssen wir dafür sorgen, daß das, was nur »manchmal« geschieht, zur Regel wird. Man möge sich doch nur daran erinnern, daß Madame Claudel zu ihrer Tochter Camille sagte: »Du willst doch nicht etwa einen Beruf ausüben, für den es noch nicht einmal eine weibliche Bezeichnung gibt?« (A. d. Ü.: Camille Claudel [1864–1943], Schwester des katholischen Schriftstellers Paul Claudel, Bildhauerin, Schülerin und Geliebte Rodins, wurde wegen »unziemlicher Lebensform« von ihrer Familie entmündigt und 1913 in ein Irrenhaus verbannt, wo sie bis zu ihrem Lebensende eingesperrt blieb.)

J. S.: Diese Worte verstärken das Unverständnis, das man angesichts der Zurückhaltung der Frauen in diesem Bereich empfindet. Als man ihnen gesagt hat: »Das ist nichts für Frauen, das tut man nicht als Frau«, haben sie es dennoch tun wollen, sie haben sich durchboxen wollen. Und jetzt plötzlich sagen sie: »Lassen wir das, es lohnt nicht.«

B. G.: Wenn es um ihren Körper geht, wagen die Frauen alles. Seit langem schon zögern sie nicht mehr, ihre Brüste zu zeigen. Warum sollten sie sich denn weiterhin schämen, ihre grammatikalisch weibliche Form herzuzeigen?

Kapitel X

Die verliebten Flundern

Älter werden, na schön. Man hatte mich gewarnt. Das gehört zum Programm. Nicht gesagt hatte man mir, daß auch meine Kinder älter werden. Und es ist unerträglich, ihnen dabei zuzusehen, das stelle ich jetzt fest. Die erste Falte der ersten Tochter ist ein Skandal, der einen persönlich trifft. Das erste Mal, wenn die Müdigkeit ihr Gesicht überschattet, wenn du plötzlich das Gesicht erahnst, das sie in deinem Alter haben wird, da legst du auf einen Schlag noch mal zwanzig Jahre zu.

Eines Tages beginnt die Älteste, die Augen zusammenzukneifen, und die Zeitung beim Lesen weiter wegzuhalten. Eines Tages läßt die zweite sich eine Krampfader am Bein veröden. Eines Tages verkündet die dritte (das war »die Kleine«! Wer sagt, daß sie nicht mehr »die Kleine« ist?), sie leide an Schuppenflechte. Und jedesmal ist man schwer beleidigt.

Aber hör mal, Blandine, schließlich habe ich dir vor gar nicht so langer Zeit einwandfreie Augen mitgegeben! Was hast du bloß getan, daß sie sich so abnutzen? Du liest zuviel.

Aber hör mal, Lison, *ich* habe doch keine Krampfadern!

Mit welchem Recht hast du es zugelassen, daß ein Blutgefäß in deinem Bein aufplatzt? Du stehst immerfort in deinem Atelier herum und gehst zu spät ins Bett.
Aber hör mal, Constance, wer kommt denn auf die Idee, sich eine Schuppenflechte zu holen! Du warst mal wieder nicht vorsichtig. Das warst du übrigens noch nie.
Wenn sie sich etwas Mühe gegeben hätten, wären sie nicht älter geworden, das ist klar, und ihnen Vorwürfe zu machen beruhigt einen Augenblick lang. »So steh doch nicht so krumm da, mein Liebling! Sonst siehst du allmählich wie meine Mutter aus ...« sagt man zu derjenigen, deren Rücken sich manchmal etwas krümmt. Aber du hast dich selber nicht angeschaut, altes Mädchen: *Dir* ähnelt sie! Es stimmt schon, daß wir alle mit unserem eigenen Bild schummeln. Trotz vieler Spiegel schaffen wir es, uns nie im Profil oder seitlich von hinten zu sehen. Auf den Fotos, die andere aufnehmen, entdecken wir dann ungläubig, daß wir inzwischen einen Bauch haben oder einen runden Rücken oder einen vorgeschobenen Kopf. Oder alles zusammen. Wo ist die kesse Anmut geblieben, die schlanke Gelenkigkeit, die wir mit zwanzig hatten? Sie ist noch da, die Grazie, aber sie hat sich in unseren Kopf geflüchtet, dort wird sie noch lange die drohenden Mahnungen überleben. Die verräterischen Fotos läßt man unauffällig verschwinden. Doch die Kinder, die kann man nicht verschwinden lassen, und man betrachtet sie genau mit schmerzlichem Blick. Denn schließlich hat man funkelnagelneue Menschenkinder in die Welt gesetzt, aus einwandfreiem Material, und es ist einfach nicht hinzunehmen, daß sie vor unseren Augen

verfallen. Das bedeutet, die Mutterfirma in empörenden Mißkredit bringen.
Die Firma Rolls Royce war sich ihrer Automobile so sicher, daß sie überall auf der Welt Pannenhilfe garantierte. Ich wäre natürlich bereit, dasselbe für meine Töchter zu tun, doch man hat mir gerade verkündet, daß Organspenden nach fünfundfünfzig nicht mehr zulässig sind. Ich soll nur noch Organe haben, die das Verfallsdatum überschritten haben? Die spinnen, die Typen! Dabei benutze ich eine gute Anzahl von ihnen, die noch einige Flugstunden vor sich haben, dafür garantiere ich. Aber die Leute sind abergläubisch, auf Altersgrenzen und Haltbarkeitsfristen fixiert, inclusive der eigenen. Ich für meinen Teil nehme immer wieder Medikamente, die mit überschrittenem Datum in meinen Schubladen herumliegen, und sie tun mir ungeheuer gut, genau so, wie es auf dem Beipackzettel steht. Zum Glück für meine Töchter müssen sie im Moment noch nicht über defekte Teile klagen, sondern nur über einen schlichten Leistungsabfall.
»Lediglich zwölf Tage, Maman, die sind schnell um. Und ich brauche so dringend Ruhe und Luftveränderung ... Also, wenn du uns Clémentine abnehmen könntest, Ostern in der Bretagne? Am besten nimmst du noch Violette mit ...«
»Und Pauline?« frage ich mit banger Stimme.
»Keine Angst, ich weiß, daß sie noch zu klein ist für die Felsen und das Meer unten am Haus. Wir würden sie zu ihrer Oma Paula schicken, dann könnten wir mit Freunden nach Ägypten fahren.«
Die Konjunktive sind pure Höflichkeit, das weiß ich. Al-

les ist längst beschlossen, die Flüge sind vielleicht sogar schon gebucht ... Auch Blandine freut sich, ihre Tochter loszuwerden. Doch wie soll man seinen eigenen Kindern, die zufällig jene drei Frauen sind, die ich am meisten auf der Welt liebe, den Wunsch abschlagen, wieder zu Kräften zu kommen und als Zugabe die Pyramiden zu entdecken? Die andere Oma engagiert sich auch, also kann ich doch nicht anders. Ich wage schüchtern, darauf hinzuweisen, daß ich für den 15. April einen Vortrag über »Mythen, Kultur und Sexualität« vorzubereiten habe. Sofort wird mir bedeutet, daß zwei Kinder leichter zu haben seien als eines allein, da sie miteinander spielten; also müßte ich es problemlos schaffen, neben der Betreuung der beiden Cousinen noch zu arbeiten.

Und außerdem stimmt es, daß Lison müde aussieht. In Wirklichkeit sieht sie eben so aus, wie eine moderne berufstätige Frau gegen Ende des Winters aussieht, die zugleich eine liebende Ehefrau ist, eine Mutter, die sich bemüht, ihre Pflichten nicht zu vernachlässigen, eine Intellektuelle, die gerne Bücher liest und ins Theater geht, eine flinke Hausfrau und eine sehr passable Sportlerin. Noch nie in der Vergangenheit haben so viele Rollen, die so viele verschiedene und widersprüchliche Tätigkeiten erfordern, in derselben Frauenhaut gesteckt, wobei jede einzelne ihren Anteil an Jugend, an Zeit und an Energie verschlingt. Das Ergebnis ist diese überlastete Frau, die jeden Tag viele Stunden in ihrem Atelier damit verbringt, Galuchat (nach einem Spezialverfahren gegerbte Fischhaut) zu polieren oder Strohhalme für ihre Intarsien zusammenzukleben; die jeden Nachmittag um halb fünf ihre

Älteste von der Schule abholt und ihre Jüngste von der Krippe; die es sich übelnehmen würde, wenn sie den finnischen oder türkischen Film, der am anderen Ende von Paris in Originalfassung läuft und vom *Nouvel Observateur* empfohlen wird, verpaßte; die mit ihrem Mann ein offenes Haus führt und stets zahlreiche Freunde zu Gast hat; die eine Tochter zum Reiten fährt und die andere zum Ballettunterricht und beide zur Klavierstunde, die Lehrer trifft, zum Kinderarzt geht, einmal wöchentlich zum Kieferorthopäden wegen der Zahnspange, zum Orthopäden wegen der Spreizfüße und der X-Beine der Älteren und zum Augenarzt wegen einer Sehschwäche der Kleinen – wobei sie den Himmel dafür lobt, für keine von beiden den Logopäden zu brauchen – und nicht zu vergessen zum Tierarzt mit der Katze. Und am Sonntag müssen die Kinder ja wohl auch ihr Vergnügen haben, sie wollen ins Schwimmbad, ins Museum und auf den Flohmarkt gehen oder zum viertenmal die *101 Dalmatiner* sehen; und dann muß noch etwas Zeit zum Lesen und zum Fernsehen bleiben, und dafür, sich beim Ehemann darüber zu beklagen, daß er keinen Augenblick mehr Zeit hat, ihr den Hof zu machen.

Die Folge von alledem ist, daß ich mich an einem schönen Aprilmontag am Flughafen von Lann Bihoué befinde und versuche, aus der Horde von Kindern, die mit Umhängeschildchen versehen aus dem Flugzeug steigen, jene herauszufinden, die für mich bestimmt sind: Violette, die Große, die schon bald dreizehn wird und eine Frisur wie Louise Brooks hat, und die achtjährige Clémentine, deren goldbraune Locken bis zur Taille fallen. Die beiden Cousinen erkennen mich zuerst, ihre Augen leuchten, sie stürzen auf mich los, ich öffne die Arme, ich finde sie wunderschön, ich drücke sie an mein Herz, ich habe fast Tränen in den Augen, ich bin schlicht und einfach stolz, Großmutter zu sein ... Das ist ein schöner Augenblick, der schönste – bis auf den, wenn ich sie nach Lann Bihoué zurückbringen werde. Doch das ... das weiß ich noch nicht.

»Aber ja, Paul, du wirst schon sehen, sie sind jetzt größer, es wird alles viel besser gehen. Ich werde ihnen dieses Jahr das Wricken beibringen, sie schwimmen schon ganz gut und können sich mit dem Kahn im Hafen vergnügen. Ich muß nicht mehr die ganze Zeit hinter ihnen her sein.«

Ich glaube es tatsächlich. Vor jedem neuen Aufenthalt hege ich dieselben Illusionen von der Autorität der Erwachsenen und dem Respekt der Enkelinnen, von meiner Fähigkeit, mich durchzusetzen, und von ihrem Verlangen, mir Freude zu machen. Ich träume von kleinen Gesichtchen, die sich im Schein der Lampe über irgendwelche ruhige Beschäftigungen beugen, Ausmalen oder Abziehbildchen aufkleben, während ich in meinem Zimmer in Rufweite beim Duft der Lauch-und-Kartoffel-Suppe, die leise im Topf vor sich hin brodelt, schreibe. Ich vergesse, daß die Enkeltöchter keine Suppe mögen, daß Abziehbildchen nur mir Spaß machen und daß sie sich überhaupt nicht für Wassersport interessieren. Ich träume davon, sie mit dem Ruder hantieren zu sehen wie den kleinen Knirps der Dame von nebenan, der erst sieben Jahre alt ist; ich stelle mir vor, wie sie bei Ebbe auf der Gartenmauer sitzen und gleich dem Sohn meiner Freundin letztes Jahr stunden-

lang auf die Meeräschen lauern. Ich habe eine komplette Angelausrüstung mit allem Drum und Dran gekauft. Ich weigere mich zu denken, daß Mädchen sich lieber mit Gesellschaftsspielen oder Puppen abgeben.
Der erste Tag gibt noch Anlaß zu allen Hoffnungen. Wir steigen die sechsundvierzig Stufen hinunter, die zum Uferweg führen, und zwischen den über das Wasser gebeugten Ästen der Eichen erblicke ich die Fischerboote. Ein weiteres Mal entzückt es mich, daß ich fast im Meer wohne und dennoch im Schutz dieser starken Bäume, die zwischen den Felsen wachsen.
»Paul, wir sind da!« rufen wir laut und fröhlich, als wir auf der Terrasse anlangen, die nur einige von Unkraut und Immergrün überwucherte Granitstufen höher als der Hafen liegt. Vorbeugend und um die Distanz deutlich zu machen, hat sich Paul ins Terrassenzimmer zurückgezogen und läßt von dort aus wissen, daß er eine wichtige Arbeit zu erledigen habe. Das ist sein Recht – meines nicht.
»Armer Paul, immer muß er arbeiten!« sagt Clémentine, die noch glaubt, was man ihr sagt. Ich werfe ihr einen scheelen Blick zu. Meine Arbeit wartet in einem Ordner auf mich, der auf der Seite eins aufgeschlagen ist. Die ersten Zeilen meines Referats lauten: »Ich bin beeindruckt, unter Ihnen zu sein, meine Damen und Herren, liebe Freunde, im Kreise von lauter Ärzten und Wissenschaftlern, wo ich doch nur ...« Ja, was denn bin ich? Nichts als eine arme Großmutter.
Zur Stunde besteht meine Arbeit darin, hinaufzugehen, um die Sachen der Kinder auszupacken und wegzuräu-

men, und das ist keine Arbeit, sondern das Glück des Großmutterdaseins, heißt es. Violette schleppt einen riesigen Rucksack an voller Bücher, Hefte und ihren geliebten Jugendzeitschriften, aus denen sie unentwegt honigsüße, schleimige Adonisse ausschneiden wird, um sie dann nach der Rangfolge ihres jeweiligen Sex-Appeals zu sortieren, einer je nach den Neuzugängen immer wieder veränderten Rangfolge übrigens, zu der ich täglich meinen Kommentar abgeben muß. Nein, das ist kein frühes Zeichen von Sexbesessenheit, rede ich mir ein, vielleicht wird sie später Archivarin. In den sackförmigen Taschen (Koffer sind für altmodisch erklärt worden, vor allem, wenn sie Rollen haben, das sieht nach älterer Dame aus) finde ich weder den Anorak der einen noch den Bademantel der anderen, dafür aber mehrere Fläschchen mit blauem Wasser zum Seifenblasenmachen, Plastilinrollen, die zwischen zwei Mohairpullovern kleben, Turnschuhe ohne Schnürsenkel und bleischwere Knobelbecher, die dafür geeignet sind, in Reisfeldern herumzustapfen.

»Wo sind die Mokassins, die ich dir gekauft habe, damit du sie hier trägst?«

»Mokassins?« fragt Violette geschmerzt. Allein das Wort scheint ihr schon den Mund zu zerkratzen. »Kein Mensch trägt Mokassins, Bounoute!«

Ja doch, die wohlerzogenen kleinen Mädchen, sage ich mir im stillen, diejenigen, die nicht in Frage stellen, was Eltern für sie aussuchen. Ich bewahre die quälende Erinnerung an die ersten Pumps mit hohen Absätzen, die mir mit sechzehn Jahren von meiner Mutter aufgezwungen wurden. Ich habe nie das Schaufenster der *Hannan Shoe*

Company, heute *Aurèle,* in der Rue Royale vergessen, wo ich nach meinen Traumschuhen schielte – beigefarbenes Wildleder mit dreifacher Kreppsohle –, während Nicole mit dem Finger auf die schrecklichen Schühchen zeigte, die sie mir zugedacht hatte. Jedesmal wenn ich in der Rue Royale vorbeikomme, widme ich der armen Zazate von einst ein mitleidiges Lächeln.

Ich packe die Westen, Pullover und Hosen aus, alle gleichmäßig grau, schwarz oder braun. Rot? Hellblau? Grün? Farben sind total bescheuert!

Während ich Ordnung mache, machen die beiden Cousinen Unordnung und verteilen den Inhalt der Spielzeugtruhe auf dem Parkett. Ich hatte ein *Trivial Pursuit* gekauft, zwei chinesische Drachen, Strandtennisschläger und einen Ball, aber sie haben für nichts davon etwas übrig. Es sind die alten Schätze aus der Truhe, die sie brauchen, um ihr Territorium erneut zu erobern: ein Insekt auf Rädern, das die Flügel bewegt und *kling* macht, mit dem sie das Laufen gelernt haben; ein Springfrosch aus Blech, der nur mehr ein ersterbendes Zucken andeutet, wenn man ihn aufzieht, den wegzuwerfen man mir aber verbietet; eine einäugige und verrenkte Puppe, der für ein paar Wochen im Jahr die Rolle des heißgeliebten Babys zuerkannt wird; und dann ein Sammelsurium von Spielkarten, Schaufeln, Backförmchen, die Lupe, die ich im September so gesucht habe, und ein ganzer Haufen Buntstifte, unter denen Braun und Kackgrün überwiegen, weil diese Farben nie benutzt werden. Die beiden entdecken eine der Freuden des Daseins: wiederzufinden, was man in- und auswendig kennt. Als ich sie so in ihr Ritual versunken sehe, glaube ich, ich könnte mich unauffällig verdrücken, um das neue Beet, das ich gerade anlege, zu vollenden. Das Wort »vollenden« ist übrigens recht hochtrabend, es klingt nach großem Kunstwerk, aber es handelt sich gerade mal um drei Quadratmeter Boden, die aufgeschüttet und mit Steinen umrandet werden. Aber in einem kleinen Garten ist jeder Quadratmeter so viel wert wie ein Park, und jede Veränderung ist ein Ereignis.

»Wohin gehst du, Bounoute?«

»Ich mache was fertig im Garten.«

»Wir helfen dir.«

Leider weiß ich aus Erfahrung, daß das, was mir von Nutzen wäre, die beiden langweilt und das, was ihnen Spaß macht, Schaden stiftet. Sie mögen nur gießen, das heißt die Knollen ersäufen, die ich gerade eingesetzt habe, wobei sie sich mit Matsch bespritzen. Oder sie hantieren mit der Heckenschere, deren Schneiden regelrechte Mordinstrumente sind. Glücklicherweise haben sie nach fünf Minuten genug davon und ziehen es vor, Blütenblätter von Iris und Kamelie kleinzuschneiden, was voraussetzt, daß sie sich meiner Küchenschere und meiner Plastikbehälter bemächtigen, vor allem aber des heißbegehrten Schatzes – meiner alten Küchenwaage Marke *Roberval* mit den Kupferschalen und dem Holzblock, in dem die Gewichte in maßgebohrten Löchern stecken. Die beiden kleinsten sind schon letztes Jahr verlorengegangen, und ich habe mir geschworen, die Waage nicht mehr herzugeben. Paul wirft mir einen mitleidigen Blick zu. Er weiß, daß ich unfähig bin, etwas zu verweigern, teils aus Schwäche, teils, weil ich mir einen Augenblick Frieden verschaffen will, um meine Rosen zurückzuschneiden, meine Lilienknollen zu setzen und meine Wicken zu säen, während ich ganz leise mit meinem geliebten Garten spreche, um ihn zu beruhigen, ihm zu sagen, daß ich endlich wiedergekommen bin nach diesem langen Winter.

Doch der Himmel meint es anders: Ein Schauer verjagt uns bald aus dem Garten, und ich habe nur noch Zeit zu schreien: »O nein, nicht den Irissaft im Wohnzimmer, das macht scheußliche Flecken!« Widerwillig stellen sie die mit einer glibberigen Tinte gefüllten Krüge, worin das Gehäcksel aus Blütenblättern schwimmt, auf den Gartentisch.

Der Moment scheint gekommen, in dem ich zu meinem Geheimarsenal für Regentage greifen muß. Munition Nummer eins: ein Spiel mit fluoreszierenden Aufklebern, die man ausschneiden und »auf jede glatte Oberfläche« kleben kann. Die äußerst kompetenten Verkäuferinnen haben mir versichert, daß dieses Spiel eine unwiderstehliche und dauerhafte Anziehungskraft (sehr wichtig, die Dauer!) auf jedes lebende Wesen zwischen acht und vierzehn Jahren ausübt. Ich installiere also meine beiden Lebewesen am großen Wohnzimmertisch und nutze die Atempause, um den Schreibtisch in unserem Schlafzimmer wieder zu besetzen, während Paul noch seinen Mittagsschlaf hält. Da der kleine Sekretär im Kinderzimmer, an dem er üblicherweise arbeitet, mit Clémentines Stofftieren und Violettes Zeitschriften belegt ist, bleibt uns tatsächlich nur ein einziger Schreibtisch für beide, auf dem dann ein Stellungskrieg mit winzigen Geländegewinnen und -verlusten stattfindet. Nun habe ich soeben die Ka-

sematte erobert, und ich beeile mich, darauf mein vielgeliebtes Material auszubreiten: mehrfarbige Blätter, verschiedene Stifte und Filzstifte, Klebeband und Schere. Es gelingt mir sogar, meinen ersten Satz abzuändern: »Ich bin sehr beeindruckt, vor einem Publikum aus Wissenschaftlern und Fachleuten das Wort ergreifen zu dürfen, wo ich doch in keinem Bereich spezialisiert bin und meine einzigen Titel darin bestehen, daß ich erstens eine Frau bin, was, alles in allem, recht verbreitet ist (hier ein Lächeln andeuten), zweitens eine Romanschriftstellerin, was mir nicht unbedingt die Fähigkeit verleiht, die menschliche Natur besser zu verstehen (hier: bescheidener Gesichtsausdruck), und drittens eine Feministin. Letzteres ist vielleicht interessanter, hat es mir doch ermöglicht, mich von der traditionellen Sicht der weiblichen Sexualität zu lösen.«
Weibliche Sexualität – sch... drauf! Ich habe viel größere Lust, den Zuhörern vom Geruch der Erde im Frühling zu erzählen oder von dem Rotkehlchen, das sich einen Meter von mir entfernt postiert, wenn ich die Erde umgrabe, und überzeugt davon ist, daß ich nur ihm zuliebe arbeite. Also hör mal, Benoîte Groult! Es handelt sich um einen ernsthaften Vortrag, fünfzehn bis zwanzig Seiten, der in den Akten des Kolloquiums abgedruckt wird. Wenn ich nur drei Tage Zeit hätte, so fühle ich, würde ich in Ruhe und Konzentration intelligente Dinge schreiben. Das schwierige Publikum der medizinischen Fakultät wäre beeindruckt, ich hätte meinen Text eingeübt, würde mich gekonnt und treffsicher ausdrücken.
Doch Zazate wacht: Also hör mal, Bounoute! Das ist ja

ganz schön, deine Reden, aber du weißt genau, daß es nicht deine erste Pflicht ist, glücklich zu sein, sondern Glück um dich herum zu verbreiten. Deine Enkelinnen warten mit offenem Schnabel, und dein Mann langweilt sich so alleine …

Virginia Woolf hatte recht: »Die Staubwedelfee umzubringen bleibt die erste Pflicht einer Frau, die schreiben will.« Ob ich das je noch schaffe? Aber die Staubwedelfeen sind zäh, und in meinem Fall müßten auf einen Schlag die Mutter und die Großmutter umgebracht werden. Virginia Woolf hat das Problem unterschätzt: Sie hatte keine Kinder – und Simone de Beauvoir auch nicht. Man hätte mich vor langer Zeit warnen sollen, bevor diese schlimme Fee von allen Fasern meines Körpers, von allen meinen Reflexen und vor allem von den Erwartungen meiner Angehörigen Besitz ergriffen hat.

Eine Stunde vergeht. Der Engel der Stille schwebt über dem Haus. Ich arbeite, Paul döst oder liest, die Mädchen spielen, ohne sich zu streiten. Ich rede mir gut zu, alles wird in Ruhe und Frieden ablaufen. Aber man sollte wissen, daß Stille immer suspekt ist, wenn es sich um Kinder handelt … Als ich hinuntergehe, trifft mich schier der Schlag: Obwohl die Sonne noch nicht untergegangen ist, herrscht im Wohnzimmer tiefe Nacht. Ich blicke um mich: Drei der vier Fenster sind fast bedeckt mit Aufklebeblättchen in allen Größen und Farben.

»Angeblich kleben sie am besten auf Glas. Das gibt Kirchenfenster«, sagt Clémentine. »Toll, sag?«

Violette ist vorsichtshalber im Badezimmer verschwunden.

Ich vermeide ein künstlerisches Urteil und vertraue auf den Schwarze-Mann-Effekt: »Wenn das nicht alles verschwunden ist, bis Paul runterkommt …«

Das reicht schon. Die Erinnerung an die »Schreckensherrschaft«, die Paul im richtigen Moment auszuüben wußte, gehört zur Familiengeschichte, und die Anekdoten sind mit der Zeit ins Kraut geschossen. Erzähl uns noch mal, wie Paul vor der ganzen, von Entsetzen gepackten Familie seinen Gürtel abgenommen hat, um Constance zu bestrafen, nachdem ihr sie für ein Wochenende den Großeltern Guimard anvertraut hattet und sie prompt eine ganze Nacht lang verschwunden war. Die Großeltern sind vor lauter Sorge beinahe gestorben – das war es, was Paul nicht verzeihen konnte. Nachdem Großvater, mit einer Taschenlampe bewaffnet, Constance stundenlang in den Hohlwegen von Kercanic gesucht hatte, fand er sie am frühen Morgen schlafend im Stall der Nachbarn: Sie hatte eine Nacht mit dem Pferd des Tréguier-Hofs verbringen wollen!

Und erinnert ihr euch noch daran, wie Paul, als er mich einmal am Ende meiner Kräfte sah, sich äußerst widerwillig (denn er verabscheute diese Polizistenrolle) in euer beider Zimmer begab, wo ihr euch seit zwei Stunden weigertet, ins Bett zu gehen, um mit unbeteiligtem Blick und klangloser Stimme in einem Ton tiefster Langeweile zu sagen: »Also, ihr jungen Fräuleins, welche von beiden will als erste den Hintern voll kriegen?« Lison hatte natürlich den ihren hingehalten, um die Märtyrerin zu spielen, während Blandine eilig auf die obere Ebene des Etagenbettes kletterte, vorsorglich berechnend, daß nach oben ausgeteilte Schläge viel von ihrer Heftigkeit verlieren.

Und nun, da unsere Kinder Kinder haben, soll ich da erklären, welchen exemplarischen Wert und welch wundertätige Wirkung körperliche Bestrafung haben kann, unter der Bedingung, daß sie selten erfolgt, also denkwürdig bleibt, und der Schwere des Falles entspricht, und daß sie nur mit Bedauern angewandt wird, wenn alle schönen Reden nichts mehr nützen? Das kümmerlichste Mittel dabei sind die Ohrfeige, die ganz von allein losfliegt, oder die armseligen Klapse, die auf der Straße von einem öffentlich gedemütigten Elternteil einem Kind verpaßt werden, das zwar durch seinen Mantel vollkommen geschützt ist, aber trotzdem in anklagendes Gebrüll ausbricht.

Zwei oder drei Episoden von solchem Kaliber hatten genügt, um Pauls Autorität für immer zu etablieren und mir zu beweisen, daß mir meine ganze Liebe stets nur Gehorsamsverweigerung und unkontrollierbare Kraftverschwendung einbringen würde. Sobald sich Pauls Schlüssel im Schloß drehten, veränderten sich die Gesichter unserer Kinder, die Furien verwandelten sich in Erstkommunikantinnen mit gesenkten Blicken und honigsüßen Stimmen, das Zimmer war wie durch ein Wunder plötzlich aufgeräumt, und die Mädchen stiegen nach meiner ersten Aufforderung ins Bett. »Sie waren heute gräßlich«, sagte ich dann zu Paul, der angesichts der drei scheinheiligen Gören an meinem Verstand zweifelte. Waren das wirklich dieselben Kreaturen, die einen Augenblick zuvor das Badezimmer in ein Schwimmbad verwandelt, ihre kleine Schwester verprügelt, sich kreischend gebalgt und mir frech ins Gesicht gelacht hatten? Paul brauchte nur an ihrer Tür zu erscheinen, kalt, reserviert, ohne Zuneigung zu zeigen, und schon verwandelten sie sich in verliebte Flundern.

»Jaha, Pahaul! Willst du deinen Whisky, Pahaul? Ich bringe ihn dir. – Nein, heute abend bin ich dran! Jaha, natürlich gehen wir gleich danach ins Bett. Gibst du uns im Bett dann noch ein Küßchen?«

Oh, diese Luder! Damals habe ich jeglichen Glauben an die Kinder verloren. Sie respektieren nur die Stärke.

Heute sind die Helden müde. Paul hat keine Lust mehr, Angst einzujagen. Er hält sich lieber abseits. Doch die Erinnerung an seine Großtaten schwebt hinter ihm her wie der Schweif eines Kometen. Aber ach, die neue Generation ist zäher. Heute wird die Drohung mit dem schwarzen Mann kein Wunder wirken.

Vor dem Abendessen bleiben uns noch zwei Stunden, und die beiden müssen wohl ein bißchen Bewegung haben, wenn ich sie um zehn Uhr ins Bett stecken will. Ich finde mich damit ab, daß die Möbel an die Wand geschoben werden, und lasse mich auf dem Sofa nieder, um einer Vorführung akrobatischer Tanzgymnastik beizuwohnen.

»Violette ist eine begabte Akrobatin, du solltest hierbleiben, um ihr ein bißchen zuzusehen.« Aber Paul wirft mir nur einen gleichgültigen Blick zu und geht wieder in sein Zimmer hinauf. Er interessiert sich ja nicht einmal für Nurejew!

Ich schlage als musikalische Untermalung meine Kassetten vor. Sie sind total ätzend. Violette hat ihre mitgebracht: die sind genial. Die Vorstellung beginnt, und die beiden entfalten diese wunderbare Grazie, die plötzlich, für ein paar kurze Augenblicke, bei Kindern aufscheint und an ihren Genius glauben läßt, die aber das Alter der Unschuld nicht überlebt. Das Wohnzimmer, das für mich und Paul geräumig schien, ist plötzlich ein enger Käfig geworden, der noch in dem Maße enger wird, in dem die Stimmung der Tänzerinnen steigt. Leider stürzt schließlich eine von ihnen mit der Schläfe auf die Ecke des schweren Eichenbacktrogs. Es wird fünf Minuten lang gebrüllt, dann zehn gejammert. Umschläge mit essigsaurer Tonerde, Arnikasalbe ... Violette legt sich auf das Sofa, mit abweisendem Blick, auf der einen Gesichtshälfte die Kompresse. Sie hat das Leben schon immer sehr ernst genommen. Währenddessen verkündet Clémentine, die mir beim Tischdecken hilft: »Nächstes Mal tue ich mir weh, dann muß ich nicht den Tisch decken.«

Paul, der die Bemerkung gehört hat, wird plötzlich von einer Eingebung heimgesucht, die ganz seiner Vergangenheit würdig ist: Er ist mit einem selbstgebastelten Schild zum Essen heruntergekommen, das die Wahl der Tölpeltantenkönigin ankündigt. Unter der Überschrift sind zwei Spalten, in denen jede Tölpeltantigkeit mit einem Kreuz gekennzeichnet wird. Ich hätte es nie gewagt, etwas zu erfinden, was so ... tölpeltantig ist, aber das Wort macht Spaß. Fiebrige Wettbewerbsstimmung kommt auf: gleich werden sie sich das Tischabräumen oder das Milchholen vom Bauernhof streitig machen und sich überbieten im Lachen über unsere Scherze. Sie möchten wissen, welche Strafe die Königin auf sich lädt. »Ich werde ihr ein Tölpeltantengeschenk machen«, sagt Paul. »Keine Angst, ich finde schon eins. Und der anderen – wenn sie nicht zu viele schlechte Punkte hat, natürlich – schenke ich ein Schweizermesser mit ihren eingravierten Initialen.«

Ich hatte mich darauf verlassen, daß die berühmte Seeluft bei Einbruch der Nacht meine Frauenzimmer zum Schlafen animieren würde. Unsere Freunde, lauter Leute in den besten Jahren, sind am ersten Abend, wenn sie zu uns kommen, immer völlig ausgelaugt. Ich muß meine Erwartungen jedoch zurückschrauben: Der jodhaltige Wind hat die Mädchen im Gegenteil gedopt, und da ja morgen keine Schule ist, wäre es unmenschlich, sie ins Bett zu stecken.

»Was spielen wir, Bounoute?«

Ich habe nicht das leiseste Talent für gehobene Freizeitgestaltung. Ich habe nicht den Mut, Anfängern Schach beizubringen. Monopoly macht mir keinen Spaß mehr, und ich schummle, um beim Mau-Mau schneller zu verlieren, was sie kränkt. Ich würde lieber in der U-Bahn Fahrkarten knipsen, als Betreuerin in einem Ferienlager sein. Und ich weiß, daß da oben im aufgeschlagenen Ordner mein Publikum ungeduldig wird: »Meine Damen und Herren, liebe Freunde, ich bin immer stärker beeindruckt, vor Ihnen zu stehen ...«

»Wollen wir eine Runde Quartett spielen?« schreit Violette. »Spielst du mit, Bounoute? Zu zweit ist das doof.«

Es ist der erste Abend, und ich kann nicht nein sagen. Lebt wohl, Aristoteles, Hippokrates, Mythologie und weibliche Sexualität! Seid gegrüßt, Schwarzer Peter und

Konsorten! Vergeblich werfe ich verstohlen flehende Blicke zu Paul hinüber, der sich wohlig-gemütlich am Kamin niedergelassen hat und in die Lektüre der Lokalzeitung und eines Fischerblättchens versunken ist – er wird mir nicht aus der Patsche helfen, er ist im Urlaub.
Die Hoffnung, meine Methoden zu perfektionieren, habe ich immer noch nicht aufgegeben, und deshalb habe ich vorgesehen, den Mädchen, wenn sie im Bett liegen, die Hausordnung vorzulesen, die ich für diese zwölf Tage aufgestellt habe. Artikel 1: seine Kleider jeden Abend über einen Stuhl legen. Artikel 2: keine Hetzjagden durchs Haus um sechs Uhr morgens, bis acht Uhr warten, ehe man in die Küche runtergeht. Artikel 3: nicht ohne Gummistiefel in den nassen Garten gehen und auf die Felsen nicht in Hausschuhen. Artikel 4: ... und so weiter. Ich hatte zehn solche Punkte vorbereitet. Wohl wissend, daß alles für die Katz ist, hoffe ich noch immer, daß ich eines Tages die eiserne Faust meiner Großmutter Groult haben werde, so daß sich alles um mich herum fügen wird. Angst einjagen: eine Illusion! Ich kenne Frauen, die viel sanfter sind als ich, deren Anordnungen aber ohne Murren ausgeführt werden. Und mit Freuden noch dazu, denn im Grunde gehorchen Kinder genauso gern, wie sie Gehorsam verweigern – unter der Bedingung, daß sie keine Gelegenheit haben, es sich zu überlegen. Wenn sie die mindeste Nachsicht aus deiner Stimme heraushören, bist du erledigt. Ich habe es nie geschafft, entschieden genug aufzutreten: Sie wissen leider längst Bescheid, was sie erwartet, beziehungsweise nicht erwartet. Schon bei der Geburt wissen Kinder solche Dinge.

Angeblich sind Violette und Clémentine anderswo weniger außer Rand und Band. Die beiden anderen Großmütter kümmern sich liebend gern um ihre Enkelinnen, ja sie reißen sich drum. Am liebsten übernehmen sie drei oder vier auf einmal, diese heiligen Frauen! Kommt es daher, weil ich nicht Oma genannt werden will, daß ich eine nichtswürdige Großmutter bin? Meine Enkelinnen sind stolz darauf, in der Schule erzählen zu können, daß ich Schriftstellerin bin, beklagen sich aber, weil ich es ablehne, mich als Großmutter etikettieren zu lassen. Die Kinder lieben es, wenn die Welt ritualisiert oder – noch besser – starr geordnet ist, wobei jeder der Erzeuger auf die im Spielplan vorgesehene Rolle festgelegt ist. »Papa ist Ingenieur (oder Arzt oder Automechaniker) und Mama ist Hausfrau«, so antworten sie gern auf die Umfragen in der Schule und hoffen so, die Entwicklung der Mamas zu leugnen und gewaltsam ihre Traumfamilie wiederherzustellen.

Manche meiner Freundinnen, entweder pflichtbewußte Frauen (eine Gattung, die im Aussterben begriffen ist, von der in meiner Generation jedoch noch einige Exemplare frei herumlaufen) oder ernsthaft begeisterte Großmütter, fragen mich, warum ich mich dagegen sträube, meine Enkelinnen und eventuell noch ein paar ihrer Freundinnen in den Schulferien mitzunehmen, und weshalb ich lieber gleichaltrige Bekannte in die Bretagne einlade. Das wird als Fahnenflucht angesehen. Und überhaupt: warum den Namen »Oma« zurückweisen, wo ich doch stets auf »Maman« bestanden habe? Ich erzähle, daß mein Vorname »Bö-nu-att« für ein Kind unaus-

sprechlich ist. Mit zwei Jahren war Clémentine gerade mal »Bou-noute« gelungen, das sich dann mangels Besserem eingebürgert hat.
»Ich habe selten so ein ungefälliges Wort gehört«, bemerkte Paul damals. Aber an einen seltsamen Vornamen, den niemand gefällig findet, bin ich gewöhnt. Und ich habe Paul im Verdacht, daß er mich in dieser ganzen Großmutterrolle ungefällig findet, die mir weder Zeit für ihn noch für mich läßt.
Um zehn Uhr werden endlich die Lichter gelöscht. Ich bin aus meiner Rolle entlassen. Doch bevor ich ins Bett gehe, schaue ich sie mir an, wie sie schlafen. Ich liebe sie, wenn sie mit halboffenem, aber schweigsamem Mund im Bett liegen, Clem in ihren Haaren versunken, Violette in ihre Decke vergraben, unter der die Füße vorgucken. Die Turnschuhe sind kreuz und quer im Zimmer verteilt, Höschen, Jeans und Socken auf dem Boden verstreut, wo sie gerade hingefallen sind. In diesem winzigen Zimmer, das keine Unordnung verträgt, weiß ich nicht mehr, wo ich den Fuß hinsetzen soll. Eine richtige Oma wüßte, daß man sofort den Artikel 1 anwenden muß, und das in einem Ton, der keinen Widerspruch duldet: »Junge Damen, wacht auf und räumt eure Sachen auf!« Alles könnte noch ins Positive umschlagen. »Bounoute hat sich aber verändert«, würden sie bewundernd sagen. Aber sie schlafen so schön! Sie sind müde! Sie sind in Ferien, nicht in einer Strafkolonie. Und ich bin auch müde. Keine triftigen Gründe, ich weiß. Leise sammle ich die Sachen auf und hänge sie über die Bettpfosten. Ich bin nicht mehr zu retten.

Am nächsten Tag sind die Wetterfrösche auf meiner Seite: Auf geht's in den Garten! Meine dreihundertachtzig Quadratmeter sind bald in einen Reiterhof verwandelt, und ich bin mit einer kreischenden Reitlehrerin und einem störrischen Hengst gesegnet ... Tirésias stürmt wie der Wirbelwind den kleinen Gartenweg auf und ab, überquert mit einem Sprung meine Beete und huscht zwischen meinen Büschen davon. Die kleinen Silhouetten machen sich gut vor dem Meer im Hintergrund. Clémentines Pferdeschwanz fliegt hin und her, der Leuchtturm an der Hafeneinfahrt sieht aus, als gehörte er zu einer Touristenreklame. Dieser Vormittag verkündet Glück. Doch die Bilanz für den Garten ist schlecht: zwei zertretene Heidekrautpflanzen und meine einzige Pfingstrose enthauptet. Nach dem Pflanzen braucht eine Pfingstrose drei Jahre, bis sie zu blühen geruht. Und dieses Jahr war es soweit! Ich stütze den halb durchtrennten Stengel an der Stelle, wo die Knospe zu schwellen beginnt, mit einem Stab. Aber wenn Tirésias über den Stecken stürzt? Ich gebe meine Pfingstrose auf; ich werde versuchen, ihr nach der Abreise meiner Vandalen eine Schiene zu fabrizieren.
Mittags werden in der Sonne die Krebse, Krabben und Garnelen gegessen, die ich eingekauft habe. Das eine Mädchen beschließt, die Scheren zu sammeln, und legt sie zum Trocknen auf das Mäuerchen. Das andere weigert sich zu essen, weil es die Tiere zuvor lebendig gesehen hat, als ich aus der Markthalle von Quimperlé nach Hause gekommen war.
»Du bist grausam«, erklärt mir Clémentine.
Chicorée schmeckt abscheulich. Kaninchen? Ihre Lehre-

rin ist Vegetarierin und richtet bei unseren Menüs großen Schaden an. Paul kann kein Brathähnchen mehr auf den Tisch bringen, ohne sich eine Moralpredigt anhören zu müssen. Wir verstecken gehackten Schinken unter den Nudeln, damit Clémentine Fleisch ißt, ohne es zu merken. Wir gelten als Mörder, wenn wir einen Rinderbraten servieren.

»Da ist Blut drin ... wie unseres!«

»Und was ist, wenn auch die Kartoffeln eine Seele haben? Hast du schon mal daran gedacht, Clémentine?«

Ein verachtender Blick. Aber ich lasse fallen, daß ich Froschschenkel furchtbar gerne esse, und es ist, als hätte ich Vater und Mutter getötet. Ich weiß, daß ich meine Lage nur verschlimmere, aber ich lasse nicht locker.

»Und wo hörst du auf mit den Tieren, die verschont werden sollen? Schnecken zum Beispiel, läßt du die zu?«

»Alle Tiere, die leiden – ich weigere mich, die zu essen. Die Lehrerin hat gesagt ...«

»Ich zwinge dich nicht, Fliegen zu essen, aber erlaubst du, daß ich sie mit einer Fliegenklatsche töte?«

»In Indien macht man einen Umweg, um ein Insekt nicht zu zertreten. Die Lehrerin sagt, daß in Indien ...«

»Gut, in Indien tut man keiner Mücke etwas zuleide, aber man läßt die Kinder an Malaria sterben, die von den Mücken übertragen wird. Und wenn du die Hunde in Indien sehen würdest, mager, nur Haut und Knochen, verprügelt, mit Ungeziefer bedeckt ... Weißt du, wenn wir kein Hühnchen äßen, würden sie alle von den Füchsen gefressen werden und die Schafe von den Wölfen und die Garnelen von den Krebsen ...«

»Also ist es wohl nicht nötig, intelligenter zu sein, um sich dann wie die Tiere aufzuführen.«
Ziemlich richtig. Ein Kreuz auf dem Tölpeltantenschild kommt gar nicht in Frage. Clem ist bereits eine gefährliche Polemikerin.
Paul wirft mir verzweifelte Blicke zu. Ich erreiche gar nichts mit solchen Predigten, und ich bin eine grauenhafte Pädagogin. Clémentine ist in dem Alter, in dem die Lehrerin immer recht hat, weil sie einen von der Allmacht der Eltern befreit. Von der der Großeltern reden wir gar nicht erst, die armen alten Mümmelgreise. Unsere Eltern wußten gar nicht, wie glücklich sie dran waren: »Iß bitte deinen Teller leer! ... Wenn du deinen Spinat heute Mittag nicht aufißt, kriegst du ihn heute abend noch mal ... Ein Kind widerspricht seinen Eltern nicht, und im übrigen haben wir gar nicht nach deiner Meinung gefragt ... Um neun komme ich rauf und mache das Licht aus.« Ich hingegen, ich schlage vor, verhandle, laviere, gebe nach. »Wasch dir die Hände!« – »Sie sind nicht schmutzig.« – »Zieh deinen Pullover an!« – »Mir ist nicht kalt.« – »Zieh ihn trotzdem an ... Aaargk!« ein Geräusch, wie es Claire Bretéchers Comic-Figur Agrippine hervorstößt.
Man sollte niemals diskutieren. Die Befehle müssen einfach und blöd sein wie beim Militär. Aber wozu sind wir intelligent, wenn wir uns dann aufführen wie ein Feldwebel, würde Clémentine sagen.
Heute abend kommt endlich Blandine, und wir werden zu zweit sein, um dem Feind ins Auge zu sehen. Hippokrates, Aristoteles und die ganze Clique der Frauenfein-

de, von der Antike bis in unsere Tage, gehören dann wieder mir.

Der Nachmittag läßt sich schlecht an: Der Himmel hat sich verdüstert und in der Luft hängt dieser Nieselregen, den man in Irland *drizzle* nennt. Aber was soll's: Die Manege wird ins Wohnzimmer verlegt. Es müssen nur die Teppiche unter den Schrank gerollt, Springseile zwischen den Eßzimmerstühlen und der blockierten Badezimmertür gespannt und die Sofakissen auf dem Boden gestapelt werden, um Hindernisse darzustellen. Bald hallt der Raum vom Wiehern des Hengstes und vom Knallen der Reitpeitsche wider.

»Sind denn keine Spiele zu finden, die weniger Lärm machen?« stöhnt Paul, der unterdessen unseren Schreibtisch zurückerobert hat und dort so tut, als arbeite er.

Aber wie soll man Kindern sagen: Nein, keine Pferderennen, nein, keine Lachanfälle, nein, keine Olympischen Spiele im Wohnzimmer, nein, keine Musik? Dabei ist Clémentine, die gestern noch köstliche alte Lieder auf der Klarinette gespielt hat, in unsere elektronische Orgel vernarrt und dröhnt uns mit Rumbas und Jazz voll.

Um fünf Uhr fahren wir endlich los, um Blandine vom Bahnhof in Lorient abzuholen. »Du hast es gut, du hast jetzt deine Mutter da!« sagt Clémentine, der plötzlich einfällt, daß ihre Mutter ihr fehlt. »Es genügt nicht, glücklich zu sein, dazu gehört auch noch, daß die anderen es nicht sind!« Eine Bemerkung von Jules Renard in seinem *Tagebuch*, die besonders gut auf Kinder zutrifft, weil sie stets auf das Eimerchen des Nachbarn schielen. Violette glaubt noch, daß sie ihre Mutter für sich haben wird, und vergißt, daß Blandine zunächst einmal meine Tochter ist, wenn man die Reihenfolge der Auftritte beachtet. Kaum angekommen, kündigt sie in der Tat an, daß sie sich hinlegen wird, sie sei kaputt und könne sich nicht mehr auf den Beinen halten. Ich weiß, daß sie hierhergekommen ist, um endlich zu schlafen und nicht reden zu müssen, und genauso nehme ich meine Rolle als Mutter wahr: Bei mir werden die Vierzigjährigen wieder kleine Mädchen, und ich gewähre ihnen eine Materno-Therapie-Kur.

Doch zunächst einmal ist meine Tochter keine vierzig. Sie ist dreißig plus zehn. Das ist doch schon eine befriedigendere Formulierung. Und was mich betrifft: Ich habe kein Alter, weil ich Mutter bin. Ich werde nie gefragt, ob ich kaputt bin.

Blandine macht die Vorhänge ihres Zimmers zu, zieht ihren alten Kaschmir-Schlafpullover über und verschwindet bis zum Abend unter ihrer Bettdecke. Nach dem Essen geht sie um neun wieder ins Bett, was den Vorteil hat, daß es auch den Rückzug der Kinder bewirkt. Aber heute abend weigert sich Violette, im oberen Bett zu schlafen, weil sie eine Spinne gesehen hat. Sie stößt unartikulierte Schreie aus und zuckt krampfhaft vor Abscheu. Ich mache ein Kreuz in die Tölpeltantenspalte. Clémentine legt ihr Veto ein, daß man das Spinnenwesen tötet – schon wieder die verheerende Wirkung ihrer Lehrerin. Violette schläft schließlich im Bett ihrer Mutter und läßt die Cousine in ihren Widersprüchen schmoren: Spinnen versetzen auch sie in Angst und Schrecken.

Sie hatten sich ohne Widerspruch die Zähne geputzt,

doch als ich ihnen einen Gutenachtkuß geben will, stelle ich fest, daß die Kleidung wie üblich auf dem Boden liegt. Blandine kümmert sich nicht darum.
»Man kann nicht an allen Fronten kämpfen«, sagt sie. »Das ist aufreibend. Die Zähne, das ist wesentlich, und die Unordnung, das ist nicht so schlimm. Ich will mich nicht aufreiben für Dinge, die sekundär sind.«
Ich erinnere mich an eine Zeit, als Flora und ich uns die Zähne putzten *und* unsere Kleidungsstücke über einen Stuhl legten, ohne irgend jemanden aufzureiben. Dr. Spock mit seiner Erziehungsfibel hat diesen Methoden ein Ende gesetzt. Angeblich waren sie unmenschlich und zerstörerisch für die kleinen Persönlichkeiten. Es ist nicht nett, in den Ferien von Disziplin zu reden. Ich halte die Klappe.
Am nächsten Tag erstrahlt der nasse Garten wieder in der aufgehenden Sonne, und die Bretagne schenkt uns einen dieser Tage, die einen an die Unschuld der Welt glauben lassen können. Die feuchte Erde lächelt in der ersten Wärme des Jahres, ein Fischer kehrt an seinen Ankerplatz zurück und vertäut sein Boot mit knappen, konzentrierten Bewegungen. Die wenigen Geräusche fließen zusammen zu jener ruhigen Morgenstimmung, in der man sich nicht mehr fragt, was man eigentlich tut auf Erden. Es genügt, dazusein, und jedes Ding ist an seinem Platz. Es ist Ebbe, und die Mädchen sind zum Angeln in den Rinnsalen hinuntergegangen. Heute nachmittag gehen wir an den Strand.
Gegen zehn Uhr taucht Blandine auf, das Gesicht mit einer grünlichen Spachtelmasse bedeckt.

»Ich habe drei Tage Zeit, um wieder ein menschliches Aussehen zu bekommen«, verkündet sie.
»Ein Riesenprogramm!« sagt Paul, aber Blandine kann nicht lachen, das macht Risse in ihrer Gesichtsmaske.
»Drei Tage? Bleibst du nicht die ganze Woche in Doélan?«
»Liebste Maman, ich brauche Urlaub vom Muttersein. Nur dann kann ich wirklich abschalten. Ich muß bei meiner Arbeit so viel quatschen, daß ich nur eines im Sinn habe: kein Telefon, kein Wort reden. Also drei Tage bei dir, um wieder in Form zu kommen, und dann holt mich ein Freund ab. Wir haben vor, drei Tage lang durch den Morbihan zu fahren und in ein paar guten Restaurants Rast zu machen. Und da ich am Montag wieder arbeite, komme ich erst am Sonntag, um meine Violette abzuholen ... wenn dir das nichts ausmacht.«
»Meine Damen und Herren, liebe Omas ... pardon, liebe Freunde ... Was werde ich Ihnen am 15. April wohl erzählen können?«
Auf jeden Fall werden wir heute nachmittag nach Dour Veil fahren, komme, was wolle. Während wir zu Mittag essen, bedeckt das Meer langsam wieder den Schlick, die Boote räkeln sich und richten sich auf, die Meeräschen kommen wieder, um sich zwischen den Bootsrümpfen zu verfolgen, und silbrig spielen sie Sternschnuppen an der Wasseroberfläche. Wenn wir heute abend nach Hause kommen, wird das Wasser die letzte Stufe der Terrassentreppe erreicht haben und wir werden den Eindruck haben, auf einer Insel zu leben.
Am Strand habe ich den erholsamen Eindruck, nirgend-

wo zu sein. Das ist weder Land noch Meer, und ich fühle mich hier zwischen Traum und Wirklichkeit schweben, als steige vom Grund der Zeit die Erinnerung an meinen ursprünglichen Lebensraum auf. Die Rufe und Zankereien der Kinder verflüchtigen sich zwischen dem Geschrei der Vögel im Blau des Himmels, die Zeit dehnt sich, nichts geschieht, nur die Wellen fallen übereinander her. Wir spielen dämliche Spiele, wir vergnügen uns damit, im Wasser zu waten und dabei lärmend herumzuspritzen, als wären wir fünf Jahre alt. Beim Heimkommen abends sind wir melancholisch und wissen nicht warum.

Wie die meisten Männer mag Paul den Strand nicht. Die Frauen haben zweifellos ihren Ursprung weniger vergessen.

Clémentine und Violette hatten gewettet, daß sie baden würden. Sie sind in dem Alter, in dem man seine Wetten einhält, koste es, was es wolle. Also tauchen sie beherzt in das eisige Wasser. Ich beneide sie um ihre Unvernunft. Erinnerst du dich, Rosie …?

Bei unserer Rückkehr kommt es mir vor, als landeten wir nach einem Sturm in der Bucht der Schiffbrüchigen. Die Mädchen hatten die Ergebnisse ihres Fangs vom Morgen einfach liegenlassen, um sie am Abend näher zu untersuchen. Aber Hunderte von Strandschnecken sind aus ihrem Gehege entwischt und kleben nun überall auf den Platten der Terrasse. Die Gartentische sind voll von dem Tang, auf den die Schalentiere dekoriert werden sollten, aber die Taschenkrebse sind lieber auf den Rasen entflohen und die Garnelen sind in ihrem Eimer verendet, vermutlich an einer massiven Verdauungsstörung, weil sie sich an Weißbrot überfressen haben. Während die Mädchen also dem Meer zurückerstatten, was ihm gehört, inspiziere ich wie jeden Abend meinen Garten. Diesmal hat es die Stockrose erwischt, die seit einigen Jahren aus der Mauer wächst. Sie ist auf der Höhe der Kante abgebrochen. Jeden Frühling taucht sie zwischen den Steinen auf, krümmt sich im rechten Winkel, um die Senkrechte zu erlangen und steigt gen Himmel wie die anderen auch. Sogar schöner noch als die anderen, die die Fassade zieren, als wären ihre geheimen Wurzeln, die zwischen Granit und Zement eingedrungen sind, vor den Insekten und den Krankheiten geschützt, die alle anderen Stockrosen befallen.

Schon am nächsten Tag hat die Bretagne wieder ihre Frühlingslaunen. Es regnet, als wäre nie schönes Wetter gewesen. Blandine hat ihre Vorhänge einen Spalt geöffnet und sie sofort wieder zugezogen. Sie mag sowieso nur das Mittelmeer, und ihr Schönheitsprogramm – Bäder mit ätherischen Ölen, Ginseng-Shampoo, Maniküre, Pediküre, Enthaarung mit Wachs – läßt ihr gerade mal die Zeit, uns in die Crêperie zu begleiten. Meine Munition für Regentage erschöpft sich, es bleibt nur noch der Bodensatz des Vorrats: den *Gelben Christus* von Gauguin in der Kapelle von Trémalo zu bewundern, die Sérusier-Ausstellung im Rathaus von Pont-Aven anzusehen und Traou-Mad-Kekse zu kaufen. Das gibt garantiert saure Gesichter, aber ich werde mich mit den Sérusiers darüber hinwegtrösten.

Himmlische Überraschung: Das Erscheinen der Sonne am Folgetag und vor allem eine schwache Brise aus westlicher Richtung werden mir endlich gestatten, zum Kapitel Wassersport und Fischerei überzugehen, ohne Gefahr, daß meine beiden Sirenen vom erbarmungslosen Ostwind, der das Ufer entlangbläst, in Richtung Hafenausfahrt abgetrieben werden, unfähig, gegen die Strömung anzukommen. Sicher würden sie dabei auch noch ein Ruder verlieren und sich unerbittlich in ihrer Nußschale entfernen, ohne sich geistesgegenwärtig des verbliebenen Ruders als Steuer zu bedienen, um an eines der beiden Ufer zu gelangen, bevor sie das offene Meer erreichen. Ich habe wenig Hoffnung, denn Violette ist eine echte Gebirgspflanze aus Savoyen, für Boote interessiert sie sich wenig, und Clémentine ist eine reine Intellektuelle, die, von Pferden abgesehen, überhaupt kein Interesse an Sport zeigt.

Also pflichtgemäßer Ruderunterricht und trotz des Protestes Schwimmwesten. Doch ich wage es nicht, den kleinen Kahn aus den Augen zu lassen, in dem sie, nachdem ich an Land gegangen bin, rasch wieder die jämmerlichen Paddel eines Strandbötchens schnappen, da die edlen Ruder angeblich zu schwierig zu handhaben sind. Nachdem sie ein bißchen rumgeplanscht, den Kajak unseres kleinen Nachbarn (der natürlich souverän mit seinem Untersatz umgeht) kurz geentert und ein- oder zweimal den Hafen überquert haben (wobei es darum geht, ein Eis am Stiel in der Kneipe gegenüber zu kaufen), rücken sie wieder zu Hause ein, behaupten, sie hätten den Kahn vorschriftsmäßig vertäut, und verkünden, daß sie lieber Kaufladen spielen wollen.

Auch meine zweite Generation wird mir keine Florence

Arthaud und keine Isabelle Autissier (A. d. Ü.: französische Segelweltmeisterinnen) liefern, obwohl ich noch immer davon träume. Pauline vielleicht – doch; so klein sie noch ist, sie legt schon jetzt Ausdauer, Geschicklichkeit und Abenteuergeist an den Tag. Doch in zehn Jahren, fürchte ich, sitze ich ganz alleine da mit meinem Abenteuergeist und weiß nicht mehr, was ich mit ihm anfangen soll.

Zur Zeit ist es Violettes Ehrgeiz, einen Parfüm- und Souvenirladen in Chamonix, und der Clémentines, einen Hundesalon in Paris zu führen. Da sind ein paar Tölpeltantenkreuze fällig. Und ein Ehrenkreuz für mich, die ich darüber lamentiere, daß sie mit zehn Jahren nicht die noblen Ideen haben, die mir mit vierzig gekommen sind. Die Bilanz ist, sie können zwar noch immer nicht wricken, aber es ist ihnen allerlei gelungen: ins Wasser zu fallen, als sie bei den Algen anlangten, nach einem mißglückten Vertäuen den Kahn auf einen Felsen auflaufen zu lassen und ein Ruder zu verlieren, das ein Fischer uns glücklicherweise wiederbringt. Aber immerhin sind das Meeresabenteuer, die sie ihren Freunden werden erzählen können, wenn sie wieder zu Hause sind. Nur vom Üben wird man Meister, vor allem auf dem Meer.

Am dritten Tag, als Blandines Schlafkur Früchte getragen hat, sehen wir eine Traumkreatur erscheinen, die Hüften in einen dehnbaren Stoffstreifen geschnürt, den ich Hüfthalter nenne, den sie aber hartnäckig als Rock von Alaïa bezeichnet, und mit einem silbernen Blouson angetan, auf den die frischen Föhnwellen ihres Haares herniederwallen. Aphrodite Anadyomene durchquert unsere bescheidene Hütte und geruht, das Brot mit uns zu brechen. Wir hatten uns an die lockenwicklergespickte Mumie gewöhnt, mit ihrem Gipsgesicht und den durch Wattebäusche fächerförmig gespreizten Nägeln, damit ihr purpurfarbener Lack in Ruhe trocknen kann. Und wir wissen, daß die Kreatur, die da eben aufgetaucht ist, nur eine kurzlebige Erscheinung sein wird. Sie ist für andere Augen bestimmt. Die der beiden Mädchen verschlingen sie mit Wonne, denn diese dummen Gänschen träumen bereits von Spitzenkorsetts, Schummelbüstenhaltern, Miniröcken und Maxiflirts, und ich habe das Gefühl, von einem anderen Planeten zu kommen, ich, die ich bis vierzehn, vielleicht länger, brave Schlüpfer der Marke *Petit Bateau* getragen habe, ohne von den Strapsen meiner Mutter zu träumen. Die Gänschen von heute aber sind von *Bambi* zu *Herzblatt,* von Grimms Märchen zu den schmalzigsten Fernsehserien übergewechselt und überspringen die langen, ängstlichen Reifejahre, in denen wir ganz allmählich unsere Zukunftsträume schmiedeten. Die Gänschen fordern mit acht Jahren einen Bikini, sehen furchtlos ihrem Schicksal als Sexualobjekt ins Auge und schielen zu den Jünglingen rüber, wobei sie die Gebrauchsanweisung längst gelesen haben, wie man sich ihrer bedient, und es kaum abwarten können, sich darin zu üben.

Ich betrachte sie etwas schwermütig und denke an diese unbestimmte Zeit der Kindheit, die uns abseits von der Wirklichkeit hielt, an diese langen Jahre, während der man sich so nutzbringend langweilte, fern von den echten Jungen, während der man seine ganze Zeit für die

Traumhelden der Phantasie übrig hatte, die der Geschichte Frankreichs und der Literatur, die der großen Bücher von Jules Verne, Hector Malot und Jules Sandeau, bis hin zu Alain-Fourniers *Der große Meaulnes* aus der Zeit, da der Teufel noch nicht im Leib steckte.

Es betrübt mich sehr, daß Barbie schon im Kindergarten als Vorbild angeboten wird. Ich lasse meinen Widerwillen durchblicken, wenn ich für Weihnachten Barbies Boudoir, Barbies Frisiersalon oder Barbies Pferd kaufen soll, einen giftfarbenen Plastikklepper mit blondierter Mähne ... Aber wenn ich mich zu unnachgiebig zeige, gerate ich im Verhältnis zu den anderen Omas noch mehr ins Hintertreffen. Also gebe ich klein bei.

In eine Parfümwolke gehüllt, verläßt uns Blandine. Ich werde ihr Zimmer wieder übernehmen und mein virtuelles Publikum vor mir aufmarschieren lassen können, das einen noch virtuelleren Vortrag erwartet. Am Sonntag wird sie ihre Tochter abholen.

Nach Violettes Abreise hat sich ein seltsamer Frieden über das Haus gebreitet. Ich entdecke, daß ein Kind nicht die Hälfte von zwei Kindern ist, es ist ein Bruchteil. Mit ihrer fruchtbaren Phantasie und den Gaben einer Ferienclubanimateurin hat die Ältere die Kleine, die vier Jahre jünger ist als sie, erschöpft. Clémentine hat den ganzen Nachmittag auf dem großen Sofa geschlafen, und die Sonne hat goldene Schimmer in ihrem Haar entzündet. Auch ich habe den Status gewechselt: Jetzt hört man auf mich, fragt nach meiner Meinung. Jetzt unterhalten wir uns. Von der Tyrannei der Doors und anderer einschlägiger Rockgruppen befreit, hören wir Chansons von Anne

Sylvestre, Barbara oder Gilles Servat. Ich erzähle Clémentine abends Geschichten, das ist eine meiner Stärken ... Ich habe noch Erfolg, wenn ich den Menschenfresser mit den Siebenmeilenstiefeln nachmache.

Wenn sie zusammen sind, verschanzen sie sich wie in einer Burg, dann sind sie ein Block Kindheit, der Egoismus und die diesem Alter eigene unbewußte Grausamkeit nach außen absondert. Sie bilden ein abgeschottetes Paar, auf das ich keinen Einfluß ausüben kann.

Habe ich wirklich ständig drei Kinder im Hause gehabt? Wie habe ich es geschafft, genug Lebensenergie übrig zu haben, um einen Mann zu lieben, sie zu lieben, und zu schreiben? Die Antwort kann man in drei Worte zusammenfassen: Ich war dreißig.

Am Abreisetag begleitet uns Paul zum Flughafen. Er ist plötzlich ganz gerührt, ohne daß ich weiß, ob es daher kommt, daß er sich von Clémentine trennen muß oder daß er mich wieder für sich allein haben wird. Ich nehme die Kleine in meine Arme, und alle Gefühle, die mich bei der Ankunft überwältigt haben, kommen wieder: Ich finde sie wunderschön, ich habe eine Träne im Augenwinkel und bin ganz schlicht und einfach stolz, Großmutter zu sein.

Während ich ihr zusehe, wie sie sich entfernt, so klein und doch so groß für ihre acht Jahre, stoße ich einen Seufzer aus, der nicht nur Erleichterung ausdrückt, ich kann es beschwören.

Morgen werfe ich die Stofftiere und die Krebsscherensammlung, die toten Krabben und die stinkenden Muscheln hinaus, und Paul richtet sich wieder im Kinderzimmer ein. Ich werde meinen großen Schreibtisch wieder für mich haben und mit meinem Vortrag bei Null beginnen. »Meine Damen und Herren, liebe Freunde«, das war ja ohnehin völlig daneben. Ich werde schreiben: »Tach, ihr alle hier im Saal«, das wird irrsinnig viel jünger wirken. Schließlich habe ich meine Zeit überhaupt nicht verplempert in diesen paar Tagen.

Kapitel XI

Salz auf unserer Haut

J. S.: Hierzulande, wo man die Schriftsteller und die Gattungen so gerne in Schublade einordnet und mit einem Etikett versieht, hat man Sie in die Schublade »Feminismus« und »Erfolgsromane« gepackt. Aber 1988 haben Sie dann *Salz auf unserer Haut* veröffentlicht, einen Roman, der gewisse Männer verblüfft hat. Das Buch erzählt die Geschichte einer kaum vorstellbaren Liebe – sie hält jedoch ein ganzes Leben lang an – zwischen einer intellektuellen Frau namens George und einem Seemann namens Gauvain. Die beiden haben sich in jungen Jahren kennengelernt, und ihre sonderbare Liebesgeschichte begann, als sie achtzehn war und er vierundzwanzig. Sie leben nicht zusammen, sie teilen nichts von dem, was den Alltag ausmacht, jeder lebt sein Leben. Sie haben »so gut wie nichts gemeinsam«, um es redensartlich auszudrücken, außer diese komische Liebe, diese ständige Sehnsucht nach dem andern, die sie immer wieder zusammenführt. Es ist eine Geschichte, in der es um Lust geht, um Hautkontakt, um Sinnlichkeit und Körperempfindungen, um Gewaltsames auch, aber eine Geschichte ohne Schuldgefühl, ohne Pathos und Gefühlsduselei. Es ist eine glückliche Geschichte mit Sex und sinnlicher Erfüllung. Ein Roman, wie ihn Frauen nicht zu schreiben wagen, und der voraussetzt, daß man von jeglicher Einfalt kuriert ist, daß man Tatkraft und Mut besitzt und die Wahrheit liebt. Dieses Buch hatte großen Erfolg in Frankreich. In Deutschland – sowie in ganz Nordeuropa übrigens – war es ein absoluter Bestseller mit über zwei Millionen verkauften Exemplaren. Nicht wenige Frauen haben sich wie befreit gefühlt, als sie die Sprache einer wirklich freien Frau entdeckten. Im südlichen, mediterranen Europa hingegen haben die Frauen eher ängstlich und zurückhaltend auf diese Geschichte einer Leidenschaft reagiert, und die Männer fanden vermutlich schon den Gedanken abscheulich, daß eine Frau einen solchen Roman überhaupt schreiben konnte. Nun, ich würde gerne genauer wissen, wie Sie dieses Buch geschrieben haben. Oder vielmehr, wie Sie die Entscheidung getroffen haben, schriftstellerisch »zur Tat zu schreiten«. Wie haben Sie das geschafft, sich eine derart radikale Freiheit zu nehmen?

B. G.: Mir war aufgefallen, daß ich es noch nie gewagt hatte, das Thema Sinnenfreude zu behandeln. Ich wollte es auf durchaus feministische Weise angehen, Schluß machen mit der überlieferten Vorstellung weiblicher Hingabe beziehungsweise Selbstaufgabe, und den Egoismus im Liebesakt herausstreichen. Und vor allem auch darüber sprechen, ohne auf poetische Metaphern zurückzugreifen, und statt dessen die Dinge beim Namen nennen, insbesondere die beteiligten Organe. Der Versuch schien mir lohnend, diesen Wörtern ihre Unschuld, vielleicht sogar ihre Poesie, manchmal auch ihre Derbheit wiederzugeben. Die Liebe braucht nämlich auch das. Auf jeden Fall ging es um Ehrlichkeit.

J. S.: Sehr wenige Romanschriftstellerinnen haben das getan.

B. G.: Der Ton war den Damen nicht erlaubt! Natürlich hat George Sand es getan. An solche Übertretungen war man bei ihr gewöhnt, aber dafür wurde sie von der Nachwelt auch sehr schlecht beurteilt. Es ist viel häufiger von ihren Liebhabern die Rede als von ihrer Kunst. Auch Colette gehört zu denen, die es gewagt haben. Ein moderner Kritiker hat von ihr gesagt, daß sie »ihre niedrigsten Instinkte hat sprechen lassen«. Auch Anaïs Nin, deren *Geheimes Tagebuch* ich damals gerade gelesen hatte, hat mir gezeigt, daß man über die Sexualität mit Jubel und ohne Schamgefühl schreiben kann, eine Seltenheit in der Tradition der Erotica, die meistens entsetzlich ernst sind. Aber es ging auch darum, neue Wörter zu finden beziehungsweise die Wörter neu einzusetzen, und in diesem Punkt bin ich an der Armut des Wortschatzes gescheitert, was die sinnliche Lust der Frau betrifft. Als ich *Ödipus' Schwester* schrieb, ging ich erst einmal in die Nationalbibliothek und suchte in den Enzyklopädien nach dem Wort »Frau«; und als ich mich an die Arbeit machte, um *Salz auf unserer Haut* zu schreiben, schlug ich im großen Quillet von 1936, den mir mein Vater vermacht hat, unter »Anatomie« nach. Ich war der Meinung, daß sich an der weiblichen Anatomie seit 1936 nichts geändert hat. Weit gefehlt! Auf der ganzseitigen anatomischen Tafel »Frau« war das weibliche Genitale auf ein kleines Dreieck reduziert. Die Klitoris war weder erwähnt noch abgebildet. Das Wort Scheide kam nicht vor. Wohingegen auf der Tafel »Mann« sowohl der Penis als auch die Eichel und die Hoden figurierten – man konnte alles deutlich erkennen. Da schien eine merkwürdige Ausgrenzung stattzufinden ... Unter anderem wollte ich die Wörter zurückerobern, um unsere Organe benennen zu können.

J. S.: Hatten Sie das Gefühl, daß Sie, Jahre nach *Ödipus' Schwester*, eine neue Sprache der Freiheit brauchten, eine individuellere Sprache vielleicht? Hätten Sie *Salz auf unserer Haut* auch früher schon schreiben können, ohne den feministischen Weg, den Sie inzwischen zurückgelegt hatten?

B. G.: Ich hätte es nicht gekonnt, und ich hätte es nicht gewagt. In dem Fall aber kam mir eine Freiheit zugute, die man dem Alter verdankt, eine Art Unverfrorenheit, deren ich weder mit zwanzig noch mit vierzig fähig gewesen wäre, und schließlich auch eine lange Lebenserfahrung, die Erfahrung der leidenschaftlichen Liebe und der Liebe im Alltag, der Dauerhaftigkeit. Nun konnte ich endlich das Geheimnis der Leidenschaft angehen, die auch im Zeitalter der Computer noch immer erschütternd, zerstörerisch und magisch bleibt. Womöglich weil ich viele bretonische Ritterepen gelesen hatte, habe ich meine Hauptfigur zu einem Unseßhaften, einem Seemann gemacht und ihn Gauvain, das heißt Gawein, genannt, nach einem der Ritter der Artus-Sage, der ebenfalls über die Meere irrte. Ich wollte mich ein wenig dem Archetypus der leidenschaftlichen Liebe nähern, dem von Tristan und Isolde, von Romeo und Julia und anderen zeitlosen Paaren. Nach ihrer ersten Nacht auf der Insel haben sich Gauvain und George gegenseitig verzaubert, als ob sie wie Tristan einen Liebestrank zu sich genommen hätten. Und ihre Liebe ist eine absolute, denn es gibt sonst nichts Gemeinsames, nichts, was sie teilen können, keinen Vertrag, keine gegenseitigen Dienste, kein Gesellschaftsleben. Ihre Beziehung bleibt eine intensive, vorausgesetzt, sie bleibt von der Realität unberührt.

J. S.: Aber wo bleibt da der Feminismus?

B. G.: Ich bin ganz froh, daß man ihn nicht allzu deutlich herausliest, denn es handelt sich ja um einen Roman. Aber das Buch steckt voller Feminismus. Ohne die Liebe und ohne die Freiheit in der Liebe fehlen ein beträchtliches Stück Lebenssinn und eine Dimension der Selbstverwirklichung der Frau. Es ist eine feministische Geschichte, weil ausnahmsweise die Leidenschaft kein Unheil nach sich zieht und weil die Heldin weder im Wahnsinn noch im Unglück versinkt oder gar mit Selbstmord endet. Sie setzt sich auch nicht der himmlischen Strafe aus ... Am Ende der Geschichte steht eine Frau, die auf ein gelungenes Leben und noch ein bißchen mehr als das zurückblicken kann.

J. S.: In den vielen Briefen, die Sie im Anschluß an dieses Buch bekommen haben – häufig von Männern übrigens –, hat man Ihnen mehrfach die Frage gestellt: »Warum haben Sie Gauvain am Ende des Romans sterben lassen?«

B. G.: Weil sich keiner darüber gewundert hätte, wenn die Frau gestorben wäre. Keiner fragt sich, warum eigentlich Emma Bovary Selbstmord begeht – das ist »normal«. Anna Karenina wirft sich vor einen Zug, Madame de

Merteuil wird von der Syphilis entstellt, Sades Justine wird vom Blitz des Himmels erschlagen, Stendhals Madame de Rênal stirbt vor Kummer und die Kameliendame an Tuberkulose ... Die Frauen werden systematisch dafür bestraft, daß sie zuviel geliebt haben. Ich bin sicher, daß die Leser George viel herzergreifender gefunden hätten, wenn sie sich einer langen, schmerzlichen Psychoanalyse hätte unterziehen müssen, oder wenn sie bei einem Autounfall unterwegs zu Gauvain ums Leben gekommen wäre. Da hätten wir die schöne Geschichte einer tragischen Leidenschaft, eine mythische Liebesgeschichte. Die Vorstellung, daß sie ihren Liebhaber überlebt, daß sie auch ohne ihn gerne weiterlebt, das war das Schockierende, viel mehr als die Wortwahl. Auf diesen Schluß habe ich Wert gelegt, weil ich es leid war, all diese Unglücklichen, Verführten und Verlassenen, Betrogenen, Frigiden, zu Elend, Schande, Einsamkeit und Wahnsinn Verdammten zu beweinen. Auch die herkömmlichen erotischen Romane à la *Geschichte der O* hatte ich satt, mit ihren Ketten und Peitschen, den schicken Demütigungen und Qualen –, daß ich sie womöglich mit Vergnügen gelesen habe, steht hier nicht zur Debatte –, in denen die Frauen stets zu Sklavinnen gemacht, immer in der Situation von Unterordnung, von unterwürfiger Hingabe geschildert werden, weil für sie angeblich die Verachtung und die Gewalt ihrer Liebhaber das Höchste ist. Ich habe es als dringend notwendig empfunden, den Jubel der körperlichen Liebe, die geteilte Liebesglut zu beschreiben, und vor allem wollte ich eine sehr selbstbewußte Frau schildern, die weder Gewissensbisse noch Reue kennt.

J. S.: Haben Ihnen nicht einige Leute diesen literarischen Ansatz als unfeministisch vorgeworfen?
B. G.: Ja, einige. Leute, die das Buch nicht richtig gelesen hatten, scheint mir. Ich glaube aber, daß der Erfolg dieses Buches gerade damit zu tun hat, daß die Heldin aus dieser Liebe ein gesteigertes Lebensgefühl gewinnt. Auch wenn die Frauen es nicht immer gewagt haben, ihren Männern zu gestehen, daß ihnen gerade diese Unmoral Spaß macht.
J. S.: Ein Kritiker hat geschrieben, es handle sich um eine »Hymne an den Phallus«. Er freute sich darüber, daß Sie endlich »die Waffen gestreckt« hätten, wie er meinte. Auch Georges Egoismus hat man Ihnen vorgeworfen.
B. G.: Egoismus ist doch gesund! Bei den Frauen ist er ja gerade deshalb verpönt, weil sie ihn so dringend nötig hätten. Er wird als ein wahrer Verrat betrachtet – und er ist übrigens auch Verrat. Plötzlich lösen sie sich von dem zwangsverordneten Frauenbild, plötzlich verweigern sie die Rolle, die eigens für sie geschrieben wurde ... Doch, doch! Egoismus ist eine befreiende Tugend. Es stimmt, daß George nicht die Sympathieträgerin im Roman ist. Gauvain ist der Rührende, weil er durch diese Liebe, die ihn regelrecht verfolgt, aufgewühlt und von Schuldgefühlen zerrissen wird.
J. S.: Klar, daß man George unsympathisch findet! Schließlich leidet sie ja nicht. Aber wie geht es Ihnen: Verspüren auch Sie diesen beglückenden Egoismus?
B. G.: Ja, ich glaube schon. Und zwar in Verbindung mit einer gewissen Dosis Gleichgültigkeit. Außerdem hat er zu tun mit jener Aussöhnung mit mir selbst, die mir um

die Lebensmitte widerfahren ist. Es ist nicht sehr nett, das so zu sagen, aber auf diese Weise bin ich der sonderbaren Selbstgefälligkeit im Unglück entkommen, die so viele Frauen auszeichnet. »Dann sind Sie ja eine Egoistin!« heißt es dann, als wäre das ein Verbrechen. Also gut, dann bin ich halt eine Egoistin, was soll's? Ich habe eher das Gefühl, daß ich viel großzügiger mit den andern geworden bin, seit ich mich selbst mag, wie ich bin. Die ewig Depressiven, das sind die wahren Egoisten. Es gibt nichts Anspruchsvolleres, Narzistischeres und Egozentrischeres als einen chronisch depressiven Menschen. Was die Männer angeht, so wird Egoismus durchaus toleriert: »Ach! Alain ist ein solcher Egoist!« sagt die Frau, und es klingt fast gerührt.

J. S.: Haben Sie sich, als Sie dieses Buch schrieben, vorstellen können, daß es so viel Ärgernis erregt?

B. G.: Ich habe es mir in gewissem Sinne gewünscht, aber auf so viel Scheinheiligkeit war ich nicht gefaßt. Laut verkünden, man sei empört über ein Liebesabenteuer, bei dem weder Perverses noch Lasterhaftes, noch Folter vorkommt, nichts als eine stinknormale Beziehung, das beweist doch, daß man einer Romanschriftstellerin nicht die gleiche Freiheit oder das gleiche Vokabular genehmigt wie einem Mann. Würde einer im Traum daran denken, daß etwa ein Philippe Sollers »die Leser erröten läßt«? Über ein Detail – glaube ich – war man besonders schockiert: daß ich es wagte, die männlichen Sexualattribute mit Ironie zu beschreiben. In den erotischen Texten kommt grundsätzlich das himmlische, stets triumphierend herrliche Glied vor. Daß eine Frau so respektlos von den Insignien der männlichen Macht spricht, ist eindeutig ein Vergehen, ein unverzeihlicher Übergriff. Ich erinnere mich, daß Leserinnen mir zuflüsterten: »Es stimmt ja, daß die Hoden sich wie Kröten anfühlen: kalt, feucht und weich ... In Worten hatte ich mir das nie einzugestehen gewagt.« Dabei kicherten sie und hielten eine Hand vor den Mund wie kleine Kinder, wenn sie sich über den Pfarrer lustig machen.

J. S.: Aber eine Frage bleibt bestehen, die Kernfrage vielleicht, die man sich und Ihnen stellen muß: Wie und um welchen Preis kann man sich diese Freiheit nehmen? Was setzt dieses Verhalten voraus an Wahrheit und Freiheit in der Beziehung zum Ehemann, wenn man verheiratet ist? Und Sie waren verheiratet, als Sie dieses Buch schrieben – Sie sind verheiratet. Wie muß eine Beziehung beschaffen sein, daß es eine Frau wagen kann, das zu tun, was Sie da getan haben?

B. G.: Genau das hat mich Bernard Pivot gleich als erstes gefragt, als er mich zu seiner Sendung *Apostrophe* eingeladen hat: »Okay, Madame Groult, heute wird die Freiheit der Frauen im allgemeinen akzeptiert. Aber noch vor ein paar Jahren hätte man Ihren Roman als ein bißchen pornographisch empfunden, oder nicht?«

J. S.: Und was haben Sie geantwortet?

B. G.: Ich habe ganz miserabel geantwortet. Auf dieses Wort war ich nicht gefaßt. Mißtrauisch wurde ich erst danach. Das Wort Pornographie hätte ich von vornherein definieren sollen. Pornographie ist die Ausbeutung des Körpers des andern. In der Pornographie gibt es keine Liebe. Aber ich habe mich in die Rolle der Schuldigen drängen lassen. Bei der Sendung war übrigens auch Michel Tournier zu Gast, und er hatte einen Heidenspaß daran, wie ich mich mit diesem Wort herumschlug. Und die beiden anderen Gäste, Cavanna und Jean Vautrin, waren auch nicht gerade gekommen, um mich zu verteidigen ... Eine Liebesgeschichte ist immer ein wenig lächerlich, wenn man sie erklären soll.

J. S.: »Über die Liebe reden und über die Liebesumarmung schreiben, das ist ein Prüfstein, an dem viele gescheitert sind«, sagte der Romancier und Essayist Etiemble. Möglicherweise hatte Pivot seine Gäste extra ausgesucht, um Sie in Schwierigkeiten zu bringen, es waren lauter Hartgesottene.

B. G.: Das glaube ich nicht einmal. Eine Frau gegen fünf Männer, das ist die übliche Quote. Aber sobald eine Frau das Wort »Scheide« in den Mund nimmt, schreit alles: »Pornographie!« Alle schienen zu glauben, ich hätte nach einem sicheren Erfolgsrezept gesucht und übers Vögeln geschrieben, um einen Bestseller zu landen. Als ich an dem Abend nach Hause kam, haben mir meine Töchter gesagt: »Du hast dich sehr schlecht verteidigt. Viele Leute werden jetzt glauben, du hast in deinem Alter noch auf Pornographie umgesattelt.« Pivot hat dann auch erwähnt, daß ich die Frau von Paul Guimard bin. »Und was hält Ihr Mann von einem solchen Buch?« hat er mich gefragt. Hat man Philippe Sollers jemals danach gefragt, was seine Frau Julia Kristeva von seinen erotischen Bekenntnissen in Romanform hält? Aber die Pornographiefrage hochzuspielen, das hieß ablenken von dem, was ich über die Freiheit der Frauen sagen wollte. Man betonte den Aspekt Sex und unterschlug auf diese Weise den Feminismus.

J. S.: Sobald die Frauen den Mut haben, die Dinge beim Namen zu nennen, behaupten die Männer, es gebe »ein Problem«. Und es gibt in der Tat ein Problem, denn in *Salz auf unserer Haut* haben Sie beschlossen, nicht um den heißen Brei herumzureden. Annie Ernaux war in einer vergleichbaren Situation: In *Passion simple* kommen gleich zu Beginn des Textes die Worte »Sperma« und »Schwanz« vor, und das hat für eine Rufmordkampagne gereicht. Während einer Rundfunksendung hat ein Mann gesagt: »Sie schreibt im Stil einer Tippse, die von pornographischen Wallungen ergriffen wird ...« Wie dem auch sei, sobald es um den Körper geht, sobald Sex und unter Umständen sogar echte Pornographie im Spiel sind, werden die Beziehungen zwischen Mann und Frau zwangsläufig gestört. Schon mit *Ödipus' Schwester,* zu einer Zeit also, da man noch nicht von *political correctness* sprach, haben Sie das Problem scheinbar unbefangen angeschnitten. Sie äußern zwar Ihren Ekel angesichts einer ganzen Reihe von pornographischen Texten, aber Sie erklären abschließend – was bei den heutigen Feministinnen sehr selten ist –, daß diese Texte durchaus ein Recht hätten, zu erscheinen, gelesen, eventuell sogar genossen und zu zweit, zu dritt, zu zehnt oder wie auch immer in die Praxis umgesetzt zu werden. Mir hat besonders gut gefallen, daß Sie die Entgleisungen, denen Ihre Analyse möglicherweise Vorschub leisten würde, vorweggenommen haben. Ich muß gestehen, daß ich dieser ganzen amerikanischen Bewegung der *political correctness* sehr ablehnend gegenüberstehe, diesem Fanatismus, der häufig in eine glatte Ablehnung der Kunst und der Künstler mündet. Im übrigen glaube ich, daß sich die Frauen vor lauter Puritanismus – sie kapseln sich in bestimmte Stereotypen ein – einmal mehr den falschen Feind ausgeguckt haben. Ganz eindeutig sind die Künstler, die Schriftsteller, ja sogar diejenigen, die extrem brutale Dinge dargestellt haben, keine so radikalen Frauenfeinde wie gewisse »angeblich feministisch gesonnene Männer«, die »verständnisvollen« Paternalisten jeglicher Couleur, die im Grunde nichts anderes wollen, als sich die Frauen zu unterwerfen, die Auseinandersetzung zu vermeiden und sie heimlich, still und leise, aber endgültig unter Kuratell zu stellen. Im Grunde genommen ist eine seriöse Auseinandersetzung nicht unbedingt schädlich. Ähnlich wie in der Beziehung zwischen Eltern und Kindern emanzipiert man sich dann am besten, wenn man offenen Widerstand leisten kann.

B. G.: Vorausgesetzt, man wird zuvor nicht niedergewalzt. Man braucht eine gewaltige Dosis Selbstachtung und eine verdammt gute Gesundheit, um nicht darüber zu verzweifeln, daß man eine Frau ist, wenn man einige dieser Texte liest.

J. S.: Äußern Sie deshalb in *Ödipus' Schwester* die Meinung, daß gewisse Schriftsteller, allen voran Henry Miller, pornographische Texte geschrieben haben, die Sie als herabwürdigend für die Frauen empfinden?

B. G.: Ich war sehr beeindruckt von Kate Milletts *Sexus und Herrschaft* (deutsch 1971). In diesem Buch zeigt sie, wie D. H. Lawrence, Norman Mailer oder Henry Miller die Frau in ein »genitales Feld« verwandeln, das man nach Gutdünken ohne jeden Gedanken an Gegenseitigkeit beackert. Das ist doch auf die Dauer zerstörerisch.

J. S.: Mag sein. Aber man ist sehr schnell von der Bestandsaufnahme, der Analyse, übergegangen zur Rüge, zum Ruf nach Verboten. Sollte man nicht eher eine eigene Antwort formulieren, wie Sie es getan haben, indem Sie *Salz auf unserer Haut* schrieben? Warum immer in der Defensive bleiben und sich beklagen – als wäre das die bevorzugte Daseinsform der Frauen? Ich erinnere mich an eine Diskussion, bei der ich Frauen zutiefst schockiert habe, nachdem sie einen der Diskussionsteilnehmer angegriffen hatten, nämlich Philippe Sollers wegen seines Romans mit dem sinnigen Titel *Femmes*. Sie haben mir vorgeworfen, daß ich zu ihm sagte: »Ich werfe Ihnen nicht vor, daß Sie *Femmes* geschrieben haben; aber es beunruhigt mich, daß ich in einer Gesellschaft lebe, in der es keiner Frau gelingt, *Hommes* zu schreiben.«

B. G.: Eine amerikanische Autorin wie Erica Jong hat es getan. Aber es braucht Zeit, bis die ehemaligen Sklaven es wagen, über ihre Unterdrücker zu schreiben. Seit tausend Jahren feilen die Philosophen an ihren Gedanken über eine Welt, in der sie, was Geist und Macht betrifft, *alle* Plätze besetzen. Ein Recht auf Denken, ja sogar auf Lesen und Schreiben haben die Frauen doch erst seit so kurzer Zeit!

J. S.: Tja, die Philosophie ... Genau wie Ihnen ist mir das, was man neuerdings Differenzialismus nennt, nicht ganz geheuer. Der Gedanke, daß Frauen und Männer in ihrem Wesen grundverschieden, ja entgegengesetzt seien, gefällt mir nicht; zum Beispiel, daß die Frauen angeblich gerin-

gere Fähigkeiten zur Abstraktion hätten ... Außer Hannah Arendt und vielleicht noch Simone Weil gibt es ja auch tatsächlich keine Frauen, die wirklich philosophisch denken.
B. G.: Ich meine, daß Philosophie nur auf dem Nährboden von Jahrhunderten wachsen kann. Vielleicht ist es nötig, daß bereits die Großmutter philosophisch gedacht hat, damit man selbst diese Küsten mit einer gewissen Gelassenheit ansteuern kann. Auf eine Generation von geopferten oder zu Opfern gewordenen Frauen kann nicht unmittelbar eine Blütezeit weiblichen Denkens folgen.
J. S.: Wie immer ist Ihre Einschätzung der Lage optimistisch. Es sieht so aus, als wären Sie von den meisten »weiblichen Neurosen« verschont geblieben. Sicherlich haben Sie das Glück – und das ist kein Zufall –, eine harmonische Ehe zu führen. Dabei hätte diese dank *Salz auf unserer Haut* durchaus problematisch werden können. Sie haben mir immer noch nicht verraten, wie dieser Mann, der Ihr Ehemann ist, der mit Ihnen zusammenlebt, es seelenruhig hinnehmen konnte, daß Sie ein solches Buch schreiben.
B. G.: Seelenruhig? So sicher bin ich mir da nicht.
J. S.: Aber Sie hatten doch vorher mit ihm gesprochen, oder nicht?
B. G.: Ja, natürlich, aber eher beiläufig. Die Bücher, die ich gerade in Arbeit habe, zeige ich nie vor. Sie sind noch zu formlos. Gelesen hat Paul dieses Buch erst, als es fertig war, und mir wäre es lieber gewesen, wenn er es nie gelesen hätte. Sie reden von einer »harmonischen Ehe«, das

ist leicht gesagt. Vierundvierzig Ehejahre können nicht ohne Dissonanzen verlaufen, ohne Momente der Entmutigung oder sogar der Verzweiflung. Oder aber einer der Partner hat alles in sich erstickt, was dem anderen mißfallen könnte. Und seit C. G. Jung weiß man, daß »das ungelebte Leben« ein Gift ist, das einen Menschen zerstören kann. Hin und wieder muß man den Mut haben zu mißfallen ...

J. S.: Trotzdem: Gewagt haben Sie das Buch nur, weil Sie sich auf einen Ehepartner verlassen konnten, der keine dieser stereotypen Verhaltensweisen an den Tag legt, die normalerweise die Beziehungen zwischen Mann und Frau bestimmen.

B. G.: Ja, wahrscheinlich. Sicher sogar. Wäre das nicht so gewesen, dann wären wir wohl auch nicht vierzig Jahre zusammengeblieben. Er kannte mein Leben ebenso wie ich seins kannte. Man muß in einem Buch wohl oder übel hinnehmen, was man im Leben auch akzeptiert.

J. S.: Mit der Geschichte von Gauvain und George haben Sie eine Liaison sichtbar werden lassen, wie sie Schriftstellerinnen zuvor noch nie zu zeigen gewagt hatten, während derlei umgekehrt bei den männlichen Autoren ziemlich geläufig ist. In ihren Romanen vermischen sie ganz gerne Fiktion und Autobiographie, wenn es gilt, von dieser oder jener leidenschaftlichen Liebe zu erzählen. Es versteht sich von selbst, daß es sich dabei um ihre künstlerische Freiheit handelt und daß ihre Frau (gegebenenfalls ihre Frauen) dagegen nichts einzuwenden hat.

B. G.: Richtig.

J. S.: Aber die männlichen Modelle sind derart dominierend, daß es noch immer unvorstellbar ist, daß eine Frau sich die gleiche künstlerische Freiheit herausnimmt, ohne Repressalien zu riskieren. Sie hatten vermutlich nicht vor, sich von Ihrem Mann zu trennen. Also hatten Sie wohl die Gewißheit, daß er Ihre Freiheit respektieren würde?

B. G.: Die Frage habe ich mir nicht gestellt. Ich mußte das Buch einfach schreiben.

J. S.: Was heißt das, »ich mußte«?

B. G.: Zu diesem Zeitpunkt meiner Karriere (das Wort klingt blöde, aber irgendwo kann man bei dreißig Jahren Schriftstellerei allmählich doch von Karriere sprechen) war es das Wichtigste auf der Welt, die Leidenschaft zu beschreiben, das heißt etwas Unvernünftiges, was man vom Intellekt her nicht verstehen kann, was man mit der Vernunft verwirft, etwas, das uns aber im dunkelsten Bezirk der Seele ereilt, dort, wo wir auf elementare, echte, unverbildete Kräfte stoßen. Es ist ungeheuer spannend, die Macht des sinnlichen Begehrens in Worte einzufangen.

J. S.: Ist Ihnen bewußt geworden, daß viele Männer, auch sehr emanzipierte Männer, alles getan hätten, um Sie daran zu hindern, dieses Buch zu veröffentlichen? Und daß der Mann, der Ihr Leben teilt, sich ziemlich außergewöhnlich verhalten hat?

B. G.: Das habe ich mir nie klargemacht, aber Sie haben recht. Ja, doch, natürlich haben Sie recht. Aber immerhin bezieht sich unser Grundvertrag nicht nur auf die sexuelle Freiheit, sondern auch auf die Freiheit überhaupt.

J. S.: Ja, sicher, aber ich bin überzeugt, daß gewisse Romanciers, die selbst ihre Freiheit schreibend kundgetan

haben, die Frau, mit der sie zusammenleben, unter Druck setzen würden, wenn sie das Gegenstück zu ihren eigenen Auslassungen liefern wollte.
B. G.: Man weiß von Scott Fitzgerald, daß er bei seiner Frau Zelda so vorgegangen ist; aber auch der Mann von Sylvia Plath und andere. Ich habe an diese Möglichkeit gar nie gedacht ... Übrigens muß ich das Paul hoch anrechnen. Aber vielleicht hätte ich zu ihm gesagt: »Falls du es nicht erträgst, dann trennen wir uns für ein halbes Jahr. Wenn das Buch keinen Erfolg hat, vergessen wir es.« – Das hätte ich vermutlich gebracht. Aber auf das Buch hätte ich nicht verzichtet. Es war mir so wichtig wie ein Kind. Wahrscheinlich war ich – endlich – eine richtige Romanschriftstellerin geworden.
J. S.: Sie sind so lange mit diesem Mann verheiratet, kann es da sein, daß Sie gar nicht mehr wahrnehmen, welch außergewöhnliches Verhalten er an den Tag gelegt hat, nicht nur im Vergleich zu den Männern seiner Generation, sondern auch im Vergleich zu den Männern, die seine Söhne, ja sogar seine Enkel sein könnten?
B. G.: Also, erstens respektiert er seine Mitmenschen, einschließlich seiner Frau, das ist selten. Es widerstrebt ihm, das Schicksal anderer Menschen zu beeinflussen, was so weit geht, daß er den anderen ertrinken lassen würde, wenn der das unbedingt will. Ich übertreibe kaum. Das ist ein erschreckender Wesenszug, aber auch ein schöner. Und zweitens respektiert er auch das Schreiben. Schließlich ist mein Buch ein Roman und keine öffentliche Beichte. Ich bin nie in meinem Leben einem Hochseefischer begegnet. Männer hatte ich bis dahin sel-

ten zu Hauptfiguren gemacht. Gauvain ist meine erste echte Romanfigur, auch wenn Erlebtes für manche Details eine Rolle spielt. Und schließlich muß ich sagen, daß auch Paul sich immer ein ansehnliches Stück Freiheit vorbehalten hat, nicht so sehr in seinen Romanen als vielmehr in seinem Leben. Wir hatten uns ein wenig an den Vertrag à la Sartre–Beauvoir gehalten, wenn Sie so wollen, hinsichtlich der zufälligen und der notwendigen Liebschaften. Ich fühlte mich häufig gezwungen, mich an den Vertrag zu erinnern, ihn nachzulesen ... um mich dazu zu zwingen, ihn unter allen Umständen einzuhalten.

J. S.: Hatten Sie sich dazu verpflichtet, sich alles zu sagen, wie die beiden, die sich im Endeffekt vermutlich zu viel erzählten?

B. G.: Nein. Ich habe das Gefühl, das ist eine große Gefahr und bedeutet auch viel Leiden. Eigentlich war es ja Sartre, der sich über seine beiläufigen Liebschaften ausließ. Seine Briefe an Castor sind grausam. Wenn es sich um die Affären der anderen handelt, versteht man eine Menge, und bei sich selbst ist man blind. Ich glaube, es sind fast immer die Männer, die von solchen Abmachungen profitieren.

J. S.: Ich bewundere die beiden sehr, und davon werde ich nicht abkommen, aber ich bin nicht ganz sicher, ob diese Absprache eine gute Idee war.

B. G.: Daß Sie das Paar Sartre–Beauvoir mögen, ist sehr wichtig für mich. Das könnte nämlich leicht zum Konfliktpunkt werden: Jemandem gegenüber, der ihr Werk unterschätzt oder gar ihre Lebensart verurteilt, könnte ich niemals Vertrauen oder gar Freundschaft empfinden.

Und was den »Vertrag« betrifft, so hat er immerhin das mythische Bild des Paares, das bis in den Tod zusammengehört, erhalten. Für all das bin ich Simone de Beauvoir nach wie vor dankbar. Sie hatten auch so viele Feinde, denen es eine Genugtuung gewesen wäre, wenn sie einander die Solidarität aufgekündigt hätten.

J. S.: Sie beide, Paul und Sie, Sie hatten eher ein stillschweigendes Freiheitsabkommen geschlossen.

B. G.: Richtig. Ohne Versteckspiel, ohne Heimlichkeiten, aber auch ohne detailreiche Berichte.

J. S.: Kannten Sie die Protagonistinnen?

B. G.: Ach, man kennt sie fast immer, leider! Und zeitweise ist es kaum zu ertragen. Aber da ich im Prinzip nun mal einverstanden war ... Ich finde es unmenschlich, heutzutage und vor allem im großstädtischen Umfeld und bei unserem Beruf, in dem es unentwegt Versuchungen gibt, von jemandem zu fordern, daß er auf alles verzichtet, was nicht man selbst ist. Ich heirate dich, und das bedeutet, daß du ab sofort keine andere Frau mehr berührst, daß du dich auf kein Abenteuer mehr einläßt, daß du nie mehr das Spiel von Liebe und Zufall à la Marivaux spielst, daß die Tür zur Freiheit für dich von nun an abgeschlossen bleibt. Das ist doch grauenvoll! Abgesehen davon, daß ich es mir nicht zutrauen würde, so etwas durchzusetzen.

J. S.: Sind Sie der Meinung, daß Sie alles in allem recht hatten, auf die gegenseitige Freiheit zu setzen?

B. G.: Das scheint mir die würdigste Verhaltensweise zu sein. Aber für denjenigen – oder diejenige –, der mehr liebt oder länger, ist das nicht leicht. Ich werde nie vergessen, wie Paul und ich eines Abends unseren zweiten Hochzeitstag feierten und Paul mir völlig arglos und fröhlich zuprostete mit den Worten: »Ich trinke auf meine zwei Jahre eheliche Treue. Ich hätte nie gedacht, daß ich das so lange durchhalte.«

J. S.: Wenn man das mit Humor sagen kann, ist das doch gut, oder?

B. G.: Für wen? Ich habe das wie eine eiskalte Dusche empfunden. Das bedeutete zunächst einmal, daß die Phase der Treue zu Ende war. Aber okay, das war der Inhalt unseres Vertrags, nur die Daten waren nicht eingetragen. Nun wurde er also wieder der Mann, den ich früher gekannt hatte. Meine Mutter hatte mich zur Genüge gewarnt. Also mußte ich das auf mich nehmen – und ich habe es auf mich genommen, weil wir uns in den meisten Dingen des Lebens so wunderbar verstanden ... Den Augenblick werde ich nie vergessen, wie wir beide an einem kleinen Tisch zu Abend gegessen haben: Ich sehe, wie er das Glas hebt, mir verliebt und voller Vertrauen in die Augen schaut und sinngemäß folgendes sagt: Du bist diejenige, die ich liebe, aber ich fange an, auch wieder andere anzuschauen und mich in den jungen Mann zurückzuverwandeln, der ich eigentlich bin. Von der Ratio her war ich einverstanden, aber ich war noch nicht reif dafür, es zu erleben, weil zufällig ich diejenige war, die viel länger in ihn verliebt blieb. Erst viel später habe ich gelernt, daß man zwei Menschen gleichzeitig lieben kann. Er dagegen hat es immer gewußt. Zwei, drei, zehn ... Er ist lieber ein »Liebhaber«, ein Dilettant, kein Spezialist.

J. S.: Aber er ist mit Ihnen zusammengeblieben? Da wären wir wieder bei Sartre und Beauvoir, bei der beiläufigen und der notwendigen Liebe.

B. G.: Das sagte er mir auch jedesmal.

J. S.: Erscheint Ihnen das heute, mit dem Abstand der Jahre, befriedigend?

B. G.: Sagen wir, daß es funktioniert hat. Einmal hat es aber dazu geführt, daß ich *Juliette und Marianne. Zwei Tagebücher einer Liebe* schreiben mußte, um mich abzureagieren, um mit anderen Augen zu weinen. Bei solchen Routen erleidet man manchmal Schiffbruch, man schrammt auf unerwartete Felsenriffe ... Man muß gut schwimmen können, Havarien reparieren, der Umgebung und den Kindern lächelnd entgegentreten ...

J. S.: Wenn man Sie so hört – aber vielleicht ist es auch ein falscher Eindruck, den Sie vielleicht korrigieren wollen –, ist man überzeugt, daß Sie beide dem größten Feind der Paare entkommen sind, der sie langsam, aber sicher, unterminiert: dem Groll, der stillen und hartnäckigen Rachsucht.

B. G.: Ja, ja ... weil es uns so einigermaßen gelungen ist, unseren Versprechen gewachsen zu bleiben.

J. S.: Denn die meisten Leute, die zusammenleben, empfinden dergleichen wie Groll. Und bei Ihnen scheint keiner von beiden so etwas zu hegen.

B. G.: Nein. Ich weiß nicht, warum man jemandem vorwerfen sollte, das zu sein, was er ist. Dann hätte man sich ihn nicht aussuchen dürfen. Man heiratet doch nicht, um den anderen nach seinen Vorstellungen umzumodeln. Auch nicht, um sich selbst umzumodeln. Einmal hatte ich es ja schon versucht ...

J. S.: Vermutlich hilft hier besagte Freiheit sehr viel, sonst entsteht Frustration, und die mündet in Groll.
B. G.: Und Groll ist ein scheußliches Gift des gemeinsamen Lebens. Aber es gibt noch so ein Gift, dem man auch nicht entkommt: Eifersucht. Sie ist unvorhersehbar und zerstörerisch. Aber sie gehört zum Leben. Es wäre infantil zu glauben, daß man sich das Leiden ersparen kann. Heutzutage kann ein gemeinsames Leben fünfzig Jahre und mehr dauern. Es wäre indiskutabel zu meinen, daß man fünfzig Jahre lang – ein halbes Leben oder mehr – die Anfänge der Liebe nicht mehr kennen wird, daß man die ersten Minuten des Begehrens nicht mehr erleben wird, daß man sich die aufregende Begegnung im Zug oder im Flugzeug verwehren wird und daß man aufgrund eines Treueschwurs, dem häufig die starke körperliche Grundlage abhanden gekommen ist, auf einzigartige Momente verzichtet. Und dann, nicht zu vergessen, für Schriftsteller bedeutet das ja auch, Baumaterial zu sammeln.
J. S.: Trotzdem – war *Salz auf unserer Haut* nicht doch eine Art Rache?«
B. G.: In keiner Weise! Nicht eine Sekunde lang. Ich glaube, ich hätte das Buch auf alle Fälle geschrieben. Vielleicht sogar früher, wenn ich einen entsetzlich treuen Ehemann gehabt hätte.
J. S.: War Ihnen zum Zeitpunkt, als Sie beschlossen haben, das Buch zu schreiben, klar, daß Sie in Ihrer schriftstellerischen Freiheit so weit gehen würden, wie es weiter nicht geht?
B. G.: Ich habe es mir nicht sofort klargemacht. Später

habe ich es analysiert. Im Augenblick war nur eines wichtig: das Buch zu Ende zu schreiben.

J. S.: Im Grunde ist es das, was die Kraft der Schriftsteller ausmacht: eine Art innere Notwendigkeit. Nichts konnte Sie aufhalten. Aber Sie haben mir erzählt, daß Ihnen *Ödipus' Schwester* so große Befriedigung gebracht hatte. Hat *Salz auf unserer Haut* nicht eine noch größere Befriedigung bedeutet?

B. G.: Keine wirklich größere. Denn inzwischen war ich an einen Punkt gekommen, an dem ich Zuspruch nicht mehr so dringend brauchte. Hinzu kam aber die bösartige Lust, die Kritiker zu verblüffen, zumindest die frauenfeindlichen: »Was? Diese Feministin, diese sechzigjährige Dame schreibt eine solche Geschichte und scheut vor einem derart anstößigen Wortschatz nicht zurück?« Ach ja, man bleibt doch immer ein wenig das kleine Mädchen, das – anders als die Buben – keine bösen Schimpfwörter in den Mund nehmen darf. Es war mir ein Genuß, mein Image zu verunklären.

J. S.: Salz auf unserer Haut ist ein wesentlich provozierenderes Buch als *Ödipus' Schwester.* Viel freier und aggressiver, was die gesellschaftlichen Konventionen betrifft. Hat es eigentlich von seiten der Feministinnen ablehnende Reaktionen auf *Salz auf unserer Haut* gegeben? Die Feministinnen sind doch häufig ziemlich prüde und moralinsauer, leider.

B. G.: Ja, merkwürdigerweise. Die »echten« Feministinnen haben das Buch sicher nicht goutiert. Aber das ist das gleiche, wie wenn man von einer »echten Frau« spricht. Das bedeutet nicht sonderlich viel. Einschränkende Definitionen zu akzeptieren bedeutet vielleicht auch schon, mit dem Feind zu paktieren.

J. S.: Wie erklären Sie sich diesen übertriebenen Moralismus, über den ich mich immer wundern muß bei Frauen, die behaupten, sich für die Befreiung aller Frauen stark zu machen?

B. G.: Das braucht keine Erklärung, es ist eine der zahlreichen Facetten des Feminismus. Man erklärt auch nicht den »Moralismus« dieser oder jener Sekte, dieses oder jenes religiösen Fundamentalismus. Man stellt ihn fest und wendet seinen Blick ab. Anscheinend hätte man gern, daß die Feministinnen im Gleichschritt gehen, denn die geringste Divergenz wird gegen sie verwertet. Das ist ungerecht und lächerlich. Bei den Sozialisten gibt es auch verschiedene Strömungen, genauso wie bei den Kommunisten oder den Grünen. Dabei sind wir viel mehr an der Zahl und wesentlich vielfältiger als diese oder jene Partei. Und wenn dann in die Theorie auch noch die Sexualität eingebaut wird, wie es unvermeidlich geschieht, dann bricht das totale Chaos aus. Denken Sie doch nur an die Fehden zwischen den Sexologen und anderen Vertretern der Psychoszene! Nein, ich weigere mich, gegen irgend jemanden einen Bannfluch zu schleudern. Die vielen Strömungen machen den Reichtum des Feminismus aus. Jene Moralistinnen unter den Feministinnen, die Sie meinen, sind vermutlich die radikalen, die behaupten, daß jede Frau lesbisch werden sollte. Ihr Slogan lautet: »Eine heterosexuelle Frau ist im besten Fall eine Reformistin, im schlimmsten eine Kollaborateurin.« Damit bin ich im Prinzip einverstanden. Aber ich will auch »kollaborieren« dürfen, wenn es mir in den Kram paßt. Im übrigen hat der Liedermacher Renaud in einer Fernsehsendung genau das gleiche, aber viel komischer gesagt, und ich stimme ihm voll zu: »Eine Frau, die für einen Mann stimmt, ist wie ein Krokodil, das in ein Lederwarengeschäft geht.« Supercool formuliert – um die Sprache meiner Enkelinnen zu bemühen.

J. S.: Das heißt aber doch, daß Sie es hinnehmen, im Widerspruch zu Ihren Theorien zu leben?

B. G.: Alles andere wäre Selbstmord! Was nicht zumutbar ist, das sind in Wirklichkeit der Stalinismus, die verordnete Einheitsphilosophie, die *political correctness* – und nicht die Widersprüche, die das Salz des Lebens ausmachen. Manchmal führen sie auch zum Wahnsinn, aber sie machen die Künstler, die Dichter, die Utopisten aus. Man liebt das Leben, doch man lebt auch lebensgefährlich. Man verliebt sich in einen Mann, doch man haßt die Männer, vor allem, wenn sie in Herden auftreten. Man schläft gern mit einem Mann, doch man verabscheut die Abhängigkeit, in die das führen kann ... Lauter Komplikationen, die letztlich bereichern.

J. S.: Hatten Sie in der Zeit vor Ihrem feministischen Engagement Schwierigkeiten, sich mit Frauen zu verstehen? Mit denen zum Beispiel, die sich mit ihrem konventionellen Image wohlfühlten?

B. G.: Diese waren es meistens, die mich ablehnten. Ich hoffte immer, sie aus ihrer Blindheit herausholen zu können, ihnen ein Quentchen Auflehnung einzuimpfen. Manchmal genügt eine winzige Anregung. Jetzt rede ich schon wie diese Pfarrer, die ich hasse, weil sie die Ungläubigen auf ihrem Totenbett herumkriegen wollen. Aber ich bin überzeugt, daß in jeder Frau eine heimliche Feministin steckt. Sogar Margaret Thatcher möchte ich als solche sehen und ihr einen Gruß zuwinken, wenn sie in einer Fernsehsendung auftaucht. Nur kurz, aber trotzdem! Wenn man bei all diesen internationalen Treffen, diesen europäischen Gipfeln sieht, wie stets nur Männer – alte, junge, schwarze, gelbe, aber immer Männer – über das Schicksal aller Frauen entscheiden, und wenn ich dann eine Frau, eine einzige, erspähe, mit ihrer perfekt hingeklatschten Frisur und ihren unverfrorenen blauen Augen, dann bin ich gerührt. Auch wenn sie keinen Finger zugunsten der Frauen krumm gemacht hat. Allein durch ihr Image und ihren Mut hat sie den Frauen Gutes getan. Von denen, die die Frauen verraten, sage ich mir: »Was haben die wohl alles an Schlägen abkriegen müssen, daß sie noch immer nichts kapieren?«

J. S.: Sie sagten vorhin, daß Ihr Buch noch mehr schockierte, weil es von einer Fünfundsechzigjährigen geschrieben worden war. Wie haben sie das Älterwerden erlebt? Wie gehen Sie um mit den ganzen Phantasien, von denen alternde Frauen umsponnen werden? Mit all den Zwängen, denen diese Frauen unterliegen?

B. G.: Man will uns auch noch verantwortlich dafür machen, daß wir älter werden und den Männern nicht mehr das Bild des Sexualobjekts bieten, das einzige, an dem ihnen etwas liegt. Ich werfe unseren Frauenzeitschriften vor, bei dieser Verschwörung mitzumachen und die über fünfzigjährigen Frauen auszuschließen. Schon mit vierzig ist eine Frau suspekt. Die Topmodels werden heutzutage immer jünger. Sie sind keine achtundzwanzig oder dreißig Jahre alt wie einst die Mannequins meiner Mutter. Sie sind zwischen fünfzehn und zwanzig. Gleichzeitig wird uns vorgemacht, daß keine Frau für keinen Mann zu jung ist, vorausgesetzt natürlich, der Mann ist kein Clochard. Der fünfundsiebzigjährige Anthony Quinn schließt eine Ehe, die vierte, mit seiner achtundzwanzig Jahre alten Sekretärin, die ein Kind von ihm erwartet, wobei er schon sechs andere Kinder hat. Und der Vater von Sylvester Stallone hat 1996 mit siebenundsiebzig Jahren ein Kind in die Welt gesetzt mit Hilfe einer Frau, die fünfundvierzig Jahre jünger ist als er! Dieser Wettlauf nach Babys hat irgend etwas Rührendes: Mich erinnert er an kleine Jungens, die einen Schwänzchenwettbewerb machen. Wenn sich aber ein paar Moralprediger aufregen, weil ein paar Dutzend Frauen auf der Welt Lust haben, nach fünfzig noch schwanger zu werden, dann geht man, finde ich, auf die falsche Zielgruppe los. Die Lebenserwartung einer fünfundfünfzigjährigen Frau ist jedenfalls höher als die eines siebenundsiebzigjährigen Papas. Und die Ethikkommissionen, die sich um die Moral der Frauen soviel Sorgen machen, sollten sich lieber mal um die Moral der Männer kümmern. Da arrangiert man sich so schön mit der Pädophilie und der Prostitution, und das Stillschweigen kommt einer heimlichen Zustimmung gleich.

J. S.: Wie sind Sie mit all diesen Problemen umgegangen? Können Sie sich zum Beispiel mit der Schönheitschirurgie anfreunden?

B. G.: Ich habe mich nach und nach mit meinem Aussehen ausgesöhnt, auch mit dem Gedanken, ausweglos und für immer eine Frau zu sein. Ich habe entdeckt, daß mein Mangel an Charme daran lag, daß ich mich selbst nicht mochte. Das ist eine sehr banale Entdeckung. Ich habe das Gefühl, daß es meine ersten Leserinnen waren, die mir mein Selbstvertrauen wiedergegeben haben. Alle diese Briefe, in denen zu lesen stand, daß ich ihnen Lust zu leben, Mut, sie selbst zu sein, gemacht habe. Aber in dem Augenblick, als ich im Kopf wieder jung wurde, übte mein Gesicht Verrat. Ich wollte mein inneres Ich mit meinem Aussehen wieder in Einklang bringen, also habe ich auf das Mittel zurückgegriffen, das mir die Schönheitschirurgie bot, und habe mich liften lassen.

J. S.: Sie konnten diese Kluft zwischen Ihrer inneren Verjüngung und Ihrem körperlichen Altern nicht ertragen?

B. G.: Mit zwanzig wußte ich nicht, daß ich jung war, oder zumindest war ich nicht in der Lage, mein Jungsein zu genießen. Mit fünfzig fühlte ich mich plötzlich von Tag zu Tag sicherer, glücklicher: Ich übte den Beruf aus, den ich liebte, lebte an der Seite eines Mannes, den ich liebte, mit den üblichen Schwierigkeiten natürlich, aber insgesamt hatte ich meine Träume so ziemlich verwirklicht. Und siehe da, ausgerechnet da ließ mich die Haut im Stich! Mein Körper nicht, ich war ja immer sportlich gewesen: Ski fahren, rudern, angeln und fischen, Gartenarbeit ... Es war wirklich ein Problem des Aussehens. Nun, Mogeln war möglich, und ich kam zu der Auffassung, daß ich dem Leben eine lange Nase mache, wenn ich sage: »Morgen lasse ich mir mit dem Skalpell fünfzehn Jahre wegschneiden.«

J. S.: Hat Ihnen die Operation selbst keine Angst gemacht? Daß sich Ihr Gesicht, also Ihre ganze Person verändern könnte?

B. G.: Das hat mir viel weniger angst gemacht als der Gedanke, langsam, aber sicher alt zu werden. Es war mir so wichtig, daß mich nichts davon hätte abhalten können. Irgendwann kommt der Augenblick, wo man sich nicht mehr im Spiegel ansehen mag. Morgens erwacht man, frisch und jung und munter, man verläßt das Haus, geht mit forschen Schritten die Straße entlang, ohne an irgend etwas Böses zu denken, und plötzlich sieht man sich in einem Spiegel, im Schaufenster eines Geschäfts – grausam, das fahle Morgenlicht im Winter! –, und da kommt der Schock. Was? Das soll ich sein? Ist doch nicht möglich! Das muß ein Irrtum sein! Nun, diesen Irrtum zu korrigieren war möglich – ein Geschenk des Himmels –, obwohl ... das stimmt nicht ganz. Es wird einem durchaus nicht »geschenkt«. Sagen wir lieber, man bot mir an, mir in ein paar wenigen Stunden fünfzehn Jahre wegzuoperieren, dem Leben und der Gesellschaft einen kleinen Streich zu spielen.

J. S.: Glauben Sie, daß Sie da dem gesellschaftlichen Druck nachgegeben haben?

B. G.: Alles hat mitgespielt. Denken Sie nur an die Tatsache, daß das Alter heutzutage völlig in Verruf geraten ist! Es ist überhaupt nicht mehr von Vorteil, graue Haare zu haben. Die Frauen, denen man hilft, den Koffer hochzuhieven im Zug, das sind die jungen Blondinen, und nicht die »Omas«, wie es mit ziemlicher Herablassung heißt.

J. S.: Und davon haben Sie sich beeindrucken lassen?

B. G.: Ja, davon habe ich mich beeindrucken lassen. Die Männer werden übrigens auch nicht verschont. Eine altaussehende Führungskraft? Das geht heutzutage nicht mehr. Sie lassen sich alle »renovieren«, alle, deren Aussehen gewissermaßen ihre Visitenkarte ist: Schauspieler, Fernsehmoderatoren, Politiker ... Sie lassen sich Implantate auf den Schädel pflanzen, die Hängebäckchen absaugen, die Krampfadern veröden, um an den Stränden von Mauritius oder der Karibik neben ihren jungen Frauen herumzuhüpfen ... Die standhaften Frauen, diejenigen, die sich der Verjüngung verweigern, wirken sehr schnell, als gehörten sie einer anderen Generation an, schrecklich! Ich denke da an eine Schauspielerin, die etwas jünger ist als ich und bei einer César-Verleihung so aussah, als wäre sie die Mutter von Micheline Presle, Danielle Darrieux oder Michèle Morgan, lauter Frauen, die sich erstaunlich junge Gesichter bewahrt haben. Und Elizabeth Taylor! Sie hat sich doppelt so lange gehalten, wie der Schöpfer es vorgesehen hatte: Den Fortschritten der Chirurgie hat sie eine ganze zusätzliche Lebensphase zu verdanken.
J. S.: Eine meiner Freundinnen, die sich mehrfach hat liften lassen, weil auch sie einen Rampenlichtberuf ausübt, sagt immer mit erfreulichem Scharfsinn: »Die Alternative besteht darin, alt auszusehen oder zusammengeflickt ... jünger wird man ohnehin nicht.«
B. G.: Da muß ich aber widersprechen. Wenn man keine Säcke unter den Augen, keine Falten in den Mundwinkeln und kein Doppelkinn mehr hat, jauchzt man doch vor Freude. Und Freude ist gesund, es werden Endorphi-

ne ausgeschüttet, und das verjüngt. Zwischen fünfundvierzig und fünfundsechzig kann man sich wirklich so etwas wie ein undefinierbares Alter bewahren. Das ist nützlich, sowohl beruflich als auch persönlich und im Hinblick auf die Erotik. Außerdem bin ich ein paar Jahre älter als Paul, und fast alle unsere Freunde, inklusive mein Exmann, haben in zweiter oder dritter Ehe zwanzig oder manchmal dreißig Jahre jüngere Frauen geheiratet.

J. S.: Wenn Paul Guimard nicht mit einer jungen Frau durchgebrannt ist, hat das zu bedeuten, daß er etwas feinsinniger ist als die anderen Männer?

B. G.: Das hat nichts mit Intelligenz zu tun, das ist … die Lust, es noch einmal zu erleben, wieder das erste Mal Venedig zu zweit …

J. S.: Aber in Wirklichkeit müssen diese Männer doch viel teurer dafür bezahlen, als sie glauben. Man braucht sich doch nur ihre rührenden Versuche anzusehen, jung zu wirken: Wie sie dann plötzlich noch mit Windsurfen anfangen oder die ganze Nacht in der Disko rumturnen … Manche bringt das regelrecht um.

B. G.: Ich nehme an, fünf oder zehn Jahre Liebe plus Herzinfarkt sind ihnen lieber, als fünfzehn oder zwanzig Jahre Rentnerleben plus Herzinfarkt, denn der kommt trotzdem.

J. S.: Apropos Altern, ich würde mich gerne mit Ihnen über ein Thema unterhalten, das die Frauen lange zu negativen Phantasien veranlaßt hat. Ich meine die Wechseljahre. Es heißt, die Angst vor ihnen sei inzwischen Schnee von gestern. Trotzdem amüsieren sich die Männer nach wie vor darüber. Eine Frau, die auf die fünfzig zugeht, braucht nur schlecht gelaunt zu sein oder ein wenig zu jammern, schon flüstern die Männer, das habe mit den Wechseljahren zu tun. Dabei scheinen Sie der Ansicht zu sein, daß erstens die Wechseljahre nichts als eine kleine Episode im Leben sind und daß zweitens der Feminismus Ihnen gewissermaßen geholfen hat, diese Phase in aller Ruhe zu überwinden.

B. G.: Darauf möchte ich antworten: der Feminismus *und* die Östrogene. Man will uns vormachen, daß die Menopause die Vorstufe des totalen Verfalls sei, dabei sehen viele Frauen mit sechzig oder siebzig prächtig aus, von den Fünfzigjährigen gar nicht zu reden. Mit fünfzig kann uns alles passieren: die Liebe, das Ende einer Liebe, ein neuer Beruf, die Entdeckung einer künstlerischen Begabung – die Liste ist unvollständig. Leider wagen es noch viel zu wenige Frauen, sich behandeln zu lassen, und in Frankreich werden sie auch nicht dazu ermutigt. Unsere Ärzte sind zunächst einmal Männer: Als Ärzte sollten sie uns eigentlich behandeln, als Männer finden sie es jedoch nicht unangenehm, daß wir den biologischen Zyklen unterworfen bleiben. Mir war eine Gynäkologin immer lieber. Die Frauen haben die Menopause über Jahrhunderte bestenfalls schweigend über sich ergehen lassen, schlimmstenfalls im Ekel vor sich selbst, und das hat zur Folge, daß sie häufig vor einer Behandlung zurückschrecken. Dabei ist dies das letzte Vorhängeschloß, der letzte teuflische Mechanismus, der uns, was unsere Physiologie betrifft, in der Resignation gefangen hält. Warum soll man es hinnehmen, für ein Viertel seiner

Lebenszeit – jawohl, ein Viertel! – vom Spielfeld geschickt zu werden?

J. S.: Wegen der Scham, einer Scham, die jahrhundertelang mit Sadismus regelrecht gezüchtet wurde.

B. G.: Und wie immer mit Hilfe der Sprache. Der Wortschatz und die Bilder, die sich auf die Frau in den Wechseljahren beziehen, sind dazu geschaffen, sie zu entmutigen, sie zu demütigen, sie für immer abzuhalftern. In dem Buch, das Professor Rozenbaum 1993 diesem Thema gewidmet hat, weist er darauf hin, daß die amerikanischen Ärzte jede Frau zwischen Pubertät und Ausbleiben der Menstruation als »prämenopausal« bezeichnen. Das ist das gleiche, als würde man das Leben als »prämortal« bezeichnen. Warum nicht gleich als verzögerte Agonie?

J. S.: Wenn sich eine alternde Frau wegen dieser hormonalen Veränderung mies und elend fühlt, hat das nicht auch genausoviel mit der Gesellschaft zu tun und dem Blick, den diese auf die Frau in der Menopause wirft?

B. G.: Erstens kann man die hormonalen Störungen inzwischen behandeln, vorausgesetzt man unterwirft sich nicht dem Diktat gewisser Ärzte. Zweitens, was den Blick der Gesellschaft betrifft, darf man sich einfach nicht mehr beeindrucken lassen. Ich erinnere mich noch an eine Szene vor zwanzig Jahren, als ich nach Hyères gezogen bin: Von seinem Auto aus hat mir ein Typ – er war nicht mehr ganz jung – während eines etwas schwierigen Fahrmanövers zugerufen: »He, du alte Wechseljahrtante!« Dabei hatte ich in den engen, steilen Gäßchen der Altstadt seinen Wagen überhaupt nicht gestreift. Dieser Mensch hatte sich ganz einfach noch immer nicht daran gewöhnt, daß eine Frau Auto fahren darf. Er gehörte immer noch zur Fraktion derer, die einst gegen das Wahlrecht der Frauen waren und heute ihre eigene Frau davon überzeugt haben, daß sie unfähig ist, ein Steuer zu halten. Ich muß zugeben, daß diese Form von Verachtung mich umgehauen hat. Würde es je einer Frau einfallen zu antworten: »Schleich dich, alter Prostataonkel!«? Aber vielleicht würde das derlei Aggressionen ein Ende setzen.

J. S.: Im Grunde sind wir aus dem *tota mulier in utero* noch immer nicht ganz heraus. Noch immer werden die Frauen auf ihr Geschlecht reduziert, nicht wahr?

B. G.: Da fällt mir ein weiteres Beispiel ein für den mörderischen Wortschatz, dieser Ausdruck, den man noch immer häufig hört: »Ich hab' mir alles rausnehmen lassen.« Die Frauen sind so lange auf ihre Rolle als Sexualobjekt oder Fortpflanzungsmaschine eingeschränkt worden, daß sie ganz vergessen haben, zunächst einmal Menschen zu sein und keine Kühe. Und daß sie ohne Gebärmutter oder ohne Brüste genauso Menschen sind. Auch in diesem Fall behaupte ich, daß man sich von abwertenden Urteilen freimachen kann, wenn man anfängt, ein wenig feministisch zu denken. Das ist manchmal schwer. Bei meinem Examen in Literaturwissenschaften stand Diderot auf dem Programm. Er war einer meiner Lieblingsautoren und ein Freund der Frauen, wie mir schien. Um so niedergeschlagener war ich, als ich entdeckte, was er vom anderen Geschlecht hielt, wenn die Jugend einmal vorüber ist: »Was ist eine Frau in den Wechseljahren? Von ihrem Gatten vernachlässigt, von ihren Kindern verlassen, nicht vorhanden in der Gesellschaft, hat sie als letzten Ausweg noch die Frömmigkeit.« Ein schönes Bild!

J. S.: Sie haben also erfolgreiche Rezepte entdeckt, um diesen Lebensabschnitt trotz allem positiv zu erleben?

B. G.: Wichtig ist auch in diesem Punkt die seelische Verfassung. Auf Ersatzhormone zurückzugreifen genügt nicht, denn kein Ärzterezept kann das Leben erfreulich und lebenswert machen, wenn man sich leer und nutzlos fühlt. Es ist unbedingt erforderlich, daß man sich vom Bild der bewundernswerten Gattin, der hingebungsvollen Mutter, der vollkommenen Hausfrau frei macht und sich ein wenig mehr um sich selbst kümmert. Der Ausbruch aus dem Gefängnis dauert ein Leben lang: Er muß immer aufs neue gelingen. Die Gitter wachsen nach.

J. S.: Da wären wir ja wieder bei Ihrem geliebten Egoismus angelangt.

B. G.: Ja, aber auch bei der Freundschaft, insbesondere der zwischen Frauen, die man »Schwesternschaft« nennen könnte, wenn dieses Wort so geläufig wäre wie das Wort »Bruderschaft«, das ein so positiv besetzter Begriff gewesen ist, so nützlich für das männliche Ego. Die Entwicklung ist übrigens im Gang. Sehen Sie sich doch Filme an wie *Thelma und Louise* oder *Grüne Tomaten* oder die wunderbare *Company of Strangers* der Kanadierin Cynthia Scott. Diese Filme müßte man auf Rezept verschreiben und alle anderen boykottieren, wenn sie die alte Frauenfeindlichkeit fortsetzen.

J. S.: Um noch einmal auf *Salz auf unserer Haut* zurückzukommen, könnten Sie sich etwas genauer über das Phänomen des Erfolgs äußern? Sie standen fast ein Jahr lang auf Platz eins, später auf Platz zwei der Bestsellerlisten in Deutschland. Nur Jean-Paul Sartre hatte mit den *Wörtern* dieses Ergebnis erzielt. Sie haben sowohl die Hardcover-Ausgabe als auch das Taschenbuch millionenfach verkauft. Wie interpretieren Sie diese Zahlen im Vergleich zu den französischen? Hier wurden einhundertfünfzigtausend Exemplare verkauft, ähnlich wie bei Ihren anderen Romanen, nur *Leben will ich* hatte die Zahl zweihunderttausend erreicht.

B. G.: Erklären kann ich diese Zahlen nicht, aber ich glaube, daß sich manchmal um ein Buch herum eine Art Liebesgeschichte entwickelt, und so entsteht dann ein Schneeballeffekt. Ich war um so weniger darauf gefaßt, als ich kein Deutsch spreche und vor diesem Erfolg noch nie über die deutsche Grenze gekommen war. Mein deutscher Verleger, der vom *Tagebuch vierhändig* an alle meine Bücher mit passablem Erfolg veröffentlicht hat, war ebenfalls nicht darauf gefaßt. *Salz auf unserer Haut* wurde zehnmal so gut verkauft wie in Frankreich, und schließlich ist mir klargeworden, daß es eine Frage des Breitengrades war. Wie in Deutschland kam es auch in den Niederlanden und in Skandinavien inklusive Finnland zu Rekordzahlen. In den mediterranen Ländern hingegen lag das Buch wie Blei in den Regalen.

J. S.: Das heißt also, daß diese Geschichte im Norden Europas anerkannt und geschätzt wurde, während sie die Südländer nicht angesprochen hat. Vermutlich eine Frage des kulturellen Unterschieds zwischen den mediterranen Völkern und den anderen.

B. G.: Auf jeden Fall hatte ich, als ich dann quer durch

Deutschland zu Kolloquien und Lesungen in zahlreichen Buchhandlungen und Bibliotheken reiste, Gelegenheit, mit Universitätsleuten und Leserinnen über dieses Phänomen zu sprechen. Auch mit Lesern übrigens, denn in Deutschland bin ich dieser typisch französischen Ironie dem Feminismus gegenüber nicht begegnet. In Deutschland war ich eine ganz normale Autorin und nicht eine Feministin, die theorielastige Romane verbricht. Ich war überhaupt sehr gerührt angesichts der Wertschätzung, die das Publikum dort den Schriftstellern und Schriftstellerinnen entgegenbringt und die es in Frankreich nicht mehr gibt. In Deutschland ist das Schreiben noch eine prestigeträchtige, fast möchte ich sagen magische Tätigkeit. In Köln, Hamburg, Wiesbaden und anderswo kamen Leute, um mich auf französisch lesen zu hören, obwohl sie selbst häufig kaum Französisch konnten. Aber sie hörten andächtig zu wie in der Kirche. Diesen Respekt vor der Literatur, dieses Interesse für die Stimme einer Autorin, für ihr Gesicht finde ich sehr anrührend. In Frankreich lockt ein Schriftsteller keinen Hund hinter dem Ofen hervor ... Zu einem Festival müssen mindestens fünfzig Autoren oder Autorinnen aufkreuzen, damit das Publikum kommt.

J. S.: Haben Sie sich nach diesen Gesprächen den sozusagen geographischen Erfolg besser erklären können?

B. G.: Ich bin zu zwei Hypothesen gekommen: Die erste ist, daß das Bild der Frau, das aus dem Roman hervorgeht, übereinstimmt mit der Position, die die Frau in den nordischen, keltischen, germanischen oder Vikingerkulturen einnimmt. Bei diesen Völkern findet man kraftvolle

Frauenfiguren in einer großen Bandbreite von Rollen. Während in Rom – der Wiege des schrecklichen »römischen Rechts«, das wir leider geerbt haben – die Frau keinen Namen hatte (sie trug den Namen der *gens*) und keine Rechte. Davon gibt es deutliche Spuren in Italien, wo die Frauen so häufig entweder als Messalina oder als Heilige dargestellt werden, als Mamma oder als Hure. Man könnte sich vorstellen, daß meine Heldin in den mediterranen Ländern eher abgelehnt wurde, weil sie die Frauen mit dem Gegenbild zur dort üblichen Unterwerfung konfrontierte. Außerdem hatte ich einen weiteren Vorteil in Deutschland: Weil ich Französin bin, konnten es sich die Leserinnen leisten, mein Buch zu schätzen. Wäre ich Deutsche gewesen, hätte man mir vermutlich nicht so leicht verziehen, daß ich gegen die eheliche Moral verstoße. In diesem Fall konnten sie fast ohne Empörung mit einem gewissen Wohlwollen und einer Portion Neid sagen: »Ach, das ist typisch französisch! Nur in Frankreich kann man so etwas erleben und schreiben!« In deutschen Romanen kommt der Gegensatz Mann–Frau ja sehr häufig in gewalttätiger Manier zum Ausdruck. Ich denke zum Beispiel an *Lust* von Elfriede Jelinek, ein Buch, das zeitgleich mit meinem auf den Bestsellerlisten stand: Darin sind die männlichen Figuren brutale, ungehobelte Kerle und Sexmaniaks, und die Frauen sind widerwärtige Opfer.

Zweite Hypothese: Die Frauen, die ja bekanntlich die Bücher kaufen – alle Umfragen beweisen es –, haben es irgendwie satt, sich mit verzweifelten Frauenfiguren zu identifizieren. In *Salz auf unserer Haut* leuchtete ein Bild der Freiheit auf, und das brachte die Leserinnen zum Träumen, zumal in einem puritanischen Land. Und anders als bei *Ödipus' Schwester* haben die Männer ihren Frauen nicht verboten, das Buch zu lesen, denn es handelte sich ja nur um einen Roman.

J. S.: *Ödipus' Schwester* ist ein Buch, das von manchen Ehemännern verboten wurde, sagen Sie?

B. G.: Zu meiner großen Verblüffung gibt es so etwas noch. Zwei oder drei solche Ehepaare kenne ich persönlich. Der Mann fürchtet den Spaltspitz der Unabhängigkeit, er sieht bereits seine Ehe unterminiert. »Lies so was nicht! Es ist nicht gut für dich.« In Wirklichkeit ist es nicht gut für ihn, für seinen Status als Familienoberhaupt. Die Männer haben immer noch nicht kapiert, daß man eine echte, dauerhafte Ehe nur mit einer emanzipierten Frau aufbauen kann.

J. S.: Mit *F Magazine* hatte ich das gleiche festgestellt. Zum Beispiel kannte ich einen Arzt aus der Provinz, der damals etwa vierzig war, ein dynamischer, sportlicher Mann, im Lebensstil modisch-progressiv ...

B. G.: Dynamisch? Sportlich? Das sind die Schlimmsten!

J. S.: Er hat seine Frau gezwungen, ihr Abonnement zu kündigen, mit dem Argument: »So ein Lesbenblatt will ich bei mir zu Hause nicht sehen!« So wie man Sie kennt, hätte diese Art von Reaktion Sie eher animiert weiterzumachen. Aber, um wieder auf *Salz auf unserer Haut* zu kommen, Sie scheinen wohl nie von irgendwelchen Zweifeln angenagt worden zu sein, während Sie schrieben?

B. G.: Doch. Nach der Hälfte ungefähr habe ich mich gefragt, ob das trägt, eine Geschichte, die dreihundert Seiten lang fast ausschließlich auf physischem Begehren und Lust basiert. Ob ich selbst es aushalten würde, über dreihundert Seiten lang im Schlick der Liebe herumzuwaten. Streckenweise widerte es mich an, ich bekam große Lust, über die Wüste Gobi zu schreiben. Daraufhin habe ich das Manuskript meinen Töchtern zu lesen gegeben, und sie haben mir Mut gemacht und mich zum Weiterschreiben gedrängt. Dazu kam dann noch dieses Vorwort, das keiner haben wollte. Ich auch nicht. Ich kann es übrigens nicht vorlesen. Bei meinen Lesungen in Deutschland hat man mich immer gebeten, damit anzufangen, und ich habe bemerkt, daß ich dazu nicht in der Lage bin. Ich konnte den Leuten nicht ins Gesicht sehen und diese Worte lesen.

J. S.: Warum?

B. G.: Es gibt Texte, die es einfach nicht vertragen, rezitiert zu werden. Schreiben konnte ich ihn, obwohl ich ihn heute auch zu direkt und ungeschminkt finde. Heute würde ich ihn anders schreiben. Aber damals brauchte ich diese Erklärung vorab. Jean-Claude Fasquelle, mein Verleger und Freund, sagte: »Du brauchst doch kein Entschuldigungsschreiben, um anzukündigen, daß du ein anstößiges Thema in Angriff nimmst.« Aber ich habe dran festgehalten. Ich hatte das Vorwort geschrieben, bevor ich mit dem Roman überhaupt angefangen habe, als Schutzschild sozusagen. Ich hoffte, damit klarzumachen, daß ich nicht eine *love story* nach amerikanischem Strickmuster schrieb und auch kein französisches Melodram.

J. S.: Ja, es ist ziemlich genau das Gegenteil eines französischen Trivialromans. Es ist sogar ein Buch, das Leute anrühren oder begeistern kann, die Ihre übrigen Werke nicht unbedingt gemocht haben. Das Spannendste – und das geht über die Frage des Feminismus hinaus – ist Ihre umweglose Art, zum Kern des Problems der Mann-Frau-Beziehung vorzustoßen. Sie haben gespürt, daß im Grunde die Gesellschaft insgesamt das Ziel verfolgt, die Leute in den sozialen Rahmen hineinzuzwingen. Die Liebe, und in exemplarischer Weise diese Leidenschaft zwischen George und Gauvain, wird zerstört, wenn sie sich vom gesellschaftlichen Netz einfangen läßt. In *Salz auf unserer Haut* wird derartiges oft gesagt oder suggeriert. Ohne Theorien aufzustellen, machen Sie den Lesern verständlich, daß das, was zwischen einem Mann und einer Frau wirklich vor sich geht, in den meisten Fällen das Gesellschaftsfernste, um nicht zu sagen das Asozialste ist, was es auf der Welt gibt.

B. G.: Richtig. Und genau darin unterscheidet sich die Leidenschaft von der Liebe. Man kann sie nicht auf das Maß und die Kriterien der Gesellschaft reduzieren. Sie ist untragbar, nicht integrierbar ins normale Leben. Und dennoch ...

Kapitel XII

Max und Moritz – Die Geschichte zweier siebzigjähriger Fischer

»Obwohl ich sehr jung bin, war ich früher
noch jünger, wissen Sie!«
Henri Michaux

Ein heftiger Schauer trommelt gegen die Scheiben des Ostfensters. Gelegentlich sieht man durch dieses Fenster den Sonnenaufgang. Gelegentlich.
Aha! Ostwind heute morgen, denkt Max, und vergräbt sich ein wenig tiefer unter der Bettdecke. Sie hat nicht einmal ein Auge aufgemacht, um nach der Uhr zu schielen, da Moritz noch schläft oder zumindest so tut, als ob. Aber wozu auch die Windrichtung feststellen: Ob er von Osten, von Süden oder sonstwo kommt, in Irland kann jeder Wind Regen bedeuten. Im warmen Nest ist der Gedanke an das klamme Zeug, das sie gleich anziehen wird, an das Boot, das sie wird leerschöpfen müssen, bevor's losgeht, an die beiden gegen Gischt und Regenschauer ankämpfenden gelben Gestalten, die sich darauf versteifen, auch die letzte Reuse zu leeren wie der Schäfer, der ohne sein verlorenes Schaf nicht nach Hause geht, im warmen Nest ist diese ganze Vorstellung lä-

cherlich, unwirklich, absurd. Aber durchaus eine Bedrohung.

»Vielleicht wäre es allmählich Zeit«, meldet sich in der Tat eine im Kopfkissen erstickte Stimme.

»Och, keine Eile«, antwortet Max. »In der Wettervorhersage hieß es für den Vormittag lediglich Windstärke vier bis fünf, mit abnehmender Tendenz.«

»Doch die Flut steigt. Meiner Meinung nach kann der Wind nur stärker werden. Aber wir können's ja sein lassen, wenn du müde bist.«

Müde? Max springt aus dem Bett, das ist ihre Antwort. Na ja, von wegen springt – sie steht halt auf. Aber im Kopf, ja doch, da ist sie gesprungen. Im Kopf springt sie seit jeher, und bislang hat sich noch nichts zwischen den Befehl von oben und die Ausführung eingeschlichen. Aber seit einiger Zeit findet eine subtile, fast unmerkliche Verschiebung statt. Immer war er ein treuer Dienstmann, der Körper, und jetzt ist er manchmal eine Last. Sie war immer eins mit ihm, und heute sind sie zwei. Noch weigert sie sich, die neue Situation hinzunehmen. Nun beeilt sie sich, die Vorhänge aufzuziehen. Die Scheibe ist übersät mit Wassertropfen, die wild übereinander herfallen und sich mit metallischem Geprassel überlagern. An einer Stelle ist der Himmel aufgerissen, einen Teil der Bucht von Derrynane beleuchtet grelles Sonnenlicht, und die nicht beschienenen Flächen wirken bleiern. Die Landschaft ist von erhabener Schönheit wie immer. Gemäßigte Adjektive scheitern bei der Beschreibung. Es sind immer zwei Wetter zugleich an diesem Himmel. Die Linie des Horizonts, die man durch das Südfenster erblickt, ist gezackt, ein Zeichen, daß das Meer dort draußen »arbeitet«. Aber im Schutz von Lamb's Island kann man das Netz immerhin ein, zwei Stunden absenken, und bis man genügend gefangen hat, reicht die Zeit, um die letzten Reusen zu befestigen. Sie haben erst zwei gesetzt. Zwar sind Max und Moritz schon seit mehreren Tagen in Irland, aber sie konnten sich noch nicht so richtig aufs Fischen einstellen, der Nebel war zu dicht, so daß sie nicht einmal die *Ptite Poule* an ihrem Ankerplatz ausmachen konnten. Die *Ptite Poule* ist türkisblau, ganz rund und bauchig, und erinnert an einen Renault Twingo, macht aber auch ihrem Namen Ehre, wenn sie wie ein Hühnchen auf den Wellen aufgeplustert hin- und herschaukelt. Sie ist ein solider kleiner Kahn, vier Meter sechzig lang und mit doppelwandigem Rumpf, was ganz beruhigend wirkt auf diesem klippenreichen Meer. Gebaut wurde sie in Frankreich bei *Beneteau,* was auch ganz beruhigend ist in diesem Land, wo die wenigen Fischerboote mit alten Brettern geflickt werden, die wiederum von alten Karren stammen, und wo die kleinen modernen Dingis aus Styropor ungefähr so vertrauenerweckend sind wie Eierschachteln.

»Heiliger Beneteau, verschone unser Leben!« beten sie jedesmal, wenn ein Windstoß sie ein wenig zu dicht an jene Felsen drückt, unter denen die Hummer sich mit Vorliebe aufhalten und die bei schlechtem Wetter die Wellen anzusaugen und wieder auszuspucken scheinen.

»Kalt ist es übrigens nicht«, schreit Max und öffnet die Terrassentür. »Zwölf Grad im August um acht Uhr morgens, das ist nicht die Hölle.«

Wenn es kalt ist, ruft sie: »Es regnet wenigstens nicht ...« Wenn es regnet und kalt ist, sagt sie: »Der Regen hält das Meer schön flach, wir werden mit den Reusen keine große Mühe haben.« Und wenn es regnet, kalt ist und stürmt, dann sagt keiner etwas, aber beide müssen beinahe lachen angesichts dieses grimmig verbissenen Landes – und der eigenen Verbissenheit.
Heute früh gibt es nichts Besonderes zu vermelden. Die Ausrüstung Nummer zwei genügt: Unterwäsche, Leinenhose, Matrosenhemd, Ölzeug, Wollmütze und Südwester. Max spürt einen stechenden Schmerz in drei Fingern, ein Zeichen dafür, daß es feucht ist. Ihre beiden Zeigefinger sind sowieso schon gekrümmt; wenn sie nach Süden zeigt, deutet die Fingerspitze nach Westen. Man muß es halt wissen. Der rechte Daumen ist geschwollen und knorrig. Er tut ihr eigentlich nicht weh, zumindest nicht sehr – bis zum nächsten Anfall. Eines Tages wird sie Hände wie Rebstöcke haben.
»Sie dürfen Ihre Hände nicht ins Wasser halten! Tragen Sie Gummihandschuhe!« lautete die Empfehlung des Rheumatologen. Ha, ha, ha! hatte Max gedacht.
Jedenfalls dringt die irische Luft in die Gelenke ein, als wäre sie da zu Hause. Die irische Luft weigert sich, Wäsche zu trocknen, setzt mit ihrem Salz der Vegetation zu, die Leintücher in den Schränken verschimmeln, und überhaupt macht sie jegliche Bemühung zunichte. Maxens getönte und dauergewellte Haare verwandeln sich in Werg, wenn die Lockenpracht jüngeren Datums ist, oder in klebrige Tagliatelle, wenn sie schon ein paar Wochen keinen Friseur mehr gesehen hat. Es lohnt sich nicht, da-

gegen anzukämpfen, Wind und Regen sind absolute Herrscher. Und in Irland liegt irgend etwas in der Luft, was jede Anstrengung bremst. Wenn man nur einen Monat im Jahr dort verbringt, zehrt man noch einige Zeit, nachdem man im bretonischen Roscoff die Fähre bestiegen hat, von der mitgebrachten Energie. In der ersten Woche versucht Max hartnäckig, sich vier Lockenwickler auf den Schädel zu drapieren, obwohl die Wollmütze dann so merkwürdig bucklig aussieht. In der Bretagne würde sie es nicht wagen, in diesem Aufzug das Haus zu verlassen, aber hier wundert sich keiner. Es nützt auch nichts. Sind die Lockenwickler entfernt, braucht sie nur die Tür aufzumachen, und schon bewirkt die irische Luft, daß das ganze Gebäude in sich zusammensinkt. Am Ende der ersten Woche gibt sie es auf. In der zweiten Woche läßt sie auch den Lippenstift weg, danach den Nagellack. Zu feilen braucht sie die Fingernägel auch nicht mehr, da sie sowieso einreißen, wenn ihre Hand sich in den Maschen des Netzes verheddert, oder wenn sie sich einen Finger in den Kiemen der Fische, die jeden Tag ausgenommen werden müssen, einklemmt. Eine gute Ausrede: Da kann sie sie abends gleich radikal absäbeln, ehe sie wie jedes Jahr Synges *Reiter ans Meer* wiederliest, um sich einmal mehr davon zu überzeugen, daß man auf der »Insel der Zauberer und der Heiligen« wirklich sehr weit entfernt ist von Europa, und daß hier Dichtung viel näher an der Wahrheit ist als Geschichte.

In der dritten Woche wird allmählich Maxens eigentlicher Kopf sichtbar, ohne die Korrekturen der Zivilisation. Kein Grund, stolz zu sein! In der vierten schaut sie lieber nicht mehr in den Spiegel. Jetzt ist sie bar jeglicher künstlicher Verzierung wie ein gerade geborener Säugling, nur eben fünfundsiebzig Jahre später.

Beim Frühstück hat Moritz seine fünf Morgentabletten geschluckt. Dazu ist er seit zwei Jahren verurteilt, und man muß zugeben, daß das Entwässerungsmittel, zumindest ein paar Stunden lang, beeindruckend wirkt. Trotz aller vor dem Ablegen getroffenen Vorsichtsmaßnahmen müssen an Bord gefährliche Manöver unternommen werden. Max ist jedesmal, wenn der Kapitän das Steuer losläßt und seinen langen Körper aufrichtet, darauf gefaßt, daß der Kahn kentert. Die Nußschale schwankt, während Moritz sich mit einer Hand auf die Lenzpumpe stützt und sich mit der andern bemüht, die drei übereinander gelagerten Schlitze zu öffnen, den Klettverschluß des Ölzeugs, den Reißverschluß der Jeans und den Eingriff der Unterhose, wobei keiner genau über dem anderen liegt, um endlich das vergrabene Vögelchen zu befreien. Aber auf dem Beipackzettel steht ja: häufiger Harndrang. Könnte Moritz das eigentlich nicht im Sitzen erledigen? fragt sich Max. Angeblich nicht. Männer sind komisch.

Endlich setzt er sich wieder. Sein Schwerpunkt ist wieder unten, der Kahn hört auf, unkontrolliert auf dem Wasser zu tanzen, und Max atmet auf. Früher hatte sie nie Angst gehabt auf dem Meer, weder in Concarneau auf dem Schiff des Großvaters noch auf sonst einem der Boote, die sie im Lauf ihrer Küstenfischerjahre ihr eigen genannt hatten. Aber jetzt, je wackliger Moritz wird, je mehr seine berühmte, dem Wesentlichen verpflichtete Langsamkeit zur Unsicherheit wird und seine wenigen, aber prä-

zisen Bewegungen ungeschickt scheinen, je kleiner und weniger stabil auch ihre Boote werden, desto mehr entdeckt Max die Angst. Sie weiß, daß sie jetzt nicht mehr aufspringen und ihm geistesgegenwärtig den Bootshaken hinhalten, ihn an Bord hieven könnte. Einen Augenblick lang stellt sie sich vor, wie er vornüber ins Meer kippt, wie sich seine gelbe Windjacke aufbläht wie ein Ballonkaugummi, wie ihn seine Stiefel aber sehr schnell in den Abgrund ziehen. Er verschwindet. Das Meer hat ihn verschluckt. Er hat nicht einmal versucht zu schwimmen, dessen ist sie sicher, denn sein Herz hat schnell zu schlagen aufgehört – dieses Herz, das ihm allmählich schon an der freien Luft zu schaffen macht.
Alle möglichen Leute sagen es ihnen: Es ist absoluter Wahnsinn, daß sie sich hier am Ende der Welt angesiedelt haben, daß sie es nicht lassen wollen, auf diesem unwirtlichen Meer herumzuschippern, das schon so viele Schiffe verschlungen hat, angefangen von den Überresten der unbezwingbaren Armada bis hin zu den Fregatten des Generals Hoche, hier ganz in der Nähe, 1796 in der Bucht von Bantry.
Bereits am frühen Morgen nehmen Max und Moritz einiges an Plagen in Kauf. Sich für das Fischen anzuziehen ist allein schon eine Prüfung: das steife, feuchte Ölzeug überzustreifen oder die dicken wollenen Matrosenjoppen, die nach Fisch stinken, dazu die schweren Stiefel. Moritz sieht noch ganz ansehnlich aus mit seinem Wikingerschopf, der in Locken unter der Kapitänsmütze hervorlugt. Max hingegen gleicht mit ihrer unschönen Wollmütze und in ihren übereinandergelagerten Schichten

einem gealterten Schiffsjungen. Im übrigen malocht sie tatsächlich wie ein Moses, während Moritz nach Kapitänsart zuschaut, wie die Arbeit getan wird. Max entfaltet hektische Aktivität, sucht vielfältige Gerätschaften zusammen, zerrt aus dem Jutesack das alte Dreiwandnetz, das sie aus der Bretagne mitgebracht und das sieben Jahre redliche Dienste geleistet hat. Redlich ist nicht ganz das richtige Wort, denn auf dem Meer ist nichts redlich, alles will immer nur die Menschen verraten, sie ausliefern, eigentlich ersäufen. Das ist das letzte Ziel einer jeden Welle. Das alte durchsichtige Nylonnetz ist im vergangenen September nicht richtig eingepackt worden. Als sie das Boot eingemottet haben, hat sich Moritz wie üblich über Maxens Perfektionismus lustig gemacht: »Es wird sich doch nicht von allein verheddern. Du hast die Schwimmer zusammengebunden, das genügt doch.«

Aber es genügte eben nicht, nichts macht man sorgfältig genug bei Meeresgeräten. Sie nutzen jede menschliche Schwäche aus, und was man nicht zum richtigen Zeitpunkt nach allen Regeln der Kunst erledigt hat, verwandelt sich später in eine regelrechte Katastrophe.

»Laß es uns schnell prüfen, bevor wir es über Bord werfen!« schlägt Max vor.

Aber Moritz erklärt sich zu einer Anstrengung nur dann bereit, wenn es gar nicht mehr anders geht. »Ach was, oben sieht es einwandfrei aus, dann wird es unten auch okay sein ...«

Max gibt nach. Die Versuchung, es beim Minimalaufwand bewenden zu lassen, ist auf die Dauer ansteckend. Ihr Gast, angetan mit einer viel zu großen Ausrüstung, die letztes Jahr ein fast zwei Meter großer Freund zurückgelassen hat, und mit zu kleinen Stiefeln, die ein anderer dem Haus vermacht hat, ist hinuntergegangen zur Anlegestelle und wartet auf sie. Es handelt sich um einen langjährigen Freund, den sie sehr mögen. An Land. Erschwerend kommt hinzu, daß er seit zehn Jahren mit seiner neuen Frau kommt, Max und Moritz aber mochten die alte. Außerdem haben alte Freunde die miese Angewohnheit, im gleichen Maß zu altern wie man selbst, weshalb sie auch immer weniger Handgriffe übernehmen. Irgendwann kommt dann die Zeit, da um einen herum alles krank oder tot ist. Unter diesen Voraussetzungen ist es schwer, nicht auf alle sauer zu sein. Im übrigen war der Gast schon immer total inkompetent, was ihn jedoch nicht daran hindert, jeden Morgen dabei sein zu wollen, wenn es losgeht. Dabei würden sie sich viel lieber ohne Zeugen wieder langsam an ihr Fischerdasein gewöhnen. In ein paar Tagen werden alle üblichen Rituale erneut eingeübt sein, und die Manöver gehen dann ganz von alleine.

Max zieht ihr grünes Schlauchboot über den Deich. Merkwürdig – letztes Jahr war das Ding nicht so schwer ... Dann befestigt sie das Holzbänkchen, das sie hat machen lassen, um nicht auf dem Boden sitzen zu müssen, montiert die leichten Aluminiumruder, und los geht's auf dem Seeweg zur *Ptite Poule,* die ein paar hundert Meter vom Ufer entfernt vor Anker liegt, weil es ja in Derrynane keinen Hafen gibt. Immer ist sie es, die zum Kahn hinüberfahren muß, weil das Schlauchboot viel zu klein und kippelig ist, um einen ein Meter zweiundachtzig großen Mann, der neunzig Kilo wiegt und sich nicht mehr zusammenkauern kann, zu transportieren. Der Gast ist eher schmal und klein, aber sie traut ihm nicht. Er hat dummerweise irgendwann erzählt, daß er auf dem Genfer See das Rudern gelernt habe. Außerdem gehört er zu den Leuten, die nachdenken, bevor sie handeln ... Und das Meer verschlingt Leute, die zögern, in Sekundenschnelle. Er gehört zu jenen Intellektuellen – und es gibt viele in seiner Generation –, die damit angeben, daß sie mit zwei linken Händen zur Welt gekommen sind.

»Ich decke den Tisch lieber nicht ab. Aus reiner Freundschaft, denn ich schmeiße alles kaputt, was ich anfasse«, warnt er stolz.

Damit erteilt er sich die Genehmigung, in seinem Sessel sitzen zu bleiben, während Max abräumt, und alle Aschenbecher zu füllen, ohne sie jemals zu leeren: müßig, unzurechnungsfähig, rührend – glaubt er. Es gibt Augenblicke, da faszinieren die langen Tiraden über Franco oder die Ursprünge des Nationalsozialismus – der Gast ist Historiker – Max viel weniger als die Frage, wer das verstopfte Abflußrohr freimachen wird.

An den Rumpf des türkisfarbenen *Beneteau*-Kahns angedockt, muß Max ihr Herzklopfen kontrollieren. Seit ein, zwei Jahren ist das *der* Prüfstein für sie: vom kleinen Boot in den Kahn überzuwechseln, dabei die auseinanderstrebenden Bewegungen zu kontrollieren und den immer drohenden Schwindelanfall zu beherrschen. Wenn sie das eines Tages nicht mehr in den Griff bekommt, dann müssen sie das Boot, ihr letztes Boot, verkaufen, soviel steht

fest. Das nächste Fortbewegungsmittel wird dann nur noch das Gehwägelchen sein. Also *muß* es dieses Jahr noch gehen. Und nächstes und übernächstes auch noch. Wenn es hier einen richtigen Hafen mit einer Mole und Ringen gäbe anstelle dieses offenen Ankerplatzes, dann könnten sie weiter herumschippern, bis sie hundert sind. Aber für wohlfunktionierende Installationen haben die Iren nichts übrig, die Reparaturen lassen sie so lange schleifen, bis sie überflüssig werden: Die Mole hat nachgegeben, die Bootsrampe ist eingebrochen ... Unter diesen Umständen wäre es *indeed* ganz dumm gewesen, Reparaturen zu unternehmen! Aber das ist auch ein Grund, weshalb sie dieses Land mögen: Sie sind sicher, daß sie es jedes Jahr unverändert wiederfinden, höchstens ein wenig wackliger, genau wie sie selber. Die Straßen haben an genau denselben Stellen dieselben Schlaglöcher, nirgendwo sind Bautafeln oder Bautrupps zu sehen. Jeder kann alles, nicht sehr gut, aber immerhin, es hält dann einige Zeit, und jeder schleppt immer sein Werkzeug mit sich herum, Nägel, diverse Eisenteile, kaputte Ruder, und damit alles so einigermaßen funktioniert, wird es vermengt mit einer Prise Schlampigkeit und viel Hilfsbereitschaft.
Und nichts, verdammt noch mal, um sich an diesen blöden Plastikkähnen festzuhalten! Keine Griffe, keine Ringe, keine Schlaufen. Das Brett, das seitlich als Sitz dient, ist abnehmbar, und wenn man sich an ihm festhält, hat man es in der Hand. Wozu hätte Monsieur Beneteau auch Griffe vorsehen sollen? Sein Boot ist keine Badewanne für Körperbehinderte, hier bist du auf dem Meer, Max, nicht im Altersheim! Gestern noch hat es genügt,

das rechte Bein weit genug hochzuheben – das Schlauchboot dümpelt auf Wasserhöhe, und der Rand des Kahns ist ganz schön hoch – und dieses Bein dann über Bord zu schwingen. Die einfachste Bewegung der Welt. Aber siehe da: Plötzlich bleibt das Bein auf halbem Weg stecken. An Land hilft man ihm dann von Hand ein wenig nach, wenn es darum geht, über ein Mäuerchen zu klettern, und keiner hat's gesehen. Aber an Bord hat jedes Bein und jeder Arm seine eigene Aufgabe zu erfüllen und kann nicht für ein anderes Glied einspringen. Als es das erste Mal passierte, hat Max gedacht: Das ist ein Witz, ein kleiner Krampf im Bein, das ein wenig steif ist. Aber im Jahr darauf wollte das Bein noch weniger hochgehen. Angesichts der See kann man aber nicht mogeln. Denen, die zögern oder trödeln, verzeiht sie nichts. Die See ist eine Mörderin. Im wackligen Schlauchboot stehend, ruft sich Max zur Ordnung. Aber dann springt sie ein leichtes Schwindelgefühl an, herangetragen von einer Welle. In solchen Fällen darf man keine Sekunde verlieren, denn wenn man es zuläßt, würgt einen dieses böse Tier immer mehr. Los Rosie, ich will's! Unter diesem Namen gehorcht sie sich noch, aber auch nur mit Mühe. Die Schwierigkeit kann man umgehen, indem man ein Knie über den Bootsrand hängt. Das sieht zwar bescheuert aus, aber höchstens die Möwen können es sehen. Danach das zweite Knie ... und zack, schon ist man oben. Na ja, von wegen zack, eher schon hoppla! Hauptsache, man ist überhaupt an Bord.

Altwerden, davon muß man wohl ausgehen, bedeutet auch, auf die Geschmeidigkeit verzichten. Man entfernt

sich immer mehr von der idealen Bewegung, die zugleich präzise und unaufwendig ist. Allmählich verliert alles seine Spontaneität, man fuchtelt eher hilflos herum, stößt schmerzlich an Grenzen, häuft Unnötiges auf Ungeschicktes. Nur eine gewisse Zeit gleicht der Kopf das Schwinden der Reflexe aus.
An Bord der *Ptite Poule* findet Max zur Routine zurück: Karabinerhaken losmachen, Schlauchboot am Bojengeschirr mit einem Seemannsknoten befestigen (was würde der denn machen, der Typ vom Genfer See? Einen Kuhhirtenknoten?), die Ruder packen und zur Anlegestelle rudern, um das Boot mit einem gekonnten Steuermanöver an den Fuß der Stufen gleiten zu lassen. Moritz wird mühelos einsteigen können. Max hat ihm nichts von ihren Schwierigkeiten gesagt, wenn sie über sie redete, würden sie nur noch schlimmer. Moritz übernimmt das Steuer des Außenbordmotors, eines *Johnson,* zieht ein erstes Mal an der Schnur. Es dauert seine Zeit, bis man Motoren auf Trab bringt. Sie übernehmen ihren Dienst nicht gern, solange man ihre kleinen Macken nicht ausfindig gemacht hat. Dieser Motor mag es, wenn man ihn ein wenig quält. Bei den ersten Versuchen reagiert er nie. Das blockiert.
»In der Werkstatt haben sie gesagt, daß sie ihn bestens hingekriegt hätten.«
Sie wissen beide ganz genau, daß man auf »sie« nicht zählen kann. Klar, am Telefon funktionierte der Motor wunderbar, *»everything okay«,* haben sie gesagt. Aber vorerst veranstaltet unser Außenbordmotor seinen üblichen Zirkus: hustet, knattert, schweigt.

»Der alte *Mercury* ging leichter anzulassen, findest du nicht?«
Die früheren Motoren liefen immer besser, man hat nämlich ihre Macken vergessen. Aber der nächste ...
»Habt ihr in der Zeitschrift *Wassersport* gesehen?« mischt sich der Gast ein. »Dort wird ein neuer *Yamaha* angeboten mit Elektrostart.«
»Du hast doch gar kein Boot«, antwortet Max. »Wieso kaufst du Fachzeitschriften?«
»Also hör mal! Seitdem ich eine Bypass-Operation hatte, vögle ich auch nicht mehr, und trotzdem kaufe ich mir Liebesromane!«
»Er ist nicht besonders schwierig, dieser *Johnson*«, erklärt Moritz und bemüht sich weiter, »aber neuerdings habe ich so blöde rheumatische Schmerzen im Handgelenk. Wahrscheinlich habe ich es mir bei einer falschen Bewegung verstaucht.« – Gibt es rheumatische Schmerzen, die nicht »blöde« sind, oder sind Bewegungen in unserem Alter nicht immer »falsch«?
»Soll ich dir helfen, die Schnur ziehen?« schlägt der nette Gast vor.
Aber an Bord wird Moritz – der an Land so höflich ist – unerbittlich: Ein Nichtseemann gehört zu einer Spezies, die man unbedingt daran hindern muß, Unheil anzurichten.
»Zum Glück ist es völlig windstill«, fügt das Unschuldslamm hinzu.
Max und Moritz brauchen sich nicht anzuschauen. Der Gast ist eine noch größere Niete, als sie ohnehin schon dachten.

»Das merkt man hier nicht«, klärt Moritz ihn auf. »Aber schau mal da draußen, siehst du die Schaumkronen? Im Gegenteil, es weht eine ganz schöne Brise.«

»Ganz schön«, das bedeutet »scharf«. Auf See ist der Euphemismus eine Sprachregel. Da drunten liegen so viele Schiffbrüchige, die von einem Brecher geschluckt wurden – man sagt nie: von einem schäumenden Wasserberg, aber das ist es, was sie als letztes gesehen haben – oder die bei einer »ganz schönen Brise« ertrunken sind. Aber der Gast glaubt kein Wort und lacht nur.

»Werfen wir die Angelschnüre aus?« fragt er.

Die Angelschnüre! Wenn der glaubt, daß wir ihm auch nur eine einzige Angelschnur anvertrauen, täuscht er sich. Der soll erst mal diejenigen fischen lassen, die wissen, was sie tun. Soll er doch die Haken herausnehmen und lernen, wie man einen Fisch bei den Kiemen packt. Dann sehen wir weiter. Vielleicht.

Die *Ptite Poule* kommt in Fahrt und verläßt die kleine Bucht. Die Küstenlandschaft wird weiter, öffnet sich wie ein riesiges Buch, zeigt links die mächtigen – höchstens sechshundert Meter hohen – Berge von Beara, kahl, grün, lila und braun wie ein Tweedstoff, und rechts entlang der Hügel Hunderte winziger, von Trockenmäuerchen umgebener Felder, von denen manche fast senkrecht am Hang kleben, und die alle bis oben hin mit weißen Schafen getupft sind.

Haben sie dieser Schönheit, die sie jeden Sommer erneut mit ungläubigen Kinderaugen bestaunen, zu viel Aufmerksamkeit gewidmet? Oder spielt ihnen die Irische See einen kleinen Streich, um sie daran zu erinnern, daß man das Meer nicht aus den Augen lassen darf? Wie dem auch sei, das Boot hat soeben einen Algenteppich durchquert, was den Motor auf der Stelle abgewürgt hat. Auf einem Motorboot ist Stille nie ein gutes Omen. Alle drei beugen sich über Bord: ein langer Schweif jener Algen, die Großvater *Chorda filum* nannte, hat sich um die Schraube gewickelt. Max weiß, was man in diesem Fall tun muß: erst einmal die Ruder ergreifen und den Kurs halten, verhindern, daß sich das Boot quer stellt, zumal sie schon in der Nähe des »atmenden Felsens« sind, über den das Meer hinwegschwemmt, bevor es mit einem ekligen Sauggeräusch unter ihm verschwindet. »Atmender Felsen«, so haben sie ihn getauft, und ähnlich haben sie viele Riffe der Bucht benannt, deren gaelische Namen, wie sie auf der Seekarte vermerkt sind, sie sich nicht merken konnten. Moritz kippt den Motor hoch. Mit Hilfe des Bootshakens und des Taschenmessers versucht er, die langen *Chorda-filum*-Schlieren zu entwirren und abzuschneiden, während Max wie eine Geisteskranke rudert, diesen verdammten Felsen im Visier, auf den sie nur allzu leicht auflaufen könnten. Sie weiß, daß sie nicht mehr so ausdauernd ist wie früher – was wird passieren, wenn sie die Ruder losläßt? Vielleicht braucht man ihn dann doch, den Matrosen vom Genfer See!

Aber was tun sie auch hier, anstatt sich im lieblichen Frankreich auf Schloß Rondom, dem Ruhesitz für alte Schriftsteller, ein schönes Leben zu machen? Was müssen sie auch hier rumwerkeln, verdammt noch mal, diese zwei alten Knöpfe, der eine mit seinen Rudern kämpfend, der andere mit den glitschigen Algen? Wer, bitte schön,

wird an ihrem nassen Grab Victor Hugos *Oceano nox* deklamieren wollen, während sie bereits »unter dem grünen Tang schlafen«?
Ein Geräusch genügt, um diese morbiden Gedanken zu verjagen: das Geräusch des Motors, der wieder anspringt. Der Schraubenstift hat standgehalten, der gute *Johnson* läuft wie eine Eins, Moritz ist der Größte und mit Max zusammen die beste Mannschaft der Welt. Bleibt nur noch eine Kleinigkeit zu erledigen: das Netz absenken. Boje und Ankertau auswerfen, den Stein, die ersten Meter Netz ... Man sieht sofort, daß es nicht geht. Ganze Zipfel des Mittelteils sind durch die großen Maschen gerutscht, und das Netz kann sich nicht senkrecht im Wasser entfalten. Die Versuchung ist groß zu mogeln, das Netz über den Ankertau zu hängen, oder ein Loch zu benutzen, das letztes Jahr eine Meerspinne gemacht hat, und das verknäuelte Ende durch die Öffnung schieben. Aber so was geht immer schief. Trotzdem versucht es Max. Der Gast schüttelt das Netz, er schüttelt wie ein Wahnsinniger. Schüttelt und schüttelt, zu was anderem ist er nicht fähig.
»Los jetzt! Wir lassen es ins Wasser, wie es ist, da bleiben immer noch vierzig Meter, das reicht zum Fischen«, entscheidet Moritz.
Zehn Meter Netz in Zopfform werden ausgeworfen, aber danach wird es auch nicht besser. Alles ist verheddert, und das Netz gleicht einem riesigen Putzlumpen, den eine manische Hausfrau auf Teufel komm raus ausgewrungen hat. Die Lust, mit dem Messer ranzugehen, wächst: »Wenn wir nur diese eine Masche aufschneiden, wird

sich alles lösen ...« rät der Gast. Es sieht zwar so aus, aber die Erfahrung lehrt, daß diese Lösung noch schlimmer ist als das Übel. Sie sind entmutigt, beschämt. Max ist nicht mehr die Aufdröselkönigin, die in Rekordzeit einen Krebs oder eine Meerspinne aus den Maschen des Netzes, in denen das Tier wie in einer Zwangsjacke steckt, befreit.

Am Horizont leuchtet die feigste aller Lösungen auf: ein neues Netz. Sie haben ohnehin noch eins auf dem Dachboden, in tadellosem Zustand, ohne ein einziges Loch, und das wird ihnen so bald keine Schwierigkeiten bereiten. Moritz befiehlt aufzugeben. Der Kapitän ist nun mal der Kapitän. Auf See versucht Max nicht herumzudiskutieren. Das verwurschtelte Ding wird wieder eingezogen und in seinen Sack gesteckt. Wenn man es auf dem Rasen ausbreitet, wird das Netz vielleicht sein Geheimnis preisgeben. Jetzt müssen noch Köder für die beiden bereits installierten Reusen herangeschafft werden. Die Irische See wird schon dafür sorgen, da ist sie ganz zuverlässig. Und zehn Minuten später tauchen bereits zwei Makrelen und ein kleiner Pollack auf. Sie werden auf der Stelle halbiert und für die Reusen präpariert. Als Moritz seine Angelschnur einzieht, gibt es auch noch einen wunderschönen, zwei Kilo schweren Seelachs als Zugabe – der in absehbarer Zeit den Geschmack von Schalotten und Buttersoße kennenlernen wird. Der Gast macht große Augen. Diese ganzen Fischereigeschichten während irgendwelcher Pariser Diners waren also doch nicht nur Angabe!

Manchmal macht das Meer seinen Liebhabern ein königliches Geschenk, nachdem es sie zunächst mißhandelt hat. Sie haben am Vorabend nur zwei Reusen gesetzt, die aber an einer sehr günstigen Stelle. Und siehe da: Ein herrlicher Hummer »für vier Personen«, die Scheren drohend gegen den Feind gereckt, ist an die Oberfläche gekommen. Er weiß nicht, der arme Kerl, daß ein immer zu Scherzen aufgelegter Schöpfer ihn erfunden hat, damit er vom Menschen mir nichts, dir nichts gegessen werde. Er, der auf dem Meeresgrund als einzigen Feind den Meeraal kennt, der auf der Lauer liegt, um ihn bei der Häutung zu erwischen, scheint über Wasser eigentlich nur für den Kochtopf geschaffen. Leicht zu packen, nur die Scheren muß man meiden, leicht zu zerteilen in Scheiben oder in Hälften, je nach Anzahl der Gäste, das edle Fleisch in den Scheren und an einem Ende des Körpers konzentriert, am anderen alle ungenießbaren Innereien, keine Knochen, keine Gräten ... fast schon wie japanisches Surimi, so wunderbar praktisch ist das Tier. Sein Schwanz schlägt stoßweise, er will Angst machen, der gepanzerte Ritter! Hilflos fuchtelt er mit seinen viel zu schwer gewordenen Scheren, und er weiß noch nicht einmal, daß er pro Kilo zweihundert Franc wert ist, was das Fleisch noch schmackhafter macht und denen, die ihn in die Falle gelockt haben, noch mehr Freude bereitet.

In der zweiten Reuse, auf die es nun nicht mehr so sehr ankommt, haben sich zwei Samtkrabben und dreihundert Gramm Garnelen verfangen, was die Beute vervollständigt. Es ist eine dünnmaschige Reuse, und alles, was hineingerät, ist gefangen.

Die Stimmung an Bord ist entspannter, und auch der

Himmel wird heller, so daß im Westen die Umrisse der Skelligs sichtbar werden. Der hohe Felsen der Kleinen Skellig, der senkrecht ins Meer abfällt, ganz weiß vom Kot der unzähligen Vögel, die in verschiedenen Etagen auf ihm nisten, ganz oben die Baßtölpel mit den gelben Schnäbeln, weiter unten die Sturmtaucher, die Sturmschwalben, die Lummen und die Silbermöwen, ganz unten die Lachmöwen. Ein riesiger Wohnturm für die Meeresvögel, die hier völlig sicher vor jeglichem Eindringling sind. Besser als jede Hausordnung schützen sie zickzack- oder trichterförmige, haifischmäulige Riffe, an denen sich die ewig wütenden Wellen aufreißen, bevor der Wind sie in breite Fetzen zerstieben läßt; der schäumende Teppich, der die Insel umgibt, macht jeden Gedanken an eine Landung illusorisch.

Nur ein paar Taulängen weiter die andere Skellig, St. Michael, ein schmaler Felsen von zweihundertfünfzehn Metern Höhe: Ganz oben klammern sich ein paar Mönchszellen fest, dazu die Ruinen einer winzigen Kapelle und eines Backofens. Vierhundertzweiunddreißig schwindelerregend steile Stufen führen hinauf. Sie wurden einst von ein paar Wahnsinnigen Gottes in den Fels gehauen, jenen irischen Mönchen, die bereits im sechsten Jahrhundert den christlichen Glauben über das barbarische Abendland verbreitet haben. Daß der heilige Kolumban oder der heilige Gallus, die Begründer berühmter Klöster in Europa, oder über fünf Jahrhunderte bretonische Adelige und Merowingerfürsten hierher gekommen sein sollen, um die Urquelle der mystischen Askese zu suchen, ist eine der zahlreichen keltischen Legenden, die die

Grundlage der irischen Geschichte ausmachen: Das Land kennt aus allen seinen Epochen eine Vielzahl solcher Legenden, alle sind sie ähnlich unglaubwürdig, und alle sind sie dennoch wahr.
Selbst der Himmel ist unglaubwürdig und tut jetzt so, als wolle das schöne Wetter sich durchsetzen. Aber es ist immer etwas faul im Staate Irland, Verrat verbirgt sich in der Unschuld, das schlechte Wetter im schönen. Man spürt es an einem plötzlichen Windstoß, an einem Frösteln, das einen bei strahlender Sonne grundlos überkommt, an einem Dunstschleier, der von nirgendwo aufzieht, sich verdichtet und in wenigen Minuten alles ausfüllt wie die Nebelmaschine in einer schlechten Inszenierung.
Die Rückkehr an Land ist bescheiden, aber siegreich. Max läßt die beiden Männer aussteigen und bringt die *Ptite Poule* anschließend hin zu ihrer Boje; mit einem Schwamm wischt sie den Boden des Kahns trocken und steigt in ihr Schlauchboot. In diese Richtung macht das Manöver keinerlei Schwierigkeit. Max vergißt, daß es fünfundsechzig Jahre sind, seit sie mit kindlicher Freude fischen geht, die Ruder betätigt, mit einem vollen Korb, egal wo, die Anlegestege hochklettert, mit dem schönen wiegenden Gang der Seeleute und der naiven Zufriedenheit ob der erfüllten Pflicht und ob der wohlverdienten Atzung. Das sind dann die Momente der Ewigkeit, wie das Meer sie manchmal gewährt.
Auf dem Steg trifft sie häufig zwei der fünf Söhne des Nachbarn, die Rinder züchten, eine Schafherde von etwa hundert Tieren haben, im Sommer für ein paar Hotels der

Umgebung Hummer fischen, und denen es eher schlecht als recht gelingt, ihren Lebensunterhalt zu verdienen. Zwei Söhne sind nach Australien oder nach Amerika ausgewandert, jenem Strom von Emigranten folgend, der seit drei Jahrhunderten nicht versiegt. Diejenigen, die bleiben, sind selten so mutige Unternehmer, wie das Land sie dringend bräuchte.

Der älteste Sohn, ein rothaariger, lockiger Koloß wie Brian Boru, der Sagenkönig, hat sie schon immer bewundert und als eine – wie alle Französinnen – verführerische Frau betrachtet. Sie schätzt dieses Mißverständnis, das vielleicht gar keins ist. Er bleibt stehen und redet mit ihr, spricht ein paar freundliche Sätze, von denen sie nur einen Bruchteil versteht, des schrecklichen irischen Akzents wegen, der eher bretonisch klingt als nach dem Oxford-Englisch, das sie gelernt hat. In seiner schlichten Verehrung hält er sie sichtlich nicht für jenseits von gut und böse. Wahrscheinlich tut er sich schwer mit ihrem Alter. Ist sie fünfunddreißig? fünfzig? sechzig? Bei diesen viel zu gut gekleideten Ausländerinnen kennt man sich nie aus. Siebzig kann er sich nicht vorstellen. Da müßte er sie ja mit den alten Einheimischen vergleichen, die von den zahlreichen Schwangerschaften und der Armut gezeichnet sind, deren Gesicht von allen Winden gegerbt wurde. Aber hierzulande ist man so alt, wie man ist, und das ist kein Kriterium für ein Todesurteil. In Frankreich muß man achtzig werden, um auf sein Geburtsdatum wieder stolz zu sein. Ist man einmal über vierzig, betritt man jenen anstößigen Lebensabschnitt, während dem man jahrzehntelang nicht so recht weiß, wie man sich verhalten soll. Der große rothaarige Junge mit den Kinderaugen und dem Männerblick läßt Max ihr Alter vergessen. Er trägt ihr den Korb und die Ruder bis ans Gartentor. Morgen wird sie nicht wieder vergessen, Lippenstift aufzutragen.

Der sanfte Hafen des Friedens, die ehrliche Freundlichkeit eines Gartens, der Duft des Grases, das sind höchst genußreiche Zugaben zur Freude am Meer. Dabei ist die Kerry-Heide eine rauhe Landschaft und Maxens Garten ist nur ein felsengespicktes Stückchen davon mit Heidekraut und Stechginster und ein paar Hortensienbüschen am Fuße der Trockenmäuerchen, die ihn umgeben. Ein ungezähmtes, wildes Stückchen Erde, wo man jedem vom Wind gebeutelten Ast, jedem vom Salz verätzten Blatt den Überlebenswillen ansehen kann. Daß die Blütenblätter der Hortensien dennoch samtig weich sind, daß die einzige Zwergrose dennoch den ganzen Sommer über blüht, ist ein Wunder, das Max mit Dankbarkeit erfüllt.

Sie mag karge Gärten. Die fast obszöne Blütenexplosion ihres südfranzösischen Gartens jedes Jahr im Mai widert sie ein wenig an. Die unzähligen Rosen, die kletternden und die buschförmigen, die einmal und die mehrmals blühenden, sie alle drängen sich, lichtgepeitscht, gemeinsam zur Sonne und erschöpfen sich in wahnwitzigen Blühorgien. Alle Arten wuchern durcheinander, und bewundernd steht man vor der erdrückenden Fülle. Den südlichen Garten mag sie am liebsten im Herbst, wenn er sich von der Züchtigung des Sommers erholt und jede Pflanze, jeder Busch seine Kraft wiederfindet und erneut zu blühen beginnt, als sollte es nie einen Winter geben.

Ihr bretonischer Garten hingegen blüht maßvoll, verbirgt einen Teil seiner Schätze, um sie zu gegebener Zeit preiszugeben. Von Schätzen kann man hier in Irland nicht reden. An den vom salzigen Wind verwüsteten Küsten erreicht keine Pflanze, kein Baum die normale Größe. Knorrig, gekrümmt, sich dem vorherrschenden Wind anpassend, mit Narben übersät, so kümmert die Vegetation erschöpft dahin, in gewissen Sommern unfähig, Laub zu entwickeln, wenn im Frühling die Knospen weggerissen wurden. Aber im Jahr danach versuchen es die Pflanzen erneut, bringen ihren ganzen Mut zusammen, denn sie wissen nicht einmal, daß es anderswo Artgenossen gibt, die in ihrem Wachstum von nichts behindert werden. Diese ewige Fähigkeit der Natur, sich zu einem Frühling aufzuraffen – vielleicht ist es das, was mich in Irland am meisten anrührt. Jede Rose ist die erste, jede neue Blüte ist der Ursprung der Welt.
Ich frage mich häufig, wie wir so verrückt sein können, seit zehn Jahren hier jeden Sommer erneut Max und Moritz zu spielen. Und warum die beiden so hartnäckig darauf bestehen, immer wieder durchnäßt und erschöpft zu sein, von Rheuma und Muskelkater heimgesucht, vom Zorn über das Wetter, das Meer und die Jahre erfüllt. Vermutlich weil jeder Morgen auf dem Meer, weil jeder Abend vor dem bläulichen leisen Torffeuer mit dem dünnen, eindringlichen Duft es ihnen ermöglicht, die Zeit zu vergessen, zu vergessen, daß sie das Futur immer öfter mit Vorbehalt gebrauchen werden, wenn sie sich unterhalten.
Wir entdecken, daß Max und Moritz zugleich alte Eltern

sind, die bei uns eingezogen sind, ohne uns zu fragen, und unverbesserliche Kinder, die betütelt und verwöhnt werden wollen. Wir wissen nicht immer, welche unausstehlicher sind.

Mit dem Gast, der in dem Augenblick, als er einen Fuß an Land gesetzt hat, wieder zum Freund geworden ist, und mit seiner Frau, die eigentlich doch nicht so übel ist, obwohl sie weder zu meiner Generation gehört noch den Ost- vom Westwind unterscheiden kann, plaudern wir am Abend bei einer Schüssel voller Garnelen und etwas zu viel Paddy über die großen und kleinen Seefahrer, über unsere Reisen rund um die Welt und um uns selbst, danach auch über das unerschöpflichste aller Themen, das Fischen und die Boote unseres Lebens; über all diese Fische, die wir gefangen haben, all diese Schiffe, die wir gehabt und wieder verkauft, die wir hätten haben wollen oder vielleicht noch haben werden, wer weiß! Die Boote, denen Paul nachtrauert und die ich nicht gemocht habe, diejenigen, die ich alleine steuern konnte und denen ich eine heimliche Zuneigung widme, vor allem dem einen, auf dem Paul und ich uns zum erstenmal geküßt haben, 1949, mit Blick auf die Glénans-Inseln und hinter dem Rücken unserer jeweiligen Ehegefährten, die den Horizont betrachteten und nicht ahnten, daß eine Flutwelle sie wegfegen würde. Das Boot, mit dem ich meinen potentiellen Schwiegersohn Yves fast ertränkt hätte, der leider das Stadium des Verlobten nie überschritten hat; das Boot, auf dem wir in Raguenès eines Morgens bei besonders schlechtem Wetter mit François Mitterrand ausliefen, um ein gefährdetes Netz einzuholen – wenn wir gekentert wären, hätte Frankreich damals lediglich einen Ersten Sekretär der Sozialistischen Partei verloren, der übrigens als Seefahrer wenig Begabung zeigte. Und die *Tam Coat,* unser bretonisches Boot, und die *Ptite Poule,* auf der wir in Irland auch weiterhin Max und Moritz spielen. Kurz, all diese Boote, die zwischen uns Bande geknüpft haben, die zu regelrechten Ankertauen wurden und die eine Filiale des ehelichen Wohnsitzes gewesen sind.

Solange ich weiß, wo ich wohne, solange ich bei der Ankunft vom Lächeln meiner Gärten empfangen werde, solange ich so heftig die Lust spüre wiederzukommen und nicht die zu flüchten, solange die Erde nichts von ihrer Farbenpracht verloren hat, das Meer nichts von seiner geliebten salzigen Bitterkeit, die Menschen nichts von ihrer Sonderbarkeit und das Schreiben und das Lesen nichts von ihrer Anziehungskraft, solange meine Kinder mich immer wieder zu den Wurzeln der Liebe zurückführen – ja, solange muß sich der Tod ganz still verhalten.

Solange ich lebendig bin, kann er mir nichts anhaben.

Benoîte Groult
Leben will ich

Aus dem Französischen übersetzt
von Irène Kuhn
Roman
476 Seiten

Im Schatten zweier dominierender Frauen aufgewachsen, fühlt sich das schüchterne Kind Louise ständig überfordert. Erst der Einzug der Amerikaner in Paris verschafft ihr am Ende des Zweiten Weltkriegs die Gelegenheit, nicht nur den physischen Hunger zu stillen, sondern auch ihre sexuellen Bedürfnisse auszuleben. Trotzdem fällt sie, kaum daß sie verheiratet ist, in »typisch frauliche« Verhaltensmuster zurück.
Erst mit knapp sechzig Jahren gelingt es Louise, durch das Niederschreiben ihrer Lebensgeschichte ihre Vergangenheit aufzuarbeiten und ein neues Verhältnis zu ihrem Körper und ihrer Sexualität zu finden.

Droemer

Benoîte Groult
Ödipus' Schwester

Aus dem Französischen übersetzt
von Marita Heinz
Knaur Taschenbuch
204 Seiten

»Ich hatte die Wahl, ein feministisches Buch zu schreiben oder einen Hautausschlag zu bekommen. Ich habe mich gegen den Hautausschlag entschieden.«

Mit der Empörung einer Frau, der bewußt geworden ist, welchen Einschränkungen und Vorurteilen die Frauen (immer noch) ausgesetzt sind, geht Benoîte Groult dem Frauenbild des 20. Jahrhunderts auf den Grund. Von der Klitorisbeschneidung bis zum Penisneid, von der heiligen Mutterschaftspflicht bis zur Pornographie reicht ihre gesellschaftliche Analyse, bei der sie humorvoll und denunziatorisch verblüffende Zusammenhänge aufzeigt.